CW01459176

UNE ÉDUCATION LIBERTINE

JEAN-BAPTISTE DEL AMO

UNE ÉDUCATION LIBERTINE

roman

GALLIMARD

À Pascal

Mais pourquoi parler avec tant d'obstination de ces fressures ?... Simplement parce qu'elles sont en nous, le jour et la nuit.

Gabrielle WITTKOP,
Sérénissime assassinat.

PREMIÈRE PARTIE

Le Fleuve

I

GASPARD DÉCOUVRE LA VILLE, OU BIEN L'INVERSE

Paris, nombril crasseux et puant de France. Le soleil, suspendu au ciel comme un œil de cyclope, jetait sur la ville une chaleur incorruptible, une sécheresse suffocante. Cette fièvre fondait sur Paris, cire épaisse, brûlante, transformait les taudis des soupentes en enfers, coulait dans l'étroitesse des ruelles, saturait de son suc chaque veine et chaque artère, asséchait les fontaines, stagnait dans l'air tremblotant des cours nauséabondes, la désertion des places.

Dans cette géhenne, la chaleur de l'été collait aux visages comme un masque, drapait les corps de feu, tuait les bêtes qui tentaient de survivre en quelque coin d'ombre, suffoquait les femmes aux poitrines poisseuses. Les glandes sudorales déversaient par flots leurs humeurs. Jaillies d'aisselles velues, elles s'écoulaient des flancs aux fesses puis sur les jambes. Fondue comme du beurre sur les fronts, la sueur piquait aux yeux, répandait son sel aux bouches haletantes. La crasse s'écoulait comme un sédiment, marquait les plis aux articulations de traces noires. On s'éventait avec un rien, un vieux chiffon, une gazette, une main.

On soulevait, ce faisant, le remugle aigrelet des corps transpirants. La puanteur de l'un se mêlait à la puanteur de l'autre quand déjà les corps ne se frottaient pas, mélangeant leurs sueurs respectives. Cette pestilence gonflait les haillons, les vêtements de peu couvrant un reste de pudeur, montait paresseusement dans l'air stagnant, fleurissait, envahissait la ville entière.

Cette odeur d'homme flottait et rendait l'horizon incertain, c'était l'odeur même de Paris, son parfum estival. Paris suait, ses aisselles abondaient, coulaient dans les rues, dans la Seine. Paris, hébétée par cette incandescence, offrait ses chairs grasses à la liquéfaction. Dans l'imbroglio de ses entrailles, la foule haletait, avalait par goulées l'air corrompu, se traînait sans conviction le long des avenues, s'adossait contre la pierre tiède des ruelles, s'engouffrait dans l'orifice des culs-de-sac. Les étals eux-mêmes étaient ébahis de chaleur : les fruits flétris, les viandes et les poissons verdâtres, les légumes rabougris. Sur les amoncellements épars, le bruissement des mouches ignorait le geste las d'une marchande qui claquait un chiffon avant d'éponger son front, puis soulevait ses jupes pour aérer son entrecuisse moite. Une main se glissait dans la superposition des tissus pour gratter l'irritation de la peau. Elle ressortait brillante, musquée, se levait sans conviction pour interpeller un passant, tâtait les fruits, s'essuyait en remuant un sac de blé, déplaçait l'air chaud d'un geste de mépris quand l'autre continuait son chemin sans même un regard.

« Foutu bâtard », marmonna la femme. Elle replongea aussitôt dans l'endurance de cette chaleur, comme drapée d'un manteau de fourrure. Sa voix n'était pas parvenue au marcheur qui, déjà, disparaissait plus loin, à l'angle d'une rue. Tout juste avait-elle agrémenté le vacarme. Car même suffocante, Paris était une éternelle bavarde. Sa litanie rendait la fournaise plus insupportable, se glissait sans relâche dans les tympans fondant de cérumen, frappait l'esprit, envahissait la pensée, occultait l'existence d'un silence improbable. Le son des voix criardes, le choc des sabots sur le pavé, le souffle épais des chevaux, le frottement des roues des carrosses, le claquement des portes, l'expulsion chuintante des crachats, les rots, les pets, les ronflements, les plaintes, les pleurs, les rires grossiers, les bris de vaisselle, l'enchevêtrement des pas, des courses, les insultes, le bruit des coups, des corps entrechoqués, les hurlements enroués des laitières, des fripiers et des porteurs d'eau : tout cela formait un atroce charivari que le voyageur de passage à Paris se hâtait de fuir. Il fallait être né en ce magma pour croire qu'il fût possible d'y vivre.

Gaspard descendait la rue Saint-Denis en direction de la Seine. Il était arrivé la veille, laissant Quimper derrière lui. Quimper, souvenir auréolé de blanc. Un blanc insondable, abstrait. Quimper, éloignée par une éternité, curieusement gommée de son esprit. Il était étrange de penser que plusieurs semaines de voyage l'avaient mené ici. Les étapes s'étaient estompées. Il avait conscience du périple mais une conscience éthérée, déjà voilée. De cette errance, ne restait qu'une succession d'images, de tableaux incertains. Au-delà, soit dix-neuf ans durant, son existence appartenait à une autre réalité. La vie d'un homme qu'il avait sans doute été, mais sans relation avec l'instant présent. Rien, non, rien de cette vie-là ne pouvait avoir guidé ses pas vers la rue Saint-Denis et il était absurde de penser que cette enfance, cette adolescence eussent abouti à Paris, fondé l'homme qu'il était désormais.

Il se remémorait pourtant, à la cadence de ses pas, la ferme et l'odeur âcre du feu de bois, la suie sur le mur avalant la lumière des flammes ; la forme de la mère tricotant de ses mains tortueuses dans un coin de pièce, sous une couverture de laine. Ses cheveux tombaient en un rideau grisâtre, s'emmêlaient devant son visage tavelé. Puis la froide stature du père. Étrangement, les traits de la mère étaient présents à l'esprit de Gaspard, mais ceux du père s'étaient fondus en une masse brouillonne. À l'évocation du mot, seule apparaissait la silhouette, découpée dans le contre-jour sale et terne d'un encadrement de porte.

Il se remémorait aussi le bruit des cochons entassés dans la porcherie attenante à la maison, le grognement des porcelets agglutinés entre les truies, l'amoncellement de chair maculée de purin, le clapotement des groins remuant la boue mêlée de déjections, le frottement des peaux couvertes de soies longues, l'odeur, l'odeur acide jusqu'à la nausée, imprégnant les murs de la maison, les cheveux de sa mère. Sa mère puait la truie. Aussi étincelant que le ciel borgne sur Gaspard, le souvenir des porcs égorgés par le père reparut : un souvenir coruscant, d'un rouge grenat, poisseux, tout habité de cette plainte stridente. Gaspard avait beau sonder cette image, il n'obtenait rien de plus que le fantôme du hurlement d'agonie dans son oreille, la teinte blanche puis rubiconde de ses pensées, une vague amertume, peut-être imaginée sous sa langue et qu'il crachait en grimaçant comme on secoue la tête pour s'ancrer à nouveau dans le monde.

Rien de cette vie-là n'avait prédisposé le jeune Gaspard à devenir cet homme à la démarche assurée qui descendait vers la Seine et s'égarait dans le faubourg Saint-Denis. Sauf le cri des porcs, subi nuit et jour durant tant d'années que l'infect vacarme parisien devenait soudain préférable au bruit de Quimper. Seuls les cochons avaient une incidence sur cet instant. Rien d'autre n'aurait su lier Quimper à Paris. Il était même incongru qu'il possédât un souvenir de cette vie, comme si Gaspard avait subtilisé la mémoire d'un autre. Il n'était pas né à Quimper. Il était venu au monde rue Saint-Denis, déjà âgé de dix-neuf ans. Quimper n'était ni plus ni moins qu'un héritage. Gaspard marchait vers la Seine comme on vient à la vie, dépouillé de toute expérience. Le sentiment de vide qui l'habitait précipitait en lui Paris tout entière, appelait la ville à le remplir. Gaspard n'éprouvait aucune crainte à se sentir ainsi amputé d'une partie de son être, juste un étonnement, une reconnaissance envers rien ni personne, le désir de s'offrir à la ville, d'être habité par elle. Paris était une chance inattendue, et Gaspard sentait couver la possibilité d'un nouvel horizon.

Gaspard était un enfant de la campagne, de ce type brun, râblé, la peau épaissie par les vents d'ouest et le crachin breton. Le visage n'était pas particulièrement disgracieux, commun pour ainsi dire, mais parmi les faces plébéiennes, on pouvait y trouver du charme. La définition des sourcils marquait un front volontaire, le renfoncement des yeux de cobalt. Le nez était très droit, trop long, et la finesse de son arête annonçait la fuite des narines. Les joues, grisées par une barbe de plusieurs jours, accentuaient la carnation de ses lèvres. Le ton juvénile de l'ensemble devait beaucoup à l'implantation des oreilles surgissant d'une épaisse chevelure brune. Dans une autre vie, Gaspard avait aidé son père à la porcherie et aux travaux des champs. L'effort et les périodes de disette avaient façonné son corps avec singularité. Les os saillaient sous la musculature et la peau frissonnait à ses mouvements. Les épaules étaient plus larges que de raison, les biceps tendaient la chemise. Les déchirures du tissu béaient à chaque pas, dévoilaient la longueur des jambes contre lesquelles venaient frotter, avec la régularité d'un balancier, deux mains rugueuses. Le torse glabre se devinait sous la chemise et le dessin des hautes côtes puis l'aréole mauve des seins s'esquissaient, trahis par la blancheur diaphane du coton. Le ventre était plat, le nombril une ligature profonde dans la chair, seule preuve désormais qu'une femme l'eût enfanté. Une femme à l'odeur de truie, se souvint-il en pressant distraitement un doigt au bas de son abdomen.

Il essuya son front, s'arrêta à l'ombre d'un vaste bâtiment, à l'angle de la rue Saint-Denis et de la rue des Filles-Dieu. Deux gamines sans âge, couvertes de haillons, un fichu planté sur le crâne, se traînèrent devant lui. Les seins de l'une débordaient d'un corsage crotté, la poitrine de l'autre pendait et ballottait sous sa robe. Elles levèrent vers Gaspard leurs visages ruisselants. Leurs regards bovins l'examinèrent avant qu'elles ne chuchotent et ne pouffent. Il détourna les yeux, épongea son cou avec le pan de sa chemise. Si l'ombre n'était pas fraîche, du moins reposait-elle du soleil. La sueur coulait sur le crâne de Gaspard, il la sentait dérouler ses serpents du sommet de son cuir chevelu et poursuivre sa progression entre ses omoplates, sur ses reins. De grosses mouches s'élevèrent avec paresse d'une vomissure, grumeleuse et rosâtre, avant de se poser sur sa nuque pour se repaître de sa moiteur. Il frappa sa peau, écrasa l'une d'elles, laissa la marque rouge de ses doigts qu'il essuya contre sa cuisse.

Il reprit sa marche, dépassa le cul-de-sac Sainte-Catherine. Un groupe d'enfants aux faces breneuses jouait mollement sur le côté de la rue à enfoncer des morceaux de bois dans la carcasse d'un rat mort. À peine s'écartèrent-ils au passage de Gaspard. Son genou buta contre l'épaule pointue d'une fillette. Elle s'effondra au sol puis reprit sa position, sans un regard ni une plainte. Il eut envie de la saisir, de la secouer, mais devina qu'elle se contenterait de le dévisager d'un œil torve et consanguin. Devant l'église Saint-Sauveur, un gamin vendait de l'eau. Gaspard fouilla dans sa poche à la recherche de quelques sols qu'il fourra dans la main couverte de corne. Le gosse vida un peu de son seau dans une timbale de fer qu'il tendit à Gaspard. Sur le rebord se lisaient les traces de lèvres inconnues. L'eau puait la vase. Sans doute l'enfant avait-il rempli son seau dans la Seine. Qu'importe, Gaspard avait trop soif. L'eau tiède avait un goût similaire à son odeur, mais aussi la saveur ferreuse du contenant.

En buvant, il observa le porteur, la protubérance de sa mâchoire inférieure. Les dents du bas chevauchaient celles du haut. Une langue au bout flétri se glissait dans cet interstice, tentait d'humecter la lèvre. Gaspard rota, rendit la tasse et le gosse s'éloigna. L'eau ne l'avait pas désaltéré. Elle passait déjà dans ses chairs, suintait sur sa peau. Il se gratta à l'endroit où avaient butiné les mouches. Les couches de sueur se décollaient sous l'insistance de l'ongle. Il marcha encore, prit à droite, rue du Renard, erra un peu dans le dédale des rues. La chaleur ne déclinait pas, le ciel rutilait. Même l'ombre des rues brûlait les poumons de Gaspard. D'un étage, on vida un pot de chambre. Un jus fécal s'écrasa au sol à quelques pas de lui, macula le bas de sa culotte. Un coursier reçut cette tourbe au visage. Il cracha, s'essuya d'un revers de manche, leva les yeux vers la façade déjà vide. « Putain de truie ! » cria-t-il aux fenêtres muettes. Il hésita quelques secondes avant de se ruer vers une porte pendue sur ses gonds. Gaspard l'entendit monter l'escalier et, bientôt, le choc d'une épaule, des cris étouffés. Il continua, prit à gauche, rejoignit la rue du Petit-Lion.

L'odeur du faubourg était partout suffocante. Cela sentait la sueur, mais aussi une cohorte d'odeurs accouplées. Odeurs d'haleines aigres, de pourritures, de bêtes, de pierres et de bois humides, d'urine, de chou, de taudis puants, de crottin, d'écume de cheval, de pelages de chiens, de peaux galeuses, de sexes encrassés, de corps ulcéreux, de spermes rances. En certains lieux, on croyait pénétrer le vagin vérolé de Paris, impunément ouvert sur ses tripes, en inspirer le relent viscéral. *Cela pue plus que des centaines de porcs réunis*, pensa Gaspard. Puis il dit à voix haute : « C'est aussi cent fois préférable à la porcherie. » Il s'étonna de faire référence à Quimper, ou tout du moins à quelque chose qui fût en lien avec Quimper. Car Paris l'enivrait. Sous la chaleur, sous la crasse, il pensait deviner les frontières de cette vilenie. Paris était aussi la promesse d'un métier, la jointure des extrêmes. La bourgeoisie côtoyait la lie du peuple, la crasse s'ornait d'un liseré d'or. On lui avait parlé de la route de Versailles, des monuments aux hautes flèches, des coupoles bombées vers le ciel tels des seins de métal, des maisons de bord de Seine, d'un blanc de chaux, inconnu ici où l'on nommait blanc la moindre grisaille, et des jardins à l'herbe grasse. Gaspard irait à Versailles, c'était une certitude. Cette évidence lui permit de porter un œil indulgent sur le faubourg Saint-Denis, sur lui-même, qui errait dans la ville, barbotait dans la fange. Tout portait l'espoir de son ascension. *Est-ce là mon attente première ?* se demanda Gaspard. Que pouvait-il attendre de la ville ? Il n'était pas noble, il était fils de rien, produit de l'emboîtement d'une femme-truie et d'une ombre sévère. Pourtant, n'était-ce pas cette rêvasserie qui surgissait parfois au détour d'une ruelle ? Gaspard n'aurait pu jurer de rien. Face à la ville, des émotions le submergeaient, l'assaut phallique de la capitale déflorait son esprit à chaque pas. L'idée de Versailles, mâtinée de fantomatiques velours, flottait dans l'éther de sa conscience. Il devinait le plissement des soieries, la poudre sur les visages, les perruques vaporeuses, la préciosité des liqueurs dont on se gorgeait. L'exactitude de ces représentations, Gaspard la devait à une propension pour l'imaginaire. Devait-il à la mère, dont les récits avaient peuplé son enfance de chimères, cette prédisposition à concevoir ce qui échappait pourtant à sa connaissance ? Gaspard s'en moquait, et si cette perception aiguë du monde eût surpris un autre homme de sa condition qui en aurait été soudain doté, elle était pour lui naturelle.

Gaspard épongea à nouveau son front. Il ne savait où aller, voulait rejoindre la Seine mais ne pas l'atteindre trop vite. Il préféra se perdre un peu dans le labyrinthe des ruelles. Que ferait-il une fois sur les rives, sinon rafraîchir sa vilaine face ? La chaleur intransigeante le pressait de s'y rendre, de jeter à sa peau cette vase. Gaspard s'adossa contre un mur suffisamment ombragé pour être frais. La pierre but la chaleur de son dos, si vite qu'il frissonna. Il promena son regard sur les façades. Les portes béaient comme des gueules, les fenêtres semblaient aussi creuses que des orbites. Il entrevit les plafonds de bois vermoulu que mangeait une bouillasse, probablement de la suie, de la graisse, de la poussière accumulées depuis la nuit des temps, luisant dans la pénombre telle une chitine. De longues cordes pendaient d'une maison à l'autre. Une multitude de hardes coulaient au sol et sur les têtes des passants, en clapotis monocordes. Depuis une fenêtre, une femme tira à elle ses haillons. Deux yeux aveugles allumèrent sa face fuligineuse. Ses serres noueuses tremblaient, tâtaient le tissu puis l'engouffraient dans le trou d'où elle tendait son corps. L'araignée ramenait à elle le fil tenant la proie. Elle disparut avec une rapidité inquiétante. Nul ne pouvait prétendre deviner la couleur des murs. La pierre disparaissait à hauteur d'homme dans de larges auréoles pisseuses. Plus haut, une gangrène expectorée par les bâtisses s'écoulait sous chaque fenêtre comme un cerne. La fiente de pigeon maculait les toits, les gouttières, les devants de portes, se déversait sur les murs. Cela sentait le remugle du guano et la pierre que le martèlement de l'été ne parvient pas à sécher au cœur. Gaspard frotta ses yeux que la transpiration rubéfiait. Les portes donnant sur la rue bâillaient, dévoilaient le gourbi insalubre de leurs gosiers, déversaient leur bric-à-brac dans la rue. Les passants évitaient la vaisselle jonchant le sol, les langes d'enfants mêlés à la terre, poussaient du pied un nourrisson macéré dans son urine. On hurla à une femme de venir le chercher. « Il pue la pisse comme sa mère ! » éructa un vieil homme informe.

Un porc amaigri sortit d'une cour pour se précipiter dans une autre. Son arrière-train crotté et sa queue tarabiscotée soulevèrent l'estomac de Gaspard. Il détourna le regard. Ses yeux croisèrent ceux d'une fillette avachie sous l'arche d'une porte à quelques mètres de lui. Ses cheveux formaient de gros nœuds infestés de poux. Au centre de son visage rond trônait un nez mangé par l'acné, fruit bien mûr séparant deux yeux d'opale. L'enfant portait un corsage délacé. Deux seins à peine formés bombaient la poitrine de tétons imprécis. Elle caressa l'un d'eux du bout de l'index, sans quitter Gaspard du regard, puis se baissa pour soulever ses jupes. Sous le tissu, deux jambes un peu velues, marquées de coups, se dissimulaient dans des bas troués. Elle ne portait rien d'autre, aussi Gaspard aperçut-il une fente imberbe. À bout de lèvres, elle murmura le prix de la passe. Il secoua la tête, reprit sa marche. Un carrosse le dépassa en trombe, il dut se jeter sur le côté pour l'éviter. Le cheval décharné fut un éclair suivi par la forme branlante d'une voiture. Le cœur battant, il continua la rue Pavée, prit à gauche et dépassa le cul-de-sac de la Bouteille, bifurqua à droite vers la paroisse Saint-Eustache par la rue Traînée.

Le monument s'élevait, colossal dans l'air vibrant. Sur chaque contrefort, les gargouilles semblaient figées par le soleil, meute en attente de la nuit pour quitter sa torpeur, prendre son envol. Au-delà du portail, le transept jetait une ombre anémiée sur la rue des Prouvaires. De là saillaient les arcs-boutants reliant la nef. Érigées jusqu'au ciel, les tourelles désignaient le soleil inlassable. Sur les flancs de la paroisse, les vendeurs se massaient comme autant de parasites. À chaque coin leurs étals minables s'alignaient, se disputaient l'espace. Gaspard s'installa sur les marches, ignora une poissonnière qui le haranguait. Il laissa son regard survoler le chaos de la rue. Il jugea que cet endroit ne valait pas moins qu'un autre. Il somnola, affalé sur la pierre, pensa qu'il était un peu perdu et combien cet égarement était bon. Ce bourdonnement devint une purée sonore, discordante berceuse. Dissoute par chaque bruit, la conscience de Gaspard s'éparpilla en une traînée de mirages. Il percevait la soif, la faim qui tenaillaient son ventre. Puis surgirent les seins de la fillette, sans qu'il lui fût possible de distinguer s'ils n'étaient pas désormais deux kystes enflant la peau, une vulve muette, une peau constellée d'ecchymoses, un porc se glissant dans des rues intestines tels un étron rose, une fournaise rouge. D'un rouge luisant, qui remplissait sa bouche d'amertume. Un goût de crasse sous sa langue goudronnait son palais puis sa peau. Il en était couvert et, tout autour de lui, jusqu'aux visages illisibles, les façades se courbaient par spasmes, vomissaient une suie qui gonflait les rues d'un flot épais. Une silhouette, une ébauche à contre-jour. Gaspard se réveilla. Il haletait, un filet de bave s'écoulait de la commissure de sa bouche à son cou. Il l'essuya, puis épongea son visage. Il avait dormi peu de temps mais les marches cisaillaient son dos. Il se releva, grimaça. Le soleil avait décliné. Il revint sur ses pas, gagna les halles d'où s'élevait un brouhaha innommable, où cris d'hommes et cris de bêtes formaient une plainte. Un homme heurta son épaule, ne se retourna pas. Gaspard observa ce dos impérial disparaître dans les halles puis se hâta de rejoindre la rue de la Tonnellerie. Une foule dépenaillée se pressait en cercle, jouait des coudes pour se glisser plus avant, braillait tous chicots dehors. Gaspard la contourna, jeta un œil à deux nains perchés sur une estrade de bois. Ils jouaient une farce, se donnaient la fessée, exposaient la difformité de leurs culs aux visages hilares. Un troupeau de gosses dévala la rue en sens inverse. Ils percutèrent Gaspard qui manqua basculer. Un chien hurla sous des coups. Assises sur un banc, trois vieilles le regardèrent passer, les crevasses de leurs pieds bien ancrées sur le sol, la moustache frémissante. Depuis la veille, il n'avait parlé à personne. Paris le détaillait avec circonspection, méfiance. Elle ouvrait ses rues sous ses pas comme la putain retire ses bas, sans cesser de jauger le client. Il crut aimer ce sentiment de solitude, trouva curieux qu'il fût possible de pénétrer une telle condensation d'humanité dans la plus grande indifférence. Un échafaudage craqua puis s'effondra dans la rue, soulevant une fumée terreuse. Les vieilles gueulèrent, la foule se désintéressa des nains. Gaspard fut bientôt entouré de badauds fouillant les décombres du regard, à la recherche de cadavres. Une femme cria d'un étage qu'il fallait appeler la police. On lui rappela qu'elle possédait deux jambes et une langue bien pendue. Elle cracha sur la foule, claqua sa fenêtre. Gaspard repoussa un homme contre lequel on le pressait de l'arrière, saisit l'épaule d'un adolescent au visage balafré, prit appui sur les crânes, les bras, s'agrippa aux chemises, aux robes, s'extirpa tant bien que mal, rebroussa chemin, choisit une rue au hasard.

Il erra, désœuvré, jusqu'au soir. L'orbite solaire s'étiola, la chaleur déclina enfin, laissant place à une tiédeur opiniâtre. À la nuit, un essaim tiré de sa torpeur gagna les rues. Artisans, ouvriers, crève-la-faim, mégères et avortons chétifs, ivrognes et piteux marins remontés des bords de la Seine arpentèrent les rues à la recherche d'un divertissement, d'un repas frugal. Fondu dans la masse, ses quelques sols en poche, Gaspard se laissa porter et jeter à l'entrée d'une cour éclairée au flambeau. Là, sur un sol jonché de marmots, une femme servait une infâme soupe au chou. D'autres silhouettes buvaient leur bol dans les recoins, à grands coups de langue, à renfort de rots. La journée de travail finie, les voix se déliaient, bramaient un tapage inintelligible. Gaspard donna ses derniers sols à la femme dont la main surgit dans l'aura d'une flamme. Les pièces cliquetèrent, la marchande évalua le butin à défaut de le voir. Elle tendit un bol et un quignon de pain dur dont Gaspard s'empara avant de céder la place à un autre affamé. Il n'y avait qu'un morceau de chou dans une eau salée, pas une once de lard. Il veilla à garder la feuille racornie au fond du bol, trempa la mie dans le liquide, savoura l'acidité du levain, mâcha, et le pain se désagrégea dans sa bouche. À sa gauche, un autre homme mangeait en silence. Ils ne se lancèrent pas un regard. Leurs visages se découpaient en lignes jaunes selon que le flambeau éclairait dans leur direction ou vers la femme. Un des enfants rampa entre les jambes de l'homme, quémanda un peu de pain. Il le repoussa du genou : « T'es donc pas foutue de nourrir tes mioches ? lança-t-il à la génitrice. — Il a déjà mangé ce matin », dit-elle en haussant les épaules. Gaspard tendit son croûton, le garçon se précipita. L'homme secoua la tête : « Va pas lui donner de mauvaises habitudes », dit-il la bouche pleine, lui postillonnant au visage. Gaspard ne répondit pas, essuya sa joue, vida son bol. Le liquide remplit son estomac, coupa la faim pour un temps. Il saisit le chou entre deux doigts, le porta à ses lèvres, le mâchonna puis rendit le bol. Il poussa les clients amassés dans le porche et regagna l'agitation de la rue.

On lui avait enfin parlé, se dit-il avec satisfaction. Pas grand-chose, mais ces quelques mots prouvaient qu'il existait en cet instant, qu'il investissait Paris de sa présence. N'était-ce pas une reconnaissance ? Gaspard voulut y voir un signe. Aussi, le harassement du voyage et de la journée n'éclipsa pas sa joie. Il vagabonda avec plus d'excitation. La Seine n'était pas loin, mais il décida de s'y rendre le lendemain. *Il est stupide,* pensa-t-il, *d'avoir tournaillé tout le jour sans raison.* Jamais auparavant il ne s'était fixé de but. Il n'avait eu qu'à se laisser porter par la succession morne des jours. Des jours psalmodiés dont il ne subsistait qu'un arrière-goût d'ennui. Soudain, Paris nécessitait de sa part une ambition, une visée quotidienne. C'est pourquoi il avait envisagé la Seine comme destination, la plus humble sans doute, à quelques pas, quelques rues. Car demain, il faudrait trouver un petit métier, une couche, gagner quelques sols, manger. Cette idée le rendit morose. Au beau milieu d'une rue, bousculé de toutes parts, il hésita, sonda ses envies, ses désirs, s'aperçut qu'il était exempt de toute intention. Il décida alors que remettre la Seine au lendemain était un choix judicieux, le seul qu'il eût prémédité. Avait-il déjà ambitionné quoi que ce fût ? Gaspard réfléchit, conclut que non. Son départ pour Paris mis à part, Quimper avait ponctionné toute notion de désir. Il marcha encore, sentit sa vessie le tirailler, la vida contre un mur. Son urine épaissie par le manque d'eau brûla son urètre.

Paris, avalée par la nuit, résonna de bruits nouveaux, de

cris, du claquement des fouets sur les croupes de chevaux sombres, de gémissements. L'odeur de blé, de légumes bouillis envahit les rues. Quelques lanternes éclairaient les devantures des maisons. On devinait l'esquisse des faces, les silhouettes hostiles. Gaspard s'engagea dans une impasse, s'assura de n'avoir pas été suivi. Dans un mur, il trouva un renfoncement suffisamment large pour contenir un homme. Il s'y glissa, ramena ses jambes sous son menton. La course des rats dérangés par sa présence retentit contre les murs. Leur odeur imprégnait tout. Lui-même puait déjà leur fiente. Les puces, excitées par l'odeur de sa sueur, piquèrent sa peau. Gaspard décida qu'il fallait être vigilant pour n'être pas mordu par la vermine. Il saisit un morceau de bois, scruta les ténèbres mouvantes. Bientôt, ses yeux se fermèrent. Débordant d'un lit onirique dont les rives n'étaient plus que nébuleuses, le sommeil, torrent brumeux, se déversa en lui.

II

TROUVER LA SEINE ET S'Y PERDRE

L'aube perlait sur l'épiderme grelottant de Gaspard. Il frotta ses bras endoloris, étira son dos. Ses jambes craquèrent. Un épais mucus embourbait sa bouche. La chaleur de la ville avait fendu ses lèvres. Il regarda le sol nappé de déjections, constata que les rats ne l'avaient pas approché. Le morceau de bois avait roulé plus loin. Sans doute puait-il trop pour être appétissant. *Sauf pour les punaises,* songea-t-il en grattant la peau cloquée de ses cuisses et de son ventre. Les insectes rampaient vers son entrejambe. Il se leva, secoua ses vêtements, frappa son dos puis leva les yeux sur le cul-de-sac. Des monceaux d'ordures s'entassaient devant les taudis qui reprenaient vie. On s'extirpait de ce foutoir, surgissant des lieux les plus inattendus. Les corps usés se dépliaient, se bousculaient, se vidaient dans les recoins.

Une porte s'ouvrit, une femme jeta un seau d'eau savonneuse. Gaspard observa le liquide s'écouler sur le sol et se souvint qu'il avait soif. La femme parvint à s'extraire de son logis après avoir expulsé sans manières un capharnaüm de couturière. Ses cheveux hirsutes se dressaient sur son crâne comme un feu de paille. Son visage était constellé de grains dont les aspérités gonflaient la peau. Elle s'installa devant un tas de tissus avec un chuintement de lassitude, appela un nom que Gaspard oublia dans l'instant. Une enfant surgit à son tour par la porte. Les traits encore chiffonnés de sommeil, elle vint se blottir contre sa mère. La couturière embrassa la tête pouilleuse, dénoua le lacet de sa robe, tendit un sein. La fillette empoigna la chair flasque, engloutit le téton. La mère salua un porteur d'eau qui s'engouffrait dans une cour, le pressa de lui apporter quelques seaux. Un marchand de misères traîna jusque-là un sac de jute, tapa l'épaule de la couturière, jeta un œil à l'enfant carnassière qui dévorait le sein les yeux clos. D'un étage, on jeta de l'eau, un pot de pisse. On gueula. Les insultes fusèrent dans l'air mauve. Une caillasse lancée d'une fenêtre percuta la façade voisine et dégringola au sol. La couturière brailla qu'on blesserait quelqu'un, les volets claquèrent. Les cris tirèrent les ultimes dormeurs de leurs gourbis. On dormait n'importe où pourvu que ce fût abrité et que l'on ne risquât pas d'être emporté par la police : sous un toit, un appentis, une planche, dans un entresol. La foule torpide traînait sa crasse et son dénuement dans la rue, bousculait Gaspard qui se mit en retrait, près de la couturière.

Les hommes partaient à la recherche d'un petit métier, emportant parfois derrière eux femme et enfants. Un logeur exigeait le loyer d'une nuit passée dans un placard ou une cave. Gaspard n'ignorait pas qu'il lui faudrait se fondre dans la masse, partir à son tour gagner de quoi manger et dormir. Mais, déjà, la langueur de la veille s'insinuait en lui, avant même que la chaleur qu'annonçait le ciel blanc ne s'abattît sur la ville. Il ignorait que faire. Il n'y avait nul besoin ici d'un garçon fermier, d'un éleveur de cochons. Peut-être pourrait-il porter de l'eau, lui aussi ? La Seine resurgit à son esprit. Il s'aperçut qu'il avait oublié le Fleuve, bien que l'idée lui parût une évidence. Il se tourna vers la couturière qui sourit de quelques dents. « Je peux aller vous chercher de l'eau, madame », dit-il d'une voix un peu forte. Elle cessa de sourire, le détailla du regard, bougea la fillette rougie par la tétée : « Où qu'sont tes seaux ? » questionna-t-elle avec suspicion. Gaspard baissa les yeux vers ses mains, ses doigts repliés sur les paumes humides. « C'est que j'en ai point », répondit-il enfin. Il sentit le sang affluer dans ses joues, piquer la surface de sa peau. La couturière dévoila une glotte convulsée par le rire : « Et comment que tu vas me la porter, mon eau ? » ahana-t-elle. Gaspard haussa les épaules. « T'entends ça, ma Lucie, voilà qu'il va me porter mon eau dans ses poches, celui-là ! » Il crut qu'elle s'adressait à l'enfant mais un rire gonfla dans l'ombre du couloir. Il resta planté là, penaud, ignorant s'il devait ajouter quelque chose ou partir sans un mot. La couturière rit encore longtemps, comme sous l'effet d'une boutade, et, avec elle, le rire dans l'ombre. Tout cela se secouait en tremblements de chair, de gorge, de nippes entre-cousues, de mioche avide, coulait des yeux et du nez, se tenait le gras double d'une main, s'accrochait au tabouret de l'autre. Quand elle vit que Gaspard restait contrit devant elle, le rire cessa. Elle se tapa la cuisse, puis demanda : « Allons, tu cherches du travail, mon petit ? » Gaspard opina du chef. « On en est tous là, c'est-y pas vrai ? » répliqua-t-elle avant de bramer : « C'est-y pas vrai, Lucie ? », le visage tourné vers la maison. Elle n'obtint pas de réponse. Peut-être la pénombre avait-elle dévoré Lucie ? La couturière acquiesça, comme si l'autre avait répondu. « C'est pas ce qui les préoccupe, ajouta-t-elle, ça non. » Gaspard ne fut pas certain de comprendre cette allusion, aussi ne trouva-t-il rien à dire. Il ne bougea pas, observa un peu la rue à la recherche d'un indice qui permît d'interpréter ces paroles et d'y répondre avec pertinence. « C'est sûr », dit-il enfin, à défaut d'autre chose. Cela parut convaincre la couturière qui agita une crinière aussi rouillée que ses aiguilles. « Va donc à la Seine, ils cherchent parfois des gars, c'est encore là qu't'as le plus de chances de trouver », confia-t-elle sur un ton désormais amical. *Bien sûr,* se dit Gaspard, *pourquoi n'y avoir pas pensé plus tôt, avoir tergiversé si longtemps avant de m'y rendre ?* La Seine apparaissait à nouveau comme un possible salut : il y trouverait un travail sur les quais puis se rafraîchirait un peu. Il remercia la femme qui changeait la robe souillée de la fillette et ne prêtait désormais plus attention à lui.

La ville redoutait la chaleur et redoublait d'animation en ces heures du petit matin. Gaspard gagna les halles où se pressaient les marchands. Partout, les emplacements se négociaient avec force cris. Viandes et poissons offraient au ciel leurs ventres faisandés. Les tripes tombaient au sol en bruits mats, le sang en hoquets sirupeux. Il longea le cimetière des Saints-Innocents, d'où surgissait l'odeur de terre et de charogne, rejoignit la rue Saint-Denis en direction du Fleuve. Les carrosses dévalaient en tous sens, soulevaient la poussière, teintaient l'atmosphère d'une couleur de cendre. Les Parisiens se jetaient avec dextérité dans la violence de ce flux continuel, bondissaient entre les roues, se figeaient entre deux voitures, échappaient à la furie des chevaux. Longer la rue nécessitait une attention permanente, la traverser relevait de la gageure. Les couleurs fusaient dans une grisaille générale. Gaspard marchait d'un pas rapide, n'ignorant pas que d'autres hommes se dirigeaient eux aussi vers la Seine, désireux d'y trouver un gagne-pain. Dans la cohue des âmes sinistres, un carrosse à la dorure terreuse chevaucha le bas-côté, poussa les marcheurs à s'écarter en un mouvement de panique, puis s'arrêta net. Deux femmes donnèrent des coups aux portes, lancèrent d'épais crachats qui coulèrent sur les vitres derrière lesquelles d'opaques rideaux de velours plissaient à la traîne. On attendit que l'affaire se calmât, que les rombières eussent continué leur chemin, happées par le courant humain, puis les portes s'ouvrirent et deux dames se glissèrent au-dehors, visages de craie, faces violées d'une mouche. Les robes chuintèrent en s'extirpant, éventèrent les parfums capiteux qui jaillirent de la froissure des taffetas, camouflèrent le relent aigre des dames. « Ici même, ma chère, je vous le dis : un *excellent* couturier ! » s'exclama celle qui désignait un atelier en fond de cour. Elles parurent hésiter à poser le pied au sol. « Ciel, quelle odeur ! » s'offusqua l'autre en battant un éventail à son visage. Gaspard s'était arrêté pour les observer, mû par le désir de prendre leur bras et de les accompagner. La plus grosse des deux tendit à l'autre une boîte de baume : « Passez donc cet onguent, cela rend la chose supportable », conseilla-t-elle tandis qu'elle enfournait ses doigts luisants de crème dans ses narines, dissimulant le geste sous son éventail de dentelle. Gaspard sentit distinctement qu'elles puaient, ni plus ni moins que la rue, mais d'une odeur autre, d'une puanteur raffinée et complexe. Elles se décidèrent à descendre, claquèrent la portière, se hâtèrent de rejoindre la cour et disparurent dans l'atelier.

Gaspard reprit sa marche, l'esprit encore troublé. Il

ignorait tout des privilèges, hésitait donc à s'en offusquer. Il repensa aux crachats sur la vitre du fiacre. Il marchait vers la Seine tandis que ces femmes choisissaient de précieux tissus. Plus tard, elles regagneraient le marbre de leurs demeures, les salons où elles converseraient en portant à leurs lèvres des thés de Chine fumant dans un écrin de porcelaine. Cette réalité le laissait indécis. Devait-il se scandaliser de quoi que ce fût ? Tout juste éprouvait-il de l'indolence face à l'abstraction d'une haute classe, d'un pouvoir énigmatique. Il regarda alentour : rien ne laissait imaginer qu'une quelconque entité étatique pût régner sur ce désordre. Le savoir ne créait en Gaspard qu'une onde d'envie, une flaccidité émotionnelle quant à sa condition de miséreux. « J'irai à Versailles », dit-il à voix haute, entendu de lui seul. Ses paroles, sursaut léthargique, l'encouragèrent un peu.

Puis la Seine fut là, son odeur de vase, la monstruosité de son agitation portuaire. Gaspard s'arrêta, ébahi. Le flot noir exhalait une frénésie qui s'étendait, une pieuvre lançant ses tentacules à l'assaut de la ville. Fiacres et carrosses se talonnaient sur les rives. Les cochers, véritables harpies, fouettaient et hurlaient à plein gosier. La populace se massait là, grouillait comme d'une termitière, avançait par vagues sur les berges. À quai, les bateaux dégorgeaient les marchandises dans des caisses de bois que des marins musculeux et braillards soulevaient à bout de bras. Gaspard approcha. Un sac de céréales chuta d'une cale, s'éventra au sol en pluie ocre. On déroulait à même les pontons des rouleaux de tissu. Aussitôt déchargées, les cargaisons étaient à nouveau hissées à dos d'homme, sur des charrettes, extraites puis remballées, payées et emportées. Plus loin, on chargeait, élevait, agençait en telles quantités que les lignes de flottaison disparaissaient. Les pêcheurs jetaient les filets algoïdes sur les pontons. L'odeur de l'agonie des poissons s'unissait à la senteur de souille. Déjà les poissonnières écaillaient, éventraient, évidaient, puis invitaient le passant à tâter de la poiscaille. Une nuée de mouches bourdonnait dans l'air, couverte par les cris et les fracas. Au bord de l'eau, les lingères, fichus vissés sur leurs crânes furibonds, plongeaient jusqu'aux coudes draps et haillons, savonnaient, frottaient, essoraient. Elles répandaient une mousse à la couleur indéfinissable qui descendait pesamment le Fleuve. On leur portait de pleines corbeilles de linge qu'elles vidaient avec acharnement. Bientôt, le tissu battait dans l'air, suspendu au réseau des étendoirs installés partout où il était possible de nouer une corde. Les bonnes femmes meuglaient. C'était à qui gueulerait le plus fort, cracherait en premier ses cordes vocales. Plus loin, on ouvrait les guinguettes, les auberges se vidaient de leurs hôtes à demi reposés et parfaitement fauchés. Montant et descendant les rives, les porteurs d'eau feintaient la cadence infernale, se jetaient à l'eau, emplissaient les seaux, s'arrachaient des flots, couraient en sens inverse. Les passeurs plantaient leurs barques entre les bateaux. Ils embarquaient la foule des travailleurs de l'autre rive, s'engueulaient, frappaient l'eau à grands coups de pagaie, filaient au travers du Fleuve, évitaient l'inévitable : la collision, l'accident, le naufrage. Il n'était pas rare qu'un homme tombât à l'eau, fût entraîné par le courant ou les profondeurs du Fleuve. On usait alors de perches en bois. Mais la longueur et le poids de l'instrument en rendaient le maniement périlleux, et il arrivait qu'à défaut de sauver le miséreux, la perche le transperçât ou l'assommât, achevant ainsi d'en faire un noyé.

Gaspard ne put assimiler la profusion des détails qui composaient le tableau de la Seine en cette matinée d'été. Le bruit forçait ses oreilles, perçait ses tympans. Hésitant, il s'approcha d'un bateau dont on vidait les soutes. « Je cherche du travail », dit-il à l'oreille d'un marin. L'homme se détourna, une caisse sur l'épaule, l'œil injecté par l'effort. « Je suis vaillant », cria-t-il à la face congestionnée d'un autre. L'homme le regarda, secoua la tête pour signifier qu'il n'entendait rien puis disparut sur le pont. Gaspard longea le quai et atteignit l'embarcation suivante. « Je suis votre homme ! hurla-t-il au dos d'un capitaine. — Dégage donc de là ! » répondit l'autre sans se retourner. Alors que Gaspard se dirigeait vers l'assemblée des blanchisseuses, deux d'entre elles se saisirent par les cheveux et tombèrent dans l'eau, roulèrent l'une sur l'autre. Quelques femmes s'arrachèrent à l'indifférence générale et se précipitèrent pour les séparer. La plus jeune tenait dans sa main droite toute une touffe de cheveux prenant racine dans un lambeau de peau. La vieille au cuir chevelu manquant avait le visage ensanglanté. « Salope, t'avise plus d'voler mon linge ! » gueula la première. On les sépara. Gaspard allait interpeller une des laveuses lorsqu'une main le força à se retourner. « Là-bas, ils cherchent des bras, suis-moi », dit l'homme. Il devait n'avoir que quelques années de plus que Gaspard. Son visage buriné annonçait un corps trapu. Le front était dégarni, les yeux larges, le nez épaté et la bouche fuyante. Il portait une veste de coton, une chemise de toile et une culotte sous laquelle saillaient deux grosses cuisses. Gaspard le suivit au travers de la foule, marcha sur ses pas et devina à l'aisance du garçon qu'il était parisien. « Tu sais nager ? » questionna l'autre à la volée. Gaspard opina, sans être certain d'avoir compris. Son ventre gargouilla, il avait faim. Peu importait ce qu'on lui demanderait pourvu qu'il eût de quoi se payer un repas.

Le soleil gagna le ciel et installa sa chaleur avec assurance. Ils furent bientôt au pied du pont au Change. L'homme se contenta d'un signe de la main à l'intention d'un grand blond à la carcasse nordique. Le type acquiesça. L'autre marcha sur la rive, pénétra dans la Seine et l'eau atteignit sa taille. Gaspard le suivit sans réfléchir, ses pieds s'enfoncèrent dans une vase dense, l'eau gagna le cuir de ses sandales, glissa le long de son mollet, contracta son scrotum. Chaque pas nécessitait qu'il parvînt à arracher un pied de la bourbe qui ne tarda pas à maculer son ventre, à coller sa chemise sur son torse. Elle se soulevait en nuages abscons, en ombres liquéfiées, puis dérivait avec le courant. Le Parisien marcha devant, Gaspard suivit. *Va-t-il nous noyer ?* pensa-t-il. Il s'aperçut qu'il s'en moquait ou, du moins, que cette perspective le laissait à peine perplexe. D'instinct, il avait confiance en l'autre. « J'ai confiance », dit-il tout haut. L'homme lança un éclat de rire par-dessus son épaule. La boue sur sa peau embaumait l'œuf pourri ou l'escarre. Des algues se prenaient à ses jambes, ses bras, enlisaient ses doigts. L'eau atteignit le cou de Gaspard, il inspira cette odeur à pleins naseaux. L'homme s'arrêta, tourna la tête vers l'aval de la Seine, sitôt imité de Gaspard. Autour d'eux se massèrent d'autres hommes qu'il n'avait pas vus approcher tant il se concentrait sur sa marche, veillant à ne pas trébucher. Tous étaient couverts de la même abjection. Certains y plongeaient la tête, surgissaient en êtres hybrides, amphibies. Face à eux, sur près de deux cent cinquante pieds de longueur, un amas de bois flotté descendait dans leur direction. Perchés sur les morceaux les plus imposants, comme sur un infernal radeau, quelques gars menaient l'ensemble. L'homme tendit à Gaspard un couteau. « Tu montes, tu sectionnes, tu débarques », dit-il. Gaspard empoigna la lame, attendit que les marins d'infortune négocient l'arche du pont. *Ils chevauchent un monstre dont on ne devine que la carapace,* songea-t-il. Il imagina une gueule béante, fendant la nuit du Fleuve pour se ruer vers eux. « Sois prudent », ajouta l'autre. Gaspard eut envie de regagner la rive. Précédé de clapotis caverneux, le train de bois arriva près des hommes qui se hâtèrent de l'escalader. Gaspard saisit au passage un épais tronçon. Le bois glissa sous sa paume, enfonça dans sa chair une écharde. Le sang disparut aussitôt dans l'étendue funèbre. Car tout était noir : l'eau, le bois, les hommes. Une seule et même chair où le minéral forniquait avec l'animal en une osmose charbonnée. Gaspard se propulsa de nouveau sur le train, se hissa hors du Fleuve. Déjà les autres cisaillaient les liens, aussi s'empressa-t-il d'attaquer une corde avec la lame émoussée de son couteau. Les rondins roulèrent entre deux flots, Gaspard chuta à l'eau. En tous sens le bois se détachait, les bûches frappaient les bûches, en un tumulte de cris, de geysers d'eau glauque. Il comprit qu'il devait protéger ses mains et sa tête, se hâta de tirer les tronçons vers la rive. D'autres hommes prirent la relève, amarrèrent le bois sur la berge. La boue violait sa bouche, son nez, descendait en goulées dans son estomac, aveuglait ses yeux. Il crut étouffer, regagna le sol, se laissa tomber dans la vase. Un homme d'argile lui tendit une main : « Debout, y a encore six autres trains. » Gaspard se redressa, ses muscles vibraient sous l'effort. Il replongea, nagea un peu, but de l'eau qu'il jugea plus claire qu'ailleurs, attendit l'arrivage de bois en haletant. Il devina la masse trapue du garçon qui l'avait guidé jusque-là et dont il ignorait le nom. *Qu'importe,* pensa Gaspard, *ici personne n'a de nom, moi-même je ne m'appelle pas, je ne m'appelle plus. Sous la boue, nous sommes tous semblables.* Il baissa les yeux à la surface du Fleuve et distingua un petit masque céladon. La chose avançait avec indolence, semblable à une limace marine. Cela flottait vers lui, précisément vers lui, comme dans l'unique but de l'atteindre. Il fronça les sourcils, pensa à une courge tombée à l'eau, à un loup, de ceux qu'utilisent les comédiens de rue, les acteurs de *commedia dell'arte* et autres tragédiens. Puis, sans qu'il eût conscience d'avoir tendu sa main fripée par l'eau, rayée par l'écharde, cela vint se poser au creux de sa paume.

C'était la tête d'un nourrisson. Clairement sectionnée à la base de l'épine dorsale qui se devinait, boule d'ivoire, dans la lividité des chairs. Le cou avait éclaté tel un fruit blet, une pupe éclose. La peau pendait en lambeaux sur la viande poreuse, en pétales et corolles. Les artères poussaient en désordre depuis cet engrais blafard, et la trachée béait au milieu telle une bouche. Les oreilles avaient été mangées, vestiges de cartilage bordant les conduits auditifs, ainsi que la peau des joues. Le visage avait un sourire extatique. Ce masque, que l'on eût volontiers qualifié d'hilare, dévoilait le bleu de la gencive, ou de ce qu'il en restait, et l'absence de dents qui émeut d'ordinaire chez le nouveau-né. La mâchoire, clapet osseux, ouvrait cette gueule interdite sur un palais que l'eau avait suffisamment imbibé pour qu'il en parût couvert d'un lichen rosâtre. Une sangsue parasitait la langue-éponge et, la gueule bien vissée sur le muscle, se tortillait goulûment, noire et serpentine. Le nez avait servi de pitance aux poissons. C'était un groin désormais, un morceau d'os sur deux trous profonds. Un œil subsistait pourtant, à demi hors de l'orbite. L'autre n'était qu'un orifice de plus, une excavation farcie d'algues. Les cheveux sur le front, sur la tête, duvet encore, mimaient une coiffure ordonnée et mignonne. Le crâne tenait dans la main de Gaspard, la main de Gaspard était *faite* à la taille de ce crâne. Un hoquet souleva son ventre, la bile et l'eau ingérée remontèrent, brûlantes, dans sa bouche. Il vomit sur son torse, lâcha la tête qui retomba à l'eau en un bruit de succion. Gaspard cria, on accourut. Les hommes scrutèrent avec indifférence le simulacre de visage, petit sous-marin continuant sa descente du Fleuve. Celui qui l'avait amené jusque-là saisit son épaule et Gaspard sentit son pouls au creux de sa paume. « Ça arrive, dit-il. Ces foutus anatomistes, ils balancent n'importe quoi par-dessus bord, se moquent bien de ce qu'on ramasse, nous. T'en verras d'autres, c'est plus un Fleuve, c'est un charnier. C'est un Styx. Ça draine tous les damnés de Paris. T'y trouves des têtes, des bras, des qui s'y jettent par désespoir, des qui tombent malencontreusement, des qu'on pousse un peu au cul pour les expédier plus vite. » Gaspard éprouva le désir violent de regagner la rive mais le train suivant passait le pont. « Faudrait pas appeler la police ? » demanda-t-il, la gorge rendue douloureuse par sa vomissure dont le goût subsistait, imprégnait sa langue, le laissait supposer que cette saveur n'était autre que celle d'un jus dans lequel se décomposait le visage d'un avorton. L'autre secoua la tête. « Pas le temps. Faut bien qu'on bosse, j'suis pas croque-mort. » Il sourit. Ses dents parurent blanches dans la boue tout autour. « Tu l'es, toi, croque-mort ? » dit-il avec une bourrade. Gaspard tremblait. Malgré le soleil déjà haut, il se sentait gelé. « Non », fit-il, les dents entrechoquées. L'autre éclata de rire. « Sa pauvre mère, elle reconnaîtrait pas son mioche. Elle y pense déjà plus. Peut-être même qu'elle s'en fait fourrer un autre dans le lard pendant que tu repêches le premier. Tiens-toi prêt, ça arrive. » Il désigna du menton le bois qui se précipitait vers eux. Gaspard lança un œil aux flots sombres, en amont. Il hésita à gagner la berge. Il se souvint qu'il avait faim, puis saisit une bûche au passage.

« Je m'appelle Lucas », dit la main tendue. Le type nordique avait payé la journée de quelques livres. Après avoir rincé leurs vêtements, ils remontaient en direction des blanchisseuses puant le savon et cette transpiration femelle répandue tout le jour. Gaspard serra la main, se présenta à son tour. Il devinait à travers la chemise de Lucas la largeur de son torse, la saillie de ses pectoraux. « Alors, Gaspard, t'es pas d'ici, ça j'en suis sûr, d'où tu viens ? » Quimper fit surface dans un recoin de conscience, auréolée de dégoût. « De l'Ouest », répondit-il. L'autre s'en satisfit. Le soir tombait. Au-devant des guinguettes, des auberges, hommes et femmes s'installaient avec bruit, les chopes de bière et les verres de vin s'écoulaient sur les visages, sur le bois branlant et lacéré des tables. Les visages disgracieux brillaient de moiteur et Gaspard pensa que les entrailles de la Seine protégeaient au moins de la chaleur, débarrassaient des parasites. L'écharde luisait dans sa paume, sous une peau blanche. Lucas prit sa main, l'observa sans cesser de marcher. La soudaineté de ce contact surprit Gaspard. Plus tôt, lorsque Lucas l'avait saisi à l'épaule, il avait cru percevoir les battements de ce cœur étranger, répercutés dans sa chair. C'était désormais sa plaie qui battait entre les doigts de Lucas. Il devina qu'il avait senti et sentait encore son propre pouls, comme si ce seul toucher projetait son sang à la surface de sa peau. Lucas dit : « C'est rare avec le bois flotté, mais ça arrive. Le danger, c'est surtout le choc des gros morceaux. Y a moyen de s'y briser la main. J'me souviens d'un gars qu'est sorti de l'eau... Le train avait cogné sur le pont où cet idiot avait sa main posée dessus. L'a braillé comme un cochon. Sa main, c'était plus qu'un chiffon rouge, ça pendait au bout du bras, ça gigotait dans tous les sens. » Il secoua la tête, rit un peu. Gaspard pensa au nourrisson, la nausée reparut au fond de sa gorge. Aussi, quand Lucas proposa de boire un verre à la terrasse d'une guinguette, il s'empressa d'accepter.

Ils s'assirent, crièrent la commande. Bientôt une femme au visage chevalin déposa sur la table un pichet de vin. Ils trinquèrent à la Seine, aux livres empochées, portèrent les verres gras à leurs lèvres. Le liquide bouchonné agressa leurs palais de son goût de vinaigre mais dans leurs estomacs vides, l'alcool se répandit agréablement, roula dans leur sang, délia les langues. Gaspard sentait ses joues irriguées, le sang battre ses tempes. Il imagina sa course bleutée sous la finesse de la peau. Son esprit dérivait. La Seine sous ses yeux semblait innocente, la guinguette presque jolie. Lucas le rassurait par sa présence Assis à ses côtés, il parlait avec de grands gestes, éclipsait l'image de l'avorton, puis le lancinement de l'écharde au creux de sa main. Ou peut-être était-ce le vin, dont la robe jetait sur le visage de Lucas des nervures mauves et changeantes ? Le Fleuve en contrebas ne se reposait jamais. Tout juste endossait-il un habit de nuit, fantômes esquissés en surface, essences luisantes, foisonnements funestes, pareils aux ailes lustrées de mille corbeaux. Autre oiseau de mauvais augure, la plèbe des brigands, violente et sournoise, affluait sur les berges.

La voix de Lucas était un ronronnement continu à l'oreille de Gaspard. Il ponctuait la conversation d'onomatopées, se perdait en survolant l'autre rive du regard. Paris, langoureuse ensommeillée, paraissait faite de carton-pâte. En cela, Gaspard jugea qu'elle lui ressemblait car il se sentait aussi factice, dépourvu de toute envie. La journée de travail avait harassé ses muscles, émoussé des désirs à peine esquissés. Il avait souhaité la Seine, la Seine avait épuisé sa convoitise. Ses flots hébétaient l'esprit comme ils limaient la peau, ne laissaient qu'une poussière de morale, un sédiment de conscience. Et n'était-ce pas la Seine encore dans la bouteille que Lucas faisait tinter, ébréchant le bord de leurs verres ? Ce liquide, noir bientôt dans la nuit tombée sans qu'il s'en fût aperçu, était l'essence même du Fleuve. Elle l'assourdissait. Le vin laissait sous sa langue une couche de lie. Lucas disait : « ... quelque chose comme ça. J'sais plus très bien. J'ai trouvé ce métier ensuite... pas plus mal payé qu'ailleurs. Faut bouffer et encore j'ai ni femme ni mioches, c'est des bouches en plus... J'y pense quand même, j'suis plus tout jeune. Et toi, t'as quelqu'un, quelqu'un que t'aurais laissé à l'Ouest, quelqu'un qui t'aurait suivi ou peut-être pas ? »

Les mots frappaient Gaspard. L'haleine était vineuse,

tassée, mais était-ce la sienne, celle de Lucas ou l'amalgame des deux ? *La Seine,* pensa-t-il, *ne laissait pas de choix.* Elle s'imposait, l'engluait, lui faisait de l'œil depuis les berges maintenant imprécises. Un œil libidineux, mesquin. « Pourquoi on charrie tout ce bois ? » demanda-t-il. La question semblait posée par un autre. Il ne l'avait pas pensée et réalisait sa pertinence : il ignorait pourquoi ils avaient travaillé tout le jour. « L'hiver, répliqua Lucas, ça brûlera bien, ça nous fera de beaux feux, ça chauffera quelques vieilles, ça... » La voix se mêla aux autres. Gaspard songea à la mère, dans l'aurore de Quimper, incrustée de suie devant l'âtre encore rougeoyant. De là jaillissait une cendre grasse, en tourbillons de nuit, en tornades de ténèbres, vers la mère, la goudronnait tout entière, la figeait, son tricot à la main, dans un océan insondable. Gaspard secoua la tête. Tout autour, sur les tables, les clients s'en jetaient plein le gosier, dégueulaient par terre, dessinaient autour de leurs pupilles dilatées des calices de veinures. Sous les rires, les yeux semblaient vouloir se mettre en orbite et flotter comme autant de satellites autour des têtes hilares. Sous les peaux rouges, les nez confits, les veines explosaient à l'unisson, feux d'artifice, feux d'angiomes. Comme pour accompagner le cataclysmique festival des gueules cariées, des faces rouges, cela rotait à l'unisson, tapait du poing sur la table, pelotait au cul les petites filles, les petites vieilles, les petites putains du bord de Seine, dans un tintamarre assourdissant, une frénésie, un exorcisme de misère, la crevaison de l'abcès gonflé de dénuement, de désespoir, le curetage de l'escarre suintante d'infamie.

Gaspard essaya de se concentrer sur les mots de Lucas : « ... elle était pas méchante, tu sais ce que c'est, on fait ce qu'on peut. J'y pense plus. Ou plus trop, enfin seulement parfois... Quand t'es un peu seul c'est point un mal que d'avoir quelqu'un pour s'occuper de toi, tenir la maison... » Gaspard approuvait ces paroles qui ne trouvaient en lui aucune résonance. « Pourquoi fais-tu ce travail ? » questionna-t-il. Lucas ne s'offusqua pas qu'il changeât de sujet, mais la question le laissa perplexe : « Eh, pourquoi pas ? T'en poses bien, toi, des interrogations ! Ça ou autre chose, j'en sais rien, moi. C'est pareil partout. Et j'sais pas faire grand-chose. La même merde. C'est à ça qu'on sert nous autres, non ? Drainer la merde, la remuer. Vu d'en haut c'est bien ça, un sombre merdier. Tu peux trier du bois, vendre des légumes, porter de l'eau, c'est tout pareil. C'en a pas forcément la forme mais, quoi que t'y fasses, c'en a l'odeur et la valeur. Un monde tout en merde, que j'dis souvent. Ça n'a pas d'importance, on y est nés, on y crèvera. Question de temps. Y a qu'à attendre et joindre les deux bouts. » Il hocha la tête, se resservit un verre. « Tu dors où ? » ajouta Lucas. Gaspard haussa les épaules, ne dit rien. Il n'osait parler de l'impasse, de la fiente des rats dans laquelle il avait passé la nuit. L'autre parut comprendre. « Viens chez moi si tu veux, j'ai une chambre à Saint-Antoine. C'est pas grand-chose, mais on peut dormir à deux. Puis t'auras bientôt de quoi loger toi aussi. — Merci, merci », répondit Gaspard. Ils restèrent sans mot dire, puis Lucas jugea que c'était assez de silence, se leva en jetant quelques pièces sur la table jonchée de bouteilles : « Marchons un peu, ça aide à décuver. »

Les rues défilèrent sous leurs pas titubants. Paris dévoilait ses jupons de misère, son entrecuisse nocturne. Les maisons étaient de dentelle vérolée, dansaient dans la moiteur de l'air. De là surgissait sur le pavé un flot d'ombres couleur de pou. Les rues tanguaient comme un bas résille sur la jambe languissante de la capitale, partaient en tous sens sous le regard de Gaspard. Elles confluaient, crut-il, en un seul et même point. Elles avaient toutes, ces rues, ces ruelles, ces places, ces avenues identiques, un même objectif : une vulve onirique vers laquelle ils marchaient d'un pied tanguant. Car la ville, croyait-il encore dans l'ivresse, les appelait à elle, les guidait dans ses entrailles, les voulait en son ventre. Gaspard pensa protester, harponner l'épaule de Lucas, lui demander de rebrousser chemin, mais vers quelle direction ? Il ne savait où aller, n'avait aucune idée du lieu vers lequel ils marchaient. Regagner la Seine, mais pourquoi ? Tous les chemins menaient aux entrailles de Paris. Il se laissait guider par Lucas, naviguant en ces viscères avec la persistance de l'amibe. Ils s'aperçurent qu'ils avaient faim, achetèrent un peu de pain, un morceau de couenne. Quelques instants, la nécessité de se nourrir anima Gaspard d'un élan volontaire. La maigre pitance satisfit la faim, fit taire son ambition. Ils reprirent leur marche, furent accostés par quelques mendiants dont ils repoussèrent les mains indiscrètes. Elles tâtèrent leurs poches, palpèrent leur chair, jaugèrent leur constitution. Dans une rue, d'outrageuses prostituées, gorgones vêtues de linceuls et d'impudeur, les hélèrent. Lucas les pelota un peu, l'œil étincelant de concupiscence, tâta du nichon et de la fesse maigre, fut repoussé, tituba au beau milieu de la rue. « T'as pas un rond, hé, poivrot, tu crois toucher gratis ? » bêla une barboteuse, la face congestionnée comme un sphincter. « Catin ! Vérolée ! Vaut mieux se branler que d'aller y tremper dans son con ! » répliqua Lucas d'une voix empâtée. On lui jeta une pierre qui fusa à quelques centimètres de sa tête. Il rit, tira Gaspard par la manche et ils laissèrent les bacchantes derrière eux.

« C'est là », dit-il en s'appuyant au mur devant une porte donnant sur une traverse urineuse. Il devança Gaspard. Le mur poisseux défila sous sa paume, la macula de crasse. Le couloir débouchait sur une cour étriquée. Le vertige de Gaspard accentuait l'imprécision des contours. Les rues bruissaient au-delà. On devinait quelques bougies au travers des fenêtres ouvertes. Des lanternes jaunâtres flottaient sur la hauteur des façades. Gaspard leva le nez au ciel, bascula, se retint. Les murs grimpaient sur cinq étages, anus de pierre et de grisaille. Au-delà, il ne discernait rien du ciel. *L'odeur qui s'élève de là n'est ni plus ni moins qu'une odeur de bran,* pensa Gaspard. Déjà, Lucas escaladait un escalier de pierre. Là-haut flottait l'ombre de vêtements pendus à des cordes. « Tu vas pas pieuter ici ? » clama Lucas. Gaspard articula un « non », saisit la rampe et fit un effort incommensurable pour soulever une jambe puis l'autre. L'ascension se fit à tâtons dans l'obscurité où Lucas se devinait à son souffle empuanti. Parfois, une lueur se glissait sous une porte. Gaspard percevait alors ses souliers maculés. Ils parvinrent à un étage imprécis. La lueur du dehors filtrait par une lucarne et dévoilait deux portes au bois écaillé. *On a fait cuire du navet,* nota Gaspard en goûtant l'air. Lucas tira tant bien que mal un trousseau de clés de sa poche, tâta une serrure, déverrouilla, abaissa une poignée, puis s'avança dans une petite chambre. Gaspard referma derrière lui. Le temps que

Lucas trouve une allumette, il resta immobile. Le souffle de Lucas effleura son bras, son odeur battit la peau de sa nuque, creusa un peu son abdomen. La flamme gonfla, jeta sa lumière fauve sur les murs. Les mèches de bougies adipeuses accrurent la lisibilité de la chambre, redonnèrent corps à Lucas. Un matelas était posé au sol, couvert d'un drap sale. Au mur, deux étagères supportaient quelques bibelots, des couvertures à l'apparence rêche, une pile d'habits moroses. Au sol, des moutons de poussière roulaient pesamment. Une bassine en fer sommeillait dans un coin d'ombre. À gauche, sous l'unique fenêtre, un pot de chambre à demi plein d'une lymphe dorée reposait sur un établi où vieillissait un tas d'immondices. Une odeur de mâle et d'excrément saturait la pièce. Lucas s'affala sur la couche.

Gaspard hésita, ouvrit la fenêtre. Il inspira l'air veule tandis que Lucas se relevait, versait un seau d'eau dans la bassine, puis déboutonnait sa chemise. Gaspard s'adossa au mur pendant qu'il se déshabillait, exposait une nudité que les bougies frappèrent de jaunisse. Lucas trempa un linge dans l'eau, frotta un carré de savon, étala la mousse sur son torse, ses bras. Son pénis désignait le sol, avachi au-dessous d'un pubis de jais. Partout sur la peau, de larges irritations boursouflaient en rougeurs et croûtes. Il tapotait cette squame en grimaçant. Gaspard déglutit. Lucas entrevit qu'il le détaillait du regard. Interdit, il expliqua : « Avec toutes les saloperies du Fleuve... », puis haussa les épaules. Aux coudes, aux genoux, la peau se détachait par plaques. « Pas bon de passer sa vie dans ce jus. Ça va, ça vient, c'est pas toujours comme ça. Pis parfois, y a les poux qui s'y logent et qui y pondent, ça démange à s'en frapper la tête contre les murs, à se lacérer le corps entier. » Il se rinça, s'épongea en tapotant l'épiderme. « Prends pas cet air, faudra t'y faire ! » plaisanta-t-il. Il tira de la pile de linge un pot rempli d'une crème beige. Il retira le couvercle, barbouilla ses bras, son torse, son sexe et ses jambes, s'approcha de Gaspard, tourna le dos, lui tendit l'onguent : « Aide-moi donc un peu, c'est pas si contagieux. » Le dos était une vallée d'écorces brunes descendant tout droit sur la cambrure de deux fesses pâles et duveteuses. L'index et le majeur de Gaspard s'enfoncèrent dans la crème. Cela puait la lavande, le camphre, l'essence de géranium, la sarriette et la sauge. Les aspérités de la peau râpèrent l'extrémité de ses doigts, frémirent sous la caresse, burent le remède dans le silence de la chambre.

Gaspard devina le soulagement tacite de Lucas, la concentration de son visage qu'il ne voyait pas, tourné vers ce contact salvateur. Lorsqu'il referma le pot, Lucas resta figé un instant, puis le remercia avant d'enfiler une chemise. Gaspard sentait encore sous son doigt la consistance fongique de ce corps. Il essuya le reste d'onguent sur sa jambe. Il éprouvait pour Lucas une compassion lancinante. L'effet de l'alcool avait battu en retraite, ne laissant plus qu'un haut-le-cœur. Les deux hommes étaient silencieux. Un cafard dégringola le mur, bref éclair chitineux. *Qu'est-ce qui différencie Lucas du cafard ?* songea Gaspard. « La taille de la vermine », dit-il tout haut. Lucas baissa les yeux au sol, écrasa l'insecte. « Oui, sacrés bestiaux ! » approuva-t-il avant que les bougies ne rougeoient sur son visage. Il se releva, saisit une aiguille dans un bric-à-brac, tira à lui la main de Gaspard puis gratta la peau pour extraire l'écharde de sa chair. Gaspard observa le regard de Lucas devant lequel des volutes de fumée gonflaient des pains de cire. Il se souvint d'avoir visité un cirque qui avait établi ses roulottes bringuebalantes dans la boue de la campagne quimpéroise. L'odeur remontait ses souvenirs en bouquets excrémentiels. On exposait pêle-mêle femmes à barbe, hermaphrodites, nains et autres épouvantes. Dans une prison exiguë, deux singes s'épouillaient sans que les cris des badauds les détournent de leur occupation. Les aurait-on brûlés vifs qu'ils auraient continué leur épouillage, pour la simple raison que leur existence trouvait son sens dans ce geste renouvelé avec tant de hargne que leurs dos étaient dénués de poils, ratissés à vif par leurs ongles éperdus. Le visage de Lucas avait une application similaire tandis qu'il repoussait de la pointe de l'aiguille la blancheur des peaux mortes pour dévoiler le rose de la chair. La nausée de Gaspard s'accentua. Il crut étouffer, voulut retirer sa main de celles de Lucas, le repousser, se jeter de la fenêtre, plonger dans la nuit stoïque. Il soupira quand l'écharde fut ôtée et que Lucas versa un peu de l'eau-de-vie d'une fiole sur la plaie. « Ça s'infectera pas, c'est presque rien. »

Ils étendirent au sol les couvertures, puis s'allongèrent l'un près de l'autre. Lucas souffla les bougies. Leurs respirations cadencèrent l'obscurité. Ils ne parlèrent pas, à l'affût de leurs souffles, de leurs présences incongrues. Sous les paupières de Gaspard, les flammes dansaient encore. Il essaya de percevoir le ciel par la fenêtre, mais ne vit que le néant d'un mur. Il devinait le plafond. Une sciure pleuvait dans le silence, preuve de la progression de termites dans les méandres du bois. Il crut en sentir le goût au fond de sa gorge. Il suait, la couverture collait à sa peau.

Gaspard étudiait le ronflement de Lucas, sans qu'il lui évoquât rien, lorsqu'une angoisse abattit sur lui un étau de stupeur. Son ventre se tordit sous le choc. La terreur se distilla tel un venin dans ses veines. La chaleur dégorgea de son corps pour sillonner ses membres et en convulser les extrémités. Gaspard étouffa un hoquet d'étonnement. Il béait, il suffoquait, cherchait une prise du regard, quelque chose de réconfortant. Mais tout ici était hostile, même le corps de Lucas qui, dans les ténèbres, se mouvait en cascades de pus. Il était au cœur du piège, Paris refermait sur lui ses cuisses, voulait le garder en son ventre, quoi qu'il en coûtât. Gaspard sentit combien il avait été aveuglé. Qu'était-il venu chercher ici ? Il n'en savait rien, mais certainement pas cela, cette misère parasitaire. La présence ronronnante de Lucas l'écrasait. Les murs de la chambre se figeaient avec l'étouffement d'une sépulture. Il se crut enterré vif, sentit le poids de la terre sur sa poitrine. Il fallait fuir Paris. « Fuir, fuir », hoqueta-t-il contre le suaire des couvertures. Mais il savait aussi qu'il ne le pouvait plus. Seule la probabilité de Quimper se peaufinait dans sa panique, rouge amarante. La pléiade des cafards bruissait dans le noir, sur les murs. « Fuir, fuir », répéta Gaspard dans son délire. Il avait l'idée d'un monde au-delà de Paris et de Quimper, mais une idée absurde. Le moindre détail du taudis dans lequel son corps s'allongeait était un diapason vibrant, contractait sa chair en un mouvement de rejet. Puis, progressivement, cela passa. Épuisé, haletant, Gaspard sentit le sommeil le gagner d'une torpeur morphinique. Les ombres se figèrent dans ce simulacre de mort. Hypnos, frère de Thanatos, l'éventa de ses ailes de nuit. En un ultime sursaut de conscience, Gaspard préféra Quimper.

La chambre attenante à celle de Lucas fut libérée. On trouva le locataire, un ébéniste, pendu à la poutre centrale, le visage aussi bleu qu'un gland, le corps raide comme une hampe, la langue grosse comme le poing. L'odeur alerta le propriétaire qui ragea de perdre aussi bêtement près de deux semaines de loyer. Le suicidé s'était libéré d'un ultime fardeau à même le sol. Il fallut frotter longtemps. Cela laissa une nébuleuse sur le parquet, pied de nez posthume à l'avarice du bailleur qui fustigea des jours durant les désespérés incontinents. « On se tue beaucoup à Paris », dit un voisin un peu savant. Gaspard proposa de prendre la chambre. Il s'accommoderait de la tache. On convint de la louer six cents livres au mois, ce qui était peu, mais non négligeable. La pièce donnait sur les goguenots, fosse tourbeuse que l'on oubliait de vider. Le jour morne tombait à l'oblique depuis la lucarne sur les murs. Chaque jour, à l'aube pâle, Gaspard se levait, frappait à la porte de Lucas pour le réveiller, débarbouillait ses traits dans un seau d'eau attiédie par la nuit, enfilait une chemise, une culotte informe, des vestiges de souliers, avalait le jus d'un marc de café passé dix fois, puis fondait tout entier dans Paris. La Seine l'engloutissait jusqu'au soir, le rejetait sur ses rives, dans l'air poussiéreux et le rouge du crépuscule. Les jours se suivaient à l'identique sans que Gaspard parvînt à différencier ces pâles copies l'une de l'autre.

Le soir, ils descendaient parfois quelques pichets de vin, comme au jour de leur rencontre. Bientôt, ils eurent épuisé les anecdotes de leurs enfances maussades. Le Fleuve alimentait les discussions d'un pain quotidien : une femme s'était jetée d'un pont, un homme était tombé à l'eau, une dispute avait dégénéré en pugilat, la police était descendue sur les rives pour coffrer des mendiants, quelques voleurs, un tas de mites grisâtres. Aux guinguettes, il se disait de tout, il ne se disait plus rien. L'ennui planait sur la clepsydre du petit Paris, les gestes se répétaient à l'infini. Gaspard mit des noms sur des visages, on le salua bientôt dans la rue, les hommes assenèrent des claques bourrues sur ses épaules. Les filles le convoitaient un peu, le trouvaient bel homme, voyaient en lui la perspective d'un bon reproducteur. Elles parlaient de sa virilité et camouflaient leurs paroles de rires pantois. Il traversait les rues peuplées de haillons, l'esprit vide de toute attente.

Le jour qui suivit la première nuit chez Lucas, une maussaderie subsista en Gaspard. La transe qui l'avait assiégé la veille planait encore comme un malaise, cependant plus incertaine. La sensation s'amenuisa, devint une pensée, un fil ténu, relégué dans l'insatiable inconscient de Gaspard qui, bientôt, n'y pensa plus. L'enchaînement mécanique des gestes, l'implacabilité des jours anéantissaient toute probabilité de réflexion, du moins pour Gaspard qui était étranger à la tension perceptible dans les bas-fonds parisiens. Le ventre de Paris avait faim. Gaspard avait faim, et cette faim l'hébétait un peu plus, tout comme la chaleur, le ronronnement fangeux du quotidien. Il ne cherchait pourtant à ce besoin aucune cause, répondait aux rumeurs par l'indifférence. Qu'importaient les articles des gazettes ? Seul avait un sens ce que son corps éprouvait, et l'insatisfaction qui en découlait restait à ses yeux un mystère, une sournoiserie de la ville. Son existence se noyait dans la bourbe de la Seine. Son haleine puait la vase. En son ventre grondait le Fleuve. Tout en avait la couleur anthracite, le teint de l'ardoise humide. L'anosmie guettait Gaspard. Il ne se révulsait plus à l'odeur des ruelles, à la pestilence des corps ulcéreux, ce relent dont sa chair s'imbibait. Il aimait rester dans sa chambre. Allongé dans un cercueil de poussière, il rivait son regard sur la lucarne d'où jaillissait le jour. Sous lui, l'immeuble craquait et grondait tel un cep de vigne jeté au feu. Les portes s'ouvraient comme les lèvres d'une plaie sur de noirs taudis où l'on vivait à demi tandis qu'aux étages, les existences miséreuses se dégueulaient de concert.

D'innombrables gamins grouillaient en tous sens, dégringolaient les escaliers, fouillaient dans les amoncellements, sitôt rattrapés par leurs génitrices qui les soulevaient par des langes sales, les faisaient remonter à grands coups sur les fesses. Ici, nulle intimité. On forniquait à la vue de tous, les mains campées sur les balustrades, les jupons retroussés sur des culs sans gêne, à en faire trembler le bâtiment. On jouissait au su des enfants, au su des voisins. On chiait à même le palier en symphonies flatulentes. On corrigeait sa femme en éclairs de ceinture, on entrait chez l'un, on sortait de chez l'autre, on criait de jour et de nuit avec la même outrance. Surtout, on gardait l'œil sur autrui, un œil inquisiteur, avide de ragots qui alimenteraient le réseau des mégères comme une traînée de poudre. La vie devait être exhibée. Sanctuaire violé, elle concernait tout le monde et l'on prenait à parti le voisin pour laver son linge sale, chose qui, infailliblement, se soldait par de corrosives disputes, des poings balancés aux faces, des crachats envenimés, d'inépuisables insultes.

Les Resnais, Cabrol, Tissandier du premier, les Martin, les Charon, les Aubert, les Grenelle du second, la pléiade d'autres tribus nichées à chaque palier telle une nuée d'hirondelles, Gaspard finit par les connaître une à une, à les apprécier parfois. Personne n'était sûr de se rappeler le nom de l'ébéniste, mais on craignait que le lieu ne portât malheur. On mettait donc Gaspard en garde : il finirait lui aussi vieux garçon, balancé au bout d'une corde, s'il ne prenait pas femme. On agitait de même un doigt circonspect devant Lucas : « C'est pas une vie que d'aller sans cesse aux filles ! » disait la vieille du troisième lorsqu'elle le voyait dévaler les marches, empestant une vieille eau de Cologne bradée sur les rives du Fleuve par quelque parfumeur douteux. Gaspard refusait obstinément lorsque Lucas ouvrait la porte de sa chambre à la volée : « Allons, viens te distraire un peu, vieux bougre. » Souvent, la journée finie, toute force le quittait, tout juste trouvait-il le courage d'aller se sustenter avant de s'étaler sur le matelas de paille. Il scrutait la lucarne des heures durant puis, une fois la nuit tombée, la lente déliquescence d'une bougie, jusqu'à ce que le sommeil l'emportât.

Il avait acheté un roman que l'on vendait sous le manteau, un livre à la philosophie sulfureuse, aux gravures orgiaques. C'était là son unique débauche. Non qu'il éprouvât autre chose que le besoin d'un épanchement — jamais un corps qui fût étranger ne lui était apparu comme un réceptacle possible à ses désirs — mais, en ces rares instants, ce flux libéré arrachait Gaspard à son existence, le suspendait en des limbes voluptueux. Le livre se refermait sur ses doigts effleurant encore les chairs d'aquarelle. Une extase le rendait allègre, lui laissait entrevoir un autre état possible, une plénitude, au-delà de l'anesthésie de sa vie de misère. Mais cela fuyait tandis qu'il reprenait son souffle, rendait obscure la passion, fût-elle brève, qu'avaient déchaînée les personnages de papier, et ce n'était plus qu'un peu de foutre, déjà froid sur son ventre et qu'il essuyait d'un coup de tissu. Il était alors vaguement attristé par la sensation d'avoir trop vite consommé ce plaisir, et s'endormait la mort dans l'âme.

La Seine envahissait aussi ses rêves. Sans cesse elle s'esquissait au détour d'un songe, noire, implacable. Il s'éveillait en sursaut, la sueur perlait sur son corps, le drap collait à sa peau. Il croyait reconnaître la pièce où, jadis, il avait dormi toute une enfance, à Quimper. Puis il reconnaissait les bruits de la rue, se souvenait. Il éprouvait alors la sensation d'un corps que la pensée replace dans une réalité tangible. Il tendait l'oreille pour discerner le ronflement de Lucas, depuis longtemps revenu d'une passe. Il était alors rassuré, débordait d'une reconnaissance ensommeillée. Lucas lui avait tendu la main. Lucas lui avait trouvé un travail. Lucas l'avait accueilli. Lucas lui avait offert une nouvelle existence, cette existence.

III

LA MORT DE M. LEGRAND

Il advint que le Fleuve implacable, qui avait harponné Gaspard, lui donna aussi l'occasion inattendue de le fuir. Lorsqu'il repenserait à cette période, devenue hypothétique à son esprit, il conclurait dans un excès de personnification — la Seine resterait alors à ses yeux un être doté de pensée propre — que c'était là un remerciement placide. Son éviction avait la forme d'un certain Martin Legrand, bijoutier de son état, comme Gaspard ne tarderait pas à l'apprendre.

Le matin même et comme tous les matins, M. Legrand, qui est assez bourgeois pour avoir quelques gens de maison, s'est éveillé dans des draps de soie, s'est étiré consciencieusement, puis s'est levé, alléché par l'odeur du café moulu dans les cuisines. Il s'étonne de ce que sa femme ne soit pas encore debout. Tous deux font chambre à part car Mme Legrand souffre de migraines et ne supporte pas de partager le lit conjugal lors de ses sempiternelles crises. Il dépêche tout de même une servante pour frapper à sa porte. La jeune fille revient tandis que Monsieur mord à pleines dents une tartine gluante de beurre. Madame ne veut pas se lever, Madame ne répond pas. Il est pourtant sept heures passées, ce ne sont pas ses habitudes, elle qui est si matinale. Frissonnement des robes dans l'escalier, murmures feutrés. On frappe à la lourde porte. Monsieur crie, supplie que l'on réponde. La serrure est verrouillée. Madame s'entête, fait la carpe. Monsieur s'inquiète, aime éperdument sa femme, palpite du cœur, hausse du ton, prévient qu'il va devoir user de la force, défoncer la porte. Que l'on s'éloigne de derrière ! Madame ne veut rien savoir, ne veut rien dire. Les servantes, petites souris grises et affolées, galopent à la recherche d'un double des clés, excitées aussi par un peu d'intrigue. Voici Monsieur qui recule, prend de l'élan, fonce tête baissée et se jette sur la porte, la perruque en perdition, les bas sortis de la culotte, puis rebondit avec étonnement. Les domestiques pouffent. Monsieur se recoiffe, transpire à grosses gouttes, s'apprête à repartir de plus belle, déterminé cette fois à n'être pas ridiculisé par la porte en chêne. On trouve les clés, on crie de soulagement, le trousseau tintinnabule dans les mains agitées d'angoisse. Enfin, on ouvre.

Madame repose sur son lit, le drap aux chevilles, la chemise ouverte sur un ventre peu ferme, sur une vulve jaune foin, indécente. Le visage est bleu de méthylène, la bouche s'ouvre, comme goulue. Les bras prennent des poses, les genoux rehaussés s'entrechoquent, les mains tirent l'alaise. On devine l'agonie à la contraction des muscles. Madame est morte. Monsieur s'effondre, s'agenouille de désespoir tandis que, partout dans la maison, on ne sait plus où courir. De la fenêtre ouverte, les rideaux se gonflent et ondulent, spectres amorphes. Le médecin accourt, ausculte, demande une autopsie, mais Monsieur n'entend rien, ne sait plus, acquiesce à tout, même à la rallonge que le personnel lui réclame. On emporte le corps tout drapé de souillures et d'infamie. On promet des résultats, des réponses bien vite. Madame n'est plus et Monsieur se moque des réponses. Il erre dans la ville alors que la bourgeoisie en mal de joyaux, ou peu avare de condoléances, se masse et s'indigne devant sa boutique close. Monsieur n'a jamais nourri de doute quant à la sincérité de son épouse. Il ignore qu'elle n'a jamais eu de migraines, répand aux fenêtres les huiles de menthe poivrée qu'il achète une fortune et dont la précieuse propriété soulage des maux de tête et de la nausée, mais qu'en réalité elle ne supporte pas. Il ignore qu'elle fait chambre à part pour n'avoir pas à subir des assauts auxquels elle préfère ceux du duc de Rangis, souvent de passage à Paris, qui manie le vit avec plus de talent et moins d'afféterie. Il ignore aussi que la veille, par la fenêtre entrouverte, ce n'est pas le duc de Rangis qui s'est glissé entre la danse des rideaux, tandis qu'elle sommeillait à l'attendre, presque nue, provocante dans son lit de satin. Il ignore tout de l'ombre, grassement payée par la duchesse de Rangis qui fait suivre son époux et fait en sorte de tout savoir, connaît chacune des oreilles de Paris, et les meilleures empoisonneuses. Il ignore encore à quelle sauce on a mangé son épouse adultère. Quel venin a été versé entre ses lèvres alors qu'elle rêvait, loin de tout soupçon. Si Monsieur avait attendu le résultat de la dissection de sa femme, ouverte comme une huître sur la table d'un légiste tandis qu'il marche au hasard, peut-être aurait-il repensé son estime, revu son chagrin à la baisse. Peut-être aurait-il ravaudé ses desseins. Sans doute aurait-il admis que lorsqu'une situation semble insoluble, il y a pourtant, quelque part, bien d'autres angles, bien d'autres facettes, bien d'autres remèdes. Mais Monsieur est aveuglé. Il traverse le pont Royal, escalade les rambardes. Déjà, il se lance dans le vide et sa perruque le suit dans l'air moite comme un petit nuage cotonneux. Monsieur se rompt le cou sur l'eau froide, puis dérive tandis qu'on se masse sur le pont à la recherche de son corps. Seule la perruque est pour l'heure repêchée. C'est une méduse parfumée et minable. Le reste de M. Legrand, somme toute l'intégralité de sa personne, descend vers l'île de la Cité, hésitant encore sur la direction à prendre.

Gaspard avait acquis le mécanisme qu'imposent les tâches sans cesse renouvelées. Plonger, repérer, bondir, couper, saisir, ramener, déposer. L'avantage, pensait-il, de cette succession métronomique, était de chasser toute pensée. Gaspard ne voulait s'ennuyer d'aucun questionnement, d'aucune philosophie. Lorsque le corps arriva sur lui comme était venu, quelques mois plus tôt, le visage d'un nourrisson, il considéra l'ennuyeuse diversion. Lucas l'avait averti : souvent, les hommes trouvaient les rebuts que les anatomistes et les étudiants en médecine volaient dans les cimetières. Ils balançaient aux flots : bras, jambes et boyaux de toutes sortes. C'était un inconvénient du métier, ni plus ni moins, mais Gaspard, bien qu'aguerri, se fût passé de la distraction. Le cadavre flottait à l'envers, la face tournée vers les méandres du Fleuve. Les cheveux gris formaient une anémone indolente. L'eau clapotait sur la peau comme sur une rive rosâtre. Gaspard le saisit par l'épaule et le retourna. L'homme tanguait, encore gorgé d'air. Le visage fixait le ciel d'un œil torve, le nez brisé formait un angle, se rabattait sur la saillie d'une pommette.

Un filet de barbe rasé avec minutie cernait la bouche, courait sur la mâchoire. L'homme portait sous sa redingote une veste de brocart piquée de fil d'or, une chemise de satin plissé, une culotte bouffante et détrempée, deux souliers de cuir ornés de boucles.

Lucas rejoignit Gaspard avant que les autres hommes ne se regroupent, bientôt suivis par la foule peuplant les rives. Les cris fusèrent : un bourgeois était mort noyé, la chose suscitait l'étonnement, excitait l'attention. Un gosse s'avança dans l'eau, essaya de détacher un bracelet d'or au poignet du cadavre. Lucas le repoussa, saisit la dépouille aux aisselles, la tira vers le bord. Gaspard sentit le soleil battre son visage. L'eau était traîtresse, reflétait le blanc du ciel, infligeait de graves brûlures. Il fallait couvrir sa peau de boue — à la manière des porcs suffoquant au rare soleil de Quimper — pour s'en protéger. Lorsque le cadavre fut échoué sur la berge, les hommes durent repousser les dizaines de badauds qui pataugeaient dans la vase pour mieux voir. « Merde ! » siffla Lucas avant de pousser le bourgeois du pied. Gaspard scruta son regard ennuyé. Il ne comprenait pas que la mort d'un homme fût plus dérangeante que la découverte d'une tête d'enfant. Avait-il posé la question à voix haute ? Lucas sembla répondre : « Jamais bon signe, un bourgeois à la flotte. Faut toujours un coupable, ça sent jamais bon pour celui qui le trouve. » Gaspard haussa les épaules : « J'étais là, j'vois pas comment je l'aurais poussé. » C'était une évidence, tout le monde opina du chef. « Oui, mais *eux*, ils s'en foutent pas mal de ta logique, que tu sois ici ou ailleurs c'est du pareil au même. Si on laisse ça là — il désigna le corps —, on pourrait bien avoir des ennuis. » Le murmure s'éleva alentour, teinté d'indignation. « Va falloir le remorquer au prochain poste de police », décida Lucas. Le contremaître — un Hollandais, avait appris Gaspard — fendit la foule, jeta un œil au cadavre puis ordonna à ses hommes de reprendre le travail. « Dégagez-moi ça », dit-il avec un accent traînant, à l'intention de Gaspard et de Lucas avant de se détourner. Un nouveau train arrivait, les hommes batraciens replongèrent dans l'eau. Lucas s'éloigna, laissant Gaspard seul avec le cadavre. Déjà lassés, les curieux retournaient à leurs occupations.

Il scruta le visage atone, les yeux qui n'exprimaient plus rien, ne reflétaient pas le ciel et semblaient boire la lumière par les rétines dilatées comme deux prunes. Une mouche vint se poser à la commissure des lèvres, parvint à se glisser jusqu'aux dents. Gaspard ne pouvait détacher son regard de la face cireuse, s'étonnait d'imaginer la symbiose qui s'amorçait à l'instant même dans cette enveloppe vide. Vide, mais de quoi ? Car sa substance était encore intacte, bien que se préparât une longue combustion, que ces intestins portassent en eux depuis toujours, depuis la naissance, l'ingrédient nécessaire à la pourriture du corps entier. Qu'est-ce qui avait donc fui dans le fleuve, immatériel et pourtant nécessaire à cette vie ? L'âme, savait Gaspard, mais qu'était-ce ? Une chose improbable, une chimie qui le différenciait de cet amoncellement de chair ? Bientôt, une génération de vers rongerait ce fruit décadent. Nul besoin qu'une mouche y pondît, l'homme portait leur promesse. Des affres de la parturition, près de cinquante ans plus tôt à cette heure, la vermine était restée une certitude en attente, et l'on aurait fouillé ses tripes à pleines mains sans jamais trouver un seul ver gras et blanc comme de la craie. Pourtant, ils seraient bientôt là. Un, puis plusieurs. Plusieurs milliers, armée silencieuse, acharnée. Un souvenir vint à Gaspard tandis qu'il réfléchissait, immobile devant le corps.

Quimper, rouge : une femme de la ville a gardé le ventre gros après la naissance d'un fils. Quarante ans durant, elle soutient d'une main son abdomen qui ne désenfle pas. On croit que l'enfant, pourtant frêle au demeurant, a distendu ses tripes. Quarante ans durant, elle travaille, éduque ses enfants, tient sa maison. Puis les douleurs au ventre apparaissent, fulgurantes, l'obligent à se courber en deux, en quatre, à ramper au sol. On lui administre des remèdes qui l'apaisent un peu, mais elle meurt après trois jours de râles et de torsions. On parle d'une descente d'organe, chose qui, si horrible soit-elle, est commune chez ceux qui n'ont pas la chance de mourir jeunes. Le médecin, animé par quelque curiosité, décide d'autopsier. Il découvre là, lové dans un utérus dévasté, incrusté dans les tissus, un petit corps atrophié, un fossile gris tartre. Le corps du jumeau de ce fils, né quarante ans plus tôt, mort *in utero*, raison autrement plus passionnante à ce que l'on croyait n'être qu'une vulgaire pathologie. On ne pensait pas si bien dire en se moquant aux coins des rues que la vieille faisait une grossesse éléphantesque. Le docteur se réjouit. La curiosité n'est pas toujours un vilain défaut : il écrira un papier dans une revue qui depuis longtemps le boude. La mère raconte souvent l'anecdote au petit Gaspard, puis rit de ses dents gâtées.

De la même manière, songeait Gaspard, *nous portons l'instrument de nos morts prochaines, caché en notre sein, quelque part, attendant en silence, d'une patience infinie.* Lucas revint.

Il tirait d'une main une barque qui flottait le long du bord, de l'autre une corde élimée, liée à la proue et qu'il entreprit de nouer aux pieds du cadavre. Gaspard le regarda faire, s'interrogea sur le but de la manœuvre. « Voilà, dit Lucas, serrant les liens si fort que le corps tressauta, ce sera toujours plus facile à tirer qu'à porter. » Il fit ensuite rouler le corps dans l'eau où il se remit à flotter, mais un peu moins. Peut-être avait-il exhalé un soupir alors qu'il reposait au soleil ? Lucas embarqua, saisit les rames dans le fond d'eau croupie de la coque. Gaspard hésita puis enjamba le cadavre et grimpa à son tour. Ils furent bientôt sur le Fleuve, passèrent devant les blanchisseuses. Le corps alourdissait l'embarcation, ralentissait leur progression. Des berges, on désignait leur convoi funèbre, tous bras tendus. Gaspard, tourné vers le cadavre, le regardait tracer un large sillon dans l'eau verte, les bras relevés telle une danseuse effectuant des entrechats.

Une question restait en suspens, sans qu'il parvînt à la mettre en mots. Ainsi, au beau milieu de la Seine, la bourgeoisie côtoyait la misère dans une danse gracieuse et macabre. Il revit les dames qu'il avait aperçues au lendemain de son arrivée à Paris, et auxquelles il n'avait jamais repensé. Lucas ramait, le visage en pleine lumière, les muscles tendus. « À quoi penses-tu ? » demanda Gaspard. Lucas grimaça, comme souvent lorsqu'il jugeait ses questions inappropriées. « À rien, voyons. À quoi veux-tu que je pense ! » Il n'y avait donc rien à penser. Il était naturel, se dit Gaspard, de remorquer un cadavre sur le Fleuve, comme Charon, le passeur du Styx dont la légende resurgissait de l'abîme qu'était désormais Quimper. Charon, fils des ténèbres et de la nuit, visage crasseux sous une cagoule noire, incorruptible vieillard, choisissait sur la rive les âmes qui pouvaient payer leur voyage et laissait les autres errer un siècle durant. *Un siècle durant sur les bords de la Seine*, pensa Gaspard. Son cœur se mit à cogner follement. Autrefois, on glissait dans la bouche des morts une obole pour qu'ils paient Charon. Gaspard tâta ses poches, n'y trouva qu'un sol terne, illisible. Il se pencha et tira la corde vers lui, allongea le cadavre sur le flanc de la barque puis parvint non sans effort à desserrer la mâchoire. La pièce se colla sur le résidu d'une salive blanche. L'haleine froide qui s'éleva couvrit celle du Fleuve et annonça la combustion organique. Lucas observa sans mot dire. Il ne comprit pas ce que fit Gaspard, mais respectait les superstitions. Gaspard sonda le néant de ses émotions tandis que le cadavre dérivait à nouveau, reprenait sa pose de ballerine. Vivrait-il cent ans, comme les âmes en peine au bord du fleuve Achéron ? Vivrait-il toujours sur les rives de la Seine ? Il se rappela un enthousiasme oublié, éprouva la nostalgie d'une ambition disparue. Déjà, Lucas accostait près d'un bâtiment devant lequel somnolaient deux gardes, à l'abri d'un saule.

« Ohé ! » cria-t-il en descendant de l'embarcation. La dépouille vint s'échouer dans une épaisseur de vase. La chaleur réduisait le lit du Fleuve, dévoilait des lèvres de tourbe. Les officiers se redressèrent, mains en visière, avant de deviner la forme du cadavre. Ils les rejoignirent au pas de course. Gaspard remarqua la similitude de leurs visages, faces capiteuses dont les pores béaient comme des cratères pour mieux exsuder l'alcool. « On a trouvé ça un peu plus bas, expliqua Lucas, on a jugé bon de vous le porter. » Il hissa le corps sur la terre ferme. Gaspard quitta la barque. Les deux officiers scrutèrent le cadavre avec suspicion, leur ordonnèrent de le tirer au poste de garde. On le posa au soleil, où il entreprit de faisander, de fleurir comme un bourgeon. « Nous allons avoir quelques questions à vous poser, marmonna l'un des deux ivrognes. — Pour sûr, monsieur, approuva Lucas, mais c'est qu'on a pas grand-chose à dire. — Ça, c'est à nous d'en juger, mon gamin, dit l'autre officier, assoyez-vous donc. » Lucas et Gaspard s'installèrent à l'ombre du saule, sur un banc de bois. Les officiers cherchèrent pendant près d'une heure les papiers appropriés, jugèrent ensuite qu'il était bon de s'assurer que l'homme fût mort. Le cadavre se vidait en relents fades, pétait au soleil comme un épicurien vautré dans l'herbe tendre d'une partie de campagne. Ils reculèrent, notèrent l'heure approximative de la mort. L'interrogatoire dura deux heures, jusqu'à ce que les officiers jugent de la fiabilité de leurs paroles ; puis ils firent apprêter une charrette et un porteur. Lorsque l'on transporta enfin le bourgeois à la morgue, son visage s'affaissait, efflorescence bleutée. L'air bourdonnait d'insectes carrossés de métal. Un garde à cheval qui longeait les quais s'arrêta tandis que le corps partait, traînant à sa suite un cortège de senteurs d'outre-tombe. « Martin Legrand, affirma-t-il en lisant la description, les vêtements correspondent, ses gens ont signalé la disparition il y a quelques heures. » Ainsi, pensa Gaspard lorsqu'il regagna le bois chaud de la barque, la dépouille avait un nom. « Martin Legrand, répéta-t-il à haute voix. — Cette satanée banqueroute qui nous a fait perdre un jour de travail ! » vociféra Lucas. Mais il ne l'écoutait pas, absorbé par le frissonnement des bateaux qui filaient vers la mer et par le vacarme des berges. Lorsque Gaspard ferma les yeux, le visage de son ami disparut dans les ténèbres d'un épais capuchon.

Il frissonna malgré la chaleur qui, ayant repris ses droits sur leurs corps, les pressait de son étau. Leurs bouches étaient sèches, leurs fronts et leurs aisselles dégoulinaient. Quand ils regagnèrent le pont au Change, les hommes avaient terminé la journée de travail. Ils chargeaient sur les charrettes les derniers morceaux de bois noirs et luisants qui jonchaient les berges tels d'étranges mollusques. Le contremaître encore présent les sermonna, refusa de payer leur journée. « Tout le bois c'est terminé, y a plus de travail », dit-il dans un français approximatif. Lucas essaya de négocier mais Gaspard remontait déjà le quai vers les guinguettes et il le rejoignit bientôt. « On trouvera autre chose, je connais des gars », dit-il avec persuasion. Ils marchèrent longtemps, à l'est de la ville, leur silence masqué par le tumulte de la fin de journée. Le faubourg Saint-Antoine était immuable, stoïque, fangeux, tout comme la petite chambre noire. Gaspard se déshabilla, savonna son corps pour faire disparaître l'odeur de morgue qui le couvrait telle une essence. À son tour, sa peau se constellait de prémices fongiques. Rafraîchi, il s'allongea sur le matelas, observa la lucarne noircir à mesure que le jour déclinait, attentif aux bruits et aux voix du dehors. On vint plusieurs fois frapper à sa porte, mais il ne répondit pas, s'endormit enfin.

« Martin Legrand. » Sa voix, découpe nette dans l'obscurité de la chambre, le réveilla en sursaut. Il pensa aussitôt : *Non, je ne veux pas rester sur la rive.* Son plexus solaire palpitait comme il avait un jour vu palpiter le ventre translucide d'un goret rampant hors d'un amas placentaire. Il se releva, essuya son front d'un revers de main moite. Il hésita un instant puis enfila une chemise, une culotte de coton, quitta sa chambre et dévala l'escalier. La vieille du troisième étage tricotait à la lueur d'une bougie, son visage léché de jaune jusque dans ses rides les plus profondes. La nuit était sensiblement plus fraîche. L'été s'éloignait enfin. Gaspard inspirait l'air vicié. Son cœur ne voulait pas s'apaiser et il sentait chaque battement se répercuter comme une onde dans ses tempes, son palais, le bout de ses doigts. Il rasa les murs sombres vers la porte Saint-Antoine. Les nuits étaient dangereuses, aussi se fondit-il dans la foule des succubes vêtus de haillons. À sa gauche, la Bastille, ville-geôle, ne retenait plus que les détracteurs du roi, bastion de sa toute-puissance. Elle semblait guetter avec attention le croissant de lune jetant sur ses murs une lumière d'opale. Gaspard marcha droit devant, rue Saint-Antoine, dépassa la rue Royale, la place du même nom, lieux troubles où se perpétraient dans la nuit de sanglantes rixes. On retrouvait parfois au matin des corps exsangues dont le suc s'était déversé en tapis rubis, lapé par les chiens, sur la chaussée.

Quimper, rubis : la mère affectionne les histoires qui peuplent l'esprit de son fils de mille fantômes, mille gorgones. Elle parle cette fois d'une femme qui, dit-elle, a forniqué avec le diable et grossit tant qu'on croirait voir une figue trop mûre. Image d'une figue sur le sol un après-midi d'été : le fruit s'est fendu dans sa chute, la peau se déchire sur des entrailles velues, juteuses. Un lait poisseux dégorge des lèvres de peau, roule en perles de nacre dans la plaie, là où, au bout d'un millier de pistils charnus, se trouve une forêt de graines blanches, rondes comme un millier de tiques. La mère est dans les affres de la parturition, gueule et pue de sa véritable odeur, celle qu'elle renferme comme une boîte exhibe son plus précieux joyau. Le bébé vient, mais la mine de la sage-femme est déconfite. « Quoi, crie la mère dans une pluie de cheveux rendus gras, hirsutes par la gésine, que se passe-t-il ? » L'accoucheuse recule, les mains couvertes par les eaux. Elle ne peut rien dire. Sa bouche s'ouvre, mais aucun son ne franchit les lèvres. C'est elle qui fuit par la porte, laissant la mère seule à son travail. L'époux, qui attendait dehors, entre dans la chambre, retient son souffle : l'odeur est celle d'un abattoir. Ses yeux s'agrandissent comme précédemment ceux de la sage-femme. « Car que voit-il entre les deux grosses cuisses blanches de sa femme, hein, que voit-il ? » questionne la mère du petit Gaspard qui boit ses paroles. Il voit quelque chose de plus blanc encore que les cuisses maculées, à croire que sa femme pond un œuf gigantesque. La voici qui lutte pour l'extraire de son corps, épouvantée par l'innommable qu'elle devine aux traits ahuris de son mari, qui tâte d'une main son entrejambe par-delà la montagne qu'est son ventre. L'œuf n'est pas un œuf, c'est une tête. Une tête couleur de défense d'éléphant, qui brille dans un bain de sang comme un kyste graisseux. La mère le saisit, enfonce ses doigts dans la fontanelle spongieuse. Elle le tire, l'extirpe sans cesser de brailler de douleur et d'horreur. Une fois la chose sortie, poche désuète, tripe honteuse, elle recule au fond de ses draps tandis que le placenta coule encore de sa vulve. C'est un enfant. C'est un gros enfant, parfaitement formé et qui crie comme tous les nouveau-nés crient, là, sur les draps, dans un florilège de *vernix caseosa*. Il est si blanc qu'il semble lumineux dans l'obscurité de la chambre. Sa peau laiteuse capte la lumière, se nimbe d'une aura bleutée. La femme hurle d'effroi à l'idée d'avoir hébergé en son ventre pareille abjection, supplie le mari de faire taire le cri qui s'élève de la bouche d'albâtre. Car l'enfant a faim. Animé par l'instinct, guidé par l'odeur de celle qu'il reconnaît comme partie de lui, il rampe vers le sein maternel. Affolé, le mari saisit un bout de drap, surmonte son dégoût, enfourne le tissu dans la petite cavité de velours, la fourre tout entière. Les parents observent l'enfant se débattre, dodeliner de la tête, puis s'éteindre, mourir, ternir un peu. Il ne bouge plus, il est gris, comme argenté. « Albinisme », susurre la mère à Gaspard. Elle détache parfaitement chaque syllabe.

La rue Saint-Antoine s'étrangla, il dépassa le couvent des Grands-Jésuites. À quelques rues, la Seine enroulait de ses bras l'île Saint-Louis. À gauche, la rue Geoffroy-L'Asnier descendait vers le Fleuve, mais Gaspard ne le regarda pas. Il nourrissait depuis toujours l'horreur du sexe des femmes. Cet antre abscons, poisseux dans un buisson absurde et grossier, l'emplissait d'un sentiment d'effroi. Lieu originel, inévitable dans la vie d'un homme, temple de maternité, de création. N'était-ce pas ce que cherchaient les hommes dans l'acte sexuel, à extirper un peu de cette maternité qui saturait en chaque femme, essence femelle, la croyant lovée en elles comme le pépin dans le fruit ? Gaspard le pensait lorsqu'il traversa la place Baudel et dépassa Saint-Gervais. Voilà ce que Lucas cherchait chez les putains de Paris, l'illusion d'un peu d'amour, d'amour pur, un peu de mère en chaque femme. Gaspard se souvint de sa répulsion pour l'amour filial. D'ailleurs, n'est-il pas étranger à l'amour ? Il n'en a nulle conscience, nul besoin. L'église Saint-Jean, accolée à l'Hôtel de Ville, désignait le ciel flambant dans son écrin de velours noir. Des fiacres passaient, les murs renvoyaient l'écho des sabots martelant le sol avec précision. À l'inverse, son pouls s'apaisait enfin. L'air vicié de Paris avait des vertus salvatrices. De la place de Grève à la fin de la rue de la Vannerie, un ivrogne le suivit, mais il le remarqua à peine, son esprit tourné vers l'image d'un avorton blanc de perle. Gaspard ignorait que, dans un univers parallèle au sien, sur les terres d'Afrique dont l'existence lui échappait, l'enfant frappé d'albinisme était un enfant dieu, idolâtré. Avait-il fui Quimper pour ce Paris-là ? Avait-il réellement préféré l'infâme à l'infâme ? Une brise légère souffla, pour la première fois depuis des mois tandis qu'il coupait la rue Planches Mibrai. Celle-ci continuait et traversait la Seine par le pont Notre-Dame. Mais, à nouveau, Gaspard se refusa à regarder en direction du Fleuve. Il frissonna de plaisir lorsque l'air tiède battit son visage, se glissa sous sa chemise, vivifia son esprit. C'était bien sûr ! Non, il ne voulait pas de cette vie-là ! Avait-il quitté la mère mangée de suie pour la Seine, aussi ténébreuse et dévorante ?

Gaspard secoua la tête, accéléra le pas puis, soudain décidé à narguer le Fleuve, prit à droite vers le quai de Gevres. Là, les ombres se pressaient, avec hâte et suspicion, à peine trahies par la lune brisée en éclats sur les eaux. Il marcha jusqu'au pont au Change, si différent, intangible dans l'obscurité. Il décida de rejoindre la cohorte des errants. Au cœur de la nuit, les corps se frôlaient, mêlaient leurs puanteurs. Abîmés sous des cagoules, ils s'accostaient à voix basse sans que Gaspard parvînt à distinguer leurs visages. Mais il sentait les souffles, souffles de prédateurs, souffles de proies, battre sa nuque. Par endroits, il entendait des cris, des coups étouffés, des règlements de comptes, sitôt bus par l'évaporation pisseuse du Fleuve, complice de toutes les vilenies. Les corps s'évitaient, se frôlaient parfois en bruits de capes. L'atmosphère était saturée de l'odeur acide de la charogne, du mystère, de l'ennui, de l'herbe humide, de l'errance et de la misère. Gaspard marchait sans regarder le Fleuve de front, mais il devinait son miroitement reptilien du coin de l'œil. Des spectres lui proposèrent des poisons, des mixtures ouvrant la porte d'étranges paradis. Il longea le quai de la Mégisserie, ses jambes alourdies par la marche, devina l'imposante île de la Cité. Le danger n'excitait pas ses sens, le laissait impassible. La perspective de sa mort, tout à fait probable en ces lieux, ne l'émouvait pas le moins du monde. Peut-être était-il à deux doigts du désespoir qui avait poussé Martin Legrand à sauter du pont ? Dans cet état d'indifférence, d'insensibilité morale qui précède le suicide ? Son corps paraissait étranger. Il repensa à la dépouille du bourgeois sur la rive. « Une enveloppe, tout au plus », dit-il à voix haute. Une ombre se retourna brusquement, puis disparut dans la nuit. Dès lors, quel était le sens de cette mascarade ? Gaspard dépassa le pont Neuf, continua de marcher le long du quai de l'École et du quai du Louvre. À sa droite, noirceur abrupte dans les profondeurs de la nuit, débutait la porte Saint-Nicolas. Il ralentit le pas, marcha près des berges. Ici, les tours de garde étaient plus fréquents, il s'arrêta donc au cœur des ténèbres, le Fleuve glissant derrière lui, puis scruta les hauteurs du mur. Il devinait au-delà le faste de l'hôtel de Lassay, ferma les yeux, abattit le mur, dévoila les centaines de lampions du palais. Les torches haletaient, les auréoles d'or se reflétaient dans le cristal, accouplaient les dorures à l'infini. Les vagues fauves de ces lumières ondoyaient sur les tapisseries, les soieries, le bois sculpté et le marbre luisant. Une lumière flavescente éclairait les salons, tombait en cascade du socle précieux des bougies et des lustres, se déversait sur les visages, les perruques, brillait sur les gorges moirées de parfums. Les fumées saturaient l'air de volutes, s'enroulaient lascivement au foisonnement des robes, à la préciosité des velours, aux crêpes de Chine, aux nervures des taffetas, satins et soieries brodés de perles. Les tissus chuintaient sur les peaux raffinées par les crèmes. Un verre de vin jetait sur un velours rouge ses teintes grenat.

Quimper, grenat : Gaspard n'a pu tuer le goret comme le père l'exige. Il a six ans, tient dans sa main un couteau qui a servi tant de fois que la couleur du manche disparaît sous une croûte épaisse, râpeuse contre sa paume. Le père se découpe dans la luminosité de la grande porte ouverte. Gaspard plisse les yeux, ne discerne pas son visage mais devine une expression furibonde. Tout juste a-t-il eu le courage de tenir l'animal au sol, d'enfoncer un peu la lame dans la chair, sous la peau rose et duveteuse. Le voici qui court maintenant, se cogne au mur, affole les bestiaux contenus derrière une barrière, et tout cela gueule d'effroi. Le goret porte un liseré rouge qui s'étend de sa gorge à son croupion, galope sur le flanc bondissant. Sa tête heurte le bois, ses yeux encore bleus tournent comme des toupies dans leurs orbites, repèrent la sortie que le père obstrue de sa silhouette d'ogre. Un cri, une sirène, sort de son petit groin qui flaire l'air froid, se rue vers la lumière, vers l'espoir d'une fuite. Le père plaque l'animal au sol, d'une main large, d'un piège incorruptible. Il le soulève par une patte, s'approche de Gaspard, ramasse le couteau de l'autre, tandis que le goret tournoie sur lui-même, se démet l'os de la cuisse, tournoie encore. Cette fois, la lame mord la chair avec précision, le sang gicle en jets obscènes, barbouille le sol de fange, s'écoule en teintes grenat sur la tourbe molle. Le cochon cesse de hurler, émet quelques gargouillis, pisse et chie, se vide au sol puis, lâché par le père, tombe comme une outre, frappe le sol d'un bruit mat. Le temps se suspend. Gaspard tremble. Le père est immobile. Le cri des truies ne cesse d'augmenter. Elles sont prises de frénésie. « Lèche », dit le père dans ce patois que Gaspard exècre. Il montre le sol d'un doigt épais. Gaspard ne bouge pas. « Lèche », répète la voix sans hausser le ton, tandis que le visage à contre-jour reste indiscernable, du moins dans la mémoire de Gaspard. Il avale un hoquet, sait qu'il ne faut pas pleurer. Il s'agenouille ; ses mains s'enfoncent dans le purin. Son visage se baisse, la langue, aussi rose que la gorge du cochon, surgit entre ses lèvres, vient cueillir un fruit, récolte en son bout une goutte de sang. « Lèche », répète la voix, mais cette fois c'est un pied qui appuie sur l'arrière de son crâne, pousse tout son visage de l'avant, avec une force contre laquelle il ne peut lutter. Le lisier et le sang entrent dans sa petite bouche, se logent entre ses dents, sous sa langue, pénètrent sa gorge. Comme le drap entre les lèvres de l'enfant albinos. Gaspard étouffe, essaie de hurler, mais n'émet que des gargouillis sirupeux qui se joignent au chorus des cochons. Puis le pied n'est plus là, il respire. Le goût amer est partout dans sa bouche, le viole jusqu'à la nausée. Il essuie son visage, halète, vomit. Lorsqu'il ose rouvrir les yeux, tout est teinté de rouge, de ce rouge glissé sous ses paupières, maculant sa face. La porte de la grange est toujours ouverte, le père n'est plus là. Seul entre le jour, à l'oblique, grenat.

C'était un exercice de l'esprit et il suffit à Gaspard d'ouvrir les yeux pour retrouver la porte Saint-Nicolas intacte, limite concrète à son monde. Il sentit l'amertume à son palais, cracha dans le silence. Enfin, il put se retourner vers la Seine et la dévisager. Il se sentit détaché d'elle, eut la sensation qu'elle le toisait avec morgue. Il décida qu'il ne retournerait pas travailler sur les berges. Il décida aussi qu'il trouverait un métier respectable qui lui permettrait peut-être d'accéder à un autre niveau de vie. Il voulut voir en la mort de Martin Legrand un présage heureux. Cet homme n'était pas né bourgeois : c'est qu'il existait quelque part la possibilité d'une ascension. Gaspard retrouvait l'émulation de son arrivée à Paris, c'était un sentiment délicieux. Il sifflota sans s'en apercevoir puis rebroussa chemin vers le faubourg Saint-Antoine.

IV

UNE NOUVELLE EXISTENCE

Il rêva de spectres, d'un fleuve rouge qui se fondait dans un mur titanesque. Sur les rives s'entassaient non pas des monceaux de bois, mais des avortons réduits au silence, faces de poupons blanchies, faces de chaux. L'aurore le trouva dans un drap de sueur, à peine reposé par les quelques heures de sommeil. À la plante de ses pieds bourgeonnaient de larges ampoules. Ses mollets étaient de bois. Il grimaça lorsqu'il s'étira. Déjà les porteurs d'eau vidaient leurs seaux dans les étages et le bruit de leur course retentissait. Gaspard se leva, s'apprêta à saisir les vêtements qu'il portait pour travailler au Fleuve, mais sa main se suspendit au-dessus des hardes. La marche de la veille, les résolutions prises à l'aune du palais des Tuileries revinrent à son esprit avec une précision ciselée. Gaspard enfila une chemise de lin, une culotte de peau, un gilet en serge et des bas noirs. Il lissa un peu le tissu, tenta d'ordonner la masse brouillonne de ses cheveux, se rasa grossièrement. La lame était émoussée. Le savon sur ses joues piquait aux coupures. Il épongea son visage sans cesser d'en scruter le reflet dans un éclat de miroir. Il entendit Lucas s'éveiller, colla son oreille au mur. Les cloisons poreuses tombaient en écailles de plâtre et il pouvait deviner chacun de ses gestes, les pressentir tant la promiscuité de leurs vies les avait fondus en une même existence. Le profil de son visage caressait le grain du mur, son regard épousait la forme étriquée de la lucarne.

Lucas avait été une présence familière et réconfortante sur laquelle Gaspard avait pris appui pour ne pas être dévoré par la capitale. Avait-il investi trop d'espoirs en Lucas ? S'était-il bercé d'illusions ? Pouvait-il se satisfaire de cette relation misérable ? Gaspard secoua la tête. Soudain, Lucas apparaissait comme un danger, un obstacle à sa vie dont il devait s'éloigner. Car il fallait faire vite, avant qu'il ne quittât sa chambre, ne frappât à sa porte, ne lui demandât s'il était enfin prêt à partir pour le Fleuve. Gaspard n'aurait alors pas le courage de refuser. Son désir retomberait avec la dérision d'un soufflé et il emboîterait le pas de Lucas, à nouveau exempt de toute pensée. Ce dernier annihilait sa capacité de réflexion, son aptitude à désirer, en somme son humanité. Gaspard sentit croître une haine féroce à l'encontre de Lucas, le sentiment d'avoir été dupé. *Suis-je à ce point naïf pour n'avoir pas vu l'entrave que représente notre amitié ?* pensa-t-il avec amertume. Il éprouva aussi la sensation d'une culpabilité, d'un mensonge éhonté fait à lui-même, mais aussitôt que ce sentiment prit le dessus sur sa colère, il le refoula, le réprima et le fit taire. Ce n'était plus qu'un malaise fuyant. Diffamer Lucas, l'accabler de mille maux, laisser sourdre la rancœur et la colère, l'humiliation d'une vie, désigner une cause, un coupable, n'être qu'une victime : dans cette déflagration émotionnelle, Gaspard trouvait un apaisement. Les choses apparaissaient avec simplicité : pour échapper à cette misère, c'est Lucas qu'il fallait fuir.

« Quand je t'ai vu sur les berges, comme ébahi devant tout ce mouvement, j'ai bien su que tu cherchais quelque chose. Tu m'étais sympathique », avait-il dit à Gaspard pour se justifier de lui avoir tendu une main secourable, un jour d'été. Avec le recul, c'était comme si Lucas l'avait saisi ce jour-là pour l'entraîner dans sa chute. À l'image du peuple des rives, Lucas était la continuité du Fleuve. Il avait aussi cherché à le noyer dans ces eaux. Gaspard créa de toutes pièces la certitude d'une tromperie. Autour de lui, la chambre était plus sordide que jamais. Il chercha quelques objets à emporter, mais tout ici était intrinsèque, auréolé de néant. Il ne pouvait se résoudre à choisir parmi ces choses de rien. Il pensa qu'il pourrait vendre ses chemises, une fourchette d'argent trouvée dans le Fleuve, un petit médaillon, une tabatière. Mais cet argent serait aussi corrompu que le reste, toujours issu de la Seine, dérivé de cette vie. Il roula ces objets dans un drap, posa le loyer sur la petite table. Il s'aperçut que l'auréole au sol, unique souvenir du précédent locataire, était toujours visible, parfaitement délimitée. À la voir chaque jour, il avait oublié son existence, mais il nota qu'elle ne s'était pas atténuée. Gaspard la croyait plus petite, plus tassée. Il la trouva large, étendue comme une mousse végétale qui gagnait le parquet vermoulu. Il soupira puis quitta sa chambre, traversa le couloir sans faire grincer le plancher et déposa le drap noué devant la porte de Lucas. Enfin, il se glissa dans l'escalier.

L'air du dehors débarrassa ses poumons des odeurs de l'immeuble. Le jour bruinait sur la ville-insecte grouillant pour s'extraire de sa torpeur nocturne. Une fillette vendait des fruits à même la terre. Gaspard s'arrêta face à elle.

Le visage oblique l'observa d'un regard qui ne l'était pas moins. Le crâne se resserrait à hauteur des yeux, comme si la mère endormie au sol avait tenté de retenir l'enfant en son ventre. Gaspard nourrit d'instinct un mépris féroce pour cette femme, affalée telle une larve entre les jambes de sa fille. Il tendit une pièce à l'enfant puis saisit une pomme, mordit dedans et entreprit de remonter la rue. Le jus du fruit était âcre. Des taches mangeaient la chair, le trognon était acide mais Gaspard avait faim. Il l'engloutit. Il ignorait vers où se diriger, puis se dit qu'il n'avait jamais traversé le Fleuve pour se rendre sur l'autre rive. Il se demanda comment il était possible que jamais ne fût venue à son esprit l'idée de traverser la Seine dans laquelie il travaillait pourtant chaque jour et d'où il voyait l'autre face de la ville. Jamais l'envie de traverser l'un de ses ponts ne l'avait à ce point frappé. Lucas, par l'assiduité de son amitié, ses sollicitations incessantes et la constance de sa présence, ne laissait à Gaspard aucun espace qui lui permît de s'affirmer. Si, à l'heure où il se perdait sur la rive gauche, tandis qu'il quittait le faubourg Saint-Antoine, Gaspard avait sondé son âme avec lucidité — chose improbable tant elle comportait de dédales —, il aurait compris que cette idée ne suscitait en lui aucun désir. Mais, peu coutumier de la notion de souhait, il prit cette pensée pour une envie profonde de gagner l'autre rive. Il sifflota, satisfait de son inspiration, persuadé d'agir avec perspicacité. « Je trouverai là-bas des artisans qui connaissent bien la bourgeoisie », dit-il tandis que son pas se faisait plus volontaire. Cette idée, qui découlait de la première, l'émerveilla. La logique eût été qu'il cherchât d'abord le lieu où il serait probable de trouver un métier avant de choisir de s'y rendre. Mais Gaspard découvrait à peine la possibilité d'exister par un raisonnement puis une décision. Son état un peu fébrile lui évoqua son arrivée à Paris. Il pensa à Quimper, qui était alors si loin et planait pourtant encore, univers larvé, abstraction dont tout découlait peut-être, jusqu'au Fleuve lui-même.

Trois officiers de police interpellaient un aveugle endormi sous un amoncellement de planches. Ils le tirèrent de son abri pour l'emporter à la prison du Petit Châtelet où se massait dans une promiscuité infâme la foule grossière des petits voyous, des sans-logis, des sans-le-sou. Lorsque les paupières, rideaux de plis, se soulevèrent au milieu du visage gris cendre, le soleil se jeta dans les yeux laiteux. Les boutiques ne tarderaient pas à ouvrir. Les commerçants balayaient le sol, soulevaient un manteau de poussière partant à l'assaut de la rue. La disette se faisait plus pressante, Gaspard n'en avait encore qu'une conscience partielle. La nourriture venait à manquer sur les étals, le pain coûtait cher. Une boulangerie crasseuse vomissait dans la rue l'odeur du levain. À l'intérieur, un homme à la mine d'ogre suait devant un four tandis que sa goule de femme scrutait la rue, les mains plantées sur de larges hanches Gaspard tâta ses poches. Il devait économiser l'argent mais la senteur du pain chaud était une torture, convulsait son ventre. La boulangère le fustigea du regard, ce qui le dissuada de négocier un morceau de pain dur, souvent vendu au rabais. Il s'éloigna, retint son souffle pour ne plus sentir ce déluge olfactif et tentateur. Ses tripes cessèrent bientôt de se contracter, se suspendirent à l'attente, prédatrices à l'affût d'une pitance. La faim était omniprésente, Gaspard vivait avec, et le rassasiement n'était qu'un souvenir nébuleux de Quimper, lorsque le père abattait un des porcs pour la famille. Ce matin-là, alors qu'il croyait marcher vers une vie meilleure, la faim dévoilait les parfums exhalés par les échoppes. L'odeur du café moulu s'élevait des auberges, émoustillait ses glandes salivaires qui dégorgeaient leur suc sous sa langue. Des tables approximatives débordaient au milieu de la rue. Les fiacres, chars de l'enfer, les frôlaient à leur passage et personne ne s'y installait. Les hommes préféraient se presser contre la noirceur gluante des comptoirs pour avaler les premiers verres d'eau-de-vie. Une vieille tirait une charrette contenant des pots de lait de chèvre. Le liquide tanguait, coulait parfois sur la glaise comme le débordement d'une semence. La crème flottait à la surface en paquets denses. L'odeur était celle de la bique et du laitage, du pis encore chaud. Gaspard sentit son estomac émettre une plainte sonore, se décida à interpeller la laitière. Il tendit une pièce Elle fouilla dans la poche d'un tablier informe avant d'en retirer un bol de terre qu'elle plongea dans le lait et remplit à moitié. Elle jaugea Gaspard du regard, le remplit à ras bord. « C'est bien trop maigre pour son âge », dit-elle. Son sourire dévoila l'absence de ses dents. Gaspard porta le bol à ses lèvres. Le lait inonda sa bouche, coula dans sa gorge et révéla ses saveurs. Gaspard mâcha la crème, puis rendit le bol à la vieille. Son visage était parcheminé, ses lèvres comme aspirées de l'intérieur, la barbe à son menton brillait. Il éprouva un élan de tendresse qui le déstabilisa, une reconnaissance du ventre. Elle leva une serre, tapota sa joue droite puis fila, traînant derrière elle ce fardeau bien plus lourd que son âge.

Il ne lui restait presque plus d'argent. Tandis qu'il reprenait sa marche, il songea qu'il aurait dû vendre les affaires qu'il avait laissées à Lucas. Lucas, à qui il repensait pour la première fois depuis son départ, déjà relégué au rang de souvenir. Il s'en aperçut avec soulagement. Dans un théâtre miteux, on jouait *Le Barbier de Séville*. Gaspard songea qu'il irait un jour voir une pièce. Devant l'entrée, un marionnettiste agitait deux sombres êtres. Un groupe s'amusait de leurs saccades et Gaspard s'arrêta pour observer un peu la représentation. Les marionnettes, visages de bois et corps de tissu, se disputaient pour un vol de poule. La voix de l'artiste déformait leur altercation en un croassement ignoble. Les fils pénétraient le tissu, perforaient les crânes, les mains et les pieds des personnages. Gaspard imagina trancher ces liens, redonner leur liberté aux pantins, mais devina qu'ils s'affaleraient, ne seraient plus que chiffons, car leur vie venait de cette dépendance au marionnettiste. Qu'est-ce qui animait Gaspard ? Rien ne le poussait de l'avant. Y avait-il alors, par-delà son existence, une volonté qui lui échappât ? Il frotta le dos de ses mains avant de reprendre sa route. Sa condition d'homme le condamnait à l'errance. Il ignora la brûlure à ses pieds, marcha longtemps, rejoignit le pont Notre-Dame par lequel il décida de traverser le Fleuve qui s'écoulait en contrebas, déjà absorbé par l'activité du matin. Son cœur se mit à tambouriner lorsqu'il fit un pas sur le pont. Il inspira profondément, avança, sa main posée sur la barrière, le regard fixé sur l'autre rive. À mi-chemin, il s'obligea enfin à se tourner vers la Seine, la domina de sa hauteur. Indifférentes, les eaux couraient au-dessous en profondeurs insondables, en éclats de ciel disparates. Il lui apparut qu'il pouvait aussi se jeter dans le Fleuve ; enjamber la barrière serait enfantin et seul ce geste le séparait de sa mort. En un pas, il pouvait abréger l'ineptie de son existence. À l'image de Martin Legrand, offrir une solution à un problème qui semblait insoluble. Et la portée de ce geste, son accessibilité élémentaire, ouvrit en lui un gouffre de tentation. *Comme il est étrange que l'homme soit ainsi séduit par le vide*, pensa Gaspard. Il frissonna malgré la chaleur sèche sur ses épaules. Le Fleuve attendait, amant lascif et patient, prêt à ouvrir ses bras. Gaspard recula, pour se protéger de lui-même. Un cocher hurla de s'écarter du chemin, un cheval le frôla, propulsa son cœur à un rythme effréné. Il se jeta sur le bord, se hâta de franchir le pont. Il déboucha sur l'île de la Cité par la rue de la Juiverie qui joignait l'autre rive. Il fut si intolérable à Gaspard de se trouver encore sur le lit du Fleuve, même à terre, qu'il courut jusqu'à l'essoufflement, traversa le second pont et ne s'arrêta, le dos courbé, les mains aux genoux, qu'une fois engagé dans la rue du Petit-Pont-Saint-Julien, à proximité de l'église Saint-Séverin dont le clocher gothique surplombait les toits.

Son sang pulsait. Une lame dans ses chairs pantelantes semblait déchirer son flanc. Lorsqu'il se releva, deux femmes le dévisageaient avec soupçon depuis le perron d'une porte. Gaspard tourna la tête, jeta un œil sur la rue. De pauvres bougres en haillons l'arpentaient, traînaient charrettes et étals derrière leurs silhouettes grises. On voyait aussi, moins exceptionnellement qu'au faubourg Saint-Denis ou à Saint-Antoine, des dames et des messieurs entre deux classes — *de la race de Legrand*, pensa aussitôt Gaspard, *de cette race qui vit dans le luxe, mais se suicide volontiers* — se hâter à leurs occupations, vêtus de robes lourdes, de corsages, de perruques arrangées. Le sol résonnait du claquement des talons, du fer des sabots. Gaspard longea le bas-côté puis prit à droite, rue de la Parcheminerie. De chaque côté, les commerces se disputaient les façades croulant sous les enseignes. Il dépassa un atelier de couture, vit son reflet dans la vitre de la porte. Il n'était qu'un miséreux de plus dans ces rues, le visage congestionné par sa course. La sueur perlait sur ses tempes. Les touffes d'une barbe juvénile mangeaient ses joues. Même dans ses vêtements les plus corrects, il affirmait son appartenance à la fange de l'autre rive et, déjà, un maréchal-ferrant qui puait la sueur, la corne brûlée et la graisse à cuir, passait à ses côtés et lui lançait un regard cordial, le reconnaissait comme son semblable. D'une fenêtre, une domestique essorait un drap. Elle parcourut la rue du regard, mais ne s'arrêta pas. Gaspard l'indifférait, n'était qu'une crasse de plus, un détail insignifiant.

Il se sentit déplacé, et le souffle qui l'avait mené jusque-là retomba, espoir ridicule, acte inconsidéré, laissant place au désarroi. Avait-il cru qu'il pourrait trouver un travail ? Quel métier pouvait-il convoiter, lui le garçon de ferme qui ne savait qu'élever des porcs et se rouler comme eux dans le limon d'un fleuve ? Croyait-il devenir couturier, parfumeur peut-être ? Comme Martin Legrand, joaillier ? Un métier de raffinement, nécessitant une érudition, un apprentissage, une élégance qu'il n'aurait jamais ? L'abattement déferla, au beau milieu de la rue de la Parcheminerie, tandis qu'un chien cadavérique venait respirer la puanteur de ses souliers puis s'en allait pisser plus loin. *Je dois rentrer*, pensa Gaspard, et il fit demi-tour d'un pas traînant lorsqu'une porte s'ouvrit à la volée, éjectant au beau milieu de la route un adolescent acnéique, face de marmelade effondrée sur le pavé. « Espèce de cul-terreux », rugit une voix bientôt suivie de son propriétaire. L'homme disparaissait sous les rouleaux d'une perruque bleue. « Foutre polisson, vermine ! » L'homme bedonnait, avançait au rythme où l'autre rampait et le frappait à grands coups de pied dans le ventre. « Repars donc chez ta mère dont je maudis les foutues entrailles ! » Un filet de sang coulait du nez du gamin et s'étendait à son cou. Il parvint à se relever, détala au coin de la rue. Essoufflé, l'homme à la perruque le regarda s'éloigner. Il devina la présence de Gaspard et s'adressa à lui en ces termes : « Ce squelette puant va foutre en tous sens, et des fillettes ! Une femme est venue se plaindre à moi que sa petite aurait été touchée ! » Il se retourna, aperçut enfin Gaspard et parut ennuyé d'avoir montré trop de spontanéité pour ce gueux. Il fit donc demi-tour et regagna sa boutique.

« C'est que... monsieur... je cherche un travail », dit Gaspard, avant d'ajouter : « Je suis prêt à apprendre. Si vous avez besoin d'un garçon... » L'homme le dévisagea, avec agacement. Son visage était bovin, on devinait la calvitie sous sa perruque trop élaborée. Il hésita puis s'avança, saisit Gaspard au menton, tourna son visage de gauche à droite, l'œil suspicieux. Il s'éloigna, le regarda de nouveau des pieds à la tête, avec exigence. Gaspard devina qu'il détaillait l'esquisse de ses muscles. « J'en ai assez des miséreux, dit-il d'une voix éplorée. — Je ne le suis pas, monsieur, c'est que..., essaya de se justifier Gaspard avant que l'homme ne l'interrompît. — D'où viens-tu ? — De Quimper, monsieur. » L'autre sembla réfléchir. « Je vois. Tu es sale comme un palefrenier », fit-il d'une moue contrite. Il avait appuyé le mot. Gaspard baissa le regard sur le pavé. Un groupe d'hommes passa près d'eux, chanta à pleine voix une comptine paillarde. Les couturières de la boutique attenante sortirent pour les observer, puis jetèrent un œil à Gaspard et l'homme les salua d'un hochement de tête. « Bien, un mois à l'essai. Pas de salaire durant cette période : tu seras nourri, logé. Levé six heures, aucun retard toléré, nous travaillons jusqu'à dix-neuf heures. Il va de soi qu'il faudra changer cet — il désigna Gaspard d'un doigt volatile — accoutrement, sous peine de faire fuir les clients. Oh, j'y pense, comment t'appelles-tu ? — Gaspard », répondit-il, tandis que l'homme montait déjà la marche du perron menant à sa boutique, fidèle à son image de bourgeois opulent et ridicule, perché sur une estrade. « Excellent, Gaspard. Tu auras bien noté, Gaspard — et il désigna du menton l'angle de la rue par où l'adolescent avait disparu quelques minutes plus tôt —, que je ne tolère pas le moindre écart. — Bien, monsieur. — Parfait, Gaspard, parfait, absolument parfait. » Il toucha les volutes de sa perruque et brassa dans l'air l'odeur d'un parfum musqué. La porte donnait sur un escalier abrupt. Il fit signe à Gaspard de le suivre puis, lorsqu'il vit que le garçon hésitait, revint d'un pas décidé : « Pardon, j'oubliais — il tendit alors une petite main grasse et blanche —, Justin Billod, perruquier. » Gaspard saisit la main aussitôt fuyante, et ne serra qu'un bout de phalange que Billod essuya sans vergogne. Il s'engouffra dans l'escalier, l'invita à le suivre et disparut bientôt, avalé par les marches. Avant de franchir la porte, Gaspard jeta un œil dans la rue, parfaitement ahuri qu'une telle aubaine lui fût offerte. Il ne faisait aucun doute qu'il s'agissait là d'un signe, sinon de la Providence, au moins du hasard. L'excitation le gagnait à nouveau : la rue que le soleil brûlant de septembre inondait lui apparut sous un angle inattendu. Il ne se souvint pas qu'il s'apprêtait à rejoindre

Lucas quelques instants plus tôt. Le quartier était d'emblée accueillant, à l'image de ses plus folles espérances. Dans un excès d'engouement, Gaspard acquit la certitude d'avoir, par une chance obscure, bientôt réalisé son rêve, son ambition d'une vie réussie, mais aussi que Paris, enfin conquise par sa persévérance, se décidait à lui offrir une autre de ses facettes, tant attendue. Lorsqu'il s'engagea dans l'escalier et monta les marches en direction de l'atelier de Justin Billod, Gaspard ne pensait plus à Lucas, ni au Fleuve. Pour la première fois depuis son arrivée à Paris, dans l'ombre de ce couloir, à l'abri de tout regard, il sourit.

DEUXIÈME PARTIE

Rive gauche

I

LE QUOTIDIEN DE L'ATELIER ET QUELQUES ANECDOTES

L'atelier était au premier étage. De la rue, une enseigne sobre en indiquait la présence, mais c'est sur sa réputation que Billod avait assuré la prospérité de son commerce. Il parvenait à attirer la classe des petits titres, petits rentiers, mais aussi de ceux dont le commerce était par miracle florissant, qui avaient fait fortune et trouvaient alors leur passe-droit pour la bourgeoisie parisienne. Ce monde cherchait l'économie, ne pouvait se permettre le gaspillage, bien qu'il fallût donner l'illusion que ce fût chose possible. Justin Billod l'avait compris. Dans son génie médiocre, peut-être la seule, l'unique idée de sa carrière, mais qui lui avait assuré une assise, était d'avoir su répondre à cette attente en proposant des perruques dont le coût de fabrication était raisonnable et celui de vente accessible. Le tout devait être de bonne facture, il veillait à la finition de son travail. Les perruques de Billod ne valaient en toute objectivité ni plus ni moins que celles des grands perruquiers qui fournissaient la Cour, à la différence près qu'elles se destinaient aux marquises de Peu et aux duchesses de Rien. Il assortissait à chacune d'elles une obséquiosité à toute épreuve, une préciosité franchement exagérée, ce qui ne manquait pas d'émoustiller. Lui-même se poudrait la face, arborait une mouche sur la pommette gauche et la retouchait pour qu'elle parût former un rond parfait. « Cela, disait-il, atténue les différences. » Dans cette perspective, Billod demandait à Gaspard de se tenir en retrait, afin d'éviter tout contraste qui eût été malvenu.

Les dames venaient en groupe. Elles s'installaient dans l'atelier pour discuter, colportaient les ragots, les rumeurs de la Cour tout en commentant les essayages. L'été s'éloignait, mais les journées étaient encore chaudes. Les dames s'éventaient, saturaient la pièce de parfums lourds, relents de bergamote, d'eau de Cologne, d'eau de rose et de lavande. Gaspard, immobile dans un coin de l'atelier, observait le bal des courtisanes, le cœur au bord des lèvres tant l'odeur saisissait le nez de stupéfaction, contractait l'estomac. Billod s'agitait avec aisance dans cette saturation. En réalité, ce parfum l'excitait. Cette odeur de bourgeoisie avait sur lui un effet aphrodisiaque et, tandis qu'il courait d'une étagère à l'autre à la recherche de modèles, ses joues se coloraient de rose, son front suait, son souffle haletait, il poussait des petits cris de satisfaction : « Oh ! », « Oui ! », « Comme ceci ! », « Comme cela ! », « Ah ! », « Superbe ! », « Fantastique ! ». Les dames se moquaient, derrière les éventails, de ses manies, de son accoutrement, des culottes bouffantes et brodées, des chemises aux boutons de manchettes extravagants, des bagues qui alourdissaient ses mains. C'était là, disaient certaines, le signe assuré du talent et de l'artiste. D'autres opinaient avec conviction. Gaspard eut tôt fait de découvrir que Billod, à défaut de talent artistique, exploitait son savoir-faire avec assez d'intelligence. Il avait acquis de précieux contacts chez ses fournisseurs où il trouvait les tissus et les fibres à bas prix. Il les teintait avec des colorants au rabais, parfumait ensuite à l'économie avec une essence de bruyère diluée à l'eau. Billod modifiait une dizaine de modèles au gré des saisons et des modes. Jamais il ne créait de lui-même une coiffe. Il pouvait rester des heures devant la masse informe d'une perruque, se prétendre animé d'un besoin impérieux, d'une idée brillante, mais rageait bientôt d'être déconcentré par Gaspard, l'envoyait se promener, faire une course, le suppliait de ne rentrer qu'à la nuit. À son retour, l'apprenti trouvait le maître ronflant devant l'ébauche d'une perruque et le cadavre d'une bouteille de vin. Accablé, prétextant une fatigue qui l'empêchait de créer, Billod demandait à Gaspard d'observer les vitrines des autres perruquiers, de guetter dans la rue les tendances et les goûts. Il le pressait de croquer quelque chose, de dessiner, même grossièrement, car pour rien au monde il ne se serait abaissé à chercher ainsi une inspiration qui ne venait pas. À *voler* une idée. Le mot lui faisait horreur. Sa clientèle n'attendait pourtant pas l'innovation, mais simplement qu'il suivît l'air du temps. Elle se moquait de la copie, l'exigeait même. Justin Billod laissait entendre qu'il avait eu la primauté de l'idée. Il aimait à raconter son illumination. On le croyait volontiers, puisqu'il mettait dans ses récits force détails. Qu'importe, disait-il à Gaspard lorsqu'ils étaient seuls et qu'il pensait deviner un regard accusateur, il avait bien connu un parfumeur du nom de Baldini usant dans son art de procédés similaires.

On se pressait à la porte de l'atelier qui ne désemplissait pas. L'hiver approchait. Il fallait se montrer prévoyant, penser aux longues soirées, aux salons, aux réceptions que l'on donnerait pour masquer l'ennui de la morte-saison. Billod avait payé à Gaspard des vêtements, un nécessaire de rasage, l'avait amené chez le coiffeur et exigé qu'il se lavât puis se frottât le corps avec une essence qui avait laissé sa peau rougie durant plusieurs jours. Il était désormais tout à fait présentable. La première fois qu'il se vit ainsi transformé, Gaspard fut stupéfait. Il eut la sensation de découvrir un autre homme, sinon beau, du moins attrayant, en rupture avec ce qu'il pensait être — et était encore profondément — un fils de fermier, un homme du Fleuve. Il dut pourtant s'habituer à son visage propre. Billod insista pour qu'il se parfumât un peu. Dans la chaleur de l'atelier où son maître l'obligeait à bouger sans cesse, il transpirait beaucoup. Billod s'approchait parfois, le reniflait tel un chien de chasse, puis s'écriait : « Tu pues, mon petit ! Ah ! Mais c'est horrible ! Tu pues la transpiration juvénile ! Cette odeur insupportable, c'est donc toi ! Diable ! Mets sans attendre de cette eau sous tes bras et tiens-toi tranquille lorsqu'il y a des clients ! Je ne veux pas que tu les importunes avec ta puanteur, maudit cochon ! » Gaspard se taisait, épongeait dès que possible son front et ses aisselles, mais il fallait aussi courir sans cesse : trouver de l'eau, porter une missive, faire quelques courses, payer un fournisseur...

Il devinait les regards que Billod posait sur lui, à la dérobée. Sa manie d'entrer lorsqu'il se lavait. Cette nervosité qu'il avait alors. Cette façon immédiate de s'empourprer, de bafouiller tandis que son regard ne perdait pas une miette de sa nudité. Quand le mois fut passé, il ne lui donna aucun salaire, mais Gaspard ne s'en formalisa pas.

Il était nourri à peu près correctement, il était logé, apprenait un métier et ne demandait rien de plus.

Il aimait l'atelier. Situé au premier étage de la maison, il se composait de deux vastes pièces dont la première constituait le magasin. En ce lieu, chaque mur était garni d'étagères sur lesquelles des visages de bois portaient les perruques. Fauteuils et canapés avaient été installés pour permettre aux clients de s'asseoir durant la démonstration que Billod aimait à faire, déballant avec ferveur sa collection. Dans une vitrine en verre se trouvaient les pièces « rares ». Elles ne valaient en réalité pas plus que les autres, mais le maître avait expliqué à Gaspard l'intérêt suscité par le simple fait de les placer sous verre. Cela, disait-il, suffisait à justifier un prix plus élevé. Il ne se trompait pas. Systématiquement, les clients s'attardaient devant la vitrine, alors que les modèles étaient parfois sur les étagères quelques semaines auparavant. Ils s'extasiaient devant la minutie du travail effectué sur les perruques qu'ils avaient à peine survolées du regard un mois plus tôt. Deux fenêtres jetaient sur la collection une lumière généreuse et Billod exigeait de Gaspard qu'il nettoyât sans cesse les étagères, qu'il cirât le plancher : aucune poussière ne devait être visible. L'autre pièce était la partie réservée de l'atelier, Billod y travaillait à la confection des perruques. Il possédait là un bureau pour la tenue de ses comptes. Sur deux étals s'entassait tout le matériel nécessaire à la pose des cheveux, à la finition des teintes et à la coiffure. Il se faisait assister de Gaspard pour chaque étape, sollicitait sa présence mais le priait aussi de se taire, de ne jamais poser de questions. Justin Billod appréciait la réserve et le silence, ce qui convenait à Gaspard. Dans cette pièce, une fenêtre donnait sur une cour étriquée et humide, où le soleil ne pénétrait jamais. Il flottait une luminosité terne, nécessitant parfois qu'ils allument quelques bougies afin de pouvoir travailler. Billod s'infligeait de féroces maux de tête en piquant les cheveux, le visage collé à son travail. Lorsqu'ils quittaient l'atelier pour le magasin, un temps d'adaptation était nécessaire avant que leurs yeux n'en supportent la clarté. Billod parlait d'un nouvel atelier, d'un déménagement, de l'opportunité de s'installer dans un lieu qui fût digne de son talent, peut-être près des Tuileries. Gaspard devina bientôt qu'il mentait. S'il gagnait assez d'argent pour vivre, il ne pouvait investir avec raison. Certains mois, il n'était pas évident de payer les fournisseurs. Gaspard voulait néanmoins croire en la possibilité d'une ascension. Elle signifierait aussi la sienne. Alors, lorsque Billod parlait de ce projet, il approuvait avec véhémence.

Le second étage était réservé aux appartements du maître. Il y accédait par une porte donnant sur la seconde pièce de l'atelier. Gaspard y entrait pour apporter de l'eau et parfois lorsque, déjà trop enivré, l'homme lui proposait de boire un verre. C'était un logis de quatre pièces dans lesquelles s'entassait un foisonnement de meubles, de tapis orientaux, de dorures, de tentures sur les murs, de fauteuils et de chauffeuses. Cela sentait un encens que Billod le pressait d'acheter chez un importateur de chinoiseries du quartier. Il en était imbibé jusqu'à l'os. Il flottait sans cesse dans l'air cette fumée qui piquait les yeux et la gorge mais avait, Billod en était persuadé, la propriété de purifier.

Un soir, alors qu'il avait déjà vidé une bouteille de vin, il cria jusqu'à ce que Gaspard le rejoignît. L'apprenti trouva son maître vautré au milieu des coussins, vêtu de l'une de ces robes de chambre en satin dont il prononçait savamment le nom : *kimono.* Son corps gras se devinait sous les ombres, les plis du tissu, au travers du brouillard étouffant de l'encens. Il proposa à Gaspard de s'allonger un peu, de partager un verre. Il ne portait pas sa perruque, son crâne luisait de sébum sous la lumière des bougies. Gaspard maugréa quelque excuse, puis quitta la pièce, descendit l'escalier au pas de course. Billod n'insista pas. Les jours suivants, il se montra plus taciturne que d'ordinaire. Puis l'histoire parut oubliée. Mais Gaspard garda l'image de cette peau transpirante, poilue, pareille à l'épiderme d'un porc. Pourtant, il ne pensait plus à Quimper, fait dont il eût été nécessaire qu'il prît conscience avant de pouvoir s'en étonner.

Gaspard logeait au sous-sol. De l'escalier menant à la rue descendaient quelques marches vers une porte plongée dans la pénombre et par laquelle on accédait à la cave. Elle donnait sur la cour et les latrines communes aux maisons attenantes. Durant la nuit ou tôt le matin, chacun vidait dans Paris ses seaux d'aisances, à la hâte, au fond d'une cour, à l'angle d'une rue, par une fenêtre ou pardessus les ponts, à même la Seine. Les fosses étaient mal construites, tombaient en désuétude. Elles fuyaient dans les puits d'où les boulangers tiraient l'eau nécessaire à la fabrication du pain. La mie prenait invariablement une couleur suspecte. Qu'importe l'aliment ingéré, si ordinaire fût-il, il se composait du produit des milliers d'intestins de Paris. Gaspard avait vu au matin les vidangeurs, dont c'était le métier, verser leur récolte brunâtre dans les égouts et les ruisseaux. Cette lie épaisse coulait jusqu'au Fleuve où, quelques instants plus tard, se pressait la foule des porteurs d'eau puisant l'infection dans leurs seaux. Ce jus servait aux ablutions matinales et à étancher la soif des Parisiens. Gaspard avait songé à être vidangeur. Depuis peu, la police offrait une contrepartie non négligeable : un lit d'hôpital en cas de maladie et l'assurance de voir ses besoins comblés si le travail venait à manquer. Mais il savait aussi les risques du métier. Sans cesse plongés jusqu'à la taille dans cette boue, descendant au cœur des fosses à longueur de journée pour en extirper des seaux entiers, les hommes mouraient de maladies redoutables. *Puis,* avait songé Gaspard, dubitatif, *comment le travail peut-il venir à manquer dans ce métier ?*

À l'arrière de l'atelier l'odeur excrémentielle se déversait avec générosité jusque dans la cave. Les jours de pluie, avait prévenu Justin Billod, il arrivait que la fosse d'aisances débordât. L'inclinaison du terrain remplissait la cave d'une bourbe sans nom. Cela ne s'était produit qu'une fois, mais il priait pour que ce fût la dernière : l'atelier avait senti le bran durant des semaines. Billod avait épuisé son stock d'encens et les clients écœurés s'en étaient allés trouver leurs perruques ailleurs. L'apprenti, dont il ne se souvenait plus du nom, avait été contraint de dormir sur une chaise le temps de l'inondation. Il portait encore sur lui, des mois après, une odeur d'étron.

Un petit poêle était installé au sous-sol. Le tuyau d'évacuation montait à l'appartement du maître, au second étage, et Billod exigea que Gaspard dormît tout contre, afin de pouvoir le prévenir, au besoin, d'un simple cri répercuté dans le conduit. Il y avait des rats, ce qui nécessitait de ne laisser aucune nourriture pouvant en rameuter plus encore. La nuit, Gaspard entendait leur course effrénée dans l'obscurité. Il lui arriva de se réveiller en sentant sur sa poitrine un poids pesant. C'était un rat de près de deux livres, hirsute, les yeux mi-clos, qui l'observait sans bouger. La lune filtrait à travers la lucarne et Gaspard distingua parfaitement ses yeux, billes noires et inexpressives. Il n'osa bouger et l'animal sauta sans conviction, s'éloigna dans l'obscurité. Les autres garçons avaient posé des pièges. À certains endroits de la cave, des carcasses de rongeurs étaient prises dans des étaux de fer depuis des temps immémoriaux. Mais Gaspard se souvenait d'avoir dormi sur un territoire infesté de rats. Il pensa donc qu'il pouvait à son tour les accepter. À moins que ce ne fût de nouveau l'inverse. Il s'accommoda de leur présence, malgré l'exaspération de Billod le suppliant à grands cris de les éradiquer.

Quelques jours après l'arrivée de Gaspard chez son maître, le quotidien s'installa, bien différent de la vie qu'il avait connue sur les rives. *Mille fois préférable*, pensait-il souvent, *à Quimper et aux rives.* « Mille fois, disait-il parfois à voix haute tandis qu'il assistait Billod dans la confection d'une perruque. — Quoi ? Mais taisez-vous ! Taisez-vous donc ! Cessez de m'interrompre lorsque je suis concentré ! » s'écriait le maître. Comme il l'avait annoncé, Gaspard se levait à six heures, ce qui lui laissait le temps de se préparer avant l'arrivée du porteur d'eau, à six heures trente. L'apprenti montait ensuite les seaux à l'atelier, puis devant l'appartement de Billod. Celui-ci se levait à sept heures, descendait travailler une demi-heure plus tard, tandis que Gaspard effectuait le ménage de l'atelier et des escaliers, frottait l'enseigne dans la rue : *Justin Billod, artisan, maître perruquier.* Jusqu'à onze heures, ils travaillaient à la conception des perruques et à la réalisation des commandes. Billod refusait la participation de Gaspard à cette tâche dont il estimait qu'elle lui revenait de droit : « Voulez-vous que je change ma plaque pour y ajouter votre nom, mon ami ? » avait-il demandé à Gaspard qui le questionnait sur les techniques de poudrage. Il l'autorisait à l'assister en silence, pour justifier sa présence en qualité d'apprenti. Mais livrer ses secrets de fabrication eût été un déchirement visible. Il soufflait, soupirait, tournait sans cesse le dos, tâchait de s'éloigner de son élève, s'arrangeait pour cacher la vue de son travail par une épaule un peu trop haute pour être naturelle. Gaspard comprit qu'il ne fallait pas poser de questions. Il essaya d'apprendre par lui-même, l'observation comme seul outil. À court de patience, Billod l'envoyait à l'extérieur, sous mille prétextes.

Vers dix heures, les clients arrivaient. Il fallait que le magasin fût parfaitement tenu et le maître n'oubliait jamais une ultime inspection, passant un doigt sur chaque étagère, désignant Gaspard lorsque la moindre trace grise se lisait au bout de son index. « Comment voulez-vous tenir un atelier en embauchant un bousier ? » demandait-il. Mortifié, Gaspard ne bronchait pas. L'autre continuait ses plaintes, tandis que l'esprit de l'élève se désolidarisait de son corps, ne pensait plus, parvenait enfin à un état d'indifférence coutumier. « ... et vous me ferez l'honneur de laver cette veste dès ce soir, n'avez-vous donc aucun souci de votre personne ? »

Billod s'autorisait l'extravagance de porter l'épée, désuétude réservée aux officiers, à l'élite. Quand il tempêtait contre Gaspard, il brassait l'air de son arme, soulevait la poudre de ses perruques. Gaspard apprit de l'une des couturières qui travaillaient dans l'atelier attenant que le père de Billod avait été laquais, ascendance à ne mentionner pour rien au monde devant le maître sous peine de déclencher un cataclysme. Il pensait le comprendre : n'avait-il pas lui-même en horreur d'entendre parler de Quimper ou de ses géniteurs ? La vision de Billod, armé d'une épée, était donc ridicule et beaucoup riaient lorsqu'il s'aventurait dans le quartier, jurant qu'il se ferait un jour *démarquiser* à la Bastille. On le laissait pourtant faire, mettant cet entichement sur le compte de l'exubérance, de la mise en scène ; ce qui n'était pas faux, car s'il avait été confronté à un duel à l'épée, Justin Billod aurait défailli à sa seule annonce, avant même d'avoir tiré l'arme de son fourreau.

Il insistait parfois pour que Gaspard portât une perruque, un de ces postiches blancs à rouleaux. Lorsque, par exemple, un client d'une certaine importance se déplaçait pour voir la collection, tout devait frôler la perfection, jusque dans les moindres détails. Engoncé dans un habit que Billod sortait pour l'occasion et avait fait tailler pour le précédent apprenti, soit un peu trop court, Gaspard se sentait parfaitement décalé et attendait que la visite prît fin. Le reste du temps, il appréciait la vie de l'atelier : se tenir à l'écart, à l'affût des clients, découvrir la diversité des goûts, des us et des vices. Leur manque flagrant d'intérêt se manifestait par une obsession du cancan, une adoration de la rumeur plus prononcée encore que chez les pauvres. Elle passait aux yeux de Gaspard pour un sujet d'étude. Il ne se lassait pas d'observer, de boire les paroles que les langues déliées débitaient avec assiduité. Billod lui demandait essentiellement de sortir telle perruque, ou telle autre, de monter sur l'escabeau pour atteindre un modèle, d'en renfermer un autre. Il obéissait en silence. Il plaisait aux clientes. Lorsque Billod l'eut compris, il prit un soin particulier à ce que Gaspard fût sans cesse présentable. Il l'encouragea à porter plus souvent le vêtement des grands jours, l'autorisa à manger mieux, s'intéressa à son teint, à son poids, lui donna même quelques sous pour qu'il satisfît *les besoins qu'a tout homme.* « N'est-il pas charmant, ce garçon ? Ah, vraiment, Justin, vous avez l'œil ! Vous n'avez pas perdu au change ! » taquina une cliente. Billod bougonna, mais Gaspard devina sa satisfaction. Tout ce qui pouvait attirer l'acquéreur devait être préservé. « Il est venu me trouver au bon moment, voilà tout ! Sinon je n'aurais pu le prendre ! Si vous aviez vu sa mine, ma chère, vous l'auriez fui ! » se justifia-t-il. La dame rit, s'éventa un peu, déjà lasse : « Ah, vraiment ? Non, je n'en crois rien ! Ne l'écoutez donc pas, jeune homme ! Il vous jalouse ! » Billod râla dans sa barbe, secoua en tous sens ses cartons pour faire taire la cliente, sua dans une pluie de perruques, évita avec soin le regard de son apprenti qui pourtant fixait le sol, se forçait à sourire, voulait disparaître. Si le maître se satisfit que son élève plût à la clientèle, il n'appréciait guère que Gaspard l'éclipse. Dès que la journée fut terminée et qu'ils eurent fermé l'atelier, Billod remonta dans ses appartements en grand tapage, frappa chaque marche du talon, claqua la porte et disparut jusqu'au lendemain.

Le soir, Gaspard se promenait dans le quartier. Mais, sitôt qu'il errait dans le dédale des rues, il percevait, audelà des maisons, la présence de la Seine. Sans cesse son esprit se tournait vers le Fleuve. Une marée surgissait en lui, des flots sombres, une cohorte d'odeurs et de fantômes. Il sentait poindre l'appel irrésistible, la faim insatiable de la Seine, un chant de sirène. L'idée que cette attraction pût être le fait de son désir le submergeait de panique. Comment pouvait-il retourner au Fleuve alors qu'il était parvenu à s'extraire de sa fange ? Il luttait contre une nervosité violente, une terreur sournoise, et arpentait les rues d'un pas vif, s'accrochait du regard à chaque détail pour s'y retenir, chasser la Seine de son esprit. Il rentrait à la nuit, épuisé, se laissait tomber sur le matelas, dans l'ombre de la cave. Ne pas voir le Fleuve — car il s'arrangeait toujours pour ne pas le traverser de nouveau, quitte à payer une commission ou un porteur — était aussi insupportable que de le savoir présent, indéfiniment présent, avant lui et après lui, même soustrait à son regard, plaie ancrée dans la ville. Allongé, Gaspard ne pensait plus à rien. Il tendait l'oreille au bruit des rats menant une existence intrinsèque à la nuit. Il suivait du regard les courbes lunaires sur la voûte du plafond, perdait son esprit dans ces fluctuations. Il lui arrivait de penser à Lucas. Celui-ci faisait surface, tel un vestige oublié, puis terriblement présent la seconde d'après. Son amitié lui manquait parfois. Gaspard ravalait ce regret, se souvenait combien Lucas avait été un frein à son évolution. D'ailleurs, ne croyait-il pas se rappeler que Lucas s'y était fermement opposé ? Il fronçait les sourcils dans l'ombre. Cette réalité rejoignait Quimper dans le gouffre insondable de ses souvenirs. Rien de cette époque n'était désormais tangible. Cependant, bien qu'il ne supportât pas de le reconnaître, une forme dissolue d'insatisfaction l'assaillait encore, un vide insatiable, une soif de... « De quoi ? » murmurait-il dans un demi-sommeil.

Certaines des clientes de l'atelier étaient des fidèles. Gaspard apprit à les connaître. Mme de Nerval avait acquis le titre de marquise par un hymen avantageux. Ils possédaient quelques terres en Normandie, une belle propriété, mais vivaient à Paris où Monsieur s'occupait d'affaires. À l'atelier, elle avait avoué combien son mari la préservait des soucis liés à ses activités et dont lui-même souffrait beaucoup. « Sans cesse contrarié, peu enclin à la causerie, fort susceptible. À peine supportait-il le bruit des enfants. » Monsieur et Madame avaient deux petites filles, aussi blondes que charmantes. Mme de Nerval, très soucieuse de la santé de son époux, le suppliait sans cesse de prendre congé, de partir en famille, en Normandie, près d'Évreux, ne serait-ce qu'une semaine. Il refusait, s'enfonçait dans son mutisme. « Je le suppliais de se confier, de me parler, de dire quelque chose. J'étais une épouse, je devais être une confidente », pleurait-elle devant l'amoncellement des perruques et l'air contrit de Billod, dans une tentative pour paraître responsable de ces maux. Mais Monsieur ne parlait pas, priait pour être laissé à ses réflexions. Il s'absentait de plus en plus, travaillait à des heures impossibles, rien de raisonnable pour un homme de son rang. Madame eut des soupçons, craignit que ses affaires ne se portassent mal. Folle et aveugle, elle se dit prête à tous les sacrifices, pensa tout haut devant lui, dans le but de le pousser à confier son secret, qu'ils vivaient dans trop d'aisance, trop de luxe. C'était trop ! Beaucoup trop ! Pourquoi ne pas se contenter d'une petite maison bien tenue ? avança-t-elle avec abnégation. Les enfants n'y seraient que mieux ! Il existait de très jolis jardins dans Paris. À des prix fort convenables ! Et puis, elle se moquait bien de l'avis des gens, n'avait de comptes à rendre à personne ! Madame était prête à tous les sacrifices, mais son époux ne pipa mot, ne l'entendit même plus. Mme de Nerval, dont le tempérament était propice à l'anxiété, vit son état s'aggraver : « Comprenez bien, nous autres ne pouvons supporter trop d'inquiétude, nous n'en avons point l'habitude. C'est chose différente pour les gens de peu, eux grandissent avec, sont sans cesse sollicités. Mais nous, voyons... » Elle appela Billod à être raisonnable, à la comprendre, crut montrer l'ampleur de sa tolérance en jetant entre deux larmes un rapide sourire vers Gaspard. Elle fit donc des crises durant lesquelles elle s'étouffait, s'évanouissait parfois. Il fallut lui faire sentir des sels pour la tirer de ses absences. Elle était aussi pâle qu'une morte, tenait à peine sur ses jambes, s'effondrait sur tous les canapés. Le médecin dépêché diagnostiqua le surmenage, l'obligea à s'éloigner un peu de Paris. L'air frais fouetterait ses sangs. Elle supplia à nouveau son époux de la suivre. Lui, ne mangeait plus, maigrissait à vue d'œil. Elle trépigna, s'évanouit dix fois, tomba à genoux, demanda au docteur de l'appuyer d'une opinion avisée puisque ses paroles semblaient sans portée. Il le fit, mais M. de Nerval n'en démordit pas, l'encouragea à partir avec les enfants. La veille du départ, elle s'avoua vaincue et c'est donc la mort dans l'âme qu'elle prit la route à l'aube, laissant derrière elle son mari. L'air de Normandie eût été bénéfique à Madame si elle n'avait reçu, deux jours après son arrivée, une bien mauvaise nouvelle. Monsieur avait été retrouvé mort, éventré lors d'un duel à l'épée — Billod sursauta à cet instant du récit, ne sut où mettre son arme soudain à ce point embarrassante qu'on ne semblait voir qu'elle. Une affaire sérieuse, disait-on, bien que l'identité du vainqueur restât inconnue. Il avait filé dans le petit matin. De retour à Paris, Madame n'était plus qu'une ombre.

Il faut s'éloigner ici de son récit pour en connaître la suite et s'intéresser à ce que racontaient Mme d'Anglade ou M. Fayard : elle crut mourir pour de bon en apprenant que M. de Nerval, depuis longtemps ruiné, avait dilapidé sa fortune aux jeux et avait des ardoises dans tout Paris, ce qu'elle seule ignorait. Elle eût pu s'évanouir comme à l'accoutumée, mais, la colère aidant, trouva un remède à la composition de ses émotions. Elle hurla comme une harpie, gifla chacune de ses filles, les traîna par les cheveux dans chaque pièce, arracha des murs les tapisseries, jeta les meubles par les fenêtres, brisa les services de porcelaine, mit au feu l'argenterie, resta enfin allongée dans son lit, nue et ivre morte durant près de trois jours. Deux nuits suffirent à lui porter conseil, elle se releva un matin, fraîche comme un gardon. La veuve de Nerval mit en vente la jolie maison, les terres maigres de Normandie et, de l'argent qu'elle en tira, remboursa tout juste les dettes de son époux. Elle mobilisa alors ce qui lui restait de charmes et d'attraits pour séduire un homme. On sut de source sûre qu'elle trouva satisfaction moins de deux semaines après la mort de son époux. Un marquis les entretenait, elle et ses deux filles, bien grassement, et, marié lui-même, ne demanderait pas sa main, lui laisserait ainsi toute sa liberté, pourvu qu'il profitât de ce que sa chair avait encore d'extases à offrir. Dès lors, Madame ne fut plus victime de ces horribles évanouissements. Elle resplendissait. On la disait solaire. Jamais on n'avait vu femme porter si bien le deuil. « Imaginez, disait-elle en sanglots, on m'a fait savoir que son ventre était ouvert de gauche à droite. Le pauvre tenait ses viscères à pleines mains quand on l'a retrouvé. » Puis, d'un bond, elle se relevait. Son regard avait parcouru les étagères : « Mon Dieu, j'adore celle-ci, il faut absolument que je l'essaie ! »

Il y avait aussi M. Baudin, dont la fortune s'était faite dans le textile. Par la similitude de leurs histoires, Billod nourrissait à son égard une amitié particulière. Ce client désirait toujours des perruques extravagantes, défiant la gravité. Il n'hésitait d'ailleurs pas, dans l'intimité de l'atelier, à essayer les collections pour dames. C'est pourquoi il veillait toujours à prendre rendez-vous afin d'être assuré de n'être dérangé par personne. Aux heures de sa venue, Billod fermait l'atelier et se parfumait avec effervescence. M. Baudin était un homme longiligne, aux cheveux et aux yeux corbeau. Il portait le monocle, aimait le contraste et ne s'habillait jamais qu'en blanc, osant quelquefois le beige. Traverser Paris dans cette tenue sans se tacher relevait du défi. Son carrosse le portait à tout endroit de la ville et il sautait de la marche de sa voiture au perron d'un magasin, sur la pointe des pieds. Par quelque miracle, il parvenait à rester immaculé. Cela lui valut le respect immédiat de Billod. M. Baudin possédait quelques milliers de livres d'économie, mais son drame fut un temps de n'avoir pas d'enfants à qui transmettre cette hoirie. Comme Justin Billod, M. Baudin avait un faible pour la gent masculine. Tous deux partageaient la peine de ne pouvoir engendrer, l'un s'en accommodant mieux que l'autre. En effet, Baudin fit de grands efforts pour remédier à sa prédisposition. L'un de ces efforts s'appelait Mme Émilie Baudin, fille Bastide, qu'il épousa quand elle n'avait pas seize ans, et lui plus de cinquante. « Une jolie petite, disait-il, à la chair blanche, à la chevelure de jais et aux yeux d'opale. » Ce fut un arrangement entre les deux familles. La petite Émilie était fille de commerçants, l'union était en sa faveur. L'extrême piété des Bastide les avait encouragés à confier, dès son plus jeune âge, la jeune Émilie à l'éducation d'un couvent de religieuses, aux Filles Saint-Michel, où elle croyait finir sa vie dans les ravissements de sa dévotion. Mais sitôt que Baudin, un ami de la famille, demanda sa main, on la vint chercher pour la marier dans le mois. Ses pleurs et son épouvante n'y purent rien changer.

Pour beaucoup d'hommes partageant les goûts de Monsieur, le mariage était souvent l'issue fatale et l'on préférait, dans de pareils cas, faire chambre à part afin que chacun pût jouir de son intimité, au propre comme au figuré. Durant les mois qui succédèrent au mariage, Monsieur vint rejoindre son épouse chaque soir, après s'être longtemps apprêté et mis en condition. Mais une fois dans la promiscuité qu'offraient draps et édredons, il ne se passait rien. Madame attendait, silencieuse, en position exemplaire — celle que sa mère avait indiquée, cramoisie de gêne, le jour même de la cérémonie —, priait pour que la chose fût indolore et vite accomplie. M. Baudin perdait courage, avait la peur du vide, le vertige face à ce sexe concave qui menaçait de l'avaler. Après quelques essais infructueux, une empoignade de seins, quelques baisers humides, il se glissait en maugréant hors du lit puis regagnait sa chambre, sa chemise de nuit claquant dans la pénombre. Madame soupirait de soulagement. Au fil du temps, les visites s'espacèrent, l'obstination de M. Baudin s'émoussa, il abandonna tout espoir et même les remèdes n'y purent rien changer. Son épouse, quant à elle, eut tôt fait d'oublier la piété de son enfance et les conseils avisés des religieuses. Elle se satisfit très bien des penchants de son mari. Dans la liberté ainsi offerte, elle trouva de nombreux amants. Tous la déniaisèrent et comblèrent les manques à son éducation. Bien sûr, lors de ses visites à l'atelier, M. Baudin ne parlait jamais de cela. « Ma tendre épouse ne peut sans doute avoir d'enfants, mais nous nous aimons, n'est-ce pas le principal ? » demandait-il à Billod. Celui-ci approuvait, et tous deux pesaient le poids éhonté du mensonge. Lorsque Madame tomba enceinte par deux fois, ce fut la stupéfaction. On chuchota qu'un arrangement était entendu entre eux. Monsieur promena bientôt avec lui deux jolis marmots. On murmurait : « C'est étrange, aucun ne ressemble à son père. » De fait, puisque tous deux étaient roux. Quant à Madame, à défaut de dévotion, c'est dans l'extase de la débauche qu'elle achèverait sa vie.

C'est du moins ce que clamait Mme d'Issenssac, une fidèle cliente connaissant bien les Baudin pour dîner avec eux quelquefois. Mme d'Issenssac n'aimait rien tant qu'assister à une exécution publique et poussait le vice jusqu'à se vêtir parfois en ouvrière pour mieux se fondre dans la foule. Il y avait aussi M. Delors, qui veillait à écrire son nom en deux mots et était un petit monsieur très volubile, riant sans cesse, le visage définitivement congestionné. Mme de Talant, le teint plus blanc encore que ses perruques, les achetait comme pour se distraire car elle ne savait que faire de ses journées, sinon se laisser aller aux moindres dépenses la divertissant un peu de son indéfectible ennui. Tant d'autres défilaient à l'atelier et Gaspard les découvrit peu à peu. Chacun portait jusque-là ses histoires, ses non-dits, des secrets bien gardés que l'on s'empressait de répéter après s'être fait désirer un peu. Billod se régalait de la confidence, jurait à longueur de temps de ne rien dire mais cédait au moindre assaut d'une cliente, puis faisait promettre le silence, ce qu'elle jurait à son tour avant de s'offusquer que l'on pût douter de sa parole. Ils apprenaient ensuite que l'un et l'autre n'avaient pas tenu promesse, se grondaient gentiment, souvent ne disaient rien. C'était là le cours naturel des choses, une succession de congratulations, de politesses exagérées, de confidences indécentes, de curiosités et de promesses pléthoriques. « C'est ici, mon garçon, le nerf de la guerre, le fonds du commerce, le sens même de notre travail, pensez-y ! Les perruques ne sont qu'un prétexte à l'épanchement et à satisfaire les indiscrets. La dépense est un exutoire à l'ennui. Refuser cela, c'est assurer la mort de votre affaire. Il en va de même dans cet atelier comme partout ailleurs. Ainsi sont faits les hommes de notre temps », expliqua Billod un soir d'ivresse, avec une lucidité inhabituelle. Gaspard se tut, préféra ne pas s'étendre sur la moralité des propos tenus chaque jour à l'atelier. Les clients exerçaient sur lui une forme de fascination. Il en était conscient, reconnaissait volontiers qu'il les enviait. Il désirait cette richesse. Elle modelait la totalité de leur personne, car tous semblaient coulés de près ou de loin dans un même moule. Il convoitait cette aisance, ce rang les autorisant à ne rien faire. C'était là leur principale préoccupation, meubler le vide de leurs vies par des salons, des parties de campagne, des dîners fastueux, d'ennuyeuses correspondances, par cette passion invétérée pour la vie d'autrui, l'affût du secret qui pourrait susciter un frisson, une vague émotion. Gaspard aspirait à l'ennui. Il pensait désirer cet état d'apathie, cette veulerie légitime. Il ignorait pourtant de quelle manière parvenir à ses fins et songea, qu'au mieux, il parviendrait à maîtriser le savoir du maître puis à s'installer à son compte dans quelques années, soit à acquérir une petite fortune. L'idée le laissait dubitatif. À l'aube terne et glauque du mois d'octobre, il crut trouver une échappatoire à sa situation, en la personne du comte Étienne de V.

II

ÉTIENNE DE V. ET L'ÉTRANGE FASCINATION

« C'est un homme sans vertu, sans conscience. Un libertin, un impie. Il se moque de tout, n'a que faire des conventions, rit de la morale. Ses mœurs sont, dit-on, tout à fait inconvenantes, ses habitudes frivoles, ses inclinations pour les plaisirs n'ont pas de limites. Il convoite les deux sexes. C'est un épicurien dépravé, un coquin licencieux. On ne compte plus les mariages détruits par sa faute, pour le simple jeu de la séduction, l'excitation de la victoire. Il est impudique et grivois, vagabond et paillard. Sa réputation le précède. Les mères mettent en garde leurs filles, de peur qu'il ne les dévoie. Ce libre-penseur philosophe sur sa décadence et distille sa pensée sybarite, corrompt les âmes. On dit aussi qu'il est un truand, un meurtrier, un empoisonneur bien que jamais on ne l'ait pu accuser. Il est arrivé, on le soupçonne, que des dames se tuent pour lui. Après les avoir menées aux extases de l'amour, il les méprise soudain car seule la volupté l'attise. On chuchote qu'il aurait perverti des religieuses et précipité bien d'autres dames dans les ordres. C'est un noceur, un polisson. Il détournerait les hommes de leurs épouses, même ceux qui jurent de n'être pas sensibles à ces plaisirs-là. Oh, je vous le dis, il faut s'en méfier comme du vice. »

Justin Billod présenterait ainsi le comte à son apprenti, après son départ, et celui-ci questionnerait : « En ce cas, pourquoi est-il si demandé dans les salons et les dîners ? » Agacé que l'on pût ainsi ne douter de rien, le perruquier hausserait les épaules : « Mais voyons, cela ne saute-t-il pas aux yeux ? Malgré tout, le comte de V. est aussi esthète et terriblement galant. C'est un éternel courtisan, un homme ensorceleur. N'est-il pas terriblement attractif ? Il n'a pas son pareil pour enflammer les passions. Il est subtil et sagace, connaît à ce point nos règles qu'il en joue avec brio. Enfin son physique, il faut le dire, est des plus plaisants. Une réception en sa présence est une soirée réussie, où l'on n'aura de cesse de commenter les faits et gestes, les regards de chacun, de deviner les jeux et les séductions, les transports retenus. Tout un festival de scandales se trame dans son sillage, et la bourgeoisie comme la noblesse aiment ardemment le scandale. Il a la manie de disparaître, pour de sombres affaires sans doute, et de surgir à nouveau avec des récits d'aventures, des mensonges, des grivoiseries dont on se régale dans les salons. Il plane sur son compte des rumeurs, rien que l'on puisse affirmer, rien qui oblige le monde à jeter sur lui l'opprobre. Il est d'une éducation sans faille, d'une politesse qui plaît aux hommes, d'une prévenance qui émeut les femmes. C'est pourquoi, vous l'aurez compris, c'est un client à soigner avec une attention particulière. » Gaspard hocherait la tête sans parvenir à quitter du regard la porte par laquelle le comte venait de sortir de l'atelier.

Mais pour l'heure, il y entrait. Gaspard remarqua aussitôt sa prestance. Il salua Billod, parcourut l'atelier d'un regard ennuyé. Lorsqu'il aperçut Gaspard, immobile comme de coutume dans un angle de la pièce, il le détailla des pieds à la tête sans se départir de son sourire. Gaspard ne put soutenir son regard et détourna les yeux. « Que vois-je, Billod, un nouvel apprenti ? Que faites-vous des autres ? Vous les croquez ? » Billod s'offusqua. Il s'avança, et tendit une main : « Étienne de V. », dit-il. La main était sèche, la poigne acérée. Le visage du garçon s'empourpra, il voulut articuler son nom mais seul un souffle franchit ses lèvres. Il n'avait pas l'habitude d'être salué par les clients, du moins évitaient-ils le contact physique d'une poignée de main. Il perçut le mécontentement de Billod qui s'enquit de la santé du comte puis des dernières nouvelles. « Paris est toujours Paris, égale à elle-même, morne et ennuyeuse. Mais pour combien de temps, n'est-ce pas ? » Billod hasarda : « Allons, que connaissez-vous de l'ennui ? » Le comte sourit : « L'affairement, Billod, est un leurre que vous n'ignorez pas. Mais l'ennui... L'ennui est une des plaies vives de notre monde, que rien ne panse. Tout juste parvient-on à s'en divertir et à se tromper davantage. Nous sommes si loin de nos vies, si détachés d'elles et étrangers à nous-mêmes que le retour est impossible. » Le perruquier toussa, puis entreprit de proposer ses derniers modèles. Le comte hochait la tête avec patience, ponctuait le discours du perruquier d'onomatopées. Il jeta à deux reprises un regard sur Gaspard, toujours muet. L'apprenti l'observa à la dérobée. L'homme n'avait pas vingt-cinq ans. Les fines marques dans la peau, près des yeux et au milieu du front, indiquaient le pli des expressions, le visage oscillait entre gravité et dérision. Sous l'inclinaison volontaire du front, le nez s'ourlait, mont de chair dont la précision saisit Gaspard. Les sourcils dessinaient la voûte de l'orbite, chutaient en direction de l'arête nasale et formaient un angle. Lorsque le comte retira son postiche, ses cheveux retombèrent pêle-mêle sur l'incurvation des tempes où l'on devinait la course d'une veine à la grande aile du sphénoïde. La bouche était un peu rougie par le vent qui battait la ville depuis trois jours. Une moustache précautionneusement rasée, fil sombre sur la peau blanche, la soulignait. L'épaisseur du cou disparaissait dans le col amidonné de la chemise qu'un nœud serrait à la gorge. La pomme d'Adam roulait sous l'épiderme à chaque déglutition. Gaspard devina, sous les vêtements, la saillie des pectoraux, l'incurvation d'un ventre plat. Il y avait dans chaque geste du comte une forme d'élégance indolente, une suavité perceptible.

À l'étude de ce physique, Gaspard sentit un frisson parcourir ses membres, glisser le long de son échine, s'étendre dans son cuir chevelu. D'évidence, le comte l'intriguait, émoustillait ses sens, déclenchait en lui le désir impérieux d'en apprendre plus à son propos. Un charisme singulier émanait de cet homme, en rupture avec la foule des clients de l'atelier. « Avez-vous appris, disait Billod entre deux déballages, que Mme de Saint-Fons est veuve depuis hier ? Son mari est mort sans que l'on sache de quel mal il était atteint. Une tragédie, la pauvre ne s'en remet pas. » Le comte pouffa : « Allons, Billod, épargnez-moi votre affliction. Personne n'ignore que Mme de Saint-Fons doit se réjouir, c'est pour elle une aubaine. Son époux n'était ni plus ni moins qu'un sauvage doublé d'un ivrogne. Il la battait souvent et lui a brisé les os par deux fois. Loin de moi l'idée de la plaindre, mais, tout de même, cessez de vous apitoyer, et sur elle, et sur lui. D'ailleurs sans doute n'est-elle pas innocente à ce malheur qui n'en est pas un. » C'était trop, Billod vacilla, manqua s'étouffer d'indignation mais jubila aussi intérieurement. Il regardait le comte avec une admiration teintée d'effroi. L'apprenti s'étonna que l'on s'épanchât ainsi en sa présence, mais il se rappela que sa personne ne présentait aucun intérêt. Ce mépris interpella Gaspard et, venant d'un homme comme le comte de V., provoqua en lui une ardeur à plaire, un désir de considération doublé d'une excitation occulte qui le déstabilisa. Il espéra en apprendre plus sur cet homme, s'aperçut être suspendu à l'attente de ses mots, guettant chacune de ses phrases à la recherche d'une résonance, mais aussi le moindre de ses gestes qui dévoilerait un peu de ce mystère. Cette autorité que la présence du comte établissait d'emblée comme un droit sur l'atelier relevait du vertige. Plus tard ce soir-là, lorsque allongé dans la cave Gaspard ne parviendrait pas à trouver le sommeil, se questionnerait sur cet effet que le comte avait produit en lui et sur l'impression qu'avait laissée sa rencontre, il parviendrait à clarifier sa perception de l'homme en une comparaison alors évidente. L'attraction provoquée par le comte s'était éveillée à sa vue, soulevant une convoitise épidermique qu'avait nourrie le son de sa voix. Gaspard le découvrit semblable à la fascination hypnotique que produisait le Fleuve. Quelque chose, dans cette métaphysique, lui ordonnait de fuir le comte, mais réclamait plus encore de sa présence. Si envoûtant que fût Étienne de V., son appel était celui du vide. Gaspard se souviendrait alors d'avoir hésité à se jeter d'un pont pour rejoindre les profondeurs du Fleuve, d'avoir éprouvé cette attraction. Un phénomène similaire le poussait d'emblée vers le comte de V.

« Bien, mon ami, inutile de déballer pour moi votre fourbi. Je prendrai celle-ci. Elle conviendra parfaitement, qu'en pensez-vous, jeune homme ? » Il se regarda dans le miroir que Billod lui tendait et tourna le dos à Gaspard. Pourtant, il l'observait dans le reflet. La perruque nimbait son visage, mettait en exergue la profondeur de ses yeux, la douceur austère de sa peau. Gaspard ne sut répondre. « Je prendrai ce silence pour un oui puisque l'avis de M. Billod serait forcément plus intéressé que le vôtre. » Gaspard, le visage piqué de mille aiguilles, se contenta de baisser à nouveau les yeux. Le comte paya. Billod, volubile, emballa la perruque, ne songeant même plus à confier quoi que ce fût à son apprenti qui avait déjà par trop attiré l'attention.

Lorsque le client fut parti, ils restèrent silencieux un moment avant que Billod ne parlât. Quand il eut fini de dévoiler à Gaspard ce qu'il savait, ou croyait savoir, de la réputation du comte de V., l'élève lut dans le silence du maître un ravissement perceptible et le jalousa. La journée continua et Gaspard ne parvint pas à se défaire de l'impression laissée par la visite du comte. Il lui fut impossible de se concentrer sur les autres clients. À plusieurs reprises, Billod accusa son étourderie, son indiscipline, sa bêtise flagrante. Mais l'élève resta indifférent aux sarcasmes du maître, tout absorbé par ses pensées. *Pourquoi,* se demandait-il, *un homme comme le comte de V. provoque-t-il en moi cet émoi ?* Les raisons lui échappaient, lorsqu'il tâchait d'en saisir l'origine, celle-ci glissait, fluide et fantomatique, pourtant indéniablement présente. Ce n'est qu'au soir, entouré par la course des rats, qu'il parvint à saisir la résonance de cette rencontre. Alors, dans l'obscurité de la cave, il frémit.

Le mois d'octobre délivra Paris de sa moiteur pour abattre sur elle une pluie fallacieuse. Quelques jours durant, lorsqu'une bouffée de fraîcheur s'engouffrait dans les rues, la ville entière parut souffler son soulagement. Puis ce souffle se suspendit à l'attente. Paris scrutait le ciel nervuré d'amas noirâtres, stèle écrasante. L'air crépitait, collait aux peaux, surprenait au milieu de la nuit, entre humidité et frisson. Cette étreinte serrait les poitrines, provoquait l'angoisse, le malaise. Dans un fracas étourdissant, le ciel se déchira en blessures aveuglantes et la lacération de ce ciel hurla d'une fureur d'orgue, du cri de mille démons. La pluie tomba, frappa le sol, les murs, les toits, la ville, avec hargne et déchaînement. Paris, que l'été avait rendue aussi sèche que le sexe d'une vieille femme, déborda de ce suc versé sur elle avec abondance, ne put boire cette lymphe. Paris exulta d'abord, se gorgea d'abondance, mais, punie de sa gourmandise, suffoqua bientôt, se noya, gargouilla, recracha enfin des torrents de bauge qui drainèrent dans leur course la mélasse de la ville, étouffèrent les rots que les égouts dégorgeaient par les caniveaux. Il devint impossible de traverser une rue sans se maculer de cette mixture des pieds à la tête. Les carrosses se drapèrent d'infamie. Le pelage des chevaux disparut sous une épaisse croûte. Les robes se figèrent dans un carcan de boue, les visages se constellèrent d'une gangrène noirâtre. Les enfants croulèrent sous des masques de similitude et les femmes traînèrent ces petits sacs de boue par la main, le long des façades mangées d'abjection. De ce tableau s'éleva une odeur nouvelle, une variante de la puanteur estivale. À celle-ci s'ajouta l'exhalaison de la terre. Une pestilence sans nom viola l'odorat le plus aguerri. Les rues devinrent le siège d'une vie chaotique, adaptée dans l'urgence à la mutation féroce de la ville. La foule rasa les murs pour éviter l'assaut des gerbes que la ruée des carrosses projetait en tous sens. Il fallait, pour traverser, redoubler de vigilance, sauter lestement par-delà les flaques, anticiper chaque mouvement accru de violence, prévoir l'instabilité du sol qui se défilait sous les pas et cherchait à projeter les corps sous les sabots des chevaux.

La férocité de la ville réveilla celle des hommes. Arrachés à la torpeur assommante de l'été, les bas instincts resurgirent. L'animalité devait primer sur l'humain pour survivre à l'hiver et, déjà, la propension à combattre se lisait sur chaque faciès. La boue se traîna sur les peaux et dans les maisons. Bientôt on mourrait des premières épidémies. La grippe pousserait les corps à expectorer leurs mucus, convulserait de fièvre, abattrait enfants et vieux. Les bronchites satureraient les poumons de morve, étoufferaient les nourrissons que l'on cueillerait bleus et froids, divinement figés au matin dans leurs langes, comme autant de fruits, de cassis. Le froid mangerait les lèvres, les yeux, les peaux. La brûlure de l'hiver attaquerait pour certains des membres entiers, tuerait les chairs, les fendrait de gerçures céruléennes, figerait leur suintement en cascades jaunâtres, stalactites de pus, promettrait l'amputation pour seul remède. Chacun avait à l'esprit la rudesse d'hivers passés et, au-delà de la délivrance de cette première pluie, devinait le calvaire à venir. Les Parisiens arpentaient les rues avec plus de vigilance, une acuité lisible sur la tension des visages. Les vols à l'étalage se firent plus nombreux que d'ordinaire. Les rues puèrent les soupes, les mixtures dont l'unique bienfait était de réchauffer un temps les corps. La nuit projeta les ombres dans les maisons. Les fenêtres calfeutrèrent les intérieurs embaumant l'humidité et le vice. La foule des vagabonds se pressa dans les taudis de tôle et de bois, procession de parasites grouillant sous les croûtes de Paris. Incontestablement la ville se mouvait. Elle engendrait une version inédite d'elle-même. Face à cette hétérogénie, le peuple devait ployer, ajuster son existence misérable. Dans cette gésine, l'homme révélait parfois ses propensions funestes. Car en ce temps comme en tout autre, le moindre éclat, la plus fine brèche, la négligeable variante était à l'homme un plaidoyer pour toutes ses infamies.

Une enfant fut violée. Au troisième jour de pluie, Mathieu Goncelin, maître charron au Marais, se trouva seul dans sa chambre sous les toits, ne supporta plus d'entendre battre la pluie sur la soupente. Il semblait, de là où il se trouvait, assis sur l'armature déchirée d'un vieux fauteuil, que les cieux jetaient sur sa tête un torrent inaltérable. Un martèlement l'empêchait de trouver le sommeil, résonnait dans son crâne, se répercutait dans chacun de ses membres jusqu'à les engourdir, éperonnait une migraine lancinante. Depuis le premier jour d'averse, l'épuisement vrombissait en lui comme un insecte démesuré, transformait le battement des gouttes au-delà en bruit d'élytres, déformait la réalité de la chambre. Tout tremblait sous le pilon de la pluie glissée au travers des tuiles, gouttant au sol avec un clapotis infect. Il avait d'abord cherché à récupérer l'eau dans des cuves de ferraille, mais le bruit s'en était accru, d'abord métallique, *plic-plic*, puis aqueux lorsque le fond du récipient fut noyé d'eau, *ploc-ploc*. Chaque goutte en soulevait une autre dès son contact avec le liquide. L'une fondait du plafond, s'engloutissait dans la cuve et, une fraction de seconde, lors de cet éclatement, une autre se soulevait dans l'air, à quelques millimètres seulement, puis retombait. Deux *ploc*, donc, comptait Goncelin avec obsession. Mais, le temps aidant, il ne parvenait plus à distinguer clairement le nombre des impacts, n'en percevait pas certains, en imaginait d'autres. Les gouttes s'accouplaient, se multipliaient, envahissaient l'espace, nourrissaient la douleur qui vrillait son crâne. Il abritait un ver, une larve, qui se contorsionnait dans l'entrelacs gélatineux de son cerveau pour tenter de s'en extraire. Ses tympans battaient la mesure. Son oreille interne était saturée par ce fracas. Bourrer son conduit auditif avec du foin, jusqu'à la douleur, n'avait servi à rien. L'eau s'immisçait partout avec son bruit de ressac. Les plats débordèrent. La pluie amassée gonfla à la surface, se bomba d'attente. Puis une goutte vint rompre la perfection de ce ventre translucide, répercuter sa forme dans la masse, faire basculer enfin le liquide au-delà du rebord. Le parquet se teinta de sombre. Goncelin l'observa, les mains plaquées sur les oreilles. Aussi sûrement que la progression de la pluie sur le sol, une ombre grandissait, une forme dévorante prenait naissance au creux de son estomac. Un fantôme bien connu, maîtrisé jusqu'alors, un désir ténébreux qu'accompagnaient la nausée, les frissons, les tremblements incontrôlés. Une onde, une marée de concupiscence, un bouillonnement nourri par la pluie, prit le dessus sur elle, déferla dans son torse, excita son esprit, le canalisa vers un unique objet. Mathieu Goncelin s'efforça de faire taire cet appel, mais ce qui était un courant profond, un spectre de lui-même, devint à l'instant un tout au travers duquel il existait, confluait. Il n'avait d'autre raison d'être que ce prurit. Et lorsque le plâtre écailleux du plafond s'effondra par plaques, c'est d'un bond que Goncelin se leva, quitta la chambre empuantie par trois jours d'apathie, dévala l'escalier, plongea au-dehors, se traîna dans la boue, chuta au sol, arpenta les rues le cœur battant, la bouche pâteuse, erra tel un prédateur, sens à l'affût. La pluie gouttait désormais sur lui, plaquait ses cheveux sur un visage animal, parcourait en sillons son cou rouge et tendu, l'obligeait à fermer ses paupières sur deux yeux noirs. Il s'arrêta à l'angle d'une rue. Le ciel écrasait Paris de son fracas. Le regard de Mathieu Goncelin se posa enfin sur l'objet vers lequel son avidité l'avait mené. Il sonda son esprit, mais nulle conscience. Était-elle anesthésiée ? Momentanément absente ? Définitivement détruite ? Peu importait, ce dont il se crut assuré, c'est que la pluie serait seule responsable. Assise à ses pieds, Marine Champouillon avait six ans et barbotait dans une flaque d'eau.

« L'enfant s'est plainte de brûlures lorsqu'elle urinait. La mère s'est inquiétée de ce qu'elle avait la motte rouge et gonflée, un peu suintante, et qu'elle saignait parfois dans ses habits. Elle n'avait pas l'argent pour consulter, il a fallu économiser. Croyez-moi, lorsque j'y suis enfin venu, l'enfant mourait déjà dans son lit depuis plusieurs jours, d'une infection, la vulve pareille à une tomate trop mûre. Cela sentait jusque dans la rue. Après l'examen, j'ai prescrit quelque désinfectant qui n'y fera rien. Sans doute a-t-elle trépassé à l'heure qu'il est. On a abusé d'elle, et par plusieurs fois, de toutes les façons possibles. » Le docteur Chaillon expliqua le viol de l'enfant tandis qu'il arrangeait sur sa tête une perruque. Billod grimaça. « Eh quoi, mon ami, on n'entend guère ces anecdotes dans le monde du postiche ? C'est pourtant chose commune. Tous les jours que Dieu fait. J'en passe, et des meilleures ! On viole, on tue, on égorge à chaque coin de rue. Les prisons regorgent de ces malfrats. Voici Paris. Je les oublie d'ailleurs, ces anecdotes. Je pense à celle-ci car j'y étais ce matin, mais demain je n'y songerai plus. Je les oublie, m'entendez-vous ? N'est-ce pas là, Billod, la preuve de notre déliquescence ? L'oubli ? Ce par quoi nous péririons ? Ce à quoi tout nous ramène un jour ? Vous me trouvez affreux d'oublier, je le lis sur votre moue. C'est là notre pain quotidien à tous. Ah, je vous le dis, voilà une des anomalies de notre race. » Gaspard restait en retrait, interdit. La chose s'était passée dans le quartier, à quelques rues de l'atelier. Il imaginait le cadavre de l'enfant dans son lit, et ce corps lui parut lié à la Seine. Quelque chose de cette aura du Fleuve pénétrait dans la ville et rappelait sa présence. Outre l'horreur de l'acte, qu'importait la mort d'un enfant ? Chaque mère perdait en couches plusieurs rejetons avant d'enfanter un nourrisson viable. Pourquoi la mort d'une enfant de six ans serait-elle plus révoltante quand on s'affligeait à peine du décès d'un nouveau-né de quelques jours, de quelques mois ? Ce n'était pas la mort qui terrifiait, c'était la violence de l'acte. Pourtant, pensait aussi Gaspard tandis que le docteur Chaillon payait, questionné par Billod au sujet d'une chaude-pisse, cette violence était partout. Elle se matérialisait ici en un acte sans concession. On tolérait la violence usuelle si elle ne se démarquait pas du quotidien, on s'insurgeait lorsqu'elle avait l'audace d'exploser au su de tous. *La première n'engendrait-elle pas la seconde ?* se demanda Gaspard. L'homme coupable du crime avait fui, on ne l'avait pas retrouvé, comme dans nombre des viols commis à la sauvette. Où, dans la ville, pouvait-il se trouver en cet instant ? À quoi pensait cet homme ? Gaspard s'essaya à pénétrer dans l'esprit d'un violeur supposé. Cette pensée le laissa absolument vide.

L'eau se glissa enfin sous la porte de la cour. La troisième nuit d'averse, Gaspard se réveilla en sursaut. Avait-il rêvé ces corps d'enfants charriés sur un fleuve noir ? Il était poisseux et, dans l'obscurité de la cave, chuintait un bruit de langue. Gaspard tendit l'oreille, sonda les méandres de la pièce puis tâtonna à la recherche d'une allumette qui souleva une odeur de soufre. La mèche de la bougie projeta un spectre sur les murs de la cave. Gaspard découvrit que l'eau glissée dans l'interstice de la porte rampait au milieu de la pièce. Flaque noire, insidieuse, elle progressait dans sa direction. Une odeur méphitique s'en élevait comme d'un encensoir. Il s'empressa de surélever son matelas puis s'assit sur le lit, les genoux repliés sous son menton, le regard fixé sur l'avancée dévorante. L'eau s'ourlait, abordait la terre battue du sol, grignotait avec opiniâtreté la surface de la cave. S'il pleuvait encore deux jours, évalua Gaspard, tout serait inondé. Peut-être Billod accepterait-il qu'il dormît dans l'atelier lorsqu'il sentirait l'odeur dont ses vêtements seraient bientôt imprégnés ? Un rat prit la fuite quand l'eau toucha ses pattes. Il disparut dans l'ombre. D'une certaine manière, n'était-il pas de nouveau rattrapé par le

Fleuve ? L'eau au sol évoquait la Seine sur les rives. S'il ne voulait pas la voir, elle viendrait à lui. « Elle vient à moi », pensa tout haut Gaspard dans le silence de la cave. Il frissonna. Le rêve laissait planer un pressentiment funeste. Il se crut bouleversé par le viol de l'enfant, puis s'aperçut qu'il n'éprouvait pas d'indignation pour l'acte en tant que tel. Dans ce vide complet d'empathie, Gaspard se stupéfia de n'être pas capable de ressentir cette atteinte faite à un autre. Ce viol n'était ni plus ni moins qu'un assassinat. La mort avait découlé de l'acte. Comment pouvait-il être à ce point indifférent ? Ce gouffre le terrifia, il pensa que le violeur devait éprouver une placidité similaire. Il secoua la tête. « Le docteur a raison, l'oubli me guette, l'oubli de ma propre humanité », dit Gaspard. Sa voix tremblait, les murs voûtés renvoyèrent son écho. Il eut envie de s'insurger, éprouva le besoin de fuir cette apathie et s'habilla à la hâte. Il souffla la bougie puis se dirigea vers la porte de l'escalier.

L'eau s'écrasait au sol en éclats de boue. Il gagna la rue Saint-Jacques, déjà ruisselant. La présence des carrosses se devinait aux lampions haletants, aux souffles des chevaux. Gaspard se força à ignorer la pluie qui balayait la crasse de son visage, glissait sous ses vêtements, collait la chemise à son torse, à son ventre. Il dépassa les Mathurins, parvint devant le cloître Saint-Benoît et tourna à droite près des Jacobins. La pluie grêlait sa peau mais vivifiait son esprit encore embué par le tourment du sommeil. Il devinait derrière lui la Seine gonflant dans son lit, redoublant de noirceur et de perfidie. Cette perception l'encouragea à marcher plus avant, à s'éloigner encore. La sensation d'oppression qui s'était abattue sur Gaspard alors qu'il était dans la cave s'atténua à mesure que le torrent se transformait en crachin. Il crut un instant que cette pluie avait une vertu rédemptrice. Telle une ablution, elle le lavait de son malaise. L'empathie ressentie pour le criminel laissait à son palais une saveur de bile. Il ouvrit la bouche, aspira l'air par goulées et la pluie se glissa entre ses dents sur la masse spongieuse de sa langue. Tandis qu'il dépassait la Sorbonne, Gaspard devina qu'au-delà d'une purification, il marchait à la recherche du comte Étienne de V. Il trouva d'abord l'assimilation absurde, mais ne parvint pas à se départir de cette idée qui prit bientôt la forme d'une évidence. Il n'avait cessé de penser à l'homme depuis sa venue à l'atelier. Son visage, chacun de ses mots l'obsédaient. La description que Billod avait faite du comte, celle d'un homme dénué de toute conscience, de toute morale, le hantait. Le viol de l'enfant avait mis Gaspard face à un abysse intime, mais avait aussi accru son attrait pour le comte de V. Gaspard marchait dans la rue, soulagé par la caresse de la pluie, errait à la recherche d'un homme. Jusque-là, traversant la place Saint-Michel et longeant la grille du palais du Luxembourg, il n'avait pas douté un instant du sens de ses pas. L'ombre des arbres se découpait dans l'air trouble. Qu'attendait-il du comte ? Que cherchait-il vraiment ? Pourquoi ne pouvait-il résister à cette attraction dirigeant sa marche, le plongeant dans ce somnambulisme éveillé ? Gaspard n'était sûr de rien, ne possédait aucune réponse. Il éprouvait le besoin suffocant de trouver cet homme, de se livrer à lui, et cette nécessité se localisait au creux de son ventre, logée dans ses viscères. Cet amas incandescent développait une ramure dans chacun de ses organes. Il sentit grandir une fièvre dévorante à mesure que le besoin du comte se fit prégnant. Il s'arrêta, se reposa, une main sur la grille. Un fourmillement parcourait son corps, à la limite du tremblement. Sa bouche se gorgea d'une salive fluide et généreuse. Il posa sa main gauche sur son bas-ventre.

III

UNE RELATION

Contre toute attente, deux semaines après son dernier achat, Étienne de V. revint à l'atelier. La pluie n'avait pas cessé durant cinq jours. L'eau avait envahi la cave, chassé les rats et imbibé le fourrage du matelas. Billod, furieux que Gaspard traînât derrière lui les lambeaux olfactifs de cette bourbe, exigea qu'il barricade la porte. L'apprenti put installer sa couche dans l'atelier. Dormir au sec, sans être harcelé par l'intrusion des courants d'air, fut une aubaine pour Gaspard, bientôt menacé de pneumonie. Un jour qu'il rangeait sa couche sous l'établi, dans la seconde pièce de l'atelier, on frappa à la porte. Gaspard dut tendre l'oreille car la cacophonie de la rue se prêtait souvent à des bruits similaires. Lorsqu'il fut certain que quelqu'un toquait, il descendit et ouvrit la porte. Il s'était habillé mais ne s'était pas débarbouillé le visage. Ses cheveux auréolaient son crâne d'un feu noir. Un instant, comme le hall était très sombre, qu'une éclaircie frappait la rue d'une lumière éblouissante, Gaspard distingua une silhouette à contre-jour qui lui évoqua instantanément celle du père dans la porcherie. Il sentit son cœur se soulever d'effroi et recula d'un pas, lorsque la réalité reprit ses droits sur le jeu de lumière. Le comte l'observait avec curiosité, une main toujours levée. « Vous en faites une tête, jeune homme », dit-il. Soufflé par sa confusion, Gaspard se figea. Étienne de V. attendit que l'apprenti l'invitât à entrer. Comme il se contentait de le fixer avec stupéfaction, le comte finit par demander : « Puis-je entrer, ou me laisserez-vous sur votre perron comme un malpropre ? » Ces paroles de dame de bonne famille avaient le cinglant de l'ironie. « Pardon, monsieur, je vous en prie », bégaya Gaspard en s'écartant. L'homme pénétra dans l'entrée. L'apprenti rabattit la porte, elle claqua sans force sur le chambranle. Le bruit de la rue s'atténua, la clarté fut à nouveau tamisée. Les deux hommes se tinrent immobiles et silencieux, l'un face à l'autre. Gaspard ne pipait mot, le silence du comte ne trahissait aucune angoisse, pétrifiait l'apprenti. Par crainte de sembler inconvenant, il parla : « Monsieur, mon maître n'est pas levé, faut-il que je l'avertisse de votre présence ? » Étienne de V. ôta sa paire de gants. Il tira sur chaque doigt avec une désinvolture que Gaspard comprit être de l'amusement. Par ce geste, le comte se moquait de son obséquiosité, la dévoilait cruellement et confondait avec elle le garçon de ferme devenu apprenti. « Le rôle du parfait domestique vous sied à ravir... Très convaincant », dit-il. Le flegme de sa voix saisit Gaspard. L'humiliation assécha sa gorge. Il prit conscience de la course de son pouls, de la sensation qu'éveillaient cette présence tant attendue et ce mépris lancinant. Ses joues s'empourprèrent. « Je m'arrange bien, dit le comte, que Billod ne soit pas éveillé et je connais son goût pour la paresse. Votre maître ne vit que pour l'appât du gain et l'oisiveté qu'il offre. » Gaspard déglutit. La franchise du comte le plaçait contre son gré dans une confidence infamante, et il ne sut comment réagir, se confina dans l'hébétude. Le noble l'observa, se réjouit de lire l'impression de ses paroles sur l'apprenti perruquier. Gaspard croulait sous le ridicule de l'accoutrement que Billod l'obligeait à revêtir et dont il ne changeait jamais. Un effluve âcre remontait de la cave malgré les planches clouées par Gaspard au chambranle de la porte pour en atténuer les relents. L'idée vint que le comte le soupçonnât d'être à l'origine de cette puanteur. Plus forte, l'humiliation se distilla dans ses veines. L'homme ne laissait pourtant transparaître aucune gêne et se tenait avec aisance dans une intimité dont l'inconvenance pour un homme de son rang et un médiocre garçon d'atelier mortifiait et révulsait Gaspard. « Il serait cependant injuste d'en tenir rigueur à votre maître, continua Étienne de V. Il est de ces existences dont il faut noyer la langueur sous peine d'y succomber. Pour ceux qui n'ont pas le courage d'y mettre un terme de leur main — c'est le cas de notre homme —, le sommeil est le plus doux des palliatifs. » Le corps de Gaspard s'engourdit aux paroles du comte, chacune désignant la pouillerie qui le nimbait. « Je suis venu vous trouver de si bonne heure, mon garçon, dans l'espoir de ne voir nul autre que vous. » L'intonation de la voix sonnait tel un constat de la candeur de Gaspard qui n'avait pas songé un instant que cette visite lui fût destinée. « C'est vous que je suis venu voir », reformula le comte en jouant d'emphase pour mieux peser son effet. L'apprenti conclut qu'il le confronterait à un impair commis sans qu'il en eût conscience lors de sa précédente visite à l'atelier et balbutia avec empressement des excuses, sans chercher de raison à une remontrance qu'il devançait. Étienne de V. se moqua de son émoi, leva une main pour qu'il se tût : « J'ai précisément été sensible à votre retenue. Vous semblez être un garçon très convenable, n'est-ce pas ? » Il laissa la question en suspens, puis désintéressé peut-être, ou feignant de l'être : « Voyez-vous, j'aime marcher. J'ai bien du mal à trouver quelqu'un qui m'accompagne en ville et j'ai depuis longtemps écarté les ennuyeux qui parlent trop, les peureux qui rebroussent chemin à la première ruelle sombre et les fainéants. Voici, en trois catégories de gens, une représentation de la noblesse. Nous manquons cruellement de mystères puisqu'une promenade suffit à dévoiler nos secrets. Vous n'ignorez pas que le Tout-Paris marche dès qu'il le peut, c'est dire son manque d'intérêt. » Gaspard esquissa un sourire contrefait, ignorant quelle réaction le comte pouvait espérer. Il épousseta sa redingote. « Accepteriez-vous de me tenir compagnie ? » dit Étienne de V. Le souffle de Gaspard avorta à ses lèvres. Il balbutia : « Si Monsieur le souhaite... Monsieur me fait honneur... », puis retomba dans une stupeur silencieuse. Deux fossettes creusaient les joues rasées de frais du comte. « Après-demain, dans la soirée, cela vous conviendrait-il ? » Il acquiesça à ses paroles, l'avis de Gaspard l'indifférait désormais. « N'en parlez pas à Billod. Il cumule les vices et sa jalousie surpasse sa fainéantise. J'ai cru comprendre qu'il vous aime assez, il pourrait vous priver de sortir pour assouvir quelque obscure vengeance. » Gaspard approuva avec ferveur tant l'idée que le maître pût s'opposer à ce qu'il vît le comte lui était intolérable. « Dans ce cas, à bientôt », conclut l'homme avant de tendre la main. La poigne eut un mordant caustique, Gaspard goûta le plaisir d'enserrer entre ses doigts une partie, fût-elle infime, de ce corps et sentit sous la pulpe de son index et de son majeur la sécheresse de la paume, l'ossature des doigts, l'effleurement du duvet qui courait sur le dos de la main. Porté par son trouble, il se pencha avec respect : « Au revoir, monsieur », dit-il, fuyant le regard qui cherchait le sien. « Appelez-moi Étienne, la simplicité sera de mise lors de nos escapades, ne craignez pas d'user avec moi de familiarité. » Son air était entendu. La porte rouverte déversa sur ses épaules une cascade diaphane et le flot de la rue emporta le comte de V. À l'étage supérieur, le pas de Billod forçait au gémissement les lattes du plancher. Gaspard referma la porte, se tint immobile, la poignée de métal dans la main où s'était trouvée, quelques instants plus tôt, celle du comte. Ses yeux se rivèrent sur les nœuds laqués du bois. Un sentiment d'irréalité siégeait en lui, la scène enfuie semblait n'être qu'un songe. Alors que Gaspard avait arpenté la ville à sa recherche, Étienne était venu à lui. Quand bien même se seraient-ils croisés au détour d'une rue, Gaspard n'aurait pu articuler un mot tant il était irraisonné de croire en la possibilité d'une amitié entre deux hommes que tout opposait. Pourtant, n'était-ce pas ce à quoi le comte venait de le convier : au partage d'un moment d'intimité qu'il refusait à d'autres de son rang, jugeant ne pouvoir le vivre qu'en sa compagnie ? Était-il possible qu'Étienne de V. eût éprouvé ce trouble ressenti par Gaspard lorsqu'ils avaient été présentés ? Toujours est-il qu'il n'en laissa rien paraître.

Se pouvait-il qu'il ait senti cet émoi chez le jeune homme et s'en servît pour l'attirer ? Gaspard était un vulgaire apprenti, quelle valeur pouvait-il avoir pour un homme tel qu'Étienne ? Les questions foisonnaient. Se jouait-il de lui ? La voix de Billod cria son nom, exacerbée d'impatience. Elle le tira de ses pensées. Il enleva sa main de la poignée, sentit sa paume se décoller de la surface métallique et, par ce geste, reprit ses esprits. Il frotta vigoureusement son visage, puis remonta l'escalier vers son maître.

Les deux jours s'écoulèrent avec une lenteur écrasante. Chaque minute s'étirait à l'infini, chaque seconde se figeait d'immobilisme. Gaspard eut le sentiment d'être emprisonné dans une soie visqueuse. Il observa avec détachement la succession des clients à l'atelier, exécuta machinalement les ordres de Billod. Tout son esprit tendait vers la prochaine rencontre avec Étienne. Les questions, les doutes s'imposèrent à lui avec acharnement, émoussèrent son excitation pour laisser place à l'espoir de la délivrance promise par ce rendez-vous. Les deux nuits furent informes et filandreuses. L'atelier baignait dans une clarté d'ecchymose. Les objets révélés par l'obscurité encerclaient Gaspard. Les perruques sur les étagères n'étaient plus que brumes immobiles survolant les fantômes des mannequins, comme autant de trophées cueillis par une guillotine. Gaspard ne parvenait pas à trouver le sommeil, scrutait cette vision de l'atelier. Tout devenait hostile dans cette sclérose, encourageait la révolte des pensées, la frénésie des tourments. Allongé sur le dos, courbaturé par le froid, Gaspard était un gisant dont les yeux se mouvaient le long des étagères, sur la lame des ombres. Son torse se soulevait. Il percevait l'air pénétrer en lui, frais et hostile, puis s'exhaler de ses narines, sur sa lèvre supérieure. Ses membres étaient si lourds qu'il lui eût été impossible de se mouvoir. Le déferlement des fantasmes invoqués par la nuit lui interdisait de bouger. Il cherchait à se raccrocher au tangible de l'atelier, au substantiel du moindre détail. Les ténèbres abolissaient la certitude des choses. Tout était friable, glissant, vision. Le viol de l'enfant était encore vivace à son esprit et, avec cette image, la peur d'être happé par l'irrationnel, à la manière dont la pièce se transformait avec la nuit, de sombrer à son tour dans cette noirceur couvant en lui et hors de lui, cette folie à portée de main. Gaspard n'était pas un violeur, mais il se pensa habité par une monstruosité approchante. Il était un individu comme un autre et, dans cette banalité, capable du pire. S'il était dissocié de sa race, il serait sans conscience, animal. Il craignait d'exister en tant qu'humain au travers des autres, mais de n'avoir ni morale ni censure. Sa solitude le révélerait-elle à lui-même ? Il éprouvait le vertige de cette possibilité : n'être qu'un monstre, telle la tentation qui l'avait poussé au bord du pont lorsqu'il avait traversé le Fleuve, d'être mené à ses plus bas instincts, happé, de ne pouvoir lutter contre ce flux dégorgé de son corps, envahissant le monde alentour, sans que jamais il parvînt à en sonder les méandres. Ce flux vomi dans ses souvenirs par une cheminée de ferme à Quimper, la fange d'une porcherie, le lit d'un Fleuve, une ville entière. Le matin du second jour, Gaspard s'éveilla accablé par l'idée de la journée à venir. Mais la perspective de retrouver Étienne au soir fut un soulagement inespéré. Les démons éveillés par la nuit s'enfuirent avec l'aube et il n'en resta bientôt, dans sa conscience, qu'un souvenir lointain. Lorsqu'il fut tout à fait lavé et habillé, il n'eut donc aucun mal à conclure que ses craintes ne devaient exister que dans l'univers des rêves où sont abolies les lois de la nature humaine.

Il attendit que Billod fût couché pour se glisser hors de son lit et quitter l'atelier. Une fois dans la rue, il sentit l'odeur d'un feu qui saturait l'air. Il renifla. On brûlait sans doute du bois à quelques rues de là. Bientôt les cheminées éructeraient, la ville puerait l'âtre et la suie. À cette idée, un frisson parcourut son échine. Gaspard referma la porte. Un carrosse passa, un couple se déchirait, leurs hurlements lui parvinrent. Il vit aussitôt Étienne, adossé contre la devanture d'une échoppe. Il ne regardait pas en direction de l'atelier et Gaspard observa son profil. Il était vêtu d'un gilet et d'une chemise sombres. Tous deux se fondaient dans la nuit. La pâleur de ses mains tranchait avec le tissu. Lorsqu'il prit conscience de la présence de Gaspard, il le salua d'un hochement de tête. « Marchons », dit-il simplement. Gaspard lui emboîta le pas et se hâta pour parvenir à sa hauteur. Ils rejoignirent la rue Hautefeuille et descendirent vers l'École de chirurgie. Étienne ne prononçait pas un mot. Il gonflait son torse pour mieux se gorger de l'air de la nuit, semblait apprécier la promenade mais ne pas se soucier de son compagnon de route. Gaspard suivit, hésita à parler, préféra se taire de peur de paraître importun. Il éprouvait une gêne profonde, la certitude de détonner avec l'élégance d'Étienne. Il trottina derrière comme un valet, un chien des rues à l'affût d'un quignon de pain sec. Il lui sembla que les passants qui se rendaient aux guinguettes ou quittaient les tavernes l'observaient avec mépris. Mais le comte ne prêtait pas plus d'attention à Gaspard qu'au reste de la foule des noctambules, élément dans lequel il se déplaçait avec aisance. Au milieu des haillons et des faces gueuses, on ne l'importunait pas. *C'est sans doute,* pensa Gaspard, *qu'à cette prestance se joint un sentiment plus trouble, une ombre qui se pose d'emblée comme une menace.* Mais aussi, sous-jacente, l'idée que cette force mâle le protégeait. Pourtant, Gaspard n'avait jamais craint la ville ni la violence de ses bas-fonds. Il se souvenait d'avoir arpenté les berges en pleine nuit, sans s'être soucié une seconde de finir égorgé sur l'herbe brune que couvrait la rosée aux aurores. Pourquoi éprouvait-il ce réconfort en la présence du comte ? Il cherchait une réponse lorsque Étienne s'arrêta devant la porte vermoulue d'une auberge d'où s'extrayait un couple. Le corsage de la femme charnue et blonde se déchirait et dévoilait un sein dans un froissement de chiffon. La barbe de l'homme cachait une bouche sans lèvres, des gencives semées de cavités. La langue gonflait dans ce trou tandis qu'il enfonçait une main dans le corsage délacé, tirait avec violence sur le sein pour l'en dégager. Le couple s'éloigna dans la rue. De la porte s'élevait l'odeur épaisse de l'alcool, de la macération des hommes et des femmes suant par leurs pores le vin et la bière, les liqueurs et les eaux-de-vie. « Quel endroit pittoresque, n'est-il pas ? » demanda Étienne. Il n'attendit pas de réponse, s'engouffra par la porte. Gaspard avait marché sans prêter attention à leurs pas et ne savait en quel endroit de Paris ils se trouvaient désormais. Il jugea ne s'être pas trop éloigné puisque le quartier était encore populaire. Le comte connaissait-il cette taverne ? Sinon, pourquoi se serait-il exclamé devant la misère manifeste du lieu ? Avait-il prévu de s'y rendre ou s'y était-il arrêté au hasard de leurs pas ? Le couple avait disparu à l'angle d'une bâtisse, un vent frais et humide comme une langue balayait la rue. Aussi Gaspard décida-t-il d'entrer.

C'était une pièce si noire qu'il fallut un long moment avant que ses yeux parvinssent à discerner les formes des tables et des corps vautrés dans la crasse. Il régnait un brouhaha assourdissant. Aux murs, des bougies déversaient leur cire sur l'amoncellement de cadavres de paraffine, puis s'écoulaient en gerbes des étagères, s'étendaient parfois telle une morve et se figeaient sur le plancher défoncé. Les mèches rougeoyaient, éclairaient des visages informes que l'obscurité de l'auberge se pressait de dévorer. Les pieds de tables jaillissaient d'une épaisse souillure, semblaient être la continuité de cette écume. Autour, les clients vidaient leurs verres dans les bouches, gouffres ouvrant sur des gosiers rongés par l'alcool. Les femmes se vautraient sur les hommes, dans l'ivresse et la lubricité. Les peaux se dévoilaient. Les gorges couvertes de comédons se drapaient de sueur. Une rumeur odieuse accompagnait l'odeur des liqueurs qui luisaient sur les ventres et sur le sol. Des êtres à l'humanité vacillante dansaient pieds nus, tournoyaient sans relâche, la ronde fébrile étourdissant leurs regards. L'hilarité distordait les visages avant qu'ils ne disparaissent sous la poussière soulevée par leur transe. Une femme, la face mangée par un psoriasis, rit et bascula en arrière avant de s'effondrer au sol. Sa robe se releva sur une culotte suspecte. Derrière un comptoir de bois, le patron était osseux, les angles de son crâne à peine couverts par une peau qui n'avait pas vu le jour depuis trop longtemps. Il se contenta de jeter un œil à Gaspard et désigna du menton une table dans un angle de la pièce. Le comte venait de s'installer. Il fit un signe. L'homme acquiesça alors que Gaspard s'asseyait à son tour. Les clients les observaient du coin de l'œil, trop ivres pour s'émouvoir de la présence d'un noble « Je me doute que Billod vous a entretenu de mes habitudes. Vous ne serez donc pas surpris de voir que les lieux que j'affectionne le mieux à Paris sont ceux dont les bonnes gens mettent un point d'honneur à oublier l'existence. » Le patron posa le vin devant eux. Gaspard garda les yeux rivés sur le rebord de son verre tandis qu'Étienne le scrutait avec intérêt. « Imbuvable. » Il reposa le verre sur la table. Autour d'eux, les clients gueulaient si fort qu'il haussa la voix : « Aimez-vous le bon vin, Gaspard ? » Le jeune homme se moquait de ces considérations, ignorait la différence entre un vin de qualité et l'immonde jus avec lequel il se saoulait parfois. « Non, bien sûr que non, continua Étienne, nul autre que moi ne peut ici en juger. » Il sonda les nervures du vin à travers le verre. « Observez autour de nous : ce vin, ces hommes, cette vilenie qui vous semble naturelle et immuable. En tout temps, à toute époque, notre race se montre inapte à réaliser sa déliquescence, au sursaut de conscience. Par le quotidien, on obtient tout de l'homme, son asservissement, sa résignation. Cela, je le crains, ne changera jamais. Alors, si nous sommes perdus, que nous reste-t-il sinon ce vin minable qui, dans cette perspective, est déjà bien meilleur, peut-être même excellent ? » Ils vidèrent leurs verres à l'unisson. Étienne tira de la poche de son gilet une blague à tabac, la tendit à Gaspard. L'alcool commençait à les mettre à l'aise, instaurait entre eux une forme de connivence. L'atmosphère que saturaient les voix éraillées gonflait leurs poumons d'euphorie. Le tabac avait un goût d'exception. Il ne ressemblait en rien, pensa Gaspard — il était en réalité incapable de les différencier — au tabac minable que Lucas chiquait parfois. Deux hommes se battirent, une table fut renversée. On parvint à les maîtriser et à les jeter dehors où ils continuèrent de se frapper jusqu'à ce que leurs visages soient deux marmelades écarlates. En retrait dans un angle de la pièce, une femme, dont l'indolence laissait à penser qu'elle était familière des lieux, attira leur attention. Des plis d'une robe dans laquelle béait une ouverture, deux jambes étiques s'échappaient, agitées de soubresauts. Elles retombaient sur les cuisses de la femme et Gaspard crut d'abord à un enfant qu'aurait caché le tissu ; mais il n'y avait sous la robe d'autre protubérance que celles des deux jambes et du ventre dont elles s'extrayaient. La femme grattait cette gémellité parasitaire avec indifférence, comme s'il se fût agi d'une partie quelconque de son corps. L'être s'enfonçait jusqu'au buste dans la flaccidité des chairs et Gaspard s'en détourna avec mépris : près du mur, elle évoquait la mère et son affalement devant l'âtre. Étienne cita Paré : « Il y a des choses divines, cachées et admirables aux monstres. » Sitôt comparée à sa génitrice, la femme était pour Gaspard une menace en latence. Pourtant, tandis que les verres s'amoncelaient sur la table, il oubliait l'angoisse des jours précédents et le tourment qui l'avait habité sans relâche. Les mots d'Étienne glissaient sur lui comme l'eau sur la plume. « Cette femme, continuait-il, portait hier encore le secret du monde. Mais nous sommes au siècle éclairé et celui-ci a l'énigme mauvaise. Ce n'est donc plus qu'une femme atteinte de malformation, un cas d'école, une pathologie plus qu'un phénomène de foire, que l'on montre pour dénoncer les risques de la consanguinité. Les pauvres aiment à foutre entre eux, c'est ainsi », ajouta-t-il après un silence, et Gaspard songea que sa présence était accessoire, que ces mots dont il eût pu se fâcher, Étienne se les adressait à lui-même. « Connaissez-vous Liceti ? Cet homme, qui enseignait la médecine à Padoue et à Bologne, était étonnant. Je regrette que les fantaisistes de son genre périclitent. Notez qu'il avait en son temps une notoriété plus assise que nos biologistes et autres briseurs de mythes ; lui les créait. Il pensait ainsi que sa grossesse variant de sept à douze mois, la femme pouvait être fécondée par tout animal dont l'espèce possède une gestation équivalente. Il a laissé divers exemples de ce qu'il croyait être le fruit de l'accouplement d'un homme et d'une bête : l'enfant à tête d'éléphant, l'enfant chien ou le dessin d'un porc aux pieds et aux mains d'homme. » Le front de Gaspard se perla de sueur. L'image de l'être hybride, l'idée de la fornication d'un homme et d'une truie le révulsaient. Dans les vapeurs de l'alcool, il en vint à douter : n'était-il pas conforme aux monstres de Liceti ? Il posa le regard sur ses bras, le rose crasseux de sa peau contracta ses tripes. « ... mi-homme, mi-pourceau, continuait Étienne, il fait mention d'un veau à tête humaine que les villageois condamnèrent à brûler vif avec la vache qui l'avait enfanté et son berger de père... » Gaspard s'ébroua pour saisir à nouveau les mots d'Étienne, leur sonorité mate, s'y attacha pour conquérir de nouveau l'auberge et l'apaisement que procurait sa présence. Elle était parvenue à balayer le souvenir du viol, mais aussi du Fleuve et de la ville entière. L'immonde auberge devint un lieu intemporel, seulement habité par le comte, la gravité de sa voix, la pose de ses gestes. Il parlait avec détachement, mais Gaspard cerna à la lueur de son regard qu'il éprouvait le plaisir d'être saoul, ressentait combien le vin abolissait le temps, laissait place à leur complicité. L'alcool annihilant ses doutes et soupçons, il préféra s'abandonner au délice de cette présence. Contre toute attente, le comte se leva soudain et régla la note. « Il se fait tard, rentrons », dit-il. Gaspard le suivit.

La rue était encore animée, la nuit toujours chargée de relents pluvieux. Étienne s'immobilisa, parut réfléchir un instant puis se tourna vers Gaspard : « Je vais partir en sens inverse. Je vous laisse donc rentrer seul. » Gaspard hocha la tête, sentit poindre en lui une rancœur perfide car le comte mettait fin à cette soirée avec une brutalité dénuée de toute prévenance. Étienne le devina peut-être, il posa une main sur l'épaule de Gaspard : « Demain, à la même heure. Je vous attendrai en bas. » Il s'éloigna dans la rue.

Gaspard le suivit du regard. Il tourna à l'endroit où avait disparu le couple quelques heures auparavant. Sa griserie faisait tanguer les façades des maisons. Il s'appuya contre un mur avant de marcher avec prudence. Trop accaparé par ses pensées, il erra dans les ruelles, encore transporté par le plaisir de la soûlerie. Il avait une perception diffuse de la ville, vivait cette abolition comme un soulagement. L'écrasante emprise de Paris s'estompait pour laisser place au comte. L'omniprésence du Fleuve n'était plus. Marcher dans les rues ne s'accompagnait pas de ce sentiment d'être happé par elles. Les passants qui se hâtaient de rejoindre leurs taudis étaient une présence dissociée de lui, indifférente. Au loin, une église sonna vingt-trois heures. Gaspard se jeta contre un mur lorsqu'une voiture le frôla. Il sentit le remugle des chevaux, cette odeur de transpiration animale le fit saliver. Il ferma les yeux, étourdi, inspira et savoura une quiétude sensuelle lorsqu'il imagina Étienne s'enfonçant lui aussi dans la ville, à quelques pas de là, puis l'enthousiasme à l'idée d'une rencontre prochaine. Il décida de se hâter afin que Billod ne soupçonnât pas sa sortie. Il remonta une ruelle encore agitée malgré l'heure tardive et éclairée de flambeaux. Il devina une ombre qui se mouvait le long d'un mur et chancela vers lui. Il pensa d'abord à un ivrogne, pressa le pas pour ne pas être ennuyé mais, comme il approchait, discerna un vieillard dont les yeux écarquillés l'imploraient en silence.

Le vieux puait. Une odeur fécale se dégageait de lui avec flegme mais persistance, une odeur acrimonieuse et acide. La merde bombait sa culotte, l'obligeait à avancer d'une démarche empêchée. Gaspard devina qu'elle devait s'écouler à mi-cuisse en une croûte tiède, emplir les plis de peau, ombrager le tissu de la culotte de toile, remonter, s'étendre, maculer le sexe puis le bas-ventre, irriter, saigner l'épiderme flétri. Sous les tressauts des chairs, leur froissement loqueteux, elle devait remplir ce ventre un peu pointu, un peu tombant qui tendait la chemise, pousser aux boyaux, crier le besoin de s'extraire de l'outre usée, du corps déchu, en déplacements d'air, flatuosité migrante au tréfonds des viscères. Sans aucun doute remontait-elle bien plus haut que de raison dans le dédale des conduits poisseux, jusque dans la gorge qu'entourait la peau gélatineuse du goitre, fourrait peut-être la trachée. Le vieux était parfaitement rempli de ses propres déjections, plein de cette boue, rassasié par le flux alvin. Lorsqu'il ouvrit la bouche, dévoila le chancre de ses gencives, le chaos de ses dents noires, un râle s'éleva de cet antre, un souffle porta l'odeur du marasme intérieur. L'haleine était un vent aussi fétide qu'un autre, exhalaison de méconium qui franchit l'ultime barrière des lèvres fendues, s'éleva comme d'un encensoir, occupa l'atmosphère tout entière, s'immisça partout, colla aux peaux, aux cheveux, se logea dans les nez comme un parasite. Si le Parisien était habitué à la puanteur, c'en était ici inhumain et l'on s'écartait en portant à son nez une main ou un tissu pour éviter que l'odeur ne s'y nichât. Seul Gaspard, au beau milieu de la chaussée, ne put détourner le regard de la chose, marionnette désarticulée s'avançant vers lui, une main tendue, émergeant d'un manteau de laine et de la crasse, si noirs tous deux qu'il était impossible de distinguer la peau du tissu. L'odeur figea Gaspard, annihila sa capacité à s'épouvanter devant le vieillard, à s'éloigner de cette masse informe fuyant par tous les trous. Car déjà, comme si la suspicion de ce magma en provoquait l'éruption, la chose se vidait. Par le bas, la culotte accueillait plus encore le fardeau méphitique, penchait vers le sol, entravait les deux cannes sordides servant de jambes. Par le haut, la fange débordait d'entre les dents, barbouillait le menton. La chose émit un hoquet sirupeux, mais continua sa progression vers Gaspard, la main demanda l'aumône tandis que les yeux cherchaient dans son visage une explication à cette explosion pestilentielle. Le vieux était désormais une étrange machine dont l'objectif semblait être de s'expulser d'elle-même. Ce limon ne cessait de s'écouler au sol et Gaspard ne vit plus qu'un cloaque démesuré qui, bientôt vidé de son suc, reposerait au sol comme un paquet de viande, un organe fatigué par l'effort. La chose fit quelques pas de plus. La main se tendit, réflexe, car même dans l'agonie ce fut ce geste de toute une vie qu'elle parvint à esquisser, refusant de s'y soustraire pour mourir dans un fond de ruelle, à l'abri des regards. Jusqu'au bout elle mendiait, demandait quelques pièces. Gaspard le savait, la chose n'avait pas la présence d'esprit de quémander un peu d'aide, un surplus de vie, un geste de charité chrétienne, rien d'autre. Elle ne pouvait rien attendre des hommes sinon une pièce jetée par dépit et par dégoût pour acheter la paix, pour la renvoyer dans l'ombre, soustraire son épouvantable spectacle au regard. Confondue par sa déliquescence, elle tendait la main, sachant que ces affres ajoutées à l'horreur, on serait sans doute pressé de lui jeter quelques sols à la face. Puis la chose poussa un bruit. Un rot sonore, suivi d'un jet brun, abject. Elle hésita, suspendue entre deux pas, baissa les yeux sur son corps exultant, les releva non sans surprise avant de flancher, de s'effondrer au sol, avec un bruit sec et mou, aux pieds de Gaspard. On cria qu'il fallait appeler de l'aide. On cria qu'il fallait sortir de là cette infection. On poussa le vieux à l'aide d'une pelle sur le bas-côté, on jeta un seau d'eau sur la chaussée pour nettoyer la boue déjà mêlée à la boue. « Eh, toi, qu'est-ce que tu fous là ? Dégage-moi donc d'ici ! » cria-t-on enfin. Gaspard comprit que la voix revêche s'adressait à lui, jeta un œil à la dépouille amoindrie de la chose, puis s'éloigna en chancelant.

Lorsqu'il eut regagné le calme de l'atelier et fut allongé sur sa couche, il apparut à Gaspard que, si la compagnie d'Étienne avait occulté la présence de la ville à son esprit, la mort du vieillard rappelait, tel un présage funeste, combien il était désormais indissociable des viscères de Paris. Il semblait pourtant possible, par le biais du comte, de parvenir à échapper à sa condition. Peut-être était-ce là l'opportunité d'échapper à la ville, de l'utiliser à ses dépens pour satisfaire ses ambitions. La soirée avait accru sa fascination, avait aiguisé sa curiosité, son désir de découverte. Au travers de ses paupières mi-closes, la lueur de la rue emplissait ses pensées de vagues opalines. La vision de la chose contractait encore son estomac mais, le sommeil aidant, laissa place à la silhouette d'Étienne découpée sur le mur suiffeux de l'auberge. La hampe de sa nuque, la saillie de ses bras sous le tissu d'une chemise, le dessin biseauté de ses lèvres, la courbe du torse. Un frémissement parcourut les membres de Gaspard à l'évocation de ces détails. Similaire à cette sensation qui l'avait précipité contre une grille du palais du Luxembourg, son estomac se contracta puis irradia. Il glissa une main sous sa couverture, la posa sur son bas-ventre, le souffle court. Un engourdissement gagna l'extrémité de ses doigts. L'alanguissement cisela le corps d'Étienne dans un songe éveillé, le dévêtit enfin et dévoila son corps, temple insondable renfermant mille secrets. Dans la moiteur des draps, Gaspard glissa sa main et saisit son sexe turgescent. La nuit étouffa ses soupirs.

IV

LA VILLE REPREND SES DROITS

Le fiacre apprêté attendait dans la rue. Étienne leva une main, fit un signe. Lorsque le comte eut ouvert la portière, Gaspard hésita avant de monter. Il lui sembla voir frémir un rideau à la fenêtre du second étage, l'appartement de Billod, mais il jugea que ce n'était qu'un effet de lumière. Il s'était assuré que son maître fût couché avant de quitter l'atelier et il n'avait pas de raisons d'être inquiété. Il décida aussi de se sentir un peu ragaillardi par cette sortie qui consacrait sa relation à Étienne et se pensa prêt à défier Billod si celui-ci cherchait à le confondre. « Où allons-nous ? » demanda-t-il lorsque la portière fut refermée. Dans l'écrin étroit qui embaumait le bois sec et le tissu des banquettes, leurs épaules se touchaient presque. Il nota que le visage d'Étienne était extatique, ses gestes tantôt lents, tantôt nerveux. Lorsqu'il parla, sa voix couvait un souffle tremblotant : « Tout près. Mais restons ici un instant car nous n'aurons pas assez du voyage pour nous entretenir. Je tenais à vous remercier pour l'agréable soirée que nous avons passée hier. À Paris comme ailleurs, ces lieux que j'affectionne me rappellent dans quel monde nous vivons. C'est vers ceux-là que je vous mènerai, Gaspard, si vous choisissez de m'accompagner. Vous connaissez, par votre condition, bien des situations où nous nous trouverons peut-être. » Interdit, l'apprenti perruquier se tut. L'aisance avec laquelle Étienne, parfois si proche, se démarquait en quelques mots avait pour effet d'accroître le respect qu'il éprouvait, de rappeler implicitement combien les prémices de cette amitié étaient exceptionnelles. Étienne tourna son visage. Ses pupilles étaient deux taches d'encre sur un buvard immobile. « Vous aimez votre misère, n'est-ce pas ? Vous vous complaisez d'être pauvre ? D'être peu ? Car, Gaspard, qu'est-ce qu'un garçon perruquier, sinon rien ? Mais peut-être est-ce déjà beaucoup pour vous ? Peut-être est-ce déjà trop ? Sans doute ne pouviez-vous rêver mieux que de servir un artisan pitoyable ? Je devine que vos géniteurs seraient surpris de savoir combien leur fils est parvenu. J'imagine fort bien que vous avez déjà beaucoup pensé, que des projets ont germé dans votre esprit étriqué. Vous souhaitez apprendre quelques techniques puis, à votre tour, devenir perruquier ? N'est-ce pas, Gaspard, ce que vous souhaitez ? » Une flamme rageuse animait la voix du comte et elle claqua au visage de Gaspard. Étienne le rabaissait plus bas que terre, le mettait face à la misère de son existence. L'humiliation explosa dans son torse, déferla, serra sa gorge. « Non... Non... », bafouilla Gaspard, mais il ignorait si c'était en réponse aux questions d'Étienne ou s'il réfutait des paroles qu'il souhaitait n'avoir jamais entendues. Le comte voulait-il rompre leur relation ? S'était-il jugé débordé par une amitié qu'il trouvait rétrospectivement irraisonnée ? « Non, non... », répéta Étienne, bafouillant à la manière de Gaspard. Il sourit puis, contre toute attente, leva une main, la posa sur la joue de Gaspard. Les doigts parcoururent l'arête de la mâchoire, du lobe de l'oreille au menton, et le tissu du gant crissa sur la barbe naissante. « Alors, dans ce cas, que désirez-vous ? demanda-t-il avec une sollicitude retrouvée. — Devenir comme vous, monsieur », répondit aussitôt Gaspard. Il se reprocha son empressement. Étienne l'avait poussé dans ses derniers retranchements, et il le suppliait. L'index s'arrêta sur son menton, y imprima une pression. La rue autour d'eux avait disparu. Le halo de la bougie frémit sur leurs visages. « Oh, constata Étienne après un silence, devenir moi. » Gaspard était suspendu à ces paroles, relié par ce doigt sur son visage, à quelques centimètres de ses lèvres. Il éprouva le désir féroce de prendre l'index entre ses dents, de le toucher de sa langue, d'imbiber le gant de sa salive, de deviner, peut-être, au-dessous, le goût de la peau. Cet élan l'effraya, comme la soumission à laquelle il s'abandonnait, la souffrance que cette facette inédite d'Étienne provoquait, nuancée de plaisir. Car il attendait les mots à venir. Il scrutait la fente entre les lèvres du comte. Il appréhendait le châtiment d'une phrase, espérait un soulagement. En quelques mots, Étienne s'éloignait, s'élevait pour le toiser, le juger, et Gaspard ne parvenait qu'à se taire, à attendre que ce jugement prît fin. « C'est un long, long chemin. Et peut-on devenir un autre, mon ami ? Je ne le crois pas. » Ils s'observèrent dans la pénombre. Gaspard lut une modulation dans ces traits désormais familiers, mais pas assez cependant pour être invisibles. Quelque chose avait changé en Étienne, à son charisme se joignait une euphorie ; une excitation ténébreuse fleurissait sur sa peau. Les expressions de son visage se murent comme l'onde sur l'eau calme. « Cependant, Gaspard, je peux vous aider à devenir quelqu'un si c'est là ce que vous souhaitez. Vous rêvez d'être bourgeois ou même noble ? Vous désirez mon existence, le luxe, les salons, le prestige et la reconnaissance ? Rien n'est plus simple. » Sans qu'il eût le temps de comprendre ce qu'il faisait, Gaspard s'agenouilla à demi dans l'étroite séparation des deux banquettes, un genou posé au sol et l'autre replié contre le bas siège. Ses mains s'emmêlèrent dans les genoux d'Étienne qui n'esquissa aucun geste de recul, serrèrent ses doigts. « Faites de moi votre semblable... votre semblable », chuchota Gaspard comme une litanie. La scène était celle d'un émoi pathétique, d'une déclaration affligeante, mais Étienne parut s'en amuser car il sourit, saisit le bras du jeune homme et le força à se rasseoir. « Bien sûr, il est inutile de préciser qu'à chaque chose va son prix », dit-il sur le ton de la confidence. Il se releva un peu et toqua deux coups sur la cloison, à l'intention du cocher.

Aussitôt, la voiture se mit en route. « Où allons-nous ? demanda Gaspard à nouveau. — À la Basse Geôle », répondit Étienne. L'apprenti se sentait bouleversé. Comment avait-il pu s'abaisser à une telle démonstration ? Il s'était senti dépossédé. Rien ne l'avait prévenu avant qu'il ne se retrouve à genoux devant Étienne. Ce dernier feignit d'avoir déjà oublié l'événement. Le ton naturel était revenu et il désigna au travers de la vitre un bâtiment dont il trouvait l'architecture digne d'intérêt. Comment pouvait-il nier ce qui venait de se passer ? Ne pas s'en offusquer ? Gaspard se détesta d'avoir agi ainsi. Néanmoins, c'était une évidence, Étienne l'avait poussé à parler, à confesser sa convoitise, ses desseins les plus vils, sa concupiscence pour la noblesse, mais aussi pour lui, en tant qu'homme. Il l'avait ridiculisé pour le faire parler, le livrer à une confidence impudique. Gaspard le comprit et se reprocha de s'être laissé abuser. Étienne savait l'emprise qu'il commençait d'établir et dans quelles perspectives Gaspard avait désiré leur relation. Serait-ce la porte ouverte à tous les excès ? Étienne n'hésiterait donc plus à s'amuser du petit apprenti, à tirer les ficelles d'une marionnette pitoyable ? Rien n'était rattrapable. Le fantôme de la scène venant de s'y produire flottait dans l'habitacle de la voiture. Même si Gaspard tournait obstinément le visage vers la fenêtre, il devinait la satisfaction d'Étienne. Pourtant, il ne pouvait lui reprocher d'avoir provoqué cette effusion dans laquelle il s'était révélé. Il se haïssait. Des bouffées de chaleur rougeoyaient à son visage. Il sentit aussi que son abandon modifiait d'emblée leur relation, que ce changement voulu par Étienne le satisfaisait. Gaspard avait été l'acteur d'une piètre comédie écrite à l'avance par le comte. Cette idée d'avoir été sondé avec exactitude, au point qu'il fût possible de prévoir ses moindres faits et gestes, tétanisait le jeune garçon. Mais au-delà de ce sentiment effroyable, le délice d'être deviné le poussait à la confusion. Son trouble dénonçait combien il avait aimé se livrer, abattre toute fierté, se donner entièrement, combien il était galvanisant d'être exposé à Étienne, lu par lui. Cette sensation était, comme Gaspard le subodora, teintée d'érotisme. Il frissonna lorsqu'il réalisa qu'ils roulaient déjà depuis quelques minutes et avaient rejoint les bords de la Seine. Ses mains se crispèrent sur ses genoux. Il ferma les yeux, inspira. La peur battit ses flancs et chassa un peu son embarras. Ils passèrent le pont Saint-Michel. Dans la même soirée, Étienne abattait deux de ses plus fortes résistances : il le poussait à une confession outrageuse et piétinait sa promesse de ne plus voir le Fleuve. Gaspard scruta les eaux familières, que l'on devinait à la lune et aux feux allumés çà et là sur les berges. L'atmosphère de la voiture devint étouffante. Il fit coulisser la fenêtre. Aussitôt l'odeur de la Seine, chargée de vase et de limon, chassa le confinement du véhicule. Gaspard inspira, s'aperçut qu'il avait continué de sentir ce relent, même atténué, durant ses mois d'apprentissage à l'atelier. Il lui était arrivé de percevoir cette haleine froide, de s'immobiliser pour mieux déployer son odorat, à la recherche du souvenir qu'éveillait cette odeur, puis de renoncer sous la frustration de ne pouvoir nommer sa réminiscence. C'était désormais une évidence. Les embruns du Fleuve, portés par le vent, n'avaient eu de cesse de le traquer dans son reniement de la Seine. Le Fleuve était immuable, lui survivrait. Rien ne pouvait l'effacer de la ville, pas même la plus indéfectible volonté. Comme il s'était abandonné à Étienne, Gaspard s'offrit à la Seine et l'épousa du regard. Ils traversaient l'île de la Cité puis le pont au Change lorsque Gaspard abdiqua. Puisqu'il n'y avait pas d'autre échappatoire, il se soumettrait à l'emprise d'Étienne comme à celle du Fleuve ou de Paris. Il songea que c'était peut-être là, ainsi qu'il l'avait cru la veille, le meilleur moyen d'utiliser l'un et l'autre pour parvenir à se réaliser. Sans doute son ascension nécessitait-elle cet abandon. « Oui, je suis prêt, murmura Gaspard. — Très bien, répondit Étienne en sortant de son gilet une blague à tabac, dans ce cas, je vous conseille de priser, nous arrivons. »

Le tabac brûla leurs narines et son arôme dissipa l'odeur de la Seine. Lorsqu'ils furent descendus de voiture, ils reniflèrent, crachèrent au sol. Le Grand-Châtelet s'élevait près d'eux, silhouette aux lignes austères. Les tours de guet étaient fréquents, la surveillance accrue autour de l'île et du bâtiment qui abritait aussi les locaux de police et la prison. Un garde s'approcha et le comte tendit une missive cachetée à la cire. L'officier était grand, large d'épaules, son visage disparaissait sous la gangrène d'une barbe. Il dévisagea Étienne puis Gaspard et replia la lettre. « Passez, messieurs. » Engagés dans l'escalier qui descendait à la basse geôle, à peine éclairé de flambeaux faiblissants, Étienne expliqua : « J'ai quelques amis de la garde qui m'offrent des passe-droits pour ce type de distraction. C'est peu de chose, mais il faut savoir soigner toutes les relations. Vous me confirmerez bientôt combien il serait dommage de ne point profiter de ces gentils spectacles. » L'odeur était déjà suffocante, l'empreinte du tabac dans leurs narines couvrit un peu les remugles de charnier. Elle évoqua à Gaspard la puanteur que le corps de Legrand avait déversée sur les rives de la Seine un jour d'été, mais amplifiée, si puissante qu'elle saisissait les sinus frontaux, engluait la gorge. L'escalier débouchait sur une cave dans laquelle ils furent accueillis par un vieillard amorphe. Étienne s'entretint avec lui tandis que Gaspard avançait avec indécision dans la salle oblongue. Aux murs, des candélabres jetaient leur ombre tentaculaire sur les dalles du sol. Les flammes des torchères luttaient pour ne pas que l'obscurité les engloutît. Gaspard porta une main à son nez. Cela sentait la tripe et la merde, un infernal déluge odoriférant que rien ne semblait pouvoir arrêter. Lorsque Étienne le rejoignit, il portait un flambeau et le posa au mur. Cela accentua un peu la luminosité rougeâtre de la pièce. Une grille couverte de rouille séparait la morgue au centre et en longueur. En contrebas, les cadavres s'alignaient sur d'imposantes tables de pierre. Figés comme des statues, aucun n'était l'image de la mort paisible. Les bras et les jambes, quand ils n'étaient pas absents ou dissociés des corps, se tordaient en simagrées. La peau, parfois blanche, bleue ou verte se tendait sur les chairs, se fendait en crevasses juteuses. Les visages offraient une multitude d'expressions. Un noyé était si gonflé que son faciès était une bouillie informe. Un enfant dormait définitivement, la bouche tordue sur quelques dents naissantes. Une femme sur laquelle on avait tiré ne possédait plus qu'un profil, la peau diaphane de son visage disparaissant à gauche en une purée qui dégorgeait de la boîte crânienne ouverte et déjà vide. On devinait l'éclat de l'os, puis la voûte sublime, à l'intérieur du crâne, aussi ronde qu'une coupole prête à l'offrande. Gaspard et Étienne observèrent au travers de la lucarne, en silence. Au-dessus de chaque mort pendaient les vêtements qui serviraient à l'identification. Ces fantômes d'une vie, derniers remparts arrachés à la décence, s'exposaient comme une raillerie sur leur nudité. Des tissus maculés couvraient les sexes. Les corps continuaient de mûrir et de se vider de leur jus, bien que l'on eût comblé leurs orifices d'ouate. Soumis à longueur de journée à l'inquisition des badauds, des petites gens à la recherche d'un disparu, usés par les regards, ils finissaient par s'offrir à eux avec abnégation, chuchotaient leurs ultimes secrets. Le jour, on jetait de l'eau pour nettoyer les cuisses nervurées de lividités et couvertes de cette squame. La nuit, dans le silence de la morgue, les cadavres se peinturluraient de leurs entrailles. Sur les corps dont la putréfaction était avancée, ou les repêchés du Fleuve aux chairs gonflées, on versait du gros sel. Certains avaient la bouche garnie de ce cristal aux nuances de glaire, séchant la chair, atrophiant la langue. Ce sel entrait jusque dans les yeux, dans les plaies, semblait jaillir des corps comme une gerbe d'écume. Gaspard éprouvait le goût d'une salinité, comme s'il eût léché la peau d'un gisant. La cohorte des morts se laissait dévisager dans sa luxure obscène, se pressait de débonder, de goutter au sol en clapotis sinistres.

L'abjection obligea Gaspard à reculer, il se retint au mur. Étienne continua d'observer chaque cadavre avec intérêt, détailla les pathologies avec une attention clinique : « Sans doute un cancer, le ventre est poussé de l'intérieur, les membres sont bien trop enflés. » Il approuva, passa au suivant. Lorsqu'il s'aperçut que Gaspard était proche de l'évanouissement, il sourit. « La mort est laide, n'est-ce pas ? Elle l'est toujours. Jamais elle n'est sereine, jamais elle n'est glorieuse. La mort est grossière et c'est dans cet excès qu'elle trouve sa beauté indicible, parce qu'elle révèle l'homme, laisse enfin parler ce qu'il a passé une existence à renier ou à cacher : un corps, avant tout. La mode, avec nos philosophes, est à l'étude de l'âme. L'âme... regardez donc, cherchez-la, qu'est-ce ? La voyez-vous ici ? Non, ici point d'âme, mais des corps. Des corps aboutis, des corps achevés, épanouis dans leur pourriture. » Gaspard vomit un filet de bile luisante qui s'étira au sol. Étienne l'observa avec circonspection, s'approcha enfin, tendit un mouchoir et attendit qu'il se fût essuyé. Comme Gaspard reprenait son souffle, il continua, indifférent : « C'est un des enseignements de ce siècle, l'imposture de Dieu, mais combien d'autres en faudra-t-il avant que nous ne puissions enfin l'admettre, et en sommes-nous seulement capables ? » Il rit un peu, de bon cœur. « Après tout, il faut des réponses. Sans Dieu, la mort n'est que la mort, l'existence un non-sens. Bien plus que nous ne pouvons supporter, nous autres. Oui, il faut des réponses, à cela par exemple. » Il désigna les corps à travers la grille, d'un geste du bras, une invite. « Saviez-vous que l'on appelle ce lieu une morgue car, du fait que nous sommes légèrement au-dessus d'eux, nous les toisons ? Nous les morguons ? Amusant, n'est-ce pas ? Mais, après tout, n'est-ce pas légitime ? Ils sont morts, inconnus, pauvres de surcroît. Ce ne sont, en somme, que des objets. Pourquoi vous dégoûtent-ils autant ? Qu'est-ce qui, en vous, se retrouve en ces choses avec tant de violence que vous éprouvez à leur contact une telle répulsion ? Un ami explorateur me parlait un jour d'un peuple exotique chez lequel, à chaque célébration de la mort d'un homme, on en déterre le cadavre pour l'installer à table et manger avec lui, danser parfois, pour l'honorer, le divertir. » Il esquissa quelques pas de danse en riant. Gaspard ne parvint pas à articuler un mot. L'aisance d'Étienne le dégoûtait autant qu'elle le fascinait, tout comme les corps n'avaient de cesse de saisir son attention au-delà de la grille. « Vous trouvez cela de mauvais goût, mon garçon ? C'est une simple particularité, tout comme votre dégoût apparent, qui est aussi histoire de morale. À leur décharge, ces indigènes ne craignent rien de la mort, c'est pourquoi ils s'accommodent de sa présence à leur table. Bien sûr, leurs valeurs n'ont rien à voir avec les nôtres. Imaginez un dîner similaire chez la duchesse de Bance, ne serait-ce pas férocement drôle ? Sachez que pour vivre comme je vis, si c'est là votre ambition, il ne faut rien craindre de la mort et tout oublier de la morale. Bien, partons avant que l'on ne soit dans l'obligation de vous étendre de l'autre côté ! » Aussitôt, il s'engagea dans l'escalier. Gaspard se redressa, cracha au sol puis se précipita à sa suite. Avant de quitter la basse geôle, il ne put néanmoins s'empêcher de défier du regard l'alignement des pantins immobiles.

Sur le chemin du retour, l'euphorie d'Étienne laissa place à un mépris maussade. Blotti dans un coin du fiacre, il ne prononça pas un mot. La vitre renvoyait parfois son reflet pâle. Gaspard, dont le malaise tardait à se dissiper, observait avec discrétion le profil aquilin du comte. La persistance de sa nausée était-elle due à la vue des corps ou à sa débâcle précédente ? Lorsque la voiture s'arrêta devant l'atelier, Gaspard salua Étienne. Celui-ci resta absorbé dans la contemplation de la vitre. « Quand nous reverrons-nous ? osa questionner Gaspard dont le pouls arpentait les veines. — Bientôt », murmura Étienne d'une voix trahissant l'ennui. Gaspard l'observa quelques secondes, puis mit un pied au sol, referma la porte. Aussitôt, le carrosse prit la fuite sur le pavé. La nuit semblait plus froide et hostile qu'à leur sortie de la basse geôle. Il se hâta de rejoindre l'atelier, s'engouffra dans l'entrée encore saturée par l'odeur de la cave. Il repéra aussitôt que la porte de l'atelier était entrouverte. Une lueur jaunâtre chevrotait sur la rampe de pin. Il était pourtant assuré de l'avoir refermée, d'avoir éteint les bougies. Il ne fut pas étonné de trouver Billod, en chemise de nuit, affalé sur une chaise, accoudé à l'une des étagères, un chandelier dans la main. La tête reposait sur son épaule et un filet de bave s'étendait de la commissure de ses lèvres à la manche de sa chemise, y formait une auréole grise. Il sursauta quand Gaspard referma la porte, se releva comme un diable tiré de sa boîte. Son visage se congestionna aussitôt, il agita un index en direction de l'apprenti, balbutia, grogna un peu, fit les cent pas. Sa robe de coton frissonnait au sol. « Mais... Mais... Où vous croyez-vous ? » Gaspard se plaqua contre le mur, le visage soumis. Il n'avait pas imaginé le froissement du rideau lorsqu'il était monté en voiture quelques heures plus tôt, mais son courage avait fui. Désormais, il se sentait honteux d'avoir manqué à son devoir et de décevoir son maître. « Misérable vermine ! Regardez-vous, poltron, incapable d'assumer votre faute ! Croyez-vous que je ne sais rien ? Que j'ignore quelle canaille vous êtes ? Que vous délaissez le logis et le maître dès le soir tombé ? Ah, mon coquin, c'est bien mal me connaître ! Je ne suis pas stupide ! Cela se fout des consignes, rôde la nuit comme un rat et roupille tout le jour au lieu de travailler ! Que pensent les clients devant votre mine déconfite ? C'est à croire être servi par un revenant ! Non, non, vous m'avez mal compris : ce n'est pas ce que j'attends d'un garçon. D'autres sont partis pour moins que ça. Vous avez vu le traitement que je leur réserve ! Vous n'aurez point de faveur ! » Il ne cessait d'aller et venir dans la pièce, d'accuser Gaspard de l'index. L'air déplacé dans ses mouvements soulevait un relent d'encens. « Vous pensiez me duper, infâme sagouin, jean-foutre ! Mais je sais, oh oui, je sais tout ! Je sais qui vous rejoignez, je l'ai vu de mes yeux ! Dans quel vice vous tombez et avec quel scélérat vous fautez ! Cela, croyez-moi, vous coûterait bien cher si je parlais ! Je le devrais faire ! Je ne sais ce qui me retient ! Je suis trop confiant, sans aucun doute, un peu boniface même ! Mais qu'avez-vous donc à dire pour votre défense, au lieu de rester muet et stupide ? » Il ne laissa pas le temps à Gaspard de répondre : « Ne dites rien, cela vaut mieux, je ne saurais vous entendre sans désirer vous faire taire aussitôt. Vous me forcez aux représailles. À compter de ce jour, tendez l'oreille, il vous sera défendu de sortir, de jour comme de nuit, sauf si je vous commissionne. Dans ce cas, vous vous hâterez de rentrer et je surveillerai l'horloge. Je fermerai moi-même l'atelier la nuit et garderai la clé pour m'assurer que le dévoyé que vous êtes ne puisse s'enfuir ! Si, par malheur, vous ne montrez pas plus d'assiduité au travail, ou à la première incartade, je vous renvoie ! Je vous révoque ! Ah ! Je devine vos pensées ! Vous croyez que votre comte vous proposera le logis ? Vous espérez même être mieux loti qu'ici ? Cessez donc de tergiverser ! Vous ne doutez de rien. Vous ignorez tout, de l'homme comme de la bête. C'est qu'il vous laisserait crever comme un malpropre. Comme la jeunesse est bête et aveugle ! Trêve de bavardage, j'espère avoir été entendu. Au lit maintenant. Considérez-vous à l'essai de nouveau, dès la première heure du jour. » Il s'avança résolument vers la porte qui donnait sur l'entrée, tourna par deux fois la clé dans la serrure, claqua du talon puis s'enfuit vers ses appartements, chandelle à la main.

Dans la pénombre, Gaspard resta longtemps immobile, avant de se déshabiller en silence et de s'étendre sur sa couche. Les mains croisées derrière la tête, il scruta la porte de l'atelier, devina Billod qui devait enfourner le trousseau sous son traversin. Il se sentait vide, épuisé. La porte désormais close, il serait impossible de rejoindre Étienne. Il se souvenait aussi de la lassitude du comte lorsqu'il avait manifesté le désir de le revoir. Peut-être ne le solliciterait-il plus ? Il était probable que la réaction de Gaspard à la morgue l'ait profondément déçu. Mais qu'attendait-il, au juste, qu'il n'ait su lui donner ? Gaspard s'était ridiculisé, mais contre toute attente Étienne avait fait la promesse de l'aider dans son ascension, de le guider. Puis, à nouveau, il s'était retranché dans ce mépris dont il l'avait flagellé au début de la soirée. Comme un ressac, l'humeur d'Étienne était insaisissable. L'apprenti ne savait plus qu'espérer. La mise en garde de Billod faisait écho à ses craintes. Le maître avait bien deviné : sous la menace de son renvoi, il avait secrètement cru qu'Étienne l'accueillerait. Billod n'avait-il pas raison ? Quelle confiance pouvait-il accorder à la fidélité d'Étienne ? De la même manière qu'il l'avait malmené, ne pouvait-il pas se désister et l'abandonner en apprenant qu'il était incapable de garder son apprentissage ? Gaspard tourna, se retourna dans son lit. Malgré la fatigue, il ne parvint pas à trouver le sommeil. Trop de questions restaient en suspens. Rien n'expliquait l'attitude imprévisible d'Étienne, cette euphorie suivie d'acrimonie. Pourquoi était-il bon d'entendre le comte désigner sa disgrâce ? Que signifiaient la grotesque intrusion à la morgue et la démonstration à laquelle le comte s'était livré ? Il avait dévoilé un aspect de son être que Gaspard ignorait, mais aussi donné l'ombre d'une leçon dont l'apprenti ne savait quelles conclusions tirer. Trop incertain, rongé de doutes, le jeune homme choisit de ne pas fuir Billod et l'atelier. Il préférait la prudence, ignorait jusqu'où Étienne l'épaulerait et voyait encore flou dans cette relation. À sa confusion s'ajoutait, plus fort que la veille, le désir physique du comte qui brûlait en lui. Cette incandescence était d'autant plus invraisemblable que l'apprenti aurait dû détester Étienne pour sa déloyauté, sa méchanceté gratuite. Pourtant, il fabriquait ce sentiment de toutes pièces, pour s'avouer ensuite qu'il était factice, que le comportement du comte exacerbait sa sensualité, la convoitise de sa présence, le désir de connaître plus encore l'étrange chemin sur lequel Étienne le menait. Ce bouleversement l'entraînait vers une connaissance de lui-même qui ne le réjouissait guère. Il était néanmoins impossible de mettre fin à cette relation sans laquelle il ne comprenait pas être parvenu à exister et qui gommait, à elle seule, tout un pan de sa vie. Il faudrait revoir Étienne. Peut-être pourrait-il alors s'épancher ? Sans doute trouveraient-ils ensemble une solution pour l'heure énigmatique. Le sommeil finit par arracher Gaspard à ses pensées pour le jeter dans des tourments oniriques.

Trois semaines passèrent sans que Gaspard ait aucune nouvelle d'Étienne de V. Il occupa ses nuits à scruter la rue depuis la fenêtre, dans l'espoir de l'y apercevoir et de lui signifier par un signe qu'il ne pouvait plus quitter l'atelier. Il crut parfois deviner la silhouette du comte marchant vers lui, mais lorsque l'ombre dévoilait le passant, ce n'était qu'un inconnu que son attente avait transformé. Si le comte s'inquiétait de ce silence, il pouvait aussi se déplacer en journée à l'atelier, Billod serait contraint de l'y accueillir. Mais il n'en fit rien. Gaspard finit par s'inquiéter. Il tendit l'oreille aux commérages des clients, mais jamais ils ne firent mention du comte. Un quelconque événement susciterait la stupeur et Gaspard serait l'un des premiers informés. Il dut donc se rendre à l'évidence : Étienne ne souhaitait pas le revoir.

Novembre abattit sur Paris une couche de givre. Les rues devinrent mortelles. On marchait à petits pas, assuré par une main sur les murs, car une glissade projetait le piéton imprudent sous les roues des fiacres en un rien de temps. La boue gelée, sans cesse foulée par les pieds et les sabots, finit par se concasser en une soupe épaisse, colla aux semelles, aux tissus, mordit la chair, fondit et détrempa tout. Le vent glacial s'engouffra dans les rues, les silhouettes grelottèrent, on se pressa dans les maisons, louant le moindre placard pour être assuré de ne pas passer la nuit dehors. Certains ne parvenaient pas à se souvenir de leur adresse qui changeait du jour au lendemain. Les premiers cadavres furent trouvés au matin, bleus et froids comme des saphirs, les yeux blanchis, deux perles de glace. Les clients se rendirent à l'atelier avec plus d'assiduité : les salons se tenaient à tout-va pour occuper les soirées. Les menues dépenses chassèrent l'ennui des journées froides et ternes. Billod prit l'affliction et la soumission de Gaspard pour un regain de conscience, se satisfit de son silence, de son air distant même s'il lui reprochait ses étourderies incessantes. L'apprenti ne cherchait pas à fuir, ce fut assez pour le convaincre de l'effet qu'avait eu son sermon. Pourtant, l'absence d'Étienne pesait sur Gaspard comme un incommensurable fardeau. Chaque minute rappelait celles qu'il avait passées en sa compagnie et laissait trop d'interrogations sans réponses. Le quotidien de l'atelier devint plus morne que d'ordinaire. Le jeune homme ne pouvait fixer son attention sur les tâches usuelles. Sans cesse son regard se portait vers les fenêtres, convergeait vers la présence supposée d'Étienne dans la ville. L'espoir était latent, il connaissait, pour l'avoir entendu de la bouche de Billod, l'inclination du comte à fuir la capitale sans crier gare et pouvait encore supposer son retour sous quelques jours, quelques semaines tout au plus. Gaspard se raccrocha à cette aspiration pour ne pas sombrer dans la déraison. Car ses pensées, ses réflexions lui jouaient des tours, rappelaient combien il s'était montré faible, pathétique, combien il était responsable du malheur qui le frappait. Il était légitime qu'Étienne le méprisât, le mît à la torture. Chaque soir, le front collé à la fenêtre de la rue, Gaspard guettait les ombres mouvantes au-dehors. En lui se livrait une bataille. Si Étienne ne revenait pas, il se jetterait à son tour dans la Seine, pensait-il. L'incertitude était un tison brûlant, sans cesse enfoncé dans son ventre. Le silence était un supplice au travers duquel Gaspard existait à chaque seconde, sciemment. Il fut étrange de voir combien ce détail, imperceptible pour les clients, bouleversa le quotidien de l'atelier. Le tourment de Gaspard modifia sa perception des choses, il l'observa avec détachement, étranger à lui-même et au confinement de son univers. Lorsque Billod le chargeait d'une commission ou d'un achat et, qu'enfin, il avait l'autorisation de quitter la maison, la ville semblait plus insipide que jamais. La lumière sépulcrale ne disputait plus l'ombre des rues. Le soleil, invisible depuis des semaines, laissait une pourriture humide se développer partout, manger les pierres, les peaux, les taudis. Tout cela puait comme dans un mausolée. Enfant, Gaspard s'était introduit dans l'une des sépultures du cimetière de Quimper que jamais le jour ne violait. Il chassait un lézard, au cœur de l'été, et s'était glissé à sa poursuite dans le bâillement de la petite porte. Seul un enfant pouvait s'y introduire. Dans sa précipitation, il n'avait pas réfléchi et s'était relevé à l'écart du monde, dans les entrailles de marbre, là où la vie n'avait plus cours. Le lézard s'était enfui dans une fissure. Il ne restait que Gaspard et le silence des pierres. L'odeur était humide, lourde, mâtinée de senteurs terrestres, d'exultation minérale, de fleurs fanées depuis longtemps. Puis, émanant des tréfonds du sol, sous ses pieds, l'exhalaison du bois en métamorphose, des corps déliquescents, de la terre grasse et nourrie. L'odeur du mortuaire, de la mort transformée par l'homme en un lieu consacré. L'odeur d'une église bâtie de glaise, de granit et de chair. L'odeur d'un bénitier dans lequel, enfant encore, il avait plongé son visage par défi ou par curiosité, senti l'eau froide l'immerger, catafalque ondoyant, tiré la langue dans ce jus sacré et senti le goût entier de l'église concentrée en quelques gouttes. L'odeur de Paris en novembre n'apaisait en rien son inquiétude, le laissait errer dans ses rues et deviner Étienne sous chaque cape, dans chaque fiacre.

La ville se jouait à nouveau de lui, profitait de son égarement pour le tromper, agitait spectres et mirages. Au bout d'une vingtaine de jours, Gaspard admit qu'il ne reverrait plus Étienne, que celui-ci l'avait probablement renié, avait oublié son existence et que jamais il ne remettrait le pied à l'atelier pour éviter d'y croiser le misérable élève qui n'avait pas su honorer son attention. C'est à cet instant — il croyait ne plus rien avoir à attendre de Billod ni de l'existence —, alors qu'il commençait à envisager la possibilité qu'offrait le Fleuve de mettre un terme à son tourment, que le comte Étienne de V. reparut.

V

PREMIERS PAS DANS LE MONDE

Billod descendit ouvrir la porte, afin de s'assurer que Gaspard ne prît pas la fuite ou ne s'entretînt pas avec Étienne sans son assentiment. Mais lorsque l'apprenti entendit un gloussement offusqué et la voix masculine que la porte de l'escalier obscurcissait, il devina la présence du comte. Son sang ne fit qu'un tour. Il manqua se précipiter, mais se reprit à temps. Il ne devait pas se compromettre une fois de plus, devait agir avec naturel. Il était envisageable qu'Étienne vînt en simple client, ne lui accordât pas la moindre attention. Cette idée le terrifia. Il respira profondément pour retrouver son calme. Il attendit que les deux hommes gagnent l'étage mais ils n'en firent rien et restèrent à s'entretenir à voix basse. Soupçonneux, Gaspard s'approcha de la porte, tendit l'oreille vers l'entrebâillement. Il mit quelques secondes avant de discerner les mots qu'échangeaient son maître et le comte : « Cessez donc de le voir, je vous en prie, suppliait Billod, je lui ai interdit de sortir. Pensez-vous dévoyer mon apprenti ? N'avez-vous pas assez de divertissements ? » Gaspard entendit le rire moqueur d'Étienne : « Billod, Billod, reprenez-vous ! Voilà bien de grands mots. Bientôt les pleurs ? Ce n'est après tout qu'un garçon. J'y pense, c'est peut-être ce qui vous rend exclusif ? Auriez-vous un faible pour votre apprenti, maître ? » Gaspard devina le visage cramoisi de l'artisan. « Il suffit ! Je ne vous permets pas. Il y a de toute façon des règles dans cette maison et j'entends que personne ne les enfreigne sans mon consentement. Soyez bon client, je serai votre serviteur. Mais si vous cherchez à pousser mon garçon au vice, je... — Dois-je vous rappeler, interrompit le comte d'une voix maintenant agacée, puisqu'il est ici question de vice, combien je vous ai longtemps aidé à satisfaire les vôtres en vous introduisant dans les meilleures maisons de Paris ? N'était-ce pas, vous le juriez, à charge de revanche ? La mémoire vous est peut-être courte, Billod, mais il n'en va certainement pas de même pour moi. J'ai en ma possession bien assez pour vous confondre et je n'hésiterais pas. » C'est d'une voix éteinte, un coassement, que Billod chercha à défendre son honneur : « Me confondre ! Moi qui croyais en notre amitié ! Me voilà bien puni ! » Gaspard devina que la main d'Étienne s'était sans doute portée sur l'épaule de son maître. « Les certitudes ne sont-elles pas faites pour être brisées ? L'amitié, Billod, est un sentiment qui m'est étranger, juste bon pour les coquebins, les poètes de quatre sous. Contentons-nous de ce qui assure la marche du monde, l'hypocrisie et la mondanité. Quant à votre protégé, considérez qu'il est mien désormais. Je vous saurai gré de lui garder sa place et de fermer les yeux sur le reste. Soyez assuré que nos relations seront alors des meilleures. » Lorsque la première marche craqua sous un pas, Gaspard se réfugia à l'autre bout de la pièce et s'affaira à ranger des perruques. Ses mains tremblaient à tout rompre, son dos ruisselait d'une sueur froide qui glissait entre ses omoplates. Ainsi, comme il l'avait soupçonné au départ, Billod était lié à Étienne par un arrangement, frivole d'apparence. Maintenant le comte utilisait sans l'ombre d'un remords une complicité passée pour le dérober à l'autorité de son maître. Gaspard ne sut qu'éprouver : il ressentit une colère sourde à l'égard d'Étienne, pour l'avoir ignoré sans scrupule, l'avoir contraint à envisager la fin de leur relation et sa propre mort, puis pour manipuler ainsi Billod, le trahir. Mais le soulagement de sa venue le comblait au-delà de toute espérance. Découvrir la cruauté dont Étienne pouvait faire preuve dans le but de le ravir réjouissait Gaspard. Tiraillé par ces émotions, l'apprenti ne s'aperçut pas de la présence de Billod et sursauta lorsque ce dernier toussa. L'homme avait le teint livide, sa mouche tranchait à l'excès. Sa bouche se crispait et ses lèvres disparaissaient. Il jaugea son élève avec colère, humiliation, puis se précipita dans la seconde pièce de l'atelier, claqua les portes et s'y barricada. Gaspard devina qu'Étienne était reparti sans demander à le voir. Aussitôt la crainte d'une nouvelle absence l'étreignit. Il se précipita vers la rue. La voiture du comte stationnait encore. Étienne venait d'en ouvrir la porte. Il posa un pied sur la marche, leva un œil vers l'atelier, découvrit Gaspard qui le suppliait du regard et se contenta d'adresser un salut de la main. Il disparut dans le fiacre qui se mit en branle.

Lorsque Billod reparut, près d'une heure plus tard, il ignora délibérément Gaspard, posa le trousseau de clés sur l'une des étagères, ferma l'atelier et regagna en silence ses appartements. L'apprenti souhaita disparaître, se fondre dans le plancher. Il attendit que la porte se refermât au second, se laissa glisser, dos au mur, puis s'effondra au sol. Ressentait-il du soulagement ou était-ce cela, être vide de toute émotion ? L'après-midi se déroula sans qu'il bougeât d'un pouce. Il dormit un peu, se réveilla engourdi, replongea dans ses pensées, visualisa le retour d'Étienne. Il le reverrait sans doute très vite. C'était du moins ce qu'il avait interprété des paroles entendues à la dérobée. Ce dernier avait dévoilé en quelques mots une facette inattendue et potentiellement détestable de sa personnalité. Mais, tout compte fait, n'avait-il pas eu raison de remettre Billod à sa place ? Aucun obstacle ne devait se dresser entre eux. Le comte abattrait quiconque s'opposerait à leur relation. Cette réaction était aux antipodes de la négligence dont Étienne avait fait preuve durant près d'un mois. Gaspard supposa qu'il aurait alors des excuses, une explication rationnelle qu'il n'avait su envisager. Quant au service rendu à Billod, de quel type d'appui s'agissait-il ? N'avait-il pas parlé de vice et de maison ? Il avait introduit le perruquier dans les bordels courus de la capitale, songea Gaspard, et l'idée qu'Étienne pût lui aussi fréquenter ces lieux de débauche le laissait amer. Suivre Étienne serait une folie. Il venait d'avoir la preuve formelle de son inconstance, de son habileté à manipuler le monde. Il balaya cette idée lorsqu'il réalisa combien ce revirement de situation assouvissait ses craintes. Il s'assoupit de nouveau, reprit conscience à la nuit. Il crut avoir rêvé le retour du comte, mais au même instant, on toqua. Gaspard se releva si vite que la tête lui tourna. Il saisit les clés laissées par Billod, dévala l'escalier. La porte frappa contre le mur intérieur. Étienne porta une main à son chapeau, l'abaissa en guise de salut : « Allons nous amuser un peu. »

Il ne fit aucune allusion à son absence ni à la confrontation qui l'avait opposé à l'artisan. Son humeur était radieuse, il paraissait enchanté de retrouver Gaspard. Celui-ci cessa de se renfrogner, pardonna tout au comte, puis finit par oublier tout à fait son tourment. Lorsque la voiture eut démarré, et qu'elle marcha au pas, Étienne tendit à Gaspard un cintre sur lequel étaient soigneusement pliés des vêtements neufs. « C'est magnifique », souffla le jeune homme en observant les boutons de manchettes et la cravate de soie. Étienne approuva, satisfait. Gaspard hésita. « Allons, point de pudeur, nous sommes entre hommes », dit Étienne avant de tirer les rideaux pour masquer la vue aux passants. Lorsque Gaspard commença de se dévêtir, et que le halo de la bougie agita sur sa peau des teintes rousses, le comte se tut et posa sur lui son regard. L'apprenti perruquier se hâta de boutonner la chemise, d'enfiler le jabot blanc, une culotte et une cape noires. Seules les chaussures de cuir serraient un peu, le reste du costume tombait à la perfection sur la largeur de ses épaules, l'étroitesse de sa taille. Étienne était satisfait : « Vous faites bel effet », approuva-t-il. — Où allons-nous ? questionna Gaspard, essayant de trouver son reflet dans l'une des vitres du carrosse. — À l'Opéra-Comique, répondit le comte. On y joue une pièce de Marivaux, un peu gentille quand on connaît le reste de son œuvre, mais l'invitation ne se refuse pas et nous sommes conviés par la comtesse d'Annovres qui est une vieille connaissance. L'exotisme est à la mode. Sous couvert de la fable et du conte, la littérature se fait satire sociale. Les choses changent, les parutions nous alertent, se jouent de la censure. On a reproché à Maurepas d'avoir mené une véritable inquisition, mais c'est que le ministre de la maison du roi se trouvait inquiété par les pamphlets fleurissant dans tout le royaume. C'est pour le moins cocasse lorsque l'on sait que lui-même est friand de bagatelles et ne tarit jamais d'anecdotes licencieuses. On dit que le roi s'en régale. Voici ce qu'il faut lire dans ces parutions, Gaspard, la race des nobles est finie. Nous ne sommes plus les demi-dieux, les intouchables. Le peuple exige des comptes, bientôt nous devrons lui en rendre. Nous serons jugés, puis condamnés au nom de la morale. Jusqu'à la Cour. Le temps des seigneurs se termine. Tôt ou tard les idoles sont faites pour tomber et rien ne réjouit plus un peuple que la débâcle des puissants. La critique a le vent en poupe, elle amuse, passe pour anodine, mais ce serait une erreur de la sous-estimer. Tenez, jetez un œil au-dehors. Regardez cet endroit, *Le Café de l'Avenir*. On y philosophe tous les soirs, on y pense, on y lit des journaux à voix haute pour que les illettrés pensent à leur tour. On excite les consciences. On dit à la Cour, très justement, que ce sont autant d'exutoires, que si le peuple s'épanche ici avec véhémence, il s'en trouve apaisé et ne demande pas son reste. Le secrétaire d'État veille pourtant à fermer les plus voyants. » La notion de pouvoir royal relevait pour Gaspard de l'abstraction et les paroles d'Étienne le laissèrent perplexe. Le comte paraissait amusé par ses observations, détaillait avec flegme : « À ce jour, personne ne s'inquiète. La noblesse n'est pas de ces institutions qui se préoccupent de leur finitude. Elle estime avoir ce qui lui est dû, se fiche bien du reste du monde, oublie même qu'elle en dépend. L'aristocrate est aveugle et indolent. Ne dit-on pas que chaque chose survient en son temps ? Il faut user de patience. L'homme est lent, et rare est son sursaut de lucidité. Il vous semble sans doute que je m'amuse plus que je ne m'inquiète, étant moi-même des leurs ? Cela tient à ma philosophie. Je m'accommode de tout et en tout temps. Je suis épicurien, peut-être amoral. Quand bien même je serais ruiné demain, je trouverais de quoi me divertir à Paris ou ailleurs. La vie est ainsi faite qu'il y aura toujours des forts et des faibles, des riches et des pauvres. Le tout est de savoir vivre dans son siècle et bénéficier de quelque appui. Dès ma naissance, j'ai été prédisposé à la paresse. Je suis à la fois arrivé et arriviste. Vous verrez ce soir, réunie autour d'un divertissement, la foule superbe des nobles de Paris, de ceux qui n'ont pas à se préoccuper de vivre. La foule des masques. C'est un passionnant sujet d'étude qui vous renseignera sur l'espèce humaine, tout comme il est fascinant d'observer les pauvres. Un être complet est peut-être celui qui fréquente au cours de sa vie tous ces extrêmes, connaît le monde comme il se connaît lui-même. C'est ce que je m'échine à faire et ce vers quoi je compte vous mener. » Gaspard approuva avec force. « Je lirai, je m'instruirai aussi. J'apprendrai, je vous en fais la promesse. » Étienne sourit dans l'ombre fauve.

Quimper, fauve : Il est parvenu à quitter la ferme et marche vers la ville. Le père s'est éloigné pour la journée. Gaspard s'est éveillé au même instant. Glissé au-dehors dès que l'attelage a pris la route, il marche à présent dans l'aurore d'un pas volontaire. Il a laissé derrière lui la mère, encore assoupie. Puisqu'elle ne peut se lever seule, il doit chaque matin enserrer son corps flasque, l'arracher aux draps, la tenir au-dessus du pot d'aisances. La peau cendreuse frotte contre la sienne, son odeur le drape. Le visage est bouffi de sommeil, il vient s'appuyer contre son cou. Gaspard la soutient aux aisselles, tandis qu'elle lâche son urine sur la ferraille en jets qui éclaboussent leurs cuisses. Il l'assied ensuite dans la pièce unique, près de l'âtre, la torche grossièrement. Il sait que, par sa négligence, elle restera assise tout le jour. Mais les absences du géniteur sont rares et précieuses. Gaspard marche jusqu'à atteindre l'amas sombre et indistinct de la ville. Il y connaît un homme, un vieil érudit, qui enseigne à l'occasion les rudiments du français, parle de civilisations qu'il connaît, de légendes séculaires. Le père méprise le savoir. Le savoir est, aux yeux de Gaspard, l'unique façon de fuir le père. Les coups qu'il risque ne le dissuadent pas d'avancer vers Quimper. Il prie pour que la mère ne se souille pas pendant son absence. Qu'elle se retienne, les braises pour seule distraction, puis, enfin, qu'elle se taise.

Les spectateurs se pressaient aux portes de l'Opéra, tandis qu'un vent s'engouffrait par les trois larges portes. Au-dessus des entrées, les flambeaux projetaient sur les murs leur haleine. À l'intérieur, les chandeliers animaient la bâtisse d'une âme rouge. Les fenêtres du premier étage, séparées par des piliers et surplombées d'arches, s'ouvraient sur le chatoiement des rideaux et des lustres. Gaspard suivit Étienne qui se joignait à la file, saluait déjà d'un sourire quelques visages tournés vers eux avec circonspection. Hommes et femmes parlaient, formaient un brouhaha qu'entrecoupaient rires et éclats de voix. Les femmes serraient châles et capes autour de leurs cous. Les joues s'empourpraient sous la gifle du vent. Dans l'alacrité précédant les spectacles, les spectateurs osaient, sous le prétexte du froid, sous couvert des mondanités, se rapprocher et se frôler avec la frénésie d'un coudoiement qui galvanisait les esprits, échauffait l'enthousiasme. Alentour, des feuilles mortes s'élevaient en spirales puis traversaient la place avec rage. Gaspard promena son ébahissement sur la façade. Elle paraissait ployer vers lui, creuser son ventre pour l'ensevelir. Il observa les baies et les colonnes corinthiennes. Au-delà du balcon et des vitres, il devina des silhouettes et le chuchotement des robes. Plusieurs statues de bronze ornaient la façade, entourées par deux allégories de pierre, femmes muses, la Musique et la Poésie. Après quelques minutes d'attente dans les cris d'impatience, ils pénétrèrent dans un vestibule sailli de puissantes colonnes de marbre. Aux plafonds, les lustres défiaient la gravité par leur suspension menaçante. Les bougies perdaient au sol quelques gouttes de cire. Elles se prenaient dans les perruques, ou coulaient sur les épaules comme un guano. Une lumière falote découvrait les peintures, les ornements du plafond et les moulures, pour enfin pleuvoir sur les visages. On se serrait ici plus que dehors. Le froid pénétrait de l'extérieur, battait les nuques tandis qu'un souffle moite s'élevait de la salle.

Dans le couloir donnant sur les loges, la chaleur était plus tenace, hommes et femmes s'éventaient poliment, s'assuraient d'être vus et de ne rien perdre du spectacle qu'offraient les retardataires. Une dame les dépassa au pas de course, sa robe bruissa sur le sol de mosaïque. Son parfum étira derrière elle une traîne impalpable. Sur les murs, la diaprure des fresques jetait aux yeux tant de couleurs que Gaspard ne parvint pas à définir les formes rendues incertaines. « C'est ici, indiqua Étienne en pénétrant dans une loge. Parfait, nous sommes les premiers, bien placés de surcroît. » Gaspard s'avança. La vague de chaleur fondit sur eux. Il s'approcha du balcon, posa ses mains sur la rambarde. Son esprit tangua. Le vide au-dessous se fit menaçant. L'Opéra se mouvait en déferlantes sanguines et ocre. Les rideaux et le velours des sièges conféraient à l'espace le confinement d'un gargantuesque estomac de tissu. Plus que jamais les lumières agitaient une onde suffocante sur le grouillement des spectateurs. La foule laissait gronder sa voix. Gaspard chercha son souffle, il semblait que la profusion de tissus, l'excès de couleurs, la surabondance des haleines conjointes se précipitassent en lui pour mieux l'étouffer. Les dames éventaient avec opiniâtreté leurs visages dont les poudres ne parvenaient pas à masquer le feu. Les corsages dévoilaient les gorges serrées et bombées à outrance, perlant de sueur, et c'est par sillons que cette excrétion se frayait un chemin jusque dans la fente insolente des seins, puis imbibait les tissus. Les chemises des hommes collaient aux peaux, s'en détachaient comme une mue en clapotis sonores. On soupirait, on souffrait, on suppliait que l'on ouvrît les portes ou les fenêtres, on désirait le courant d'air qui pressait le monde aux entrées. Le contraste avec le froid implacable de l'extérieur saisissait et cette combustion corporelle augmentait la température de la salle plus que de raison. Étienne s'installa négligemment dans un fauteuil. Gaspard cherchait l'air. Il eût été préférable que ces gens se taisent et cessent de dévorer l'oxygène de la salle, mais tous semblaient se complaire dans la réunion de leurs sueurs. L'Opéra puait à défaillir. Il remontait vers Gaspard une odeur indescriptible, amalgame de poudres, de suc des parfums, d'une mouillure sudorale gorgeant le rembourrage des sièges, de relent du bois vernis, de la cire des bougies, de l'émanation des gosiers que les bâillements et les conversations enfiévraient. Gaspard observa la corbeille en contrebas. Les cariatides la supportaient et permettaient de se pencher vers la scène. Plus haut, l'amphithéâtre offrait une vue de précipice, un aperçu médiocre, et la plèbe y grouillait, cohorte de pigeons indistincts. Elle recueillait la moisson capiteuse dont le joli Paris encensait la salle, l'odeur de cette macération atteignait les hauts plafonds et la coupole, concentrée à la quintessence. Sur les peintures des voûtes, les allégories de la Gloire, de la Symphonie, du Chœur et de la Poésie perlaient de condensation, suaient comme les dames qu'elles surplombaient de leur postérité. Gaspard songea qu'en passant la langue sur ces peintures, il aurait éprouvé la salinité de tous les corps réunis en dessous. Et, soudain, chue de là-haut, de ces cieux qu'il scrutait avec ahurissement, une goutte perla, vint s'écraser sur sa joue, sous son œil, et roula comme une larme jusqu'à son menton. Gaspard l'essuya, baissa les yeux et pressa cette huile entre le pouce et l'index lorsque Étienne l'interpella. Les d'Annovres, accompagnés de leur fille, venaient de faire leur entrée.

Le comte était un homme effacé dont les joues fuyaient et dessinaient l'arête de la mâchoire. Il portait un costume gris et s'installa après les salutations. Sa femme s'éventait furieusement le visage, soulevait une perruque extravagante que Gaspard détailla par réflexe jusqu'à ce qu'elle s'en aperçût. Étienne le présenta comme le fils d'un ami, de passage à Paris. L'ombre d'une suspicion balaya le visage de la comtesse, mais amusée de ce mystère, elle pressa sa fille, une blonde ténue, engoncée dans une robe églantine, de s'asseoir près de Gaspard et de faire la conversation. La demoiselle se révéla, *a contrario* de sa génitrice, peu bavarde, ce dont il s'accommoda très bien. « Voyez comme ils sont timides, n'est-ce pas touchant ? » s'exclama la comtesse. Étienne railla Gaspard d'un regard. La foule prit place, accompagnée du grincement des fauteuils, des dernières paroles, des bruissements de taffetas. Assis à l'arrière d'Étienne, Gaspard posa les yeux sur sa nuque dégagée. Il inclinait la tête, prêtait attention aux chuchotements insatiables de Mme d'Annovres. Le malaise qui avait saisi Gaspard à son entrée dans la loge s'apaisait, mais il subsistait un trouble, la sensation d'être en ce lieu parfaitement déplacé. Pourquoi Étienne avait-il sous-entendu que son séjour à Paris aurait une fin, si ce n'était pour se débarrasser de lui sans justification, dès qu'il le jugerait nécessaire ? Ses paroles le contrariaient et il brûlait de saisir Étienne par l'épaule, d'exiger de lui qu'il justifiât publiquement leur sens. Pourtant, il avait aussi conscience que, depuis leur rencontre, Étienne lui permettait de percevoir ce qu'il convoitait tant, de côtoyer en égal la noblesse. Il se vit avec détachement dans l'une des loges de l'Opéra-Comique, sans que rien dans son habit ne pût le différencier des autres spectateurs. Aux balcons attenants, il avait surpris sans y prêter attention le regard de femmes et d'hommes, quelques sourires aimables sous lesquels fleurait le désir de dissiper le mystère dont sa présence l'auréolait, un assentiment instinctif, né de l'image de garçon de bonne famille qu'il offrait dans son costume, puis la compagnie d'Étienne de V. suscitant déjà, sans qu'il le sache, commentaires et suppositions. Gaspard se sentait à la limite d'un bouleversement existentiel, à l'orée d'une ascension désormais tangible. Ce sentiment ambigu aurait dû le combler de joie, mais lui fit éprouver un vertige. Une voix chuchota à sa conscience de prendre la fuite, de s'évader loin du confinement pestilentiel de cette salle pour plonger dans la nuit et s'y enfoncer, loin de la présence d'Étienne. Mais une autre, plus forte encore, le pressa de rester assis, d'endosser ce rôle jusqu'au bout. Tiraillé par la contradiction de ces élans, le lever du rideau, que veillaient au sommet deux anges d'albâtre, força son choix. Il inspira, s'enfonça plus encore dans le fauteuil et sentit l'armature dans le creux de ses reins, se tint fermement au capiton des accoudoirs. N'avait-il pas longtemps rêvé à cet instant ? N'était-il pas enfin légitime de se laisser aller à savourer cet avènement ? Il eut une bouffée de reconnaissance pour Étienne dont le visage de trois quarts restait insondable, mais dans les traits duquel il voulut trouver l'expression d'une plénitude. « C'est certain, je suis ici au meilleur endroit », chuchota Gaspard. Seule Adeline d'Annovres perçut le son de sa voix, l'observa de biais avec amusement. Il embrassa du regard le tableau des centaines de visages captivés par les premiers pas des comédiens sur la scène, gonfla sa poitrine de suffisance.

Au lendemain de cette sortie à l'Opéra-Comique de Paris, Étienne de V. se présenta en compagnie de Gaspard chez la comtesse d'Annovres où l'on donnait un dîner. Ils pénétrèrent dans l'hôtel particulier, rue de Vaugirard, et Gaspard suivit Étienne dans l'ombre interminable d'un couloir. Il aperçut une salle à manger par l'entrebâillement d'une porte, le faste d'une table parcourue de candélabres autour de laquelle les gens de maison se pressaient de disposer des monceaux de fleurs, frottaient l'argenterie avant de fuir à la hâte vers les cuisines. Calfeutré, l'enthousiasme des voix gagnées par l'ivresse se glissait vers eux. La maison était saturée d'odeurs dans lesquelles Gaspard ne parvint pas à différencier un effluve d'un autre. Des mets dont il ignorait le raffinement s'étaleraient bientôt à profusion. Le bouquet qui s'épanouissait depuis les cuisines éveilla sa faim, fit gronder son ventre. Le domestique les invita à entrer. La comtesse s'empressa vers eux, bras ouverts. Étienne baisa sa main, ce qui l'émoustilla tout à fait. Gaspard s'inclina tandis que son regard détaillait le salon. Installés sur les canapés, ou s'entretenant par groupes, les convives dégustaient un verre et tournèrent leurs visages vers eux. Tout un pan de mur était couvert de miroirs, doublant ainsi le volume de la pièce. Ils renvoyèrent à Gaspard une image dans laquelle il eut peine à reconnaître le garçon perruquier. Il redressa un peu les épaules, jugea qu'il avait incontestablement de l'allure. Personne, fût-ce un habitué de l'atelier, ne serait parvenu à faire le lien avec l'employé de Billod. Un feu flambait dans une cheminée de marbre et les braises crépitaient avec indolence. L'odeur de l'âtre se mêlait à celle, doucereuse, des chandelles qui éclairaient la pièce, plue des hauts lustres. Dans un angle du salon, Adeline d'Annovres était assise devant un clavecin. Gaspard comprit, lorsque son visage insipide se tourna vers eux, que leur arrivée la libérait de la contrainte. Elle se leva puis conduisit Gaspard vers un domestique qui leur offrit à boire. Déjà Étienne saluait les convives, Gaspard adressa à chacun une inclination polie de la tête. Adeline entreprit de présenter chaque hôte sans détourner le regard, laissant supposer que leur présence était coutumière. « La dame qui porte une robe mauve est la marquise d'Évilly, son époux est le monsieur ventru qui se tient devant la cheminée ; tous deux sont de passage à Paris et accueillis chez nous. Sur le premier canapé, vous trouverez M. Merlot, vieux garçon mais très riche, il travaille dans l'importation d'objets d'art après avoir longtemps servi dans la marine ; puis MM. Lecat et Saurel dont les dames s'entretiennent devant la fenêtre. Elles vous regardent avec attention depuis votre arrivée. Leurs époux sont diplomates. M. Lindon est assis plus loin, il dirige un journal ennuyeux de Paris, mais qui se lit beaucoup. Sa femme a succombé le mois passé à une pneumonie, on l'invite pour l'aider à se remettre, mais il est encore peu bavard. N'oubliez pas de serrer la main à chacun lorsque nous aurons fini de converser. » Gaspard hocha la tête, porta le verre à ses lèvres. Chacun de ses gestes était emprunté et, bien qu'il fît de son mieux pour paraître à son aise, il remarqua qu'Adeline souriait, d'un sourire semblable à celui qu'elle avait esquissé la veille à l'Opéra lorsque Gaspard avait fait à voix haute cette confidence qu'elle seule avait entendue. « Ainsi, vous êtes lié par votre père au comte de V. ? Séjournez-vous à Paris longtemps ? La capitale vous satisfait-elle ? » Elle se montrait bien plus loquace et Gaspard désira s'éloigner afin qu'elle ne posât pas plus de questions. Mais l'accueillir en ce lieu familier lui donnait une ascendance et justifiait son assurance. « Oui », répondit-il laconiquement. Elle sourit de nouveau et son visage pourtant commun devint joli. Il la regarda, vit qu'elle était pâle comme l'ennui mais sans doute gentille. Adeline parut hésiter puis céda à l'impériosité de l'aveu : « Sachez, monsieur, que je sais garder un secret mieux que quiconque ; je vous assure de ma discrétion. » Une panique sournoise assaillit

Gaspard et il répondit sans parvenir à masquer les trémolos de sa voix : « Je crains de ne pas comprendre, mademoiselle, ce à quoi vous faites allusion. » Adeline tourna le visage vers le salon, sourit poliment à M. Lindon, ne laissa rien paraître : « Vous apprendrez vite que la sincérité n'est pas l'atout majeur des salons. J'y ai grandi et j'en connais fort bien les artifices. Soyez rassuré, ajouta-t-elle devant la mine déconfite du jeune homme, il n'en est pas un ici qui n'en use. » Une servante vint parler à l'oreille de la maîtresse de maison qui, ravie, haussa la voix : « Nos derniers invités étant présents, je vous invite à passer dans la salle à manger où le repas sera bientôt servi. »

Les portes s'ouvrirent sur la pièce que Gaspard avait entrevue. Il fut rejoint par Étienne. On s'installa, le vin fut servi. Aux plafonds, les moulures évoquaient les plis et replis d'une chair livide. Là aussi, un feu brûlait dans une cheminée sans parvenir à réchauffer la pièce et Gaspard frissonna. Mme d'Annovres prit place à ses côtés, M. Merlot en face, suivi à gauche de M. Lindon dont le visage affaissé inspirait la pitié. Bientôt les gens de maison posèrent devant chacun une assiette de foie gras, de pain grillé et de fricassée de morilles. Adeline s'installa en bout de table. Gaspard essaya de faire taire son anxiété, la certitude de se ridiculiser. Il éprouvait, posé sur lui, le regard dénonciateur d'Adeline pourtant occupée à bavarder avec Mme Saurel. Il se sentait plus justement épié par tous les autres convives qui, de toute évidence, attendaient qu'il parlât, fît preuve d'aisance, justifiât sa présence à cette table. Engoncée de cachemire, la poitrine de Mme d'Annovres luisait à sa droite sous la flamme du lustre. « Nous étions hier à l'Opéra-Comique, où l'on donnait une pièce de Marivaux ; la soirée fut fort agréable, mais il y fit trop chaud », dit-elle pour encourager la discussion. Mme d'Évilly, dont le cou disparaissait sous une mousse de dentelle blanche, soupira : « J'envie Paris pour les distractions qu'elle offre, mais je souffrais hier d'une terrible migraine et je n'ai pu vous y accompagner. Je n'ai même pas eu le courage de faire mon courrier. » Son visage était charnu, ses pommettes relevées au fard. « Nous étions en excellente compagnie, puisque le comte de V. et son jeune ami se sont joints à nous. Vous conviendrez que nous n'avons peut-être pas perdu au change », ajouta la comtesse. Elle offusqua Mme d'Évilly et s'en félicita. Ils discutèrent des théâtres de la capitale, puis de la Comédie-Française qui intéressait le roi. « On préfère voir jouer les comédies italiennes, commenta M. Lecat. — Bien sûr, Marivaux n'est pas des préférés de la Cour », dit Saurel. — Eh bien moi, je trouve le théâtre ennuyeux, s'exclama sa femme dont la perruque montait si haut qu'elle menaçait à chaque instant de s'effondrer dans son assiette. Je préfère un bon vin et un repas excellent entre amis, comme nous sommes ici. » On applaudit, on trinqua encore. « Allons, commenta Mme d'Annovres, vous soulevez une question qui mérite d'être débattue. Je juge que les amis sont rares et que, si l'on a beaucoup de connaissances, il est difficile de connaître vraiment. Je vois à cette table beaucoup de camarades, mais combien sont des amis ? » Pour la première fois depuis la veille, le comte d'Annovres parla : « *Camarades,* voilà qu'elle parle comme un militaire ! » Les rires fusèrent tandis que les domestiques remplissaient à nouveau les verres de vin puis débarrassaient les assiettes pour en disposer de nouvelles. Gaspard avait observé et tenté de reproduire chaque geste, ce qu'il était sans doute parvenu à faire car Étienne ne lui avait encore rien suggéré. La seule entrée avait déjà comblé son appétit outre mesure et il se crut incapable d'avaler une bouchée de plus. « Qu'avez-vous contre les militaires ? questionna Merlot qui portait l'épée à la ceinture. — Madame n'a pas tort, il n'est pas aisé de sonder le fond des gens, on l'apprend vite au combat. » La défense enchanta la comtesse : « Voyez ! Notez bien que ce n'était en rien une accusation, j'aime assez le mystère. D'ailleurs, ne faut-il pas l'aimer pour accueillir Étienne de V. à sa table ? » On rit encore, car la réputation qui le précédait ne laissait pas indifférent. Les regards convergèrent vers le comte. Gaspard sentit aussitôt ses joues rosir. « *Gardez le mystère, il vous gardera,* écrit fort à propos Salomon », répliqua Étienne. Les convives approuvèrent, mais il était palpable que tous désiraient dissiper le voile de ténèbres composant le charme outrageux du comte. Il changea de sujet lorsque les domestiques déposèrent un plat d'argent, soulevèrent les cloches sur des chapons fumants. « Puisque nous en étions aux considérations militaires, je suis curieux, monsieur Merlot, de savoir comment vous jugez l'état de notre marine dans la guerre que nous menons. » Le tir fit mouche. Aussitôt la moustache de l'homme frémit et son visage rougeaud s'empourpra de plus belle : « Nous étions beaucoup trop affaiblis pour nous engager à nouveau ! C'est pure folie ! Nous courons à la catastrophe. Avant même la déclaration de guerre, les Anglais nous avaient saisi trois transports de troupes et plus de trois cents navires marchands ! Songez un peu ! La marine du roi d'Angleterre est bien plus puissante que la nôtre. » Mme Lecat ajouta : « Louis XV souhaitait la paix, mais l'Angleterre a voulu se venger », puis elle essuya un peu de sauce à ses lèvres. « Imaginez les dépenses ! Croyez-vous que le pays puisse se le permettre ? hurlait désormais Merlot. Le roi, madame, n'est plus aimé de son peuple. Voyez comme il est impopulaire, le traité de paix d'Aix-la-Chapelle n'y a rien changé, bien au contraire, les Français n'ont pas compris que l'on augmente les impôts pour des navires sitôt coulés. — Nous sommes au temps des disettes », exprima la marquise d'Évilly, mais l'on s'empressa d'oublier sa remarque que la surabondance des mets sur la table rendait contrariante. Gaspard suivait la conversation, préoccupé par son assiette et ses couverts. Il croisa pourtant le regard d'Adeline qui lui adressa un sourire entendu. « Le roi, le roi, rugissait Merlot bataillant avec un morceau de viande nerveux et n'écoutant plus qu'à moitié, le roi se fait peut-être trop dicter sa conduite par sa maîtresse. Voilà ce qu'il advient lorsque l'on place des femmes au pouvoir. » Les dames s'indignèrent un peu. « L'alcool vous fait trop parler, Henri, s'amusa Mme d'Annovres. — Il n'a pas tort, dit Mme Lecat, il est des choses pour lesquelles nous ne sommes pas faites. Rendons à César ce qui appartient à César », décida-t-elle de déclamer avec emphase, pourtant peu sûre de l'à-propos. « Je sais ce que je dis, clama Merlot en réponse, c'est là le principal. Que voulez-vous, que l'on m'écartèle pour cela ? Point de langue de bois entre nous. Si Mme de Pompadour n'avait pas renvoyé Orry de la Cour, en serions-nous rendus là ? Rien n'est moins sûr. Et pourquoi ? Qu'avait fait cet homme ? me demanderez-vous. Il n'avait point d'affinités avec les Pâris, qui sont des amis de madame ! Rendu coupable de ce seul délit, si c'en est un toutefois, on le met à la porte ! Il en fut de même pour Machault d'Arnouville. Et n'oublions pas que c'est elle qui a choisi les ministres de la Marine. » Étienne intervint : « Le ministre Berryer n'est ni femme ni maîtresse du roi et ce n'en est pas moins lui qui, ne connaissant rien à la marine, gaspille la richesse dans l'idée chimérique de débarquer en Angleterre. Le bonhomme était plus convaincant en lieutenant général de la police de Paris. » Les hommes discutèrent de l'économie du pays et lassèrent les dames. « Elle dépense trop, c'est une évidence, possède plusieurs châteaux et un hôtel à Paris, ajouta après un temps de réflexion Mme d'Évilly. Ses réceptions sont, dit-on, fastueuses et l'on y mange autant que l'on en jette. » Gaspard décela dans l'intonation de sa voix un regret teinté de convoitise. « Le comte de V. m'excusera si je révèle ici qu'il lui arrive d'en être », se pressa de dire Mme d'Annovres. À nouveau, les regards confluèrent, à demi accusateurs et concupiscents. Gaspard était interdit, il découvrait à l'instant combien Étienne gardait encore de secrets, mais aussi de possibilités. Il n'avait jamais supposé qu'il pût avoir ses entrées à la Cour et vit aussitôt dans les regards une estime profonde. Bien que les convives la dénigrassent à mots couverts depuis le début du repas, tous rêvaient d'y être accueillis. Étienne sourit avant de répondre : « Elle dépense, certes, mais sans doute moins que le roi lui-même. Le fond des choses est qu'on ne pardonne pas à la favorite royale de n'avoir pas le sang bleu, d'être juste catin et sans titre. » Les dames secouèrent la tête de stupéfaction, mais l'ivresse permit que l'on tolérât le propos. Gaspard se persuada que ces mots eussent pu passer pour une maladresse mais, dans la bouche d'Étienne, chacun était parfaitement réfléchi. La conversation reprit de plus belle, avec un entrain qui ravit l'assistance. On se disputa, excités par l'alcool et les paroles d'Étienne. Celui-ci se pencha vers la comtesse. Gaspard se recula un peu dans son siège. La dame, qui faisait mine de s'intéresser à la discussion des épouses Lecat et Saurel, tendit une oreille : « Saviez-vous que l'on dit de la Pompadour qu'elle n'est point portée sur la chose et n'est pas du tout sensuelle ? Elle recruterait de jeunes filles pour satisfaire les besoins de son amant. On paie cher le silence des petites et les parents les encouragent vivement à se dévouer au roi. C'est au Parc aux Cerfs, un joli hôtel de Versailles, que seraient organisées les réjouissances. » La maîtresse de maison éclata d'un rire ravi et rosit jusqu'aux oreilles mais refusa de parler lorsqu'on la pressa de partager la confidence. On proposa du fromage, des desserts et des fruits. Après avoir longtemps discuté, le comte d'Annovres pria les convives de passer dans l'un des salons pour y déguster liqueurs et eaux-de-vie. Lorsqu'ils quittèrent la table, Adeline rejoignit Gaspard : « Vous avez fait preuve de discrétion, dit-elle. — C'est que je n'ai pas grand-chose à dire, hasarda le jeune homme. — Qu'importe, ne l'avouez jamais à nul autre que moi ! » Il nota qu'elle portait aux oreilles deux pendants reflétant les lumières des lustres. Elle rejoignit les invités dans la pièce attenante, Gaspard la suivit d'un pas lent. Il fut le dernier à quitter la pièce.

Autour de la table se pressait à nouveau l'armée des domestiques. Il s'arrêta avant de franchir la porte rabattue, se vit attablé, en éprouva un vertige. Il avait soupçonné, à l'atelier, le quotidien des réceptions et des salons dont parlaient sans cesse les clients. Il devait pourtant la découverte de ce monde à Étienne, toujours insondable. En deux jours, après une absence et un mépris implacables, il lui en donnait la clé. Gaspard avait entrevu la veille que cette évolution ne s'effectuerait pas sans qu'il parvînt à renier ce qui, jusque-là, avait constitué son existence et son caractère. Cette concession, lorsqu'il réussissait à la nommer, à l'envisager, le terrifiait en cela qu'elle consistait à enfanter d'un nouvel homme. Il repensa brièvement, sous le luxe du plafond sculpté, une main sur les tapisseries fines, à son arrivée à Paris, lorsqu'il descendait la rue Saint-Denis. N'était-ce pas, alors, une situation similaire ? Il s'en convainquit. Du salon s'évadaient des effluves de tabac, des notes de clavecin. Il entendit la voix de la comtesse d'Annovres qui l'obligeait à se joindre à eux. « Avez-vous coupé la langue de ce garçon ? » jubila-t-elle. Dans la salle à manger, l'une des servantes, une fillette, pliait la nappe lorsque leurs regards se croisèrent. Elle détourna aussitôt les yeux, les baissa en signe de respect, rougit, puis quitta la pièce au pas de course. Gaspard eut la certitude d'avoir été démasqué. Il posa une main sur la poignée en laiton de la porte du salon, se contraignit à sourire, fit un pas.

VI

SOMBRES DÉTOURS

Billod prit le parti d'ignorer son apprenti et de ne plus lui adresser la parole. Le lendemain du dîner donné chez la comtesse d'Annovres, il se contenta de signifier à Gaspard qu'à défaut de continuer son apprentissage, il attendait de lui qu'il ne cessât pas de veiller à la tenue de la maison. En contrepartie, il fermerait les yeux sur sa relation avec le comte de V. et ses échappées nocturnes. Il s'accommoderait de la situation tant que Gaspard serait disponible durant les heures de travail afin que les clients ne soupçonnent pas que Justin Billod se laissât mener par un garçon perruquier. Gaspard le comprit vite : il importait de sauver les apparences. Billod devait rester maître en sa demeure. À cette condition, il garderait sa place et les deux hommes cohabiteraient sans belligérance. Face aux clients, il s'adressait à l'apprenti dans l'unique nécessité de donner un ordre, mais lorsqu'ils se trouvaient seuls, il s'isolait dans la seconde pièce de l'atelier et veillait à fermer la porte pour ne pas que Gaspard l'y suivît. Quand Billod croisait néanmoins son élève, il lui jetait un regard dédaigneux ou l'ignorait simplement, usait de tous les stratagèmes pour l'effacer de son champ de vision.

Comme l'après-midi était calme et que les clients boudaient l'atelier, Gaspard s'occupa de dépoussiérer les étagères puis s'installa sur le rebord de la fenêtre et scruta la rue. Le ciel dense annonçait la neige. Il ne faisait aucun doute que l'hiver serait virulent. La veille, Billod avait demandé à Gaspard d'ouvrir à nouveau la cave, d'y descendre afin de s'assurer que le sol fût sec. L'eau depuis longtemps retirée avait laissé la pièce humide, les pierres suintantes. Partout flottait une odeur rance. Mais, lorsque le perruquier avait passé la tête dans l'escalier, jeté une moue écœurée vers la pénombre moite et froide, il avait décrété qu'il était temps pour Gaspard de rejoindre sa couche. Il s'agissait là d'une sournoiserie, mais l'apprenti se refusa à protester, se contenta de réinstaller son matelas au sous-sol. Le petit poêle le réchauffa durant les premières heures de la nuit, car il fallait rationner le bois. Comme il avait peu dormi et sentait la fatigue l'étreindre, Gaspard somnola un moment. Il se demanda à quelles occupations vaquait Étienne, puis s'avoua qu'il devenait de plus en plus insoutenable de se trouver loin de lui, d'ignorer les choses simples de son quotidien. Il ne connaissait de cet homme rien ou presque. Aucun élément ne permettrait de se mettre à sa recherche s'il advenait qu'il disparût à nouveau. Face à Étienne, les questions usuelles qui forcent la connaissance prenaient une dimension désuète, dissuadaient Gaspard de les poser, par peur de se rendre une nouvelle fois ridicule. Combien de temps supporterait-il d'être ainsi mis à distance ? Après avoir aperçu puis côtoyé l'aisance, pourrait-il endurer longtemps l'apprentissage de Billod dans lequel Étienne souhaitait visiblement le maintenir mais qui, il le croyait avec certitude, devenait un frein à sa progression ? Retrouver l'hostilité de la cave et le bruit de la course des rats avait pour unique objet de le rappeler à sa condition. L'artisan ne s'y était pas trompé. S'y allonger à nouveau fut pour Gaspard un supplice. Alors qu'il croyait avoir à portée de main une myriade de possibilités nouvelles, il devait se contenter de la plus vile misère. L'exigence et le confort auxquels il croyait pouvoir prétendre ne permettaient plus de juger humblement sa situation. C'était là l'apanage des riches et Gaspard se montrait très ambitieux mais aussi peu lucide dans son désir d'en être. Étienne avait exprimé la veille son idée de le mener vers tous les extrêmes, mais le jeune homme ne l'avait entendu que d'une oreille. Le comte l'avait entraîné dans les lieux sinistres de la capitale avant de lui ouvrir les portes de la mondanité et il était absurde de penser qu'il ne cherchât pas à l'introduire dans ce monde où il s'était affiché en sa compagnie. Tandis qu'il observait la rue, Gaspard éprouvait à la fois une rancœur sévère pour Billod et sa condition d'apprenti perruquier, mais aussi le désir, ne le quittant plus un instant, de revoir Étienne ; l'espoir de sa bienveillance supposée.

Son attente fut en partie apaisée par une missive qu'on lui porta à l'atelier quelques heures plus tard. Un porteur lui tendit une lettre cachetée par un pain de cire. Gaspard l'ouvrit avec une impatience rageuse. Cela tenait en un feuillet, parcouru d'une écriture incisive. Étienne lui demandait de le rejoindre dans l'heure près du Grand-Châtelet, dans une auberge de la rue Saint-Germain-l'Auxerrois. Gaspard s'empressa de se débarbouiller, choisit les vêtements qu'Étienne lui avait offerts, songeant qu'il prévoyait sans doute un autre dîner, ou bien un salon et qu'il lui faudrait être bien mis. Il rinça ses aisselles avec l'eau froide d'un seau, s'essuya avec un chiffon. Il avait acheté un miroir à poignée dans laquelle il se jaugea une fois apprêté. Il se trouva joli et élégant, mais tout autour la noirceur du sous-sol, l'épaisse suie agglutinée sur les murs dénoncèrent cet excès de zèle. Même les rats dans l'ombre semblèrent se rire de lui et il vit alors, non pas un jeune aristocrate, mais un miséreux déguisé, un vrai carnaval, une farce. « Je ne serai jamais qu'un bougre travesti », dit-il à voix basse. La pièce resta silencieuse, rien ne vint le contredire. Il fut saisi d'un doute : n'était-ce pas ce qu'Adeline d'Annovres avait immédiatement compris en le voyant ? N'était-ce pas ce que tous les convives au dîner de la veille avaient songé, observant ce jeune homme trop timide, cette soi-disant connaissance du comte ? Ils s'étaient peut-être moqués de lui après la réception. Cela ne faisait aucun doute, ils avaient ri ou s'étaient indignés qu'on eût tenté de les duper, avaient évoqué sa maladresse, son manque absolu de pertinence dans l'art de la conversation. Pire, songea Gaspard, il était possible qu'Étienne se fût joué de lui, qu'il eût parfaitement anticipé d'être démasqué dans sa supercherie. Il se força à chasser ces doutes de son esprit et jeta le miroir qui se brisa sur le sol terreux. Il devait cesser d'être si craintif. Après tout, les invités des d'Annovres étaient trop ivres pour avoir soupçonné quoi que ce fût. Quand bien même y seraient-ils parvenus, quelles preuves auraient-ils ? Les mystères d'Étienne semblaient les passionner, cela finirait peut-être par le servir. Il lissa les manches de sa chemise. Pourquoi le comte lui demandait-il de le rejoindre au beau milieu de l'après-midi, sachant qu'il s'attirerait ce faisant le courroux de Billod ? Il hésita, mais il était trop tard pour s'excuser auprès d'Étienne. Le porteur était déjà reparti, il ne parviendrait pas à le rattraper. Il n'en avait pas non plus la réelle envie. L'idée de rejoindre Étienne le gonflait d'enthousiasme, chassait l'apathie par laquelle il s'était laissé envahir durant la journée. Billod l'avait contraint à retourner dans ce sous-sol puant, enfreindre son règlement ne serait que justice. Lorsqu'il eut chaussé ses souliers, il se dirigea vers la rue et se mit en marche vers la Seine.

Aussitôt le froid plaqua contre lui sa caresse indiscrète, ne le lâcha plus, se glissa dans ses vêtements, gagna ses chairs et ses os. L'ensemble de ses muscles devint pierre. Il grelotta, ses dents s'entrechoquèrent. Les mains blotties sous chaque aisselle, il baissa la tête pour mieux traverser la bourrasque. Il s'aperçut, alors qu'il tournait dans la rue Saint-Jacques, qu'il n'avait plus marché vers le Fleuve depuis des mois. Cette constatation le glaça plus encore. Le froid anesthésiait la ville. De la boue durcissait péniblement dans les caniveaux. Les fiacres pétrissaient cette mélasse sous leurs roues et les sabots des montures. Un homme encapuchonné passa à cheval, héla une vieille marchande de tabac pour qu'elle écartât son échoppe. Elle le fustigea d'insultes et il leva sa cravache, fit mine de la frapper au visage. Gaspard lança un regard par-dessus son épaule puis traversa la rue pour éviter que la femme ne le prît à témoin. Déjà elle apostrophait les passants ayant assisté à la scène. Une fenêtre fut ouverte, quelqu'un jeta un tas d'immondices, pelures moisies de légumes, jus de viande faisandée, et cela fit une longue traînée sur la façade avant d'exploser au sol. Gaspard bondit à temps, accéléra le pas. Il était à son tour devenu un vrai Parisien, la rue n'avait plus de secrets, ou presque. Puis il pensa qu'il était probable qu'il n'eût plus de secrets pour Paris et non l'inverse. Il avait toujours, dès lors qu'il marchait dans ces rues, la sensation d'être intimement pénétré, guidé par une force occulte. À moins, se dit-il, que ce mystère pesant telle une menace ne fût pas hors de lui, mais en lui ; que la ville ne le poussât en rien mais qu'il fût englouti par ses propres ténèbres. Il frissonna encore, songea à Étienne. La perspective de leur rendez-vous le calma, chassa ces sombres pensées. Il arriva près du pont, s'y engagea malgré ses jambes menaçant de se dérober pour l'étendre au sol. La Seine apathique disparaissait au loin, mélangeant sa noirceur à celle du ciel. L'odeur assaillit Gaspard, lui rappela la basse geôle. Il sentit un haut-le-cœur soulever son estomac car l'effluve s'était lié à la vision des corps ornés de leur parure de sel. L'après-midi s'étiolait et l'île était encombrée par la file des marchands, des carrioles et des chariots. Deux ânes tiraient un chargement de foin et le cahotement de la chaussée déversait une poussière aérienne, un fourrage blond sur le sol. Les particules, portées par la brise, pénétrèrent le nez de Gaspard, vinrent tapisser sa cloison nasale. Il eut aussitôt en bouche un goût de paille humide, le souvenir de champs où les bottes de foin, géants immobiles, reposaient dans l'air mouvant des vapeurs de la terre. Il fit claquer sa langue sur son palais, heureux que ce parfum chassât quelque instant celui du Fleuve. Au-delà du pont, il vit le peuple des rives, aussi bistre que la boue nourricière. L'eau glaciale devait punir les membres de morsures douloureuses. La Seine était hostile, bruissait comme un présage, défiait quiconque de l'approcher. Les bateaux fendaient les eaux sans conviction, carcasses grises comme des stèles. Les mouettes malmenées par les hauts vents se perchaient sur les mâts, le plumage terreux, le flan maigre. Tandis qu'il les observait, un homme empoigna brusquement Gaspard par sa veste et le supplia de lui donner quelque sou. La crasse camouflait les traits, uniformisait son visage. Celui-ci aurait pu être le faciès de Gaspard lorsqu'il brassait le limon du Fleuve. Le bougre bafouilla, parla d'une femme cancéreuse, de bouches à nourrir. De surprise, le jeune homme saisit les deux mains dont il sentit la souillure rugueuse et les força à lâcher prise. La marque de ses doigts resta dans la chair. Il repoussa l'homme. Celui-ci tituba, se retint contre la rambarde du pont, l'œil liquide, puis se dirigea vers un autre passant. Gaspard hâta sa marche, frotta sa veste où les mains avaient laissé leur empreinte. Il se sentit d'abord sali, puis réalisa que le gueux, dans sa méprise, l'avait pris pour un noble. C'était donc qu'il était, ainsi vêtu, très convaincant ; mais aussi que sa réaction, si impulsive fût-elle, était celle d'un noble. Le costume offrait le rôle et Gaspard s'y fondait sûrement. Cette observation le ragaillardit, sa démarche se fit guerrière et il releva le menton. Il traversa l'île de la Cité et jura de parler à Étienne du traitement que Billod lui infligeait, de réfléchir aux possibilités de quitter l'atelier au plus vite. Sans rien perdre de son allant, il passa sur la place de Gesvres dont il remarqua à peine l'effervescence. Passants et badauds se dépêchaient au pied du Grand-Châtelet. Porteurs et marchands s'y s'arrêtaient aussi et discutaient avec force voix et gestes. Gaspard, trop occupé par ses pensées, déduisit qu'une petite troupe donnait sans doute un spectacle. Le froid se faisait glaireux au bord du Fleuve, engourdissait maintenant ses pieds, durs et cuisant dans ses souliers, mais aussi ses mains que ses aisselles ne parvenaient plus à tiédir.

C'est avec soulagement qu'il pénétra dans l'auberge où l'attendait Étienne. L'établissement consistait en une salle encombrée de tables massives. À l'une d'elles, Étienne était installé. Cinq ou six clients jouaient aux cartes, plissaient les yeux pour discerner leur jeu dans l'ombre gluante. Un feu de bois était allumé dans la bouche noire d'une cheminée. Sa chaleur luttait contre le froid claustral, engouffré sous la porte. Gaspard s'assit, le dos tourné vers le foyer, frotta vigoureusement ses mains. « Me voici, dit-il, j'ai fait au plus vite. Billod est déjà furieux, et le sera plus encore lorsqu'il s'apercevra que j'ai quitté l'atelier. » Étienne fit un signe à l'aubergiste, puis tourna résolument son visage vers le jeune homme : « Nous avons peu de temps, buvez quelque chose pour vous réchauffer, puis partons. » Gaspard nota l'éclat de ses yeux, l'excitation de sa voix déjà perçus au soir de leur visite à la basse geôle. Il commanda un vin chaud qu'on lui servit épais et fumant. Il se demanda ce qui justifiait la jubilation d'Étienne. Celui-ci resta cette fois silencieux. Il observa Gaspard qui buvait. « Billod m'oblige de nouveau à dormir dans la cave », insista Gaspard lorsqu'il reposa le verre. Étienne acquiesça puis se leva : « Hâtons-nous. » Dépité par cette indifférence éhontée, le jeune homme se leva, posa quelques pièces sur la table. Étienne poussa la porte sur la rue, laissa un souffle revanchard balayer l'auberge, faire vaciller le feu. Une cohorte de faces grises, de haillons aux couleurs indécises se dirigeait vers le Grand-Châtelet. On parlait avec animation et Gaspard comprit qu'une exécution se préparait et que ce monde y confluait d'un même pas. Une rafale de vent pénétrait en continu la rue Saint-Germain-l'Auxerrois, soulevait les hardes, gonflait les jupes, dévoilait les gros bas de laine, faisait claquer les capes. Aucun élément, fût-il déchaîné, n'aurait pu détourner la populace opiniâtre de la potence que des charpentiers achevaient de monter devant eux. Gaspard sentit son estomac se serrer. Il voulut saisir l'épaule d'Étienne marchant d'un pas vif, mais elle se déroba sous sa main et il se résigna à le suivre. Des mères traînaient leurs enfants, parfois par trois ou quatre, vers la place. Une bigarade humaine, excitée par la perspective du divertissement, marchait comme une armée que rien n'eût détournée. Cette marée jetait par vagues vieilles et estropiés, ouvriers et artisans, lingères et gargots. Quelques bourgeois se hâtaient aussi, n'hésitaient pas à jouer du coude pour s'enfoncer un peu plus dans la misère mouvante. Les dames soulevaient leurs robes à pleines mains. Déjà leurs jupons suaient la boue. Les hommes ouvraient le chemin, tranchaient comme au sabre dans la masse monotone. La place de Gesvres s'était transfigurée. Il régnait là un chaos sans nom. Cette cohue fantastique semblait être de loin un seul être, difforme et ondoyant. Sa couleur était celle de la vase et de la fange, sa voix le concerto inaudible de centaines de cris. Par-dessus les têtes, Gaspard aperçut la potence et une corde épaisse qu'un garçon nouait au gibet. Étienne redoubla de férocité pour pénétrer la densité des badauds, se rapprocher au mieux. Gaspard le suivit, mais la promiscuité de ces peaux couvertes de tissus grossiers l'oppressait déjà ; l'odeur acide des corps le forçait à lever le visage pour respirer le vent flegmatique. Caillasses, fruits et légumes volaient vers la potence, percutaient le bois, explosaient et répandaient leurs entrailles.

Les artisans levaient les bras pour éviter les projections, se dépêchaient de terminer le travail. Tout autour on s'indignait, mais on hissait les enfants sur les épaules, on s'étirait pour mieux voir, sur la pointe des pieds, on maudissait les trop grands, les trop gros, on suppliait de s'écarter un peu. Étienne finit par s'immobiliser en retrait bien qu'il fût possible, de l'endroit où il se tenait, d'avoir sur le gibet une vue parfaite. La foule sans cesse affluente les poussait de l'avant. Un homme borgne se colla à Gaspard qui sentit son haleine, le relent de sa chemise entrouverte. Il l'écarta par un coup dans les côtes. Le cyclope geignit puis s'éloigna mollement. L'attente était palpable et, avec elle, l'excitation échauffant les voix et les gestes. Étienne parla, mais Gaspard n'entendit rien de ses mots, se contenta de hocher la tête puis de reprendre sa lutte pour ne pas être piétiné. Il se demanda comment un homme du rang d'Étienne pouvait désirer le contact de cette populace. L'air manquait, sa gorge se serrait, oppressée par deux mains froides. Il souhaitait fuir loin de là, loin des ombres qui se jetaient avec indécence contre son dos. Près d'une heure passa, la foule transie trépignait, hurlait à l'unisson. Les enfants braillaient d'impatience, le tout, mer occulte, se jetait à intervalles réguliers vers le gibet, sans la moindre rationalité.

Enfin un homme monta sur l'estrade, déroula l'arrêt de condamnation. Un flot d'injures et de hourras couvrit aussitôt sa voix. Il disparut aussi vite qu'il avait surgi. L'impatience atteignit son paroxysme. Un bourreau encapuchonné mena enfin au-devant de la foule un homme falot. Le teint terne, les cheveux grisâtres, il inclina la tête sans faire face à l'attroupement dantesque. Aussitôt qu'il fut en vue, un hurlement se déchaîna. Les projections redoublèrent sur le condamné. Il courba sous l'impact des pierres, fut maculé par le jus des légumes et fruits décomposés. Des tirs ratèrent leurs cibles, s'écrasèrent sur le bourreau. Des policiers essayèrent en vain d'apaiser le courroux du peuple. On fit porter des barrières. On obligea, fusil en main, les badauds à reculer. La marée se rétracta. Étienne fut projeté sur Gaspard, il écrasa en reculant le pied d'une poissonnière qui lui gueula à l'oreille. Puis le ressac les propulsa de nouveau vers l'avant, contre les barrières. Ils tutoyèrent les fusils et les visages hurlants des hommes de police. Dans cette fureur, seul le condamné restait stoïque, sans jamais lever l'œil vers la plèbe hargneuse. Le bourreau, à l'allure de psychopompe infernal, lui lia les poignets de chaque côté des hanches. La marque cuisante des cordes sillonna ses mains bientôt livides. Gaspard se pencha vers l'épaule d'Étienne : « Qu'a fait cet homme ? » cria-t-il pour que sa voix couvrît le tumulte. Le comte se pencha à son tour et Gaspard lut la délectation que lui procurait le spectacle. « Il a abusé une enfant qui en est morte. Cela date déjà et l'homme avait disparu. Mais, sans doute rongé de remords, il s'est livré. » Gaspard sentit son cœur bondir dans sa poitrine, battre sous son plexus. Était-il possible que l'homme face à lui fût le monstre dont le docteur Chaillon avait parlé à l'atelier ? Un malaise enserra son torse et le força à respirer avec gêne. Il s'imagina lié à ce poteau sous les hurlements de la foule. *C'est,* se dit-il en observant le violeur, *que cet homme est si banal.* Aurait-il eu sur le visage les traits de la violence, de l'amoralité, le faciès d'un monstre, que Gaspard en eût éprouvé un soulagement. Mais, dans l'attente de sa peine, ce n'était qu'un être insipide qui eût pu se trouver dans la cohue des accusateurs sans que quiconque le remarquât. Étienne dit : « Peu importe en réalité qu'il soit coupable ou pas. On a déjà vu de pauvres fous s'accabler de tous les maux et se persuader d'en être responsables sans qu'ils aient commis le moindre délit. L'enfant qui est morte est une enfant du peuple et le peuple veut un coupable. On le lui sert donc. Quelle preuve y a-t-il que cet homme le soit ? Je n'en sais rien. Sans doute de bonnes, peut-être aucune. S'il s'est désigné comme l'auteur du crime, il sert d'exemple et d'antidote. Voyez comme ils rugissent de vengeance. Ils exultent. Après tout, cette enfant, de son vivant, ne présentait d'intérêt pour aucun, mais elle était l'une des leurs et, dans de pareils cas, on devient l'enfant de tous. Il faut toujours à l'homme, en toute situation qui outrepasse la morale, un individu qui incarne à lui seul le vice et décharge le monde de sa conscience. Pourtant, croyez-vous que ce bougre ait commis cet acte dont il s'accable sans le concours, proche ou lointain, de nous tous ici réunis ? » Gaspard haussa les épaules, ne vit pas de quelle manière il eût été possible d'interférer avec la vie de cet homme dont il ignorait jusqu'alors le visage. Il fut distrait par le bourreau qui avait quitté l'estrade quelques secondes auparavant et y remontait déjà, menait le condamné vers la corde. Lorsqu'il glissa le nœud coulant autour du cou, la foule explosa. « Qu'on pende la charogne ! hurla un homme. — Qu'on lui arrache le vit ! » beugla une mère portant dans ses bras une boule de crasse en guise d'enfant. Le bourreau entreprit de vérifier les liens. On hurla de plus belle, les yeux prêts à quitter les crânes, les bouches déployées autour des langues éructées. Impassible, le bourreau saisit de la main gauche les cheveux du condamné et tira sa tête en arrière, dévoila son visage à la foule. Les cris se suspendirent une seconde durant laquelle chacun se convainquit que c'était là le visage du crime. On hurla à la pendaison. Le bourreau quitta l'estrade, posa une main sur un levier qu'il actionna brutalement. Une trappe se déroba et le condamné chuta de près de deux mètres dans l'explosion des applaudissements. D'ordinaire, cette chute eût suffi à rompre la nuque et, sectionnant la moelle épinière, à tuer sur-le-champ. Mais la Providence prit en pitié la soif inextinguible de justice du peuple et le pendu, loin de se raidir et d'étouffer en silence, se mit à gigoter au bout de sa corde, le visage bientôt rouge, saillant de veines, puis bleu, bandant comme un âne dans sa culotte de toile. Les badauds retinrent leur souffle, le silence se fit sur la place. On entendit le craquement de la potence, provoqué par les mouvements désarticulés. Les mâchoires se serrèrent, les dents se brisèrent, churent au sol et collèrent aux lèvres des éclats d'émail et de gencives. La langue qu'il tenta de sortir fut mordue. Un jet de sang barbouilla le menton. L'auditoire cria de stupeur. Désormais, le condamné était un pantin dansant une sarabande grotesque. Les artères gonflèrent son cou, les yeux coulèrent, proéminents, un râle guttural jaillit. La place était horrifiée. L'homme refusait de mourir, tournait telle une toupie, tantôt rouge, puis noire. Les femmes hurlèrent, cachèrent les yeux des enfants. D'autres se précipitèrent loin du spectacle, regagnèrent leurs foyers. On détourna résolument les jets de pierre vers le bourreau, on le hua, puis ce fut au tour de la maréchaussée. Étienne jubila, saisit Gaspard par le bras : « Le peuple veut la mort, mais la mort propre, le beau travail. Celle dont on se détache, dont nous ne sommes point coupables. Mais regardez, voilà qu'ils reconnaissent comme l'un des leurs celui qu'ils auraient tué de leurs mains, il y a un instant ! Celui dont ils se pensaient assez différents pour pouvoir le juger ! » Le pendu n'était plus qu'agité de tressauts musculaires et balançait doucement, encore couvert par la pulpe des tomates. Gaspard secoua le visage : « Cet homme mérite d'être puni, n'est-ce pas ? S'ils ne veulent le voir, pourquoi venir en nombre ? » demanda-t-il sans parvenir à détacher son regard de la face métamorphosée du cadavre. Étienne n'avait pas lâché son bras. Il le tira hors de la place où l'affrontement entre le peuple et les forces de l'ordre gagnait en intensité. On menait déjà les premiers récalcitrants au Grand-Châtelet.

Une fois à l'écart, Étienne dit : « Le peuple est tiraillé par son désir de divertissement, son voyeurisme et la toute-puissance de la royauté qui décide ou non de son droit à vivre. Bien sûr, il veut faire payer au criminel le prix fort, mais dès lors qu'il s'aperçoit être complice d'une justice qui le répugne, il oublie le monstre, commence à voir l'homme. Une mort sordide éveille trop les consciences pour qu'il soit possible de rester spectateur et passif. Alors, à défaut, on s'insurge. Demain, on parlera partout de ces exécutions odieuses que la Cour orchestre, on jurera de n'y jamais remettre les pieds, d'y avoir assisté pour mieux contester, ou par hasard. » Gaspard baissa les yeux et s'aperçut qu'il portait les vêtements offerts par Étienne. Peut-être l'avait-on considéré comme un noble, responsable de l'exécution par quelque obscure relation. Il eut soudain peur qu'on ne s'en prît à lui et souhaita retrouver ses hardes qui le plaçaient d'emblée du côté des justes. Étienne, habillé plus sobrement et avec élégance, ne se préoccupait pas de la tension ambiante et observait la cohue se disperser. On détacha le corps pour l'emporter tandis que de nouveaux curieux affluaient pour apercevoir, ne serait-ce qu'un peu, la dépouille. Lorsqu'il jugea le spectacle terminé, Étienne s'éloigna. Ils marchèrent jusqu'à ce que l'accumulation de nuages colossaux obstrue le ciel et tamise le jour. Étienne ne cessait de commenter chaque instant de la mise à mort. « Ce qu'il faut comprendre, dit-il, c'est combien l'homme est versatile, stupide en société, indécis lorsqu'il est seul. C'est ce qui l'empêche souvent de porter son regard sur le monde, d'y agir, ce qui fait de lui un être réduit au fatalisme. — Si vos prophéties se vérifient, dit Gaspard, c'est pourtant un changement qui s'amorce. Le peuple n'est pas dupe. » Étienne sourit : « Non, mon garçon, ni prophétie ni oracle, mais l'observation seule. Pensez-vous qu'au début du siècle le peuple se fût insurgé contre une exécution ? On se réjouissait même de la torture il y a peu. Les temps évoluent, mais ce ne sont au fond que de menues variations. On ne change pas le propre d'une espèce en quelques conflagrations, ni en quelques siècles. » Gaspard se sentit agacé par le ton docte d'Étienne. Il était persuadé, avant de le rejoindre, de l'accompagner à un dîner et voici qu'après avoir assisté à une exécution, il devait suivre la déambulation du comte dans la ville. « Je ne comprends pas l'intérêt de nous être déplacés pour cela, dit-il enfin. — Aucun, en effet, répondit Étienne, ou presque. Car si intérêt il y a, outre celui du divertissement, c'est de vous faire comprendre combien l'homme qui prend conscience de sa nature est alors apte à mener le monde. Ce sont des choses qui servent dans une vie. » Gaspard ne répondit pas, excédé par ces leçons alors qu'un salon ou un dîner eût été un exercice plus probant. Autour d'eux, les échoppes rabattaient leurs devantures. Étienne ne dit rien durant plus d'une demi-heure. Ils marchèrent dans le quartier, traversèrent à nouveau le Fleuve, sans but précis, pareils à deux âmes hébétées. Le comte ne se préoccupait pas le moins du monde de Gaspard, si bien que le jeune garçon se sentit bientôt indésirable. « Peut-être souhaitez-vous marcher seul ? Je peux vous laisser et rentrer, Billod m'attend sans doute, il doit être courroucé. » Étienne s'arrêta, dévisagea Gaspard et parut réfléchir avec attention, peser le pour et le contre de la proposition. *Cette attitude*, pensa Gaspard, *a pour but de me montrer que ma présence n'est pas indispensable. Il se demande si je l'ennuie assez pour qu'il me congédie, ou s'il peut me supporter encore un peu.* Cette remarque le plongea plus encore dans la colère, le sentiment d'être humilié, peu considéré, mais attisa aussi son désir de ne pas rentrer et il se prit à souhaiter ardemment, tandis que le comte l'observait, qu'il le suppliât de rester avec lui. Retourner à l'atelier, affronter Billod puis rejoindre la cave serait le pire des supplices. Contre toute attente, Étienne se tourna vers Gaspard, l'air résolu, et dit : « Retournons à l'atelier. »

Ils prirent un fiacre qui les ramena rue de la Parcheminerie. Durant le trajet, Étienne se montra maussade. Gaspard n'entendait rien à ses désirs, sa gorge restait serrée. La voiture s'arrêta et Gaspard descendit sans mot dire. Il comprit qu'Étienne le suivait, s'extirpait aussi du véhicule et il sentit l'espoir renaître. Étienne se dirigea vers l'atelier, le visage distrait. Lorsque Gaspard ouvrit la porte, il s'avança vers l'escalier qui donnait sur la cave puis s'y engagea. Stupéfait, Gaspard esquissa un geste pour le retenir. Il était inadmissible que le comte pénétrât en ce lieu, découvrît, au-delà de sa condition d'apprenti perruquier et de garçon de maison, le lieu sordide dans lequel il vivait. Il se persuada qu'Étienne n'éprouverait alors que dégoût pour cette bassesse manifeste, se contraignit à le suivre après avoir attendu qu'il rebroussât chemin. Lorsqu'il descendit à son tour, il trouva le comte au milieu de la pièce, son profil rongé par la noirceur profonde. « C'est donc ici », dit Étienne. Gaspard ne répondit pas, se tint désemparé au bas de l'escalier, appréhenda l'œil que le comte jetait sur la cave, la couche éventrée, le sol retourné, l'humidité des murs. Leurs souffles dessinaient dans l'air d'éphémères corolles de buée. Il se tint près de lui, mortifié, comme si cette intimité outrageante qu'il venait de dévoiler portait avec elle l'essence de Gaspard, ce à quoi il se résumait.

À cet instant, il se trouvait abaissé plus bas que terre par cette inquisition. L'intrusion d'Étienne venait de réduire à néant ce qui, depuis des mois, avait consolidé le monde autour de lui. L'idée lui vint de repousser Étienne, d'ordonner qu'il quitte la cave dans l'instant. Il posa une main ferme sur la poitrine du comte, voulut l'éloigner, le voir disparaître. Mais une sensation avait couvé sous sa colère et se démasqua soudain. La contiguïté de leurs corps incendia son désir pour Étienne. Sans qu'il pût comprendre les raisons motivant cet élan, la morgue du comte souleva son besoin d'abdiquer. Le contact du pectoral sous sa paume inonda son corps de concupiscence et, violemment, comme s'il eût senti cet émoi, Étienne porta une main à la chevelure de Gaspard, l'empoigna sans clémence, l'attira vers lui. Suffoqué, Gaspard chercha la langue chaude, explora les dents, goûta la salive déversée dans sa bouche. Tandis que les mains d'Étienne parcouraient son dos, se glissaient sous sa chemise pour éprouver la texture de sa peau, celles de Gaspard, tremblantes, empoignaient l'ovale de ses fesses. Le désir si souvent réprimé explosa à la seconde même, étourdit son esprit, fit courir à la surface de sa peau un interminable frisson. Enchevêtrés l'un dans l'autre, ils s'effondrèrent sur la couche. L'odeur de leurs épidermes s'éleva, ils la cherchèrent avec voracité. Tandis qu'Étienne arrachait sa chemise, mordait son torse, la peau de son ventre, léchait ses flancs, Gaspard s'offrit, crut disparaître en Étienne, n'exister qu'au travers des sensations que ce contact charnel provoquait. Ses pensées fuirent, la rage resta présente, puis l'humiliation, mais toutes deux attisaient une ardeur frénétique. Ils roulèrent l'un sur l'autre, leurs vêtements churent au sol. Le corps d'Étienne se dévoila, brûlant et glabre. Ses cheveux épars tombèrent et éteignirent son visage dans la pénombre. Entre deux mèches, à la courbe d'une boucle, les yeux luirent d'un feu sombre. Il s'allongea, le drap et la couverture sur ses reins offrirent son dos blanc aux jeux de la lune qui filtrait à peine au travers de la lucarne. *Il semble blême,* pensa Gaspard, *il semble mort.* L'ombre sur son bras devint grise, l'obscurité avala sa main reposant avec négligence sur l'oreiller, la relâcha puis la reprit sans attendre. La frontière entre la chair pâle et la noirceur de la cave était incertaine. Gaspard imagina que le corps d'Étienne pouvait être sa continuité, que rien ne le dissociait désormais du sous-sol dans lequel, un instant auparavant, il détonnait cruellement. Des nervures passaient sur l'alanguissement de ce corps, le caressaient jusque dans les plis des draps, la plante des pieds, la force de la nuque. Gaspard le rejoignit, saisit son sexe lourd d'une main, le sentit se mouvoir tel un sceptre vivant. À leur tour, les mains du comte mirent au jour son intimité, saisirent ses testicules, les malaxèrent jusqu'à ce qu'ils deviennent durs et douloureux, empoignèrent la hampe érigée, le gland pourpre, tendu à l'extrême. Sans cesse, leurs lèvres se fuyaient pour éprouver la salinité de leurs aisselles, de leur peau, la saveur de leurs sexes, semblable à l'émanation de pétales de fleurs sèches, énigmatiques et étourdissants. Elles se retrouvaient enfin pour mélanger à leurs langues ces précieux arômes et, dans cette rencontre fugace, Gaspard sentit qu'Étienne le dévorait, le dévastait pour le reconstruire. Ils s'étreignirent. Les sexes se rencontrèrent, se combattirent, vinrent presser la convoitise contre leurs ventres. Leurs souffles s'élevèrent de concert, les haleines comme les sucs se mélangèrent. Le drap but leurs sueurs, la nuit fondit dans la cave, puis sur leurs corps. Ils frissonnèrent, le froid mordit leurs chairs. Gaspard souhaita voir disparaître les murs dressés dans l'ombre, semblables au marbre silencieux des tombes, mais il ne voulait rien perdre du flamboiement qu'offrait la nudité d'Étienne. Étienne qui malmenait sa chair, mordait à nouveau sa peau, lubrifiait son sexe par la salive d'une bouche affamée ; Étienne qui le retournait brutalement, plaquait une main sur sa nuque, mordait son échine, son dos, la cambrure de ses reins, écartait ses jambes avec les siennes, puissantes et velues, embrassait enfin ses fesses sans relâcher la pression qui écrasait son visage sur la couche. Cette inclination depuis toujours supposée par Gaspard, présente dans chacun de ses fantasmes, prenait corps à travers l'inquisition de ces caresses. La soudaineté du transport lui interdisait de penser. Tout son être s'exprimait dans le besoin impérieux de faire au comte un don absolu de sa personne. Lorsque Étienne le pénétra, que la douleur fit place au plaisir, le corps moite vint s'écraser contre son dos puis y frotter la sueur de son torse, la volupté le transporta hors de la pièce, hors de la cave. Sentir en lui cette part d'Étienne, cette conquête charnelle de son propre corps, c'était devenir sa chose et son objet, la continuité de son être, le contenant de son plaisir. Gaspard comprit que la jouissance atteindrait son paroxysme car, ainsi rabaissé par Étienne, méprisé par lui, il était désormais libre de tout offrir, sans la moindre retenue, de s'apostasier. Ils roulèrent sur eux-mêmes, Gaspard se trouva ainsi allongé sur le corps ondoyant du comte qui ne cessait d'aller et venir en lui avec une ténacité guerrière, son vit dans une main, l'autre fermement plaquée sur son torse, sa bouche haletante à son oreille. Gaspard rabattit ses paupières pour ne plus rien voir du lieu, investir le monde qu'Étienne créait en sa substance. Les bras musculeux serrèrent leur prise autour du torse de Gaspard. Le ventre frémit, se tendit et devint plus ferme encore sous ses reins. Un grognement rauque emplit la pièce et Gaspard sentit le sexe dardé en lui se contracter tandis que la semence d'Étienne se répandait dans son corps et que la sienne se déversait sur son ventre. L'orgasme les projeta dans ses dédales. Ils restèrent longtemps immobiles, attendirent que leurs respirations s'apaisent. Puis Étienne se retira et Gaspard se laissa glisser à ses côtés. Il ne distinguait désormais que la ligne incertaine de son profil, s'assurait de sa présence par une main sur son ventre. Lorsqu'ils furent certains d'avoir rassemblé leurs esprits, ils se levèrent et se rhabillèrent sans échanger une parole, à la lueur des bougies que Gaspard alluma. Il vit clairement qu'Étienne se concentrait sur ses vêtements et évitait de regarder la pièce comme si, l'assouvissement de leur désir passé, il ne nourrissait plus pour ce lieu qu'un profond dégoût. Gaspard se sentait hésitant, observait de biais les gestes lents et assurés du comte. Il ne faisait aucun doute, au vu de l'assurance d'Étienne, que l'intimité partagée dans cette cave n'avait rien d'extraordinaire et il se désintéressait de l'apprenti pour se consacrer à parfaire son habillement. Gaspard camouflait avec peine l'agitation de ses mains. En se donnant à Étienne, il avait outrepassé les limites de son honneur et avait acquis la parfaite conscience que l'homme relevé de ce lit loqueteux n'était plus seulement l'apprenti perruquier qu'il était encore quelques heures auparavant. Quelque chose avait été profondément bouleversé par le don aveugle qu'il venait de faire de son être et de son corps. Lorsqu'il eut fini de s'habiller, Étienne s'approcha, prit entre ses mains le visage juvénile, plongea son regard dans celui de Gaspard. « Adieu », dit-il d'une voix plate. Gaspard frissonna, incertain de comprendre le sens de ce mot simple, soudain lancé avec affection. « Me voilà déjà lassé de toi. J'attendais plus. Tu es bien trop veule, bien trop facile. » Gaspard retomba sur le lit. Le visage d'Étienne était ciselé d'ocre. Gaspard hésita à se lever, à se presser contre lui, pour le faire taire, tarir le flot d'absurdité jailli de cette bouche iconoclaste. Cette perspective sembla un instant possible, séduisante même, mais les mèches des bougies oscillèrent, obscurcirent la pièce et la teinte qui magnifiait le visage d'Étienne disparut, laissant la joue grise et terne, un peu creuse. Les paroles étaient bien réelles et le comte le regardait avec condescendance. « Allons, n'as-tu pas eu ce que tu voulais ? dit-il. Ne m'en veux pas. J'ai grandi dans ces campagnes froides et ces maisons austères, dans une succession de salons et de parties de cartes. Je n'ai jamais rien désiré. Je n'ai jamais eu le temps de désirer. Chacune de mes attentes est comblée avant même que je ne l'éprouve. Tu souhaitais connaître la noblesse ? La voici. La noblesse c'est l'ennui et tant de fantômes naissent de l'ennui. Des envies, il faut m'en créer pour me sentir vivant. Mais sitôt consommées, elles m'ennuient à nouveau. De tout temps c'est l'ennui qui me ronge, un profond, un sempiternel ennui me dévore comme une gangrène. Et déjà je m'ennuie de toi. » Gaspard éprouva l'abysse qu'il couvait en son ventre. Il ne parvint pas à prononcer un mot pour retenir le comte qui se dirigeait vers l'escalier, cet air d'affliction toujours peint sur ses traits. Puis, alors qu'il posait un pied sur la première marche, Étienne se tourna : « Tu sais désormais ce en quoi tu excelles. »

TROISIÈME PARTIE

Rive droite

I

UN DÉPART, DES SOLITUDES, UNE ERRANCE

Le ciel était d'anthracite. Les nuages, continents opaques, roulaient au-delà, étalaient leurs ombres sur le désordre des toits. De la saillie de milliers de cheminées arthritiques jaillissait une fumée, s'exhalait une haleine par autant de bouches, aussi blanche qu'une semence, des milliers de semences éjaculées dans le ciel torve et stérile. Puis l'émanation de ces entrailles minérales déversait avec cupidité sa chaleur sur les corps, sous la croûte des toits, quelque part dans les méandres de la ville. Cette émanation s'élevait superbement, fleurissait, s'accouplait à d'autres. Ensemble, elles dominaient Paris, opposaient au soleil une nouvelle barrière, tamisaient les jours, retenaient les nuits. Des mouettes au plumage pétrifié de carbone survolaient la ville dans cet enfer et leurs cris, quintes de toux, se mêlaient aux croassements des freux jonchant les rues de leurs reflets de métal, de leurs pattes incisives.

Les corps disparurent sous l'accumulation des tissus, des sacs de jute, des chiffons, des laines grasses. La chair devait être cachée pour ne pas souffrir de la morsure du froid. De ces assemblages loqueteux émergeaient rarement une main rouge couverte d'engelures, un visage dans l'entrebâillement d'une capuche. Ce n'est plus au faciès que l'on reconnaissait son voisin, mais à la couleur de la loque, au ridicule d'une démarche qui cherchait à s'extraire de la neige. La lutte contre l'hiver devenait implacable. La neige gonflait dans les rues, revenait sans cesse, inlassable, pesait sur les toits, givrait les routes, s'ourlait contre les devantures des maisons. Tôt le matin, il fallait s'attaquer à cette intruse. Bientôt indélogeable, elle s'imbriquait dans la ville et chamboulait son visage. Les pelles tranchaient la glace, les souffles saturaient l'air. À l'aube, les muscles tendus des Parisiens repoussaient l'assaut que la nuit à venir jetterait devant leur porte. De jour en jour des montagnes de cette matière jaune, noire, teintée par les sucs de la ville, s'amoncelaient aux coins des rues.

Sur les rives de la Seine, la tourbe se détachait au passage des bateaux en plaques de glace brune puis dérivait pesamment dans la noirceur du Fleuve. Aux fontaines et aux lavoirs, l'eau gonfla, tendit son ventre. Logée dans les failles, elle éventra la pierre ; brisée au burin dans les abreuvoirs, elle laissa les bêtes assoiffées, leurs pattes prises dans l'étau de la fange d'une bergerie. Du fond des puits s'arrachaient les seaux d'une eau puante. Versée à la bouche, elle déchirait plus avant les gerçures des lèvres, lancinait aux racines des dents et dans les caries comme un clou enfoncé aux gencives, pétrifiait les gorges de crampes. Les arbres désignaient le ciel dans un manteau de givre. Parfois, lors d'une éclaircie, leurs branches scintillaient, serties de diamants, et cette beauté inattendue dans la laideur de la ville laissait quelque marcheur en extase jusqu'à ce que l'avarice du ciel calfeutrât le rayon qui, un instant, en balayait les branches avant que l'arbre ne fût plus qu'un arbre à l'allure funeste.

Dans l'hostilité de l'hiver, chaque geste devint douloureux, chaque pas au-dehors des logis se chargea de violence et la cacophonie des rues prit une consonance grave, laissa place aux bruits du quotidien qui éclipsaient les voix d'ordinaire criardes, désormais rauques, enrouées, réticentes. Dans cette fourmilière d'âmes, le frottement des corps se fit plus explicite, chaque instant de proximité rendit légitime un rapprochement fugace, le vol d'un peu de chaleur. Mais, au travers des tissus gorgés d'eau, saupoudrés de neige, rien de ces combustions corporelles ne transparaissait. L'alcool offrait à beaucoup une compensation, on se pressait dans les auberges où l'on avait l'assurance d'une eau-de-vie peu chère et d'une fermentation charnelle. Les souffles et les haleines condensaient aux fenêtres, roulaient en gouttes humorales, éclipsaient la vision de la ville et peut-être bien, le temps d'une ivresse, l'ineptie de l'existence. L'hiver était aussi gage de solitude. Retranchés dans leurs intérieurs, dans la famine et le froid, les hommes ne pouvaient croire en la certitude d'une rencontre. Rien n'était plus hostile que cet autre supposé, cherchant à s'accaparer lui aussi un peu de chaleur et de compassion. Les vies étriquées se déroulaient dans la hargne de l'hiver, étrangères les unes aux autres.

Antoine Labussière, tapissier aux Gobelins, demeurant rue Phelipeaux avec sa femme et ses quatre enfants dans un logis de deux pièces, observe son épouse et ses rejetons lovés dans un même lit, sous quelques couvertures. La chambre n'a ni fenêtre ni cheminée, aussi a-t-il allumé une bougie qui vivote près de lui. Il observe l'incandescence de la mèche. Sa base est couronnée de bleu, s'élève en un cône solaire. Autour, tandis que la flamme tangue sous le souffle qu'il dirige vers elle, flotte une aura. Il discerne la limite entre le cœur et l'auréole, un trait précis. Il se penche et souffle sur la bougie pour malmener la flamme. Son dernier fils est serré entre sa mère et ses trois autres frères. Il ne discerne pas son visage, mais le devine bleui. Des milliers de saphirs roulent sous sa peau. Ses dents cognent sans relâche le blanc de leur émail. Tous les siens tremblent, les couvertures s'agitent au gré de leurs frissons, de leurs rêves hagards. Le froid est souverain. Aucun tissu ne lui résiste, dormir avec des mitaines n'y change rien. Il s'introduit partout, traque la chair. Les pieds et les mains d'Antoine Labussière sont de marbre. L'épuisement l'égare, la flamme de la bougie reste innocente, maîtrisée au bout du pain de cire. Il devient insupportable de voir sa famille souffrir pour trois mois encore de ce froid. Avec une évidence déconcertante, il apparaît qu'il ne peut laisser les siens endurer ce supplice et la chaleur de la bougie impose l'idée d'un feu. Oui, c'est un feu qu'il faut. Un feu qui réchauffera leurs corps, remplira la pièce de sa belle lumière. Le fait qu'il n'y ait pas de cheminée ni de fenêtre n'est qu'un détail pour Antoine Labussière, homme honorable et pourtant sensé, père attentionné et solide mari. Son esprit s'abîme dans l'idée de la chaleur que son corps désire. Il se lève doucement, pour ne réveiller personne, réunit sur le plancher tous les objets de bois, les choses de rien, les trésors misérables. Cela forme un monceau au milieu de la pièce, à ce point ridicule que lui prend l'envie de rire parce que est pourtant réuni là tout ce qu'ils sont parvenus à acquérir jusqu'à présent. C'est en somme leur vie qui jonche le plancher, un désordre stupide qui vaut bien, songe Antoine Labussière avec certitude, d'être immolé pour le bien-être des siens. Qu'importe la ville et au diable l'hiver ! Il tend la bougie, observe la flamme trembloter contre la paille d'une chaise, menacer de s'éteindre et de le laisser plus transi et désespéré dans l'obscurité de la pièce. Mais le feu gonfle, avec une vitesse telle qu'Antoine Labussière s'émerveille. Il recule et s'accroupit dans un angle de la pièce, relève ses genoux sous son menton. Il sent l'amour des siens soulever sa poitrine comme le feu jette au plafond sa chaleur salvatrice, dévoile le visage de sa femme, les faces poupines de ses fils. Quand, déjà, la fumée envahit tout, la citoyenne Labussière s'éveille, tousse, s'assied sur le lit. Son regard devine la dépouille de son mari, ses mains tâtent le lit, trouvent les corps sans vie de ses fils. « Qu'as-tu fait, suffoque-t-elle, mon Dieu, mais qu'as-tu fait ? »

À deux rues, au même instant, tandis que la famille Labussière est assurée de ne plus jamais avoir froid, Marie-Joseph Tuillenne observe le crépitement des braises dans la cheminée rassurante et meurt de solitude. Ou de quelque chose d'autre, d'une maladie sans doute mais peu importe laquelle puisque Marie-Joseph Tuillenne sait pertinemment qu'elle meurt d'être seule. Sous l'édredon, elle cache un corps ulcéreux mais aucun regret. Ou presque. Puisqu'elle était marchande de chansons, elle a l'âme poétique et le cœur résigné. Le petit logis qu'elle loue est calme. Elle distingue des bruits familiers au-dessous, au-dessus. Cette perception est un calvaire. Elle aimerait abattre ces murs, par la seule force de son désir, découvrir les vies qui s'y cachent. La citoyenne Tuillenne est en effet troublée car elle s'était assoupie. Dans son sommeil est apparu son premier amour et il la serrait contre lui. Elle se voyait pourtant laide et nue. Son corps, abîmé de plaies coulantes, s'exposait au regard de l'amant, un garçon vigoureux à la chair lisse. Mais il semblait ne se rendre compte de rien, l'enlaçait de ses bras épais, la pressait contre son torse. Elle sentait son ventre musculeux s'enfoncer un peu contre le sien, palpiter aussi. Elle fermait les yeux, se laissait aller à cette étreinte car jamais plus elle n'a été touchée. Même par hasard, même par mégarde. Jamais plus quelqu'un ne l'a prise dans ses bras et c'était là l'instant le plus déchirant, celui qui mettait son ventre en charpie, l'instant où elle réalisait qu'elle avait de toujours souhaité une nouvelle étreinte, venue de quiconque, mais inattendue et gratuite. Comme elle est désormais éveillée, sa conscience vacille, elle parcourt du regard la chambre couleur de rouille, le feu qui ne la réchauffe plus. Elle pense aux centaines de milliers de vies autour d'elle avec le désespoir qu'aucune ne l'ait jamais plus enlacée. Alors elle referme les yeux et sera, au matin, froide et grise comme ces cendres que le feu fait retomber dans l'âtre.

Gaspard grelottait dans le froid de la cave, se pressait contre le poêle. Depuis le départ d'Étienne, trois semaines auparavant, le sommeil se faisait rare et tourmenté. Il ne trouvait plus la force de travailler à l'atelier et passait le plus clair de son temps dans la cave puisque l'odeur d'Étienne avait subsisté plusieurs jours dans le lit, ou peut-être son souvenir, mais qu'il croyait sentir encore. Il scrutait les voûtes fuligineuses du plafond, écoutait le craquement de l'escalier annonçant que Billod quittait son appartement pour l'atelier. Sans doute le fustigeait-il, n'ignorant pas que Gaspard paraîtrait au mieux en fin de matinée, plus fréquemment dans le cours de l'après-midi. Il n'adressait plus un regard à son apprenti et, s'il refusait de perdre la face devant ses clients, chaque ordre assené était un déchirement que Gaspard devinait à sa moue nauséeuse. Il songeait parfois qu'il serait préférable de ne plus remettre un pied à l'atelier, de préférer l'errance à l'enfermement puant de la cave. Sitôt qu'il s'arrachait à son hébétude, aux chimères dont le départ d'Étienne peuplait son esprit, la mélancolie qui le gagnait l'obligeait à s'habiller, guidé par un déterminisme inintelligible. Sans qu'aucune pensée vînt troubler le néant de sa conscience, il enfilait ses vêtements, gravissait l'escalier, se tenait dans un coin de l'atelier, silencieux et maussade. Les clientes s'inquiétaient de cette apathie, conseillaient au grand dam de Justin Billod des remèdes d'apothicaires, des spécialistes reconnus. Les jours oscillaient ainsi entre le sommeil turbulent, la langueur des heures perdues dans l'hermétisme du sous-sol et la répétition des gestes quotidiens. Cette rupture, cette perte douloureuse avait laissé le garçon perruquier au bord d'un gouffre qui menaçait de l'engloutir à chaque instant. Il se prenait souvent à rêver de défaire la situation ou de trouver une justification à l'attitude du comte. Jamais il n'avait éprouvé de solitude plus corrosive. L'existence dévoilait son ignominie dès lors que la réalité reprenait le pas sur les rêveries durant lesquelles il se laissait aller à penser que rien ne s'était passé, que tout restait encore à faire, qu'il était possible de dénouer le temps. Mais cette confrontation journalière à la matérialité de l'atelier, de la cave, de la ville devenait intolérable. Dans la moiteur frissonnante des draps, Gaspard ne souhaitait rien de plus que dormir pour altérer sa conscience du monde. La substance de cette vie sombrait dans l'incertitude, le réel devenait autre que cette dimension terne et laide habitée par les hommes.

La cave était plongée dans une obscurité nervurée. Les paroles d'Étienne se répercutaient sur les murs. L'activité de l'atelier filtrait au travers du plafond et devint une réalité lointaine. Lorsqu'il cessa enfin de se rendre à l'atelier, Justin Billod ne descendit jamais à la cave. Une seule fois, Gaspard l'entendit maugréer quand, après avoir raccompagné un client, il remonta l'escalier le plus bruyamment possible. Les voix étaient feutrées, muèrent en litanie. Plusieurs fois il enfonça son visage dans l'oreiller, hurla de rage pour couvrir cette mélodie sirupeuse. Il se souvenait de la peau d'Étienne de V. Sous la caresse d'un doigt, elle se grêlait. Çà et là, saillait sur le derme un duvet presque invisible. Gaspard y avait vu la preuve de son pouvoir sur le comte. Désuet sans doute, mais réel, puisqu'il était possible d'imprimer dans cette chair une réaction à la course de son index. Pourtant il n'avait été qu'une distraction, et la manière dont Étienne l'avait traité le propulsait loin de l'atelier ou de Paris, vers les souvenirs brumeux de Quimper qu'il essayait de contenir. « Comment, disait-il tout haut dans la cave, surmonter cette humiliation ? »

Il rêva qu'il se rassasiait de son corps, de ses lignes, de son odeur, de la couleur de sa peau, dans les moindres recoins, au-delà des limites de l'intime. Gaspard rêva aussi d'un charnier s'écoulant comme un fleuve, de corps nus et amoncelés, intrinsèquement liés les uns aux autres. Ils se mouvaient dans le frottement des épidermes, l'accouplement des odeurs et la tension des muscles. Gaspard était posé sur ces corps dont le mouvement reptilien l'absorbait. Les bras le touchaient, le tiraient en eux. Les peaux l'engloutissaient, tout son être se gorgeait de ce contact, de cet excès de force, d'impudeur, de sensualité acerbe. Il s'éveillait alors, détestait Étienne de s'introduire dans ses rêves. Puis il hésitait, avait la sensation de sentir encore sur les draps l'odeur de son corps, cette odeur de tentation. *Mais,* songeait-il, *n'est-ce pas l'odeur du sexe ?*

Car Étienne, non content de le réduire au néant, l'avait confiné à ce rôle de divertissement charnel, éclipsant ainsi sa personnalité. *C'est que je n'en ai pas,* pensait Gaspard. *Je suis une enveloppe, un paquet de chair et d'os sans autre contenu qu'un amas d'organes voué à me maintenir en vie. Suis-je en vie ?* se demandait-il ensuite. Rien ne paraissait moins certain, il pouvait à tout instant se liquéfier sur sa couche, disparaître. Il s'était cru investi par le comte, habité par leur relation, avait déduit que cette amitié lui conférait une légitimité. Ainsi rejeté, que pouvait-il prétendre être ? Il se sentait vide et morne, à l'image de l'univers alentour. Durant la succession des jours passés dans la cave qu'il ne quittait que pour un bol de bouillon ou un morceau de pain, il rêva que la Seine recouvrait la ville. Projeté dans une vague immense, son flot dévastait les rues, drainait dans son écume des foules stupéfaites. La porte de la cave explosait, l'eau se déversait, bouillonnante et rageuse. Le lit se soulevait, les draps s'élevaient dans les remous, au-dessus de son corps bientôt submergé. Ils flottaient là, méduses géantes et graciles tandis que Gaspard décidait de ne pas combattre, d'inspirer profondément, d'ouvrir la profondeur de ses entrailles à l'assaut du Fleuve.

L'atelier devint silencieux. Lorsque Gaspard parvint à s'ancrer dans la réalité de la cave, il constata avec stupeur que le mouvement des clients s'était atténué puis avait fini par s'étioler. Il fut d'abord soulagé que le ronronnement des allées et venues cessât enfin car l'idée d'une vie continuant au-dehors était inconcevable. Bien qu'il n'eût plus conscience du temps, il lui sembla que l'atelier avait été réduit au silence en l'espace de quelques jours. Par nécessité, il se levait parfois, à la tombée de la nuit, et crut surprendre un soir Justin Billod qui, il l'aurait juré, se tenait immobile sur les marches menant de l'entrée de la maison à la porte de la cave. Tandis que Gaspard gravissait l'escalier, il entendit au travers de la porte des pas confus remontant à la hâte vers l'atelier. Gaspard s'arrêta à mi-chemin, tendit l'oreille à l'affût de ces pas qui ne ressemblaient en rien à ceux de Billod, d'ordinaire furieux et revanchards. Pourtant il les entendit monter jusqu'à l'appartement du maître, ce qui laissait place à peu de doutes. Gaspard eut tôt fait de délaisser cette idée pour regagner son lit. C'est après de nombreuses heures d'un sommeil agité qu'il s'éveilla avec la sensation d'avoir entendu à plusieurs reprises cette course effrénée dans l'escalier, peut-être l'unique bruit que Gaspard eût en réalité perçu comme preuve d'une activité dans l'atelier. Accompagnant cette conviction, il eut le sentiment effroyable que, peut-être, la personne qui se tenait sans cesse derrière cette porte, l'observait, traquait le moindre de ses bruits, n'était autre que Justin Billod. De rage, Gaspard ramassa alors au sol une pierre et la jeta de toutes ses forces vers la porte. Les pas s'enfuirent, honteux.

Seules quelques braises rougeoyaient dans le poêle. Aussitôt la faim se manifesta, plus autoritaire que jamais. Il trouva la force de s'extraire du lit, de traverser la pièce et se hissa dans l'escalier. Il ignorait le temps écoulé depuis le départ d'Étienne, mais ce qui semblait être une éternité n'était en réalité qu'une poignée de semaines. La rue était animée du va-et-vient des marchands ambulants et des passants. Devant l'atelier de couture, des femmes se disputaient le prix d'une étoffe. Elles jetèrent à Gaspard un regard épouvanté qu'il ne remarqua pas. Comme un marchand de soupe disposait son échoppe dans la rue Saint-Jacques, il s'y précipita, manqua se faire écraser par un fiacre et désigna d'un grognement la marmite fumante. L'homme retira le couvercle. Du liquide beige et grumeleux s'éleva une odeur qui contracta son estomac. Il se courba, une main pressée sur son ventre, et se brûla la langue lorsqu'on lui tendit le bol. Le potage éveilla plus encore sa faim, mais atténua les crampes. Il se sentit vaguement ragaillardi, s'aperçut que le marchand le regardait avec écœurement. Il porta une main à son visage amaigri puis perçut sa propre odeur. Il émanait de lui un remugle infect, comme s'il charriait la puanteur de la cave. Gaspard rendit le bol au marchand, prit la direction du Fleuve. Il avait jeté sur ses épaules la redingote désormais froissée. Cela lui donnait une allure étrange. Les passants l'observaient avec méfiance, le suspectaient d'avoir volé l'habit d'un bourgeois, s'écartaient sur son passage, leurs visages transfigurés par la crainte. Rien ne réunissait cette silhouette à l'allure brisée et l'homme qui marchait avec fierté vers l'île de la Cité quelques semaines plus tôt. Il avait alors repoussé un mendiant avec tout le dégoût qu'il inspirait désormais à d'autres. Mais Gaspard ne remarquait aucun visage car son hébétude éclipsait la ville à son regard. Il continuait d'abriter ce vide immense au travers duquel il n'avait plus ni désirs ni fierté. Lorsqu'il déboucha dans l'encombrement du quai de la Tournelle, il porta un regard vers la Seine, descendit difficilement sur les berges. Un groupe de lingères aux visages congestionnés y plongeait sans relâche des tissus brunâtres. Certaines toussaient et crachaient au sol le mucus arraché à leurs poumons. La mousse de leurs baquets stagnait sur le Fleuve en paquets vaporeux puis se détachait des rives, arrachée par le courant. Les berges étaient de vastes carrières de boue, la terre pulvérisée en poussière par l'été et le martèlement des pas engluait les sabots, les robes et les culottes. La foule des rives affichait sa souffrance sur ses faciès, ses grimaces frigorifiées. Les chairs ne toléraient plus l'afflux sanguin, chaque geste arrachait à l'un des gémissements, mêlés aux soupirs d'un autre. Gaspard tituba au bord de l'eau, plongea ses mains dans le jus gluant de savon, le porta à son visage. Le Fleuve puait. La carcasse d'un chat ballottait à deux pas contre le rivage. La température de l'eau arrêta net sa respiration. Gaspard nettoya la crasse de ses joues, inonda ses cheveux, frotta ses bras. La morsure du Fleuve le ramena à la réalité des berges. Il parvint à se relever, se tint droit, s'ébroua. Il baissa le regard, prit conscience de son accoutrement, mais n'éprouva aucune honte. *Comment,* se dit-il, *puis-je ressentir la moindre gêne dès lors qu'Étienne ne porte plus son regard sur moi ?* Son apparence était à l'image de son esprit, dévastée, insalubre. Il grelotta, se traîna au travers du groupe des lingères. Elles rirent un peu, gonflant leur chair pleine et hardie tandis qu'il remontait vers la rue. Il songea à l'ironie d'un sort le ramenant au Fleuve, plus infâme que lorsqu'il l'avait quitté, alors qu'il s'était persuadé avec aplomb d'être parvenu à s'en défaire. Il observa l'effervescence de la ville comme séparé d'elle. On le bouscula, il fit quelques pas sur la chaussée. Un cavalier lui ordonna de s'écarter. Il recula docilement.

Il s'engagea au hasard d'une rue à l'entrée de laquelle poussait un arbre et s'étonna qu'une végétation pût croître de cette grisaille, se nourrir d'elle. Le ciel s'écoulait sur la ville, morne, en dégradé souillon, sans frontière entre l'inconsistance de l'air et celle de la pierre. L'un et l'autre semblaient faits d'une même texture. La neige fondait et inondait ses souliers, ses pieds étaient à présent insensibles. Gaspard plissa les yeux à la vue des visages qui parcouraient la rue en mouvements désordonnés, mais ne parvint pas à distinguer les traits avec certitude. Tous étaient lisses et semblables, pouvaient être à son image ou à l'image d'Étienne. Gaspard avança à tâtons, fendit la foule blafarde, erra dans l'entrelacement des ruelles. Sur le sol, le givre tanné s'étendait par plaques. Le soleil de l'hiver perçait difficilement l'épaisseur crayeuse des nuages, se jetait dans ces plaies éblouissantes. Gaspard fut bousculé par une femme sans âge. Une fraction de seconde durant, ce contact suspendit l'activité de la ville. L'onde de ce corps projeté contre le sien se répandit en lui comme dans un gong. Il eut envie de la rattraper, cette femme qui déjà marchait plus loin, ne pensait plus au garçon rencontré au milieu de la rue, contre lequel elle avait pressé son épaule, sans ménagement, sans pudeur, et de se blottir contre son ventre qu'il devinerait alors distendu sous la robe, d'embrasser les lèvres banales, d'enfouir son visage dans le cou où chaque pli de peau était profondément marqué de crasse mais où la chair devait palpiter. Comme elle disparaissait et qu'il eût été incapable de la reconnaître parmi tant d'autres femmes, Gaspard se détourna. Il déambula des heures durant, mais la ville se plaisait à le perdre, proposait sans relâche une rue similaire à la précédente, une cohorte de Parisiens que seule la percussion des chairs, dans un instant d'égarement, permettait de rencontrer vraiment, dans une intimité fugace mais déjà trop flagrante pour ne pas être un outrage. L'eau de la Seine sécha, tendit son épiderme, y imprima son odeur. Gaspard était à présent dans un état algide, ne songeait plus à en accuser le vent opiniâtre flagellant son visage et cristallisant l'écoulement de ses yeux. La ville, il le crut avec épouvante, saisie par le froid de l'hiver, redoublait de mesquinerie. Elle rappelait un soir d'été où, marchant en compagnie de Lucas — Lucas resurgi d'une autre vie, détail accablant de vérité —, Gaspard avait eu la certitude que Paris le happait, l'ingérait sans qu'il pût s'extraire de son labyrinthique estomac. Sous l'apparence d'une anesthésie atone, Paris n'en restait pas moins affamée et Gaspard crut déceler dans les courbes des façades un mouvement sous-jacent, la contraction d'un muscle sous la surface d'une peau. Il frémit, grimaça, se gifla pour dissiper le vertige qui gonflait dans son bas-ventre. Lorsqu'il rejoignit l'atelier, l'odeur de la cave avait l'âcreté de la braise froide, mais celle-ci dissimulait à peine l'abjection de son corps. Il lutta contre les spasmes de ses bras pour parvenir à craquer une allumette et aviva un feu transparent. Il s'assit sur le matelas, fixa son regard sur l'hésitation des flammes. Ses paupières ne laissèrent bientôt filtrer qu'un filet de lueur cyanosée.

Quimper, mauve : le père et le fils sont aux champs. La jument tire la charrue. Sur son encolure, la sueur coule par rigoles, emmêle la crinière, embaume l'air de vapeurs animales. Gaspard aime poser une main sur la bête, précisément sur l'encolure ou sur le flanc, sentir le poil humide et chaud, la course des veines épaisses. Il se tient fermement aux crins. Il porte parfois une main à son nez pour sentir l'odeur de la bête, la trouve rassurante, comme le roulement de ses muscles sous la peau. La terre du champ est éventrée. Sous ses pieds, le sol s'ouvre, rebique, regorge d'aspérités, ses chairs noires sentent fort la terre profonde, la racine des herbes. Il aime cette odeur, mais concentre son attention sur ses pas, car le père ne marche pas loin. Son visage de pierre fixe l'orée du champ. Il est silencieux. Son souffle rejoint le souffle de la jument. Les pieds de Gaspard s'enfoncent dans les trous, comme le doigt dans l'escarre. Le cœur battant, il se laisse tirer par l'animal dont la force l'arrache à la prise de la terre. Partout, les lames ont tranché le sol, dévoilé l'angle cassant des pierres qui sèchent désormais dans l'air du soir. Des bourrelets de terre menacent de lui faire perdre l'équilibre. Il est épuisé par les heures de marche sur le sol cahoteux. Ces entrailles minérales le terrifient car Gaspard sait qu'il faut atteindre le chemin sans tomber. Mais, alors qu'il se convainc de rester concentré, son sabot bute sur une pierre et il s'effondre au sol, une poignée de crins dans sa main droite. Stupéfait, il tourne sur lui-même. La jument est à l'arrêt. La silhouette du père approche. Les pas s'enfoncent dans la terre. Il sent la fraîcheur sous sa nuque, n'ose bouger. « T'es pas foutu de marcher, mon garçon ? » demande le père, penchant vers le sien son visage buriné et rageur. Comme Gaspard ne répond pas, il balance un coup de pied dans ses côtes, puis un autre dans ses cuisses. Le bout du sabot de bois s'enfonce avec précision dans la chair. Gaspard grimace, mais ne crie pas, car crier serait redoubler la force des coups. Il se concentre sur le ciel, immense et sublime, au-delà de la tête du père. Un ciel immense, sublime et mauve. Mauve comme les ecchymoses qui, déjà, fleurissent dans ses chairs.

Le feu hésitait, abruti par l'humidité et Gaspard chassa le souvenir, ignorant le fourmillement sur sa cuisse et sur son flanc. Il s'allongea, un peu suffocant, ne parvenant pas à respirer car le départ d'Étienne apparaissait comme inéluctable et qu'il n'y avait désormais plus d'issue possible à sa situation. Un mois était passé depuis ce soir où le comte l'avait renié avec une imperturbable indifférence. Finirait-il sa vie dans cette cave ? *Peut-être,* pensa-t-il, *si j'ai la certitude que ma mort vienne vite.* Car il ne se sentait pas la force de mettre un terme à son supplice, bien que l'idée du Fleuve fût tentante. Un poids s'installa sur son torse, le força à défaire la chemise qui enserrait son cou et pressait sa pomme d'Adam. Il roula sur lui-même, tomba du lit, au milieu de quelques rats qui battirent en retraite, le regard lourd de reproches. Gaspard toussa, inspira, crut étouffer. Il se redressa et emprunta l'escalier, atteignit la porte de l'atelier, l'ouvrit d'un coup de pied. Il ignorait ce qu'il espérait trouver là, hormis la possibilité de fuir le sous-sol, y laissant son angoisse et l'omniprésence d'Étienne, mais s'arrêta stupéfait dès lors que son regard découvrit Billod, avachi sur un tabouret, sa perruque dans une main, le front mal poudré soutenu par l'autre, l'œil atone et vissé sur le plancher.

Il réagit avec un temps de retard, à peine surpris par le fracas de la porte qui s'abattit contre le mur. Le visage du maître, perdu une seconde auparavant dans la contemplation des lattes, se porta sur l'apprenti. Gaspard avança de quelques pas, parcourut la pièce du regard. Les détails de l'atelier apparurent profondément surannés. Il reconnut avec certitude l'emplacement des étagères, la disposition des postiches, l'agencement des canapés, mais l'ensemble était distant, saugrenu. Justin Billod, lui aussi — Gaspard le reconnut dès l'instant où il passait la porte — s'accordait à la pièce : caduc, le teint opalin et le cerne profond. Ils s'observèrent avec étonnement, comme deux êtres ayant fréquenté des réalités parallèles, soudain confrontées. Lorsque Billod fut assuré que l'être amaigri et puant face à lui était bel et bien ce qu'il restait de son apprenti, il se leva avec fureur :

« Ah ! Voilà, dit-il, la cause que mon affaire va à vau-l'eau. Et il ose de surcroît ramper vers moi. Pour me défier sans doute. Non content de me ruiner, il me nargue. Faut-il que votre âme soit plus noire que le charbon, faut-il que vous n'ayez nulle fierté, pas la moindre once d'amour-propre pour vous traîner ainsi jusque dans mon atelier ? » Gaspard se sentait à ce point hagard que le ton de Billod lui arracha un hoquet de surprise. « Quoi ? Vous riez ? Est-ce un rire que j'entends, animal ? Vous cherchiez donc ma ruine et vous voilà satisfait de me trouver sans le moindre client ? — C'est que, Monsieur, je n'y suis pour rien, dit Gaspard, portant une main sur le mur, je ne comprends pas de quoi... — Il feint d'ignorer ce dont je parle ! Il veut me faire passer pour fou ! Le vice et la corruption n'ont donc aucune limite chez ce garçon. Que dis-je ? Chez ce diable, car c'est bien de cela qu'il s'agit, d'un diable ! Tapi dans ma cave ! Terré dans son enfer ! Même absent, il empoisonne l'air tout entier de son soufre ! Que faites-vous là-dessous ? Quel sabbat, quelles incantations qui auront mené à ma perte ? Il ne suffisait donc pas de couler seul, vous vouliez emporter le navire ? — Maître, je voudrais juste... — Taisez-vous ! Ne blasphémez pas, ne me nommez plus, ni maître, ni rien du tout d'ailleurs ! Ah, mais vous croyez que je n'ai rien vu de votre jeu ! Pensez-vous que je n'ai rien compris ? J'ai voulu vous voir disparaître, vous avez obéi, certes, mais déjà vous pensiez à pire, votre absence fut plus méchante encore que votre présence ! Dès la rue, on sent cette odeur infecte, cette puanteur que j'étais bien embarrassé de justifier et qui a fait naître les soupçons. Par cent fois, cent fois, dis-je, j'ai voulu venir vous tirer de là comme un rat, mais vous pensiez me tenir par cet arrangement odieux qui vous lie à ce personnage qui ne l'est pas moins. Détrompez-vous : je ne descendais pas car j'étais suffoqué ! Suffoqué de vous ! Si ce n'était votre odeur, c'était alors votre empreinte qui gangrenait l'atelier. Que n'ai-je été mieux inspiré de vous refuser tout de suite, le jour où vous m'êtes apparu si pitoyable dans la rue ! Ou de vous renvoyer dès lors que j'ai compris combien vous étiez un incapable. »

Billod se tut, essoufflé. Il retomba, avachi, désarticulé, sur le tabouret qui accueillait l'assise de ses méditations quelques minutes plus tôt. Comme l'apprenti ne disait rien, il continua, d'une voix lasse : « Et qu'as-tu fait, de quel sort as-tu usé pour que je ne pense qu'à toi ? Pour que, même la nuit, il me semble entendre ta voix, ou deviner parfois dans un courant d'air ton odeur alors étrangement apaisante, comme ces odeurs familières qui, si elles rebutent un peu, rappellent quelque souvenir bienheureux et réconfortent ? Par quelle magie l'atelier est-il devenu si vide que mes clients ont fini par s'y morfondre ? Moi-même, je cherche sans cesse du regard cet élève que j'avais accueilli chez moi. » Il jeta un regard larmoyant à Gaspard, comme s'il parlait de quelqu'un d'autre et reconnaissait en l'apprenti un ami de Gaspard mais non Gaspard lui-même et croyait par là pouvoir s'ouvrir à la confidence : « De te sentir là, logé sous ma maison, sous mon atelier tel... tel un serpent oui, car c'est ni plus ni moins ce que tu es, je n'en dors plus la nuit, j'en rêve sans cesse. Votre indolence, ces gestes langoureux, cette... mollesse provocante qui s'est imprimée, là, sur ces murs. Même les clientes sentaient cette volupté et s'éventaient avec rage, comme cherchant à refroidir, quelque part en elles, un élan inavouable. De peur d'être embarrassées, elles ont choisi de ne point revenir. Ou bien chassaient-elles à grands coups d'éventails ces miasmes que le sous-sol dégueule jusque dans la rue ? Je ne le sais plus. Non, non, je ne saurais dire. C'est que je n'en puis plus, je n'en puis plus d'être ici, d'être las et d'être seul. Ne vient-elle pas de toi, cette odeur ? Mon Dieu, comment est-il possible de puer autant ? Je jure que jamais je ne vis quelqu'un qui fût à ce point repoussant. Depuis combien de temps ne t'es-tu pas rasé ? On hésite : est-ce la barbe ou la crasse qui voile ton visage ? Ce visage tant chéri, oui, je le dis sans honte, vois, ce visage que j'ai tant chéri, combien il est devenu ascète et vilain. Sale petit monstre, combien de temps, dis-moi, penses-tu qu'un homme puisse rester seul ? Combien de temps, crois-tu, allais-je supporter de t'attendre, sans ignorer que tu traînais là-dessous cette mine grise et ce corps falot ? Comme j'ai cherché à te haïr ! Et plus je m'y employais, plus le désir allait croissant, nourri, peut-être, par cette haine que j'avais fabriquée comme un épouvantail. Non, non, je ne suis coupable de rien, sinon d'avoir offert le gîte, le couvert et l'apprentissage à un infâme. Regarde autour de toi, qu'a-t-il donc à t'offrir ce comte, que je ne posséderais ? N'est-ce pas ce que tu voulais, un atelier ? Prends, il est à toi, je te le donne. Je serai, si tu le veux, ton élève, ton apprenti. Je serai consciencieux, perspicace. Je dormirai dans la cave, dans ce même lit où tu trouvais le sommeil quand moi je ne parvenais pas à me reposer, sans cesse tourmenté par cette image de ta peau dans les draps. Oui, je m'y roulerai en boule dans ces draps, dans leur odeur, dans ton odeur, et puerai comme toi. Mais tu m'as abusé, je ne me leurre pas. Tu as décidé de me ruiner avec un tel entêtement, tu t'es montré si... opiniâtre. Et tu as réussi. Je ne sais comment, ni par quel mystère. Trois semaines sans l'ombre d'un client, je ne tiendrai pas plus loin que l'hiver. Mais je resterai là, oh non, je ne partirai pas, je ne fuirai pas comme un déserteur. Je le jure ici et maintenant. Que l'on vienne donc me déloger avant de tout prendre. Dis-leur de prévoir bien des hommes, charpentés de surcroît, car ils ne seront pas de trop pour m'arracher ce que j'ai gagné à la sueur de mon front. Alors crois-tu que toi, misérable vermine, tu puisses te vanter de m'avoir abusé ? Plutôt mourir. Je n'ai désormais rien à perdre, dis-le bien à ton comte. Dis-lui que ses menaces ne sont plus que du vent. Du vent. Chaque instant de plus de ta présence ici est un outrage. » Justin Billod essaya de fixer l'affolement de ses yeux gris dans le regard ahuri de Gaspard. Il cherchait de toute évidence une réponse à quelque obscure question. Comme Gaspard, que la nausée menaçait de liquéfier sur le parquet de l'atelier, restait indéfectiblement muet, il dit : « Pars maintenant. Dans l'instant. Et que jamais, jamais, je ne te revoie. » Il rabaissa enfin les yeux au sol, se replongea dans l'observation où Gaspard l'avait surpris lorsqu'il avait poussé la porte de l'atelier. Mais, à la fadeur de sa pupille, il devina que plus aucune réflexion ne l'animait. Gaspard recula, une saveur d'amertume se déchargea dans sa bouche, de la bile qu'il essuya à ses lèvres d'un revers de la main. Il s'engagea dans l'escalier et la dernière vision de l'atelier — Billod installé au milieu, tel un tas de nippes aussi vides que les mannequins supportant ses postiches — laissa place aux ténèbres engourdies de l'entrée. Gaspard hésita, rassembla ses idées, choisit de descendre dans la cave où il fouilla ses poches et récupéra les quelques objets qu'il avait accumulés depuis son arrivée à l'atelier, soit une cuillère d'argent, une bourse de cuir, un canif et un crochet de cuivre. Il manqua s'effondrer, à bout de forces, au beau milieu du sous-sol, hésita d'ailleurs à se laisser tenter par la facilité de s'étendre sur la terre battue et d'y rester définitivement. Puis, animé d'un ultime courage, il sortit.

II

L'AUTRE RIVE

Il se tint longtemps sur le perron, séparé de la ville par l'épaisseur de la marche au renfoncement poli. Lever un pied, le poser dans la rue de la Parcheminerie, c'était tourner le dos à l'atelier, replonger dans l'effusion de Paris. Au-delà de cette frontière, rien ne l'attendait. Étienne disparu, il ne trouverait plus la sécurité poisseuse de la cave. Il ne pouvait pourtant rester sur ce perron, suspendu entre deux mondes. Il se laissa donc aller dans le flux de la rue, drapa ses épaules de la couverture. Une neige lymphatique tombait dru sur la ville, s'engluait dans les cheveux ou les châles, posait une membrane sur les toits, jonchait les pavés de bourbe. Le jour déclinait, jetait au-dessus des maisons une lueur tamisée, grisait les haillons des passants. Devant une maison, quelques enfants façonnaient une boule de neige, leurs mitaines laissaient apercevoir la chair anesthésiée de leurs doigts. Ils levèrent les yeux au passage de Gaspard, jaugèrent sa démarche disjointe, l'émaciement de son visage qui émergeait du tissu râpeux et chiche de la couverture. Gaspard chercha à trouver dans le regard qu'ils échangèrent une quelconque trace d'empathie, mais les enfants reportèrent leur attention sur la boule de neige et il se sentit vaguement trahi par leur indifférence. La neige crissait sous ses semelles de cuir. Le froid hérissait son épiderme, ses oreilles et le bout de son nez étaient désormais insensibles. Le vent peinait à dissiper l'odeur d'un potage qui fumait quelque part. Gaspard chercha l'origine de cet effluve et, comme il passait devant l'enseigne croulante d'une table d'hôte, la faim surgit de nouveau. Il décida avec conviction d'investir ses dernières économies dans un repas. Il fallait survivre à la nuit qui l'attendait dans les rues. L'établissement, déjà grouillant des crève-la-faim de la capitale, sentait le navet et le ragoût de bœuf. Les cuisines déversaient dans la rue un jus puant qui s'écoulait aux pieds de Gaspard. Une femme suait devant ses marmites, ses bras dévoilaient deux aisselles touffues. Comme elle tournait le visage vers la rue et apercevait Gaspard la fixant, elle lui adressa un grognement, l'invita ensuite à entrer. Il semblait qu'elle parlait en avalant une pelletée de cailloux. Elle s'essuya le front à l'aide de son tablier tandis que Gaspard ne parvenait pas à défaire son regard de la bouche que rehaussait une moustache engluée de sauce. En l'interpellant ainsi, elle jugeait qu'il était un client potentiel et le désignait ouvertement comme paria. Elle le percevait pour ce qu'il était, avec bonhomie, ce qui, pensa Gaspard, était clairvoyant, et donc peut-être pire. Il entra dans l'établissement, où une vingtaine d'hommes étaient attablés à de larges tables en bois massif, couvertes d'éraflures de couteaux. Gaspard paya à un gamin qu'il devina être le fils de la cuisinière car il portait la même expression un peu languide et un duvet obscurcissant déjà sa lèvre supérieure. L'enfant le conduisit à l'une des tables et le fit asseoir en bout. Les autres hommes attendaient en silence le plat qu'on s'apprêtait à poser devant eux. Le gamin ajouta, en guise de couvert, une écuelle ébréchée et une cuillère de fer. Les ventres gargouillaient d'impatience. Gaspard contempla les visages se concurrençant en laideur et saleté. La journée de travail achevée, il n'y avait pas plus à dire qu'au matin. Certains chiquaient avec indolence, puis crachaient au sol le jus noir du tabac. Un homme colossal gueula qu'on se presse de les servir. Quelques hommes approuvèrent, dévoilèrent leurs chicots. Les autres gardèrent l'œil rivé sur leurs assiettes. Dès que le gamin parut, portant un large plat de ragoût, les clients grognèrent d'impatience. Sitôt qu'il fut posé au milieu de la table, les hommes jusqu'alors avachis sur les bancs se dressèrent. Leurs bras tendus, épais comme des troncs, bataillèrent pour saisir la louche et remplir leur plat. Gaspard les observa pêcher les morceaux de viande dans l'abondance de la sauce. Son estomac ordonnait qu'il se joignît à la mêlée pour en soutirer ne fût-ce qu'un morceau. Bientôt chacun s'appliqua à déchirer à pleines dents la viande nerveuse et l'on consentit à servir à Gaspard un peu de jus, quelques morceaux de navet, de choux, ainsi qu'une tranche de pain noir et dur. Il observa avec quelle voracité les hommes mâchaient la viande tandis que leurs regards s'illuminaient d'une lueur animale, poussaient de leur langue les morceaux dans leurs gosiers avides. Comme il restait éberlué devant cet acharnement mandibulaire, étourdi par le claquement des langues, le susurrement des salives, les déglutitions et le frétillement des glottes, son voisin finit par retirer son assiette et en dévora le contenu, sous le regard des autres hommes. « Monsieur, dit Gaspard soudain fiévreux et prêt à s'effondrer du banc, c'est mon plat que vous mangez. » L'autre fit mine de ne pas l'entendre, vida l'écuelle jusqu'à lécher la dernière goutte puis se balança en arrière, frappa des deux mains ses cuisses épaisses. Gaspard se tut, agacé par la sueur qui perlait dans le cou des hommes et qu'encourageait un feu à un angle de la pièce. Lorsque la table fut jonchée des débris du repas, les rots et les pets fusèrent et l'on dévoila, en dénouant un cran des ceintures, les bedaines tendues. Ils commencèrent à parler, Gaspard essaya de prêter attention à leurs paroles, mais les mots étaient une succession d'anecdotes que chacun se racontait à lui-même, tapant parfois sur la table, ou, plus souvent de paillardises recevant quant à elles l'assentiment hilare de l'assistance. Il eut la sensation que ces hommes n'étaient que des paquets de tripes se traînant le long d'existences misérables dans l'attente de ces repas frugaux qu'ils dévoraient à la hâte dans les pires tripots. Là seulement, leurs intestins travaillant à digérer l'infamie, enivrés par de mauvais vins, l'euphorie donnait un sens à leurs vies, même lointain, même éphémère, avant qu'ils ne rejoignent la solitude de leur chambre, d'un lit grouillant de punaises. Mais n'était-il pas assis parmi eux ? N'était-il pas l'un d'eux, l'apprenti perruquier qui désirait être gentilhomme ? N'était-il pas inéluctablement l'un d'eux ? Gaspard se leva, mal assuré sur ses jambes, s'éloigna de la table sans que personne le saluât, hésita à demander qu'on lui rendît son argent, mais, trop épuisé, se précipita dans le froid de la rue, le ventre plus douloureux que jamais.

Il avançait, le visage tourné vers les façades fondues dans la nuit. Il songea à vendre les affaires qu'il avait emportées. Peut-être en tirerait-il quelques sous, mais la somme ne lui permettrait jamais de payer une seule nuitée. Étienne était si loin, le départ de l'atelier rendait cette distance plus cruelle encore. « Tu te contentes d'être peu », avait-il dit un soir, dans l'habitacle feutré de sa voiture. Gaspard réalisa combien il avait eu raison. N'était-il pas stupide d'avoir accordé à Étienne cette confiance puérile ? Offrir un sentiment si futile avait été un affront, se dit le jeune homme. Il ne pouvait dès lors prétendre susciter aucun sentiment chez le comte. Celui-ci avait été patient. S'observant marcher au hasard des rues, ses membres à nouveau saisis de tremblements, Gaspard reconnut avec soulagement qu'Étienne avait fait preuve de clairvoyance. Il n'était rien, simplement rien. Il comprenait alors son départ, et les raisons importaient peu, fuir Gaspard était légitime. Ne fuirait-il pas loin de sa propre personne, si toutefois il le pouvait ? N'était-ce pas ce qu'il avait sans cesse cherché en parcourant la ville, à s'éloigner du Fleuve, à s'éloigner de lui ? Détestait-il Étienne d'être parti, ou se détestait-il d'être resté le même, de n'avoir jamais su se conformer aux attentes du comte, d'avoir végété dans cette cave infecte ? Billod apparut, son regard exprimant ce désir licencieux qu'il avait de tout temps éprouvé. N'était-ce pas, là aussi, l'unique contrepartie qu'il eût offerte à Étienne, l'épanchement d'une ardeur par laquelle il avait cru possible de s'approprier le corps du comte, de se lier à lui ? Il sentit son odeur, eut honte d'avoir cru un instant pouvoir s'attacher un homme tel qu'Étienne de V. Personne ne pouvait éprouver pour Gaspard le plus insignifiant des respects. Le regard des enfants croisés en amont de la rue était criant de vérité. Il ne mentait pas, ne souffrait aucune fourberie. Les enfants avaient jugé le corps de Gaspard avec justesse et candeur.

Billod, le comte de V. avaient eux aussi cerné le bénéfice qu'il était possible de tirer de Gaspard, ou plutôt de la chair de Gaspard, cette chair pusillanime. Il pensa une fois de plus au Fleuve, l'eau l'emporterait sans ciller. L'idée d'être englouti par cette masse originelle l'apaisa. La faim restait acérée. Sa chair, cette chair insipide, tout juste bonne à exciter la convoitise, réclamait son dû, hurlait sa fringale. Gaspard avait entendu parler des abattoirs. L'esprit vide, la moue morose, il prit la direction de l'autre rive.

Le centre de Paris coagulait sous l'abrutissement de la neige. Les passants éclairaient les rues de flambeaux, dévoilaient à leur passage les teintes des visages, les femmes trop apprêtées, la blancheur veinée des peaux qu'exhibaient les jupons, l'appât des poitrines souillées, constellées de flocons qui ne fondaient plus sur le flegme des seins. Gaspard erra au hasard des sollicitations que les catins lançaient de leurs voix saisies par le froid à la progression des gagne-deniers rejoignant leurs taudis. Il s'approcha des abattoirs. L'odeur des troupeaux débondait par-delà les façades, accompagnée par le hurlement des bêtes, la vocifération des hommes. Porcs, veaux, moutons braillaient à tue-tête et cette diversité se fondait en un seul cri, quasi humain, qui intima à Gaspard de fuir dans l'instant. Il sentit ses pas se dérober, baissa le regard. Le sang s'écoulait des abattoirs, maculait les pavés, rougissait la neige, cristallisait en croûtes noires. Gaspard gagna le bord de la chaussée, s'appuya au mur. La tête lui tourna, sa bouche s'assécha. Il observa la rue que les feux des abattoirs illuminaient faiblement. L'insupportable cacophonie assiégeait son esprit. Les femmes languides lui lancèrent quelques cajoleries. Sa vision se troubla, les visages se modelèrent d'une même souillure. Les prostituées, indifférentes aux beuglements des bêtes, ondulaient dans la noirceur de la nuit, exposaient aux torches leurs jambes usées, leurs ventres dépossédés. Gaspard essaya de remonter la rue. Une naine aux pieds bots laissa émerger de son corsage une poitrine opulente et pointue. Plus loin, une enfant de dix ans à peine, le visage dévasté par la vérole, lui proposa ses services et ceux de sa mère. Trop vieille pour tenir debout et haranguer le client, la matriarche grelottait à même le sol. L'odeur des sexes se mêlait à l'acidité ferreuse du sang qui s'étalait aux chevilles des filles, ombrageaient leurs jupons approximatifs. La rue semblait faire défiler sous les pas de Gaspard cet interminable tapis lie de vin. Il porta les mains à ses oreilles. Les cris des abattoirs passèrent aisément la barrière de ses doigts. Les maisons ployaient, menaçaient de s'effondrer sur la rue, d'emporter dans leur chute les silhouettes des succubes. Le mouvement des hardes, des robes breneuses, soulevait la puanteur de corps las, semblait croître dans l'air, envahir la rue de dentelle, de frousfrous terreux qui étouffèrent Gaspard.

Dans la cour d'un abattoir, quatre bouchers maintenaient au sol un bœuf lié par les cornes. Les visages rubiconds restaient impassibles aux mugissements de la bête qui essayait de se dresser sur ses pattes, glissait sur le pavé, sans cesse rabattue à terre. Un des hommes leva une massue, l'abattit sur la tête de l'animal, à plusieurs reprises, jusqu'à ce que le cri fût étouffé, la langue mordue, la bête parcourue de spasmes. L'un des bouchers entailla la gorge, le sang s'écoula en remous sur ses jambes, tandis que l'autre éventrait l'abdomen. Les tripes se déversèrent, bleutées par la lumière des flambeaux, fumèrent comme une géhenne. Elles portaient une odeur âcre et entêtante. Les hommes plongèrent leurs bras dans la plaie béante, enfoncèrent dans l'animal un soufflet et, de leurs muscles bandés, le pressèrent si fort que la carcasse reprit vie et se gonfla en soupirs obscènes. Gaspard tangua, ferma les yeux, essaya de se retenir aux regards féroces des bouchers qui, déjà, débitaient l'animal en tronçons tandis que les viscères coulaient paisiblement vers lui. La porcherie était là, le père découpé à contre-jour. À ses pieds, le goret apeuré cherchait une issue, heurtait le mur de plein fouet, le filet de sang barrait son abdomen, s'étirait de la plaie que Gaspard avait déchirée au couteau, dans la gorge chaude et grasse.

Il s'effondra, serra la couverture trempée sur son dos. Lorsqu'il essaya de se redresser, les garçons bouchers quittaient les abattoirs et marchaient à pas lents, imbibés de l'odeur des bêtes. Au milieu de la cohorte des catins, ils négociaient avec force cris le prix de la passe. Parfois, ils s'engouffraient entre deux maisons pour forniquer sans se dévêtir, empoigner au-dessus d'un canal d'évacuation pisseux des formes vaguement humaines, que dissimulaient les couches de tissu, pénétrer à la hâte le corps chosifié, la femme incarnée le temps d'un râle par la putain dont ils masquaient le visage en y plaquant une main calleuse. Une fois les corps déboîtés, la gueuse anémique, étrangère à elle-même, reprenait sa place, stoïque, intraitable, le sol en poche, les cuisses encore suintantes de foutre. Dans un ultime effort, Gaspard s'éloigna dans le dédale des ruelles et rejoignit la rue Montmartre. Tandis qu'il marchait, une catin jaillit d'un coin d'ombre et l'accosta. Elle exposa sa peau blanche et sa tignasse rousse à la lueur d'un lampadaire à huile jetant au sol un cercle de lumière. Il allait passer, agacé qu'on le hélât à nouveau, lorsque la fille se fit plus inquisitrice, le saisit au poignet puis chercha à l'emporter. « Allons, dit-elle, viens, j'ai une piaule. » Gaspard n'avait aucun désir de suivre la fille, plus un sol de monnaie et s'horrifiait déjà du malentendu qu'il faudrait clarifier mais la main qui tenait la sienne était douce et assurée. Elle finit par éclipser ses craintes et l'idée de se retrouver dans une chambre était préférable à la perspective d'être mené au Châtelet. Le visage de la fille avait dans l'ombre quelque chose de familier, il s'autorisa à penser que son geste n'avait rien d'intéressé, qu'elle accepterait de le serrer contre elle puisque ne le connaissant pas. Ayant l'habitude des clients, elle n'éprouverait pour son corps aucun dégoût. Sous la robe rosâtre, il devinait ses formes. Elles confirmaient qu'il y avait en cette inconnue de la bienveillance à son égard, comme si cette chair avait été façonnée à son attention. Et plus que la faim, plus que le froid, Gaspard éprouvait la nécessité d'un contact quel qu'il fût, mais qui lui donnerait la sensation d'être un homme encore. Car, dès lors qu'on ne le touchait plus, était-il voué à disparaître ? Cette supposition prenait à son esprit une allure terrifiante et Étienne l'avait à ce point rejeté que Gaspard avait acquis la sensation d'être transparent aux yeux du monde. Il fallait, pour s'en assurer, qu'un être de sa race posât ses mains sur lui. Alors, fût-ce un moment infime, il saurait qu'il était bel et bien réel aux yeux d'un autre. Cette fille lubrique ferait l'affaire. *Pourtant*, pensa-t-il, *elle que des dizaines de mains anonymes touchent chaque jour, n'est-elle pas un spectre dans ces ruelles ? N'existe-t-elle pas moins que moi en ce monde ?* Il cessa de penser car la catin le tirait toujours au pas de course et il ne se sentit pas la force de lutter. Leurs pas s'enfonçaient dans la neige ou dérapaient sur la glace et elle chutait parfois, se rattrapait à lui, le saisissait à l'épaule ou au bras, pressait les jupons humides de sa robe contre sa cuisse, puis riait aux éclats. Ce rire sonnait faux et l'écho que renvoyaient les façades des maisons le rendait plus cruel encore. Gaspard voulait la faire taire car il percevait ce qu'avait de pathétique leur progression dans les tréfonds de Paris et la nuit impitoyable. Rien ne prêtait à rire, ces glissades étaient à ses yeux dramatiques, aussi tragiques que les raisons de leur rencontre. Comment pouvaient-ils d'ailleurs, sans rien connaître de l'autre, se donner ainsi en spectacle avec une familiarité outrancière, comme si des années de complicité les autorisaient à cette imposture ? Mais il se taisait, mal à l'aise et, peu à peu, au fil de leur déambulation, le rire devint plus supportable, le parfum de la fille — une essence de roses au rabais — agréable. Elle tourna finalement dans la rue du Bout-du-Monde, se précipita vers la porte d'une maison. Deux hommes sortirent, les reluquèrent sans vergogne. La fille les ignora et pénétra dans un couloir sur lequel donnaient quatre chambres, prolongé par une cour. Le temps qu'elle fouillât ses poches à la recherche d'une clé — Gaspard suspecta son ivresse à la fébrilité de ses gestes — il avança et sortit à l'arrière du bâtiment, contempla le ciel noir quelque part au-delà des toits. Il rabattit plus encore sur lui la couverture, lança un œil à la fille qui tempêtait dans le couloir, la trouva vulgaire, s'en détourna en mordillant sa lèvre. Au fond de la cour se trouvait une dépendance et il décela à travers la crasse des fenêtres un feu qui brûlait.

Un chien vint le renifler, il hoqueta de surprise. Il le repoussa du pied et se hâta de rejoindre le couloir. La fille s'impatientait. Comme un flambeau brûlait au mur, elle le jaugea mieux à la lumière et sa moue changea. Gaspard comprit qu'elle le trouvait sale, sans doute laid. « T'as trouvé les gogues, chéri ? » demanda-t-elle. Il haussa les épaules, ne répondit rien, recula de quelques pas vers la porte. « T'es pas bavard... C'est tant mieux, j'ai pas l'goût à parler non plus. » Puis elle monta l'escalier qui grinça sous ses pas. Les plis boueux de sa robe disparurent dans l'ombre de l'étage. Comme il se sentait trop las pour répondre et que la porte était déjà refermée, il décida de la suivre. Tandis qu'ils gravissaient les marches, ils croisèrent un garçon débraillé. Il salua la putain, se plaqua contre le mur pour laisser passer Gaspard et le détailla du regard, quelque chose dans le regard comme une lueur hésitant entre le mépris et l'expression d'un désir trouble. Gaspard avait rabattu la couverture, lorsqu'ils eurent atteint le palier, la fille dit : « T'es pas si moche », puis parut soulagée. Des autres chambres — il en dénombra six ou sept — leur parvinrent des cris, des rires et des râles, mais la catin semblait y être rompue et ne manifesta qu'une lassitude, une fatigue soudaine quand elle glissa la clé retrouvée dans la serrure d'une porte en fond de couloir. Lorsqu'ils furent entrés, comme la pièce était très sombre, Gaspard s'immobilisa dans l'attente qu'elle allumât quelques bougies ou une lampe. Il se souvint de son arrivée chez Lucas et déglutit : « Est-ce, dit-il, une maison de passe ? — C'est pas un bordel, personne nous saigne, on n'a pas d'maquereau. Ici, on est des hommes libres. » Elle rit avec exagération. Gaspard ne discernait que les mouvements fugaces de sa robe lorsque la mèche d'une lampe à huile éclaira la chambre. C'était une pièce sombre et vilaine qu'agrémentaient un lit, deux chaises et une table. La fille se tint devant Gaspard, campa ses mains sur ses hanches et le défia du regard : « J'ai pas l'air d'êt' libre ? » Il acquiesça et elle l'observa, portée par l'espoir avant de se détourner vers le lit et d'en ordonner les draps. Elle parla sans discontinuer, avec une joie contrefaite : « Bien sûr on racole, alors c'est tout comme. Mais un bordel, ça non. J'laisserais personne voler le fruit d'mon labeur. Et puis c'est pas mon seul talent, j'suis pas née putain, c'est jusque que j'ai jamais trouvé aut'chose. Mais j'sais danser et pas trop mal, tu peux m'croire, y en a pas deux qu'aiment danser comme moi. Même qu'un jour y s'pourrait bien que tu sois surpris de m'voir à l'affiche. Oui, j'pourrais bien devenir danseuse. Tu viendras m'voir si t'en as l'goût. — Oui », répéta Gaspard, trouvant la projection absurde. Le plâtre s'effritait au sol et le parquet s'enfonçait par endroits. « Marche pas là, dit la fille, si tu veux pas coucher en dessous. » Elle se laissa tomber sur le lit puis souffla de soulagement ou de désespoir. Les bras relevés derrière la nuque dévoilaient leur peau diaphane. Deux aisselles rougeoyaient autant que les cheveux jonchant l'oreiller. Elle le regarda avec incrédulité, puis s'exclama : « Eh ! T'es bien trop timide, viens donc là ! » Elle tapota le matelas près d'elle, soulevant un nuage de poussière. « Je ferais mieux de partir, Madame, répondit Gaspard avant de poser une main sur la poignée. — Partir ? Mais t'as encore rien fait ! s'écria la rouquine. — C'est que j'avais aucune intention, se défendit Gaspard. — Tu m'as suivi, pourtant, c'est que t'avais bien quelq' projet pour la *dame*. — J'ai cru... Vous m'aviez attrapé la main... J'ai pensé... J'avais froid. — T'es donc sans le sou ?

demanda la fille désormais curieuse. — Plus un seul, Madame », dit Gaspard. Ils restèrent silencieux, lui sur le pas de la porte, hésitant à fuir, elle sur le lit, comme enfoncée dans une mer de tissus. « Personne m'a jamais appelée ainsi », constata-t-elle l'air pensif. Puis, à l'instant où Gaspard s'apprêtait à partir, elle demanda : « T'as jamais fait l'amour à une femme ? — Non, dit Gaspard. — Et avec un gars ? — Non », se défendit-il. Il sut que son empressement l'avait trahi. « Oh, dit-elle après un silence, sa main étendant les plis à la surface du drap, moi non plus... Je crois qu'j'ai jamais fait l'amour à un homme. » Elle lui fit signe de refermer la porte et de s'installer près d'elle. La proposition était si incongrue que, sans y avoir réfléchi, il ferma derrière lui et s'avança vers le lit pour s'y glisser. « Tu veux coucher avec moi ? » hasarda-t-elle quand il se fut assis. Il ne répondit pas et elle s'amusa de son embarras. La lumière avait donné à son teint chaleur et fluidité. Elle l'aida à retirer ses vêtements : « Faudra laver ça », dit-elle avant de retirer sa robe. Gaspard la regarda faire. « Aide-moi donc. » Elle lui tournait le dos, ses omoplates étaient deux monts aux crêtes aiguës, gonflaient la chair d'albâtre et, dans leur chute, créaient une ombre violine à l'endroit où il devinait la course de la colonne. « Allons, c'est qu'un nœud, dépêche-toi, j'ai froid. » C'était vrai, puisque son épiderme se grêlait, mais il y avait quelque chose d'effrayant, de redoutable, pensait Gaspard, à l'idée de le dévoiler. Il tendit deux mains mal assurées et l'aida à dénouer son corsage. Sa peau était plus blanche encore qu'il ne l'avait songé, une mer de lait à l'odeur agréable. C'était une odeur humaine, de sueur et de crasse. Sans pudeur, elle se mit nue et ses seins parurent tendre vers lui leur aréole pourpre. Au bas de son ventre un peu rebondi se dessinait un triangle roux, la nacre des lèvres de son sexe. Ils se glissèrent en silence dans les draps et elle vint se blottir contre lui. Aussitôt, cette chaleur tant espérée l'envahit tout entier et il jura que la catin éprouvait elle aussi ce bien-être. Ils restèrent longtemps silencieux. Il observa de biais son abandon. Ses cheveux chutaient pêle-mêle, cascade rouille sur le front pâle. La tête rejetée de côté tendait le cou si fin que Gaspard eût pu le briser d'une main. Les bras de la fille reposaient sur son torse avec désinvolture. La main droite, sur la poitrine, avait une sensualité troublante. Les doigts, bleuis par l'inertie, frôlaient le sein, comme saisi entre le pouce et l'index. La main gauche s'ouvrait, bourgeon de chair ; les lignes plissaient la paume où les doigts jetaient une ombre. Les pieds étaient déchaussés, les souliers jetés sur le tapis dans un enchevêtrement de lacets. Gaspard s'attarda à contempler la courbe de la cheville, l'incurvation de la voûte plantaire, puis la saillie boudeuse des orteils. « Je m'appelle Emma, dit la fille, c'est mon vrai prénom. » Son ton vibrait d'une fierté qu'il ne comprit pas, mais il acquiesça. Il était bon d'être contre elle. Rien ne devait troubler cet instant. « Je m'appelle Gaspard », répondit-il. Comme si cette confidence autorisait plus encore leur rapprochement, elle se serra contre lui. Il n'y avait dans cette étreinte ni désir, ni sensualité, seule une communion, une alchimie inespérée. « Pourquoi m'as-tu autorisé à rester ? demanda enfin Gaspard car la question le taraudait. — Parce que tu m'as traitée bien comme il faut. » Pour la première fois depuis des semaines, il se sentit plein d'un bien-être soudain qui affluait en lui, comme s'il émanait du corps d'Emma, et l'obsession d'Étienne s'effaça tandis que tous deux inondaient les draps de leurs chaleurs respectives. Il se souvint qu'il lui était autrefois arrivé — mais quand ? — qu'une émotion simple, telle que la caresse d'un rayon de soleil, une luminosité particulière, une odeur, éveillât en lui un sentiment similaire, parcourût son corps d'un frisson, donnât vie à sa chair. Il avait alors la sensation fugace d'éprouver pleinement cet instant et, au travers de lui, la certitude d'être en vie. Mais sitôt qu'il croyait tenir cette émotion, l'avoir saisie à pleines mains, elle fuyait. Elle fuyait et le rayon de soleil n'était qu'une éclaircie, la luminosité trop fade, l'odeur envolée. Peut-être, songea-t-il, qu'Emma ne serait à ses yeux bientôt plus qu'une putain, comme elle l'était encore peu de temps auparavant, mais elle était tellement plus en ce moment qu'il vénérait la générosité de son étreinte. Sans doute éprouvaient-ils tous deux cette même soif, cette avidité que ni l'un ni l'autre ne parvenaient à rassasier. « Je ne sais plus où aller », dit-il à voix haute. Il songeait à l'errance de son existence depuis le départ d'Étienne. « Reste donc là, il fait trop froid et les chambres sont déjà pleines », répondit Emma. Bien sûr, elle ne parlait que d'une nuit, mais il lui apparut qu'il pouvait effectivement rester avec elle. Qu'il pouvait même, puisque Étienne ou Billod avaient jugé son aptitude à attiser ou combler la concupiscence des autres, se vendre à son tour. Puisqu'il n'était plus rien, puisqu'il était veule et méprisable, devait-il incessamment lutter contre la ville ou se laisser enfin happer par elle, détruire peut-être ? « Y a-t-il une chambre à louer dans cette maison ? » demanda enfin Gaspard. Emma ne répondit pas. Son souffle était régulier et profond.

III

UNE TRANSFORMATION

Quarante mille putains régnaient sur Paris. Si vous voyez un rat, disait Justin Billod avec sagesse lorsqu'il lui arrivait de mettre un pied dans la cave, c'est que cent autres sont tapis dans l'ombre. Gaspard apprit qu'il en allait des filles de joie comme des rats et que, une fois passé du côté de l'extraordinaire Babel, dès lors que l'on pénétrait ses jupons les plus licencieux, la foule insoupçonnée des catins se laissait entrevoir dans sa spectaculaire diversité : des monstrueuses gargouilles du Port-au-Bled ou de la rue Planches Mibrai aux filles entretenues, précieusement choyées à l'abri des regards, en passant par les actrices d'Opéra ou de la Comédie-Française que convoitaient pour leur distraction ducs et marquis. La majeure partie d'entre elles vivotaient dans les ruelles du centre, dans des bordels insalubres ou louaient avec peine la chambre d'un garni dont elles payaient le loyer de leurs services. Que l'on interdît la prostitution, et vingt mille mourraient de famine dans le mois. Porteurs d'eau, maréchaux, forgerons, taillandiers, petits marchands composaient la clientèle de ces gorgones crapuleuses et dégoûtantes. Certaines filles indépendantes se prostituaient durant l'hiver, courues par les libertins que la saison morte ennuyait mais qui désiraient satisfaire leurs extravagances et non s'enticher d'une courtisane. Certaines s'établissaient à leur compte, d'autres habitaient les bordels de Paris sans hésiter à cumuler les passes, entre cabarets et ruelles, dont elles gardaient farouchement le gain ; des barboteuses erraient enfin dans les lieux les plus infâmes, prisées par une clientèle démunie qu'elles infectaient du poison vénérien.

Toutes les chambres étant louées, on consentit, après qu'Emma eut négocié, à laisser Gaspard s'installer dans l'un des logis du second étage où vivaient déjà, dans une pièce unique, trois garçons. Deux étaient étrangers et parlaient mal le français, mais tous arboraient fièrement des prénoms du pays. Au rez-de-chaussée et au premier étage vivaient d'autres filles, des occasionnelles, qu'il ne tarda pas à rencontrer. Ils dirent leur nom, en guise de présentation. Ce nom qui, en réalité, n'était pas le leur, mais tous ignoraient désormais ce qu'ils étaient. Aucun ne prononçait jamais un mot sur une vie antérieure au bordel, et lorsque, par inadvertance, un événement, un détail quelconque, venait évoquer à l'un d'entre eux un souvenir, ils restaient interdits, doutaient que cette réminiscence leur appartînt vraiment, tant ils étaient étrangers à cet enfant ou adolescent que tous avaient un jour été, mais qui n'avait plus rien de concret. Gaspard s'aperçut au bout de quelques jours qu'il lui était impossible de retenir ces prénoms dont les garçons et les filles s'étaient affublés. « C'est que, se défendait-il, si je connaissais vos vrais prénoms, je m'en souviendrais sans doute bien mieux. » Les autres secouaient la tête avec désolation, comme si une évidence échappait à Gaspard : aucun ne se serait reconnu dans son ancien prénom, car aucun n'était désormais cette même personne. Sans cesse, il les confondait, ce qui lui valait une succession de regards chargés de reproches ou de moquerie.

La chambre où il s'installa donnait sur la rue. Une fenêtre borgne éclairait les lits défaits où les garçons ramenaient les clients. Il régnait dans la pièce l'odeur têtue de leur transpiration, cet effluve que tous traînaient derrière eux, le mélange écœurant déversé dans leur lit par les dizaines de clients. La pièce lui parut préférable à la cave de l'atelier. Il entendait le bruit de la rue, son agitation était une source d'enchantement sans cesse renouvelée. Lorsqu'il attendait le sommeil, il se laissait bercer par la respiration des garçons, un ronflement, la course des fiacres, les aboiements des chiens. Cette perception extérieure le rassurait : Gaspard se croyait dans la vie. Une cuisine commune à toutes les chambres réunissait chaque soir les locataires. Dans la pièce aux murs gras, ils se retrouvaient dans la mise en scène d'un repas de famille. Le vin montait aux têtes, tentait vainement de faire oublier les passes. Les rires s'élevaient, virevoltaient au-dessus des crânes échevelés, des poitrines et des peaux torpides, des haleines aigres. Ils parlaient parfois de ce qu'ils n'étaient pas, de ceux qu'ils auraient pu être et seraient un jour, redoublaient d'enthousiasme à l'idée de devenir comédiens, magistrats ou bijoutiers, applaudissaient l'abondance des détails, la véracité palpable du rêve. Le reste du temps, ils meublaient le repas par les anecdotes du quartier, tenaient leurs ventres, leurs seins pour en calmer les tressauts hilares. Il ne fallait pas cesser de parler car, sitôt que le silence retombait dans la cuisine, et comme Gaspard sentait fuir ce sentiment de plénitude versatile, le rêve disparaissait, il ne restait que la graisse de milliers de ragoûts cumulée sur les murs, les corps, eux-mêmes adipeux, les visages monotones, la chute des rires qui s'éteignaient en souffles d'abdication. Gaspard aimait entendre parler Emma. Il l'observait dans l'atmosphère saturée par la fumée d'un feu et voyait parfois, lorsque leurs regards se croisaient, quelque chose dans son expression signifiant qu'elle le reconnaissait pour ce qu'il était : Gaspard, un homme rencontré dans la rue, qui n'avait alors rien d'un client ni d'un giton. C'était la première image qu'avait eue la catin et donc celle qui lui restait, tandis que les autres l'avaient d'emblée considéré comme l'un des leurs. Elle continuait de dire qu'il viendrait un jour la voir danser, interpréter même, à la Comédie-Française. Il la croyait alors. Un instant, l'ivresse, la chaleur de l'âtre, tout était possible, presque certain.

En comparaison d'Emma, les autres garçons et filles parurent hostiles. Non qu'ils lui manifestassent la moindre animosité, mais le seul fait qu'ils revêtent de nouveaux prénoms, se détournent ainsi de ce qu'ils étaient en réalité, les rendait plus inaccessibles. Cela mettait Gaspard profondément mal à l'aise. « Je m'appelle Gaspard », leur disait-il sans cesse. Les autres approuvaient avec indifférence. « C'est mon vrai prénom », ajoutait-il, hésitant entre la mortification et l'orgueil. « Oh », répondaient certains comme s'ils reconnaissaient dans cette précision non pas un signe de courage, mais une simple particularité. Seule Emma approuvait lorsqu'il rappelait son identité, répondait avec agacement : « Ils vont finir par le savoir.

— Je me prénomme Gaspard », disait Gaspard dans un drap amidonné d'humeurs étrangères. Exaspérés, luttant pour profiter des rares heures de sommeil que l'activité de la maison leur autorisait, les garçons lui gueulaient de se taire enfin.

Au mois de décembre, au lendemain de la rencontre avec Emma, eut lieu la première passe de Gaspard. Un des garçons assura qu'il enverrait un client. Il lui suffirait de rester dans la chambre et d'attendre. Gaspard avait lissé le drap et la couverture sur le matelas enfoncé. La neige qu'un redoux forçait à la fonte s'écoulait des toits, jus grisâtre, et l'une des gouttières dégorgeait sur la fenêtre, imbibait le bois, auréolait le plâtre. La lumière était accrue par un chandelier mural dont l'armature disparaissait sous les couches de cire éclaboussant le mur. Gaspard marcha d'un pas qui ne lui parut pas évident et ouvrit en grand la fenêtre, laissa entrer l'air du dehors. Quelques gouttelettes de neige fondue vinrent s'écraser sur son visage. Il les observa glisser à son cou dans le reflet de la vitre puis frissonna. Dans la cour, à l'arrière du bâtiment, était entreposé le bois pour l'hiver. La maison était grande, le client frileux. Il crut sentir, mêlée à l'âcreté des cheminées de Paris, l'odeur des bûches humides, ce qui lui donna le désir pressant de gagner la rue, de sortir des barrières de la capitale et de battre la campagne. Mais il referma la fenêtre, s'assit au bord du lit, de la manière dont on s'installe sur la couche d'un malade, avec la maladresse et la gêne qu'impose cette conquête de l'intimité. Le client allait surgir d'un instant à l'autre et penserait qu'il s'était contenté de l'attendre, ne suspecterait à aucun moment que l'idée de fuir loin de Paris lui fût apparue avec force.

Gaspard tenta de rappeler à son esprit le prix que le client paierait mais ne parvint pas à s'en souvenir, bien que les garçons l'eussent déjà mentionné en sa présence. Combien payait-on la chair dans un bordel de Paris ? réfléchit Gaspard, contrarié de voir sa mémoire lui faire défaut, cette information devenant à l'instant indispensable alors qu'elle l'indifférait un moment plus tôt. *Combien cet homme, dont j'ignore tout et qui va surgir ici même, pour moi, qui suis assis sur le lit à l'attendre, de façon qu'il croie naturel de me trouver là, à sa disposition, de mon propre gré, va-t-il payer ma chair ?* pensa Gaspard. Mais le prix de la passe resta drapé de mystère. « Sans doute pas grand-chose », reconnut-il à voix haute. La présence des bouchers arpentant le centre de Paris à la recherche d'une fille flottait quelque part au-dessus de lui, ironique. Gaspard n'avait en revanche rien oublié de ce qu'il avait entrevu près des abattoirs, il frissonna, de crainte cette fois. Se pouvait-il que, par le plus grand des hasards, l'homme qui entrerait dans la pièce fût Étienne ? Non, songea-t-il, il était absurde de penser que le comte pût surgir maintenant, alors qu'il s'apprêtait à suivre ses conseils, à s'avilir plus encore qu'il ne l'avait fait durant leur relation. Il hésita, essaya de trouver dans cette idée quelque chose de rassurant mais un doute subsistait, lui soufflait qu'à l'encontre de toute logique le comte pouvait pousser la porte de la chambre et le trouver assis sur le lit, dans une position qui lui semblerait langoureuse. Épouvanté, Gaspard se redressa aussitôt et se tint droit près du lit, les yeux rivés sur la porte. Son cœur battait dans sa poitrine comme un diable dans sa boîte, une sueur froide coulait le long de sa nuque. Il crut entendre des pas gravir l'escalier en direction du palier et sa gorge se serra. Il fallait, songea Gaspard, trouver dans l'instant un subterfuge qui permît, dès lors que le client entrerait dans la chambre, de cacher cet émoi, de ne montrer qu'une profonde indifférence. Gaspard refusait de laisser paraître au client le dégoût que l'idée même de son contact infligeait, car le sentiment, quel qu'il fût, et qu'il eût omis de dissimuler, serait une preuve incontestable du pouvoir d'impression que le client aurait sur lui. Il élevait une ultime barrière, brandissait le dernier lambeau de son amour-propre. Cependant, avant qu'il eût le temps de trouver les ressources nécessaires à ce rempart qui devait tenir lieu de forteresse, la poignée s'abaissa sans qu'il eût entendu les pas approcher. L'homme entra.

Il ferma la porte derrière lui. Comme Gaspard restait interdit, l'homme observa le giton qu'il allait payer de ses économies et approuva avec satisfaction. Gaspard devina que ce devait être un maréchal-ferrant car, bien qu'il ne portât pas son tablier de cuir, il embaumait la pièce de l'odeur de la corne brûlée, de l'acidité du fer martelé sans cesse. Sans que Gaspard eût le temps d'apprivoiser son odieux visage barbu, l'homme se déplaça avec agilité et le pressa contre son torse, l'enveloppa de son parfum avant de le basculer sur le lit. Tandis qu'il frottait avec insistance son corps contre celui de Gaspard, grognait des mots, mordait son cou, enfonçait deux doigts épais et cornus dans sa bouche, répandait sur sa langue un goût de limaille, il apparut à Gaspard que le maréchal-ferrant ne connaissait pas son nom. *Peut-être,* pensa-t-il encore, *cet homme est un habitué de la maison et pense que, comme tous les autres, j'ai renoncé à mon nom pour en adopter un nouveau, signifiant ainsi que je ne suis qu'un être dédié à la prostitution ?* Cette supposition l'étourdit. L'homme pressait son bas-ventre contre celui de Gaspard, qui avait été déshabillé sans s'être aperçu de rien, à tel point abasourdi qu'il n'avait plus qu'une conscience partielle du visage. Il inclina la tête, ce qui suffit pour que ses lèvres se trouvent à hauteur d'une oreille rose d'où émergeait une gerbe de poils drus. « Je m'appelle Gaspard », dit-il le souffle coupé par le poids de l'homme sur son torse. Celui-ci poussa un grognement d'indifférence et Gaspard, persuadé de n'avoir pas été entendu ni compris, insista d'une voix qu'il voulut plus forte : « Je m'appelle Gaspard. »

Cette fois, l'homme enfourna à nouveau ses doigts dans la bouche de Gaspard et pressa sur sa langue pour le faire taire. Mais il refusait d'être muselé ainsi, alors qu'il était nécessaire que le client l'entendît et reconnût ce qu'il avait à dire comme étant son prénom, réel et légitime. Il secoua la tête, parvint à extraire les doigts. L'homme avait le bras court, le geste peu souple. Il chercha sans relâche, à l'aveuglette, les lèvres de Gaspard pour s'y enfoncer à nouveau, mais ne rencontra qu'un menton obstiné. « Je m'appelle Gaspard, je m'appelle Gaspard, comprenez-vous ? » s'écria-t-il, sentant croître la nécessité rageuse de se faire entendre. « Ta gueule, ferme ta putain de gueule », grogna le client, mais Gaspard le répéta tant de fois que l'homme ne parvint plus à le faire taire et cessa ses gestes gauches. Il se redressa, un bras de chaque côté des épaules du garçon, son regard planté dans le visage juvénile. « Je m'appelle Gaspard, et c'est mon vrai prénom », ajouta Gaspard d'une voix éreintée. Il vit la stupéfaction du maréchal-ferrant alors qu'il précisait le bien-fondé de ses paroles ; devina aussi que, s'il avait continué d'assener son prénom sans jamais en préciser l'authenticité, l'homme n'aurait eu que faire de son obstination. Désormais, assuré que le garçon n'avait pas endossé de pseudonyme, il restait coi. Quant à Gaspard, certain cette fois d'avoir été compris, il ferma les yeux, prêt à endurer avec résignation les assauts du client. Mais il ne se passa rien : quand Gaspard les rouvrit, l'homme se tenait toujours à l'horizontale, au-dessus de lui. « Je me fous de ton nom », croassa-t-il avec désespoir. Gaspard ne dit rien, mais comprit que le client était profondément déstabilisé, se satisfaisait de passes avec des garçons désignés sous un prénom qu'il savait faux, mais qui sans doute lui offraient la paix de l'âme : n'étant pas nommés, ces garçons avaient-ils droit à l'humanité, n'y avait-il pas une légitimité à profiter de leurs services si eux-mêmes y sacrifiaient leur identité ? Comme Gaspard restait silencieux, il sauta du lit, renfila ses affaires, rouge de colère, avant de prendre la porte puis de fuir, laissant Gaspard profané.

L'épisode du maréchal-ferrant gagna toutes les oreilles du bordel, gonflant comme seuls gonflent les rumeurs ou le lit des fleuves. Gaspard en tira l'estime de tous et l'on prononça son prénom avec cérémonie et respect comme s'il se fût agi d'une formule secrète, d'une incantation. Il ordonna pourtant qu'on ne le nommât plus par son prénom, qu'on ne le nommât en réalité plus du tout. La seule idée d'être rejeté par les clients, de ne plus pouvoir payer le loyer et d'errer à nouveau dans Paris le terrifiait bien plus que tous les maréchaux-ferrants du pays. Il concéda donc ce prénom qui, un instant, était parvenu à protéger sa dernière once d'humanité. Il entreprit même, pour ne s'autoriser aucune faiblesse, de ne plus répondre à celui de Gaspard, lorsqu'il l'entendit murmuré à son passage ou lorsque, dans l'intimité du dortoir, les garçons s'enhardissaient et le nommaient à voix haute. Ainsi, pensait-il, puisqu'il fallait faire un don de soi absolu sous peine d'être rendu à la ville, à la fois inconsistant, bafoué et détruit, il s'arrangerait pour satisfaire aux attentes des clients, ne ferait plus rien qui risquât de les faire fuir, veillerait au contraire à les attirer en se montrant docile, sans âme ni passé, offrirait sans vergogne, sans avarice, une chair frivole et serviable dont quiconque se rassasierait jusqu'à plus soif moyennant le prix de la passe. Et qu'importait qu'il se précipitât par là au fond du gouffre puisque personne, pas même un client bercé par l'illusion de trouver un peu d'amour ou de tendresse dans des gestes désincarnés, ne supportait qu'il existât en tant qu'individu, en tant qu'homme. L'heure n'était plus au combat, Gaspard en convint, mais à la résignation. Cette décision qu'il crut sage annonça sa profonde et définitive métamorphose.

La promiscuité de la chambre, l'hébétude des journées encourageaient les garçons dans la moiteur de la pièce où leurs corps avilis saturaient l'atmosphère, collaient aux vitres leurs respirations machinales, à chercher à tâtons leurs formes qu'éclairaient des bougies dessinant sous les draps des amas de peaux blafardes et assoupies. Gaspard ne les repoussait pas, même s'il ne trouvait aucun réconfort à ces présences glissées parfois contre lui, sous l'épaisseur des couvertures. Même leurs corps semblaient inaptes à le réchauffer, avares de leur chaleur, les épidermes lisses, rudes et impassibles. La succession des passes les épuisait au point de rendre ce rapprochement douloureux. Il leur arrivait de ne pas trouver le sommeil, de se relever, harassés d'avance à l'idée de rejoindre une autre couche pour réitérer des gestes destinés aux clients à longueur de journée. Ce désir, dont ils n'étaient plus certains qu'il en fût un — car aucun d'eux n'avait à satisfaire un besoin de jouissance devenu obligation quotidienne — les tourmentait au point de chercher chez les compagnons de chambre un réceptacle à ce transport. Entraînés à simuler le plaisir pour s'assurer de faire naître chez le client un sentiment similaire, ils reprenaient dans l'intimité d'une couverture les mêmes simagrées, l'intonation de gémissements languissants, la composition de frissons préfabriqués. Mais l'un ne voyait pas dans l'autre le jeu qu'à son tour il s'échinait à mettre en scène et tous deux se leurraient, n'éprouvaient que frustration, l'impression d'avoir à nouveau échoué dans la recherche d'une sensation. Gaspard, car il bénéficiait d'une lucidité bientôt dissoute, jugea qu'il y avait dans les caresses des garçons et l'attente envers sa propre chair, la nécessité d'approcher et de rencontrer un être autre que le client, offrant, dans un instant d'abandon, la sensation d'une communion, la certitude d'être humain, de consumer un sentiment sincère. Mais, dupés, ils se retrouvaient sans cesse acteurs d'un simulacre et erraient dans le dortoir à la recherche d'un semblant d'empathie. Ce qui, au début, apparaissait à Gaspard avec certitude — il avait pour les garçons une compassion l'obligeant à satisfaire leur demande — devint progressivement incertain, au point qu'il en vint à douter que lui-même ne désirât pas ce contact. Il le sollicita enfin par quelque regard explicite, lancé à la hâte.

Il lui parut que les clients se déversaient en eux, ce qui justifiait le comportement des garçons et, désormais, le sien. La pédérastie était considérée comme une perversion, un vice auquel les hommes se livraient dans l'anonymat, craignant d'être jetés au cachot. Les clients payaient aussi l'assurance de pouvoir s'adonner à leurs penchants en toute sécurité, sans risquer d'être surpris par les rondes du guet, culotte sur les guêtres, dans l'ombre humide d'une rue. Il y avait dans leurs gestes et dès lors qu'ils s'enfermaient avec Gaspard — ou, par extension, tout autre garçon — cet affolement que la fermeté de leurs regards ne parvenait pas à masquer, la certitude qu'eux-mêmes avaient acquise de commettre un acte condamné, attisant en eux une culpabilité dévorante. Leur inclination avait sans doute ardemment lutté contre l'idée de cette bienséance avant que, s'avouant vaincus et ne sachant comment apaiser ce feu, ils ne cèdent à l'appel impérieux et ne prennent le chemin des bordels. Certains en concevaient un dégoût personnel, puis le déportaient sur l'objet de leur désir. Gaspard apprit à deviner ces clients dont l'œil brillait de rancœur, comme s'il eût été coupable, lui, Gaspard, de ce sentiment. Ce mépris pour cette partie difficilement contenue de leur identité, ils le reportaient sur Gaspard, car il était plus simple d'accuser le giton que de se désigner, eux, comme responsables. Rien, hormis les lois et les exigences de la bienséance, ne justifiait pourtant que ces hommes — dont certains n'avaient pas reçu la moindre éducation — nourrissent ce sentiment de honte, qu'ils étaient inaptes à légitimer autrement que par le seul argument de mal ou d'amoralité. C'est, déduisit Gaspard, qu'il existait une conviction profondément ancrée, implantée par leurs pairs et depuis des temps immémoriaux, que leur désir — il ne s'agissait jamais d'amour car, se refusant d'admettre cette sensualité caractéristique, ils fermaient la porte à toute sublimation de ce simple goût par le sentiment — était contre nature et ne pouvait susciter que répulsion. Gaspard n'avait jamais éprouvé au cours de la relation qui l'avait lié à Étienne cette répugnance qu'il en vint à nourrir envers les clients. Il les méprisait d'être lâches, comme il méprisa tous les hommes et jusqu'au genre humain de modeler des esprits uniformes, similaires jusqu'au grotesque, tous voués à l'exclure de l'espèce. Car, non contents de le mettre au ban de la société, le client mais aussi les *autres*, comme il vint à nommer ceux qui vivaient pêle-mêle hors des cloisons de la maison, l'accablaient de tous leurs maux, le repoussaient comme le troupeau rejette d'instinct la brebis mourante, la sacrifie à sa survie. Gaspard devait-il feindre d'être accusé avec justesse d'avoir suscité, comme il l'avait fait chez Justin Billod, le désir honteux des clients ? Fallait-il que des êtres tels que lui, rejetés des hommes, servissent à épancher la lâcheté, l'avilissement d'un monde ? Gaspard le refusa d'abord farouchement. Pourtant la morgue des clients s'infiltra tel un poison. S'il se défendait d'être la cause que ceux-ci entretenaient leur vice, il finit par concevoir que son corps méritait leur répulsion. De même qu'Étienne et Billod l'avaient incité à se haïr, les passes achevèrent de concrétiser ce dédain. Gaspard sentit croître en lui une répugnance intrinsèque à la rage qu'il ressentait déjà pour l'humanité. Il se laissa aller aux caresses des garçons, les rendit avec le même agacement de ne jamais parvenir à trouver dans ces échanges que l'écho d'une colère, d'un indéracinable déni.

Un jour, tandis que sur son épaule somnolait un client, il réalisa qu'une maturation s'était faite en lui. De la bouche entrouverte de l'homme, un filet de bave s'écoulait dans le cou de Gaspard. Du regard, il suivait au plafond une poussière grisâtre qui chutait vers eux, se déposait tel un fard sur les cils de ses paupières à demi closes. De cet interstice, les particules de plâtre semblaient obscurcir, à l'image des nuages de janvier, un ciel d'acier que la lumière du dehors, glissée inopinément dans la chambre, incarnait dans la vision déformée de Gaspard. Il crut un instant sentir sous son dos une herbe dense et fraîche, épousant ses formes, une brise sur sa peau. Ce liquide qui donnait à son cou la sensation d'une caresse moite n'était-il pas d'ailleurs la première goutte épaisse et lourde d'une giboulée ? Gaspard savait qu'il était possible, les yeux clos, filtrant la réalité de la chambre, de donner forme à d'infinis paysages, modelables selon sa volonté et son goût du moment. Mais lorsqu'il les rouvrirait, le pré serait la chambre, la goutte de pluie un crachat, sans que rien pût modifier durablement ce fait. *Puis-je*, pensa Gaspard, *me contenter de ce que mon esprit inventera pour me distraire ?* Puis, d'une voix qui ne parut pas être la sienne, mais celle de Billod ou de Lucas : *À qui la faute ?* Gaspard, par ambition et naïveté, avait-il conduit les choses jusque-là ? S'était-il, de son propre chef, dirigé vers ce lit et le client bavant sur son épaule ? Ses choix et ses décisions avaient-ils conflué en ce lieu où il s'était perdu ? Accepter cette idée, c'était adopter la défense des clients et du monde au-delà des murs, qui le désignaient comme coupable. Certains détails avaient œuvré en ce sens, mais Gaspard était innocent. « Je suis innocent », dit-il à voix haute, car ce n'est qu'une fois prononcés que les mots prenaient un sens. Le client bougonna, s'essuya le menton d'un revers de main. Sa nuque trapue pesait lourd sur le bras de Gaspard, sa main s'était engourdie. Il observa ses doigts repliés vers la paume, les dénoua pour désigner la chambre avec lassitude, mais aucune sensibilité ne lui assura que cette main fût la sienne. Elle semblait être modelée de chair morte, le sentiment de la savoir faire partie de lui était étrange. Dans quelle illusion somnolait le client, ainsi enlacé du bras mort de Gaspard ? Malgré leur proximité, la confrontation éphémère de leurs intimités, il se sentait étranger à cet homme. Rien ne les unissait, leur étreinte était un tableau à la signification occulte. Le client incitait Gaspard à éprouver de la pitié à son égard. Il désira le saisir aux épaules et le ramener à la raison, éveiller sa lucidité : « Tu te trompes, dirait-il, je ne ressens rien pour toi et tu ne saisis rien de ce que je suis. » Il ne récolterait que l'agacement du client, voire sa colère, aussi préféra-t-il le laisser se reposer. Il était stupide et faible, mais cela suffisait-il à le désigner comme coupable ? Son sommeil n'était-il pas la preuve que, dans son illusion, il considérait Gaspard comme un être capable de l'aimer et se percevait, lui, comme digne de l'être ? Peu importait qu'il se trompât, les hommes ont une capacité surprenante à faire semblant, pensa Gaspard. Il bougea à nouveau la main étrangère. Devait-il attendre que cette sensation s'étendît à l'ensemble de son corps ; que peu à peu il en vînt à ne plus en éprouver aucune, dépossédé de la sensibilité de sa chair, dépouillé de sa capacité à s'émouvoir ? Et puisqu'il fallait bien à cela un coupable, Étienne n'était-il pas la cause à la tournure prise par l'existence de Gaspard ? Lui qui s'était échiné à amorcer sa destruction avant de l'abandonner aux rues de Paris ? Avec recul et un esprit nouveau, Gaspard reconnut qu'Étienne s'était montré habile manipulateur. *Comment,* songea-t-il, *ai-je pu me faire abuser ainsi ?* Le comte de V. apparut aussi inquiétant que le Fleuve qui continuait de surgir dans nombre de ses rêves. Bien qu'il ne pût, à l'instant où se peaufinait l'idée d'une vengeance, définir de quelle manière reprendre les rênes d'une situation jusqu'alors insoluble, Gaspard comprit qu'un renversement serait possible, qu'il suffirait pour cela d'user avec habileté des cartes qu'Étienne lui avait offertes par mégarde. « Qu'ai-je à perdre ? » se demandait-il, absorbé par ses pensées. Le ronflement du client lui apporta les réponses nécessaires.

Emma s'enticha d'un malfrat. Comme Gaspard la trouvait distante, il décida un soir de l'inviter aux guinguettes dans l'idée de partager avec elle un moment. L'idée lui parut bonne et il se trouva enjoué, quitta la chambre en sifflotant, descendit l'escalier d'un pas alerte. Lorsqu'il fut dans le couloir, au rez-de-chaussée, il se dirigea vers la chambre d'Emma et s'apprêta à frapper lorsqu'il entendit au travers de la porte des gloussements étouffés, des bruits qu'il devina être ceux d'une course autour du lit, l'effondrement de corps sur le matelas, des souffles pantelants. Il ne voulait pas la surprendre avec un client, s'adossa au mur et attendit patiemment. Ce qu'il avait pris pour une passe s'attarda et il devina Emma, sans cerner le sens de ses paroles, trop cajoleuse pour qu'il s'agît d'un client. L'idée qu'un autre pût être lié à Emma ; que celle-ci accordât une confiance et une complicité dont il se croyait seul dépositaire à un inconnu fut une lame dans sa chair. Quel homme croyait usurper ce sentiment qui les avait tous deux liés ? Gaspard fulminait. Cette jalousie surgissait sans qu'il parvînt à la raisonner. Il se sentait dupé par l'homme, par Emma mais couvait aussi une émotion que l'incident, si anodin fût-il, laissait réapparaître. Comme si Étienne se trouvait dans la pièce avec Emma, et qu'au travers de leurs ébats Gaspard était doublement trompé. Il avait tant investi en la catin qu'il s'aperçut avoir fait fausse route : il ne représentait pour elle qu'un réconfort. Il avait été stupide d'attendre plus de sa part, de la croire capable d'offrir ou de recevoir autre chose qu'une amitié ponctionnée par un inconnu. Dans le même temps, une partie de lui criait en sourdine qu'il était trop facile de porter sur Emma un jugement à l'emporte-pièce : n'avait-il pas sali leur complicité par cet empire qu'il avait songé posséder sur elle ? N'avait-elle pas le droit de trouver ailleurs ce qu'il ne pouvait lui offrir ? La raison était étrangère à son cœur et Gaspard ne parvint qu'à haïr tout ce que contenait la chambre d'Emma, de réel ou de fantasmé. Il décida donc d'attendre que l'homme s'en allât. Il trouverait la force de régler son compte au paria avant d'exhorter Emma à justifier son attitude. C'est ainsi qu'il attendit des heures durant dans le couloir, jusqu'à ce que ses jambes semblent enfoncées dans le parquet et que tout autour décline le jour. Une clarté havane baigna la maison, et sa silhouette, son visage disparurent. Gaspard fut absorbé par l'immobilisme des murs. Tout son esprit tendait vers les bruits derrière la porte, qui devinrent vite des ronflements repus. Bien sûr il *savait* que ce n'était pas le corps d'Étienne qui reposait dans les draps. Bien sûr il *savait* qu'il ne pouvait retirer à Emma le droit d'une idylle dont l'occasion était trop rare dans l'isolement des ruelles. Mais cette tristesse, cette solitude roulées dans son ventre affleuraient sous sa peau, se propulsaient aux limites de son corps. Il se demandait ce qu'il devait faire pour parvenir à obtenir la constance des autres hommes puisque toujours il avait été déçu par eux. *Pourquoi*, songeait-il aussi, *pourquoi ai-je fui Lucas ? Pourquoi me suis-je détourné de lui ?*

Il n'y avait rien de plus glorieux à être là qu'à se traîner dans la boue du Fleuve. Un malaise l'étreignit au souvenir des flots glauques. Il s'était pourtant cru le devoir de mépriser cet ami, le seul véritable. Quelque chose semblait lutter pour l'éloigner des autres, un courant, un ressac qui parfois le portait vers eux, comme la mer menait le morceau de bois vers la rive puis le reprenait entre ses bras, le tirait vers ses profondeurs. Une fatalité soustrayait sa capacité à avoir prise sur les autres, sur sa vie, sur le monde. Qu'y pouvait-il, à cette métaphysique, et quelle place devait-il y prendre ? L'absurdité de ce qu'il concevait à grand mal — la nature — semblait trouver dans la misère de son existence le lieu idéal pour exprimer son incohérence ou sa complexité sibylline. Oui, le monde, la vie écrasante, la civilisation, l'Histoire, Paris, le quotidien, tout étriquait Gaspard, écrasait Gaspard, broyait Gaspard. Voici ce à quoi il pensait, observant toujours la porte de la chambre d'Emma, dans l'obscurité d'un couloir, d'une maison grise, dans une ville parmi tant d'autres. « Que suis-je supposé faire ? » se demanda Gaspard sans obtenir de réponse sinon les bruits de la rue. En effet, que pouvait-il faire d'autre que d'attendre Emma et l'homme, leur offrir une scène qui leur paraîtrait pathétique mais qui, pour Gaspard, trahirait tellement plus que la nécessité de posséder Emma ? Que pouvait-il faire d'autre, le giton, que trépigner, cogner des poings, rager devant le néant incorruptible de sa vie ?

Il patienta, assuré de la pertinence de sa rancœur, jusqu'à ce que les sons derrière la porte annoncent que l'on se levait, que les voix reprennent cette jovialité exaspérante, que les gestes se fassent caressants et que le bruit des baisers lui parvienne. Gaspard se prépara comme le boxeur avant le combat, arma son corps, serra les poings et les mâchoires, bomba le torse, prit un air menaçant. La colère bouillonnait en lui tandis qu'il répétait son entrée en scène, les mots qu'il s'apprêtait à lancer à Emma. Des mots qui ne manqueraient pas leur cible, la laisseraient stupéfaite et forceraient l'autre à prendre la fuite. Mais la porte s'ouvrit soudain, un rai de lumière dans lequel il ne discerna qu'un poignet solide se dessina sur son visage. L'homme apparut dans l'encadrement, accompagné de rires. Face à sa stature et à son allure soignée, cette colère qui avait gonflé en Gaspard telle la voile d'un mât par grand vent retomba. Le tissu immense de sa rage n'était plus qu'un chiffon, logé quelque part à l'intérieur de lui et tout son corps s'affaissa. L'homme l'examina avec un étonnement mâtiné de mépris car ce garçon qui l'observait depuis le couloir, fondu dans l'ombre, coulé dans le mur, était insignifiant. La fatigue harassant Gaspard ne lui permit pas de voir le visage de l'homme qui venait de terrasser ses projets, mais celui d'Emma apparut par-dessus l'épaule et elle sourit lorsqu'elle le vit. *Un sourire plein de bienveillance,* pensa Gaspard. Comme l'homme s'était avancé dans le couloir, elle s'approcha et il sentit son haleine vaguement alcoolisée, vit sa gorge moirée de sueur. De la chambre se déversait une vague, la saturation de leurs corps, chargée des effluves de leurs sexes. Gaspard crut un instant défaillir. « S'il te plaît, s'il te plaît, supplia Emma, laisse-le venir avec nous. » L'autre haussa les épaules et elle se jeta sur Gaspard, saisit son poignet comme au premier jour, avec extase : « Suis-nous, on va boire quelques verres ! » Elle l'entraîna aussitôt dans le sillage de l'homme qui ouvrait la porte de la rue et s'engageait dans la nuit, le pas assuré et la tête haute. Comme au premier jour, Gaspard voulut protester car il se sentait affaibli devant cet individu qui ne souffrait aucune comparaison et lui rappelait Étienne. Quelque chose dans sa prestance écrasait aussitôt ceux qui étaient en sa compagnie, bien qu'on la recherchât sans doute. L'idée d'exposer ainsi sa médiocrité à Emma le mit au supplice mais ses résolutions s'étaient envolées. Ce qui, quelques minutes plus tôt, paraissait une vérité nécessaire, n'était plus qu'un détail, l'agencement de quelques sottises. Il se trouvait piteux d'avoir songé à parler en ces termes à Emma ou à cet homme. Aussi, contre son gré, suivit-il le couple dans la rue, consterné qu'ils attirent déjà les regards. Sans doute se demandait-on pour quelle raison incongrue ils tiraient derrière eux ce bougre qui ne payait pas de mine.

Leurs souffles dessinaient dans l'air des âmes blanches lorsqu'ils entrèrent dans le tripot. Ils s'installèrent à l'écart et Gaspard s'avachit sur sa chaise, détailla l'homme qui les accompagnait. « Il s'appelle Louis », souffla Emma à son oreille. Gaspard opina. Le prénom lui parut aussitôt prétentieux, tout comme l'ascétisme du visage, le creux des joues, la culotte de velventine et l'assurance de l'homme qui le défiait. Emma ne songeait pas à cacher son ravissement : chaque expression de son corps exprimait sa béatitude. À tout bout de champ, ses mains s'envolaient pour gagner l'épaule, le bras, la nuque, serraient la chair comme autant de petites mâchoires qui s'assuraient dans leur morsure de la présence de l'homme, de son appartenance. Ils burent et Gaspard resta le spectateur de leur séduction. Il les observa avec dédain, eux qui l'oubliaient déjà, éperdus par leurs caresses, les détesta de lui faire endurer l'humiliation d'être à leur table mais pourtant indigne de leur attention. Il enviait cette joie qui transformait Emma, la rendait soudain plus femme, conférait de la noblesse à l'expression de sa tendresse. Louis l'intriguait. Une rudesse, à propos dans la taverne bondée d'ouvriers et d'artisans, teintait ses manières. « Je loge à l'hôtel, dit Louis à Emma, et ce soir, tu passes la nuit avec moi. » Elle jubila, ne lança pas un regard à Gaspard qui désira disparaître, ne jamais être venu. Devait-il endurer ces effusions ou se lever et partir sans un mot ? Il lui était arrivé de songer, lorsqu'il était avec Étienne, que si la mort l'avait emporté à l'instant même où il éprouvait l'intense plaisir d'être en sa compagnie, tandis que leur échange se passait de mots et que le silence suffisait à les réunir dans une profonde compréhension — ou ce qu'il croyait alors être une profonde compréhension —, cette mort eût été une bénédiction, car elle l'aurait fauché à la seconde même de son bonheur, l'aurait sublimé en le rendant immuable. Tandis qu'il observait Emma, il pouvait deviner et désirer ce qu'elle éprouvait. Mais aussi, lui qui savait combien il eût été vain de mourir pour Étienne, pour un instant que lui seul avait investi d'une magie, ressentit le désir de la gifler, de la rappeler à la raison, de lui répéter qu'il n'y avait en ce monde aucun bonheur, aucune joie qui ne fussent un leurre et ne dussent finir démasqués tôt ou tard. Au moins l'alcool l'aidait-il à se détendre. La lumière des bougies se prenait dans le verre de la bouteille, au milieu de la table, puis jetait à leurs visages des teintes céladon. « ... et je lui parlerai de toi, dit Louis à Emma, je lui dirai comme ça : j'ai trouvé la plus belle et la plus talentueuse des danseuses de Paris. — Tu m'as jamais vue danser ! jubila-t-elle. — Je t'ai vue, c'est bien assez. »

Il l'embrassa, et il sembla à Gaspard qu'il mangeait son visage. Qui était-il, cet homme, pensait Gaspard, pour faire ces promesses ? Sa curiosité, tout comme son agacement étaient titillés. Il ne pouvait s'empêcher d'éprouver pour Louis un vif intérêt, de voir ses charmes, d'y être un peu sensible. Emma semblait d'ailleurs croire qu'il était à même de réaliser son rêve, comme s'il lui suffisait de la pousser sur le devant de la scène. Alors qu'elle considérait que ses désirs tant de fois ressassés, élimés, illusoires, devenaient possibles, elle doutait : « Mais j'sais pas vraiment danser. J'adore regarder la danse, ça oui, mais pour danser moi-même, j'aurais bien l'air ridicule, grosse comme j'suis. » Louis rit, d'un rire de circonstance, calibré pour la rassurer, la féliciter de sa dérision, démentir ses paroles : « Tu es parfaite. Crois-moi, tu y arriveras, il faut savoir observer. » Emma approuva, gagnée par un regain d'espoir qui chassa le doute contrit de son visage et l'encouragea à se servir un nouveau verre. Étienne aussi avait fait des promesses, Étienne aussi donnait des leçons. Gaspard n'était pas dupe mais se laissait gagner par l'ivresse, l'effervescence d'Emma, le jeu subtil de Louis et il dit : « Vous avez raison de la gâter, elle le mérite. » L'homme le regarda, surpris de l'entendre parler ou de prendre conscience de sa présence. Emma l'observa avec reconnaissance, un air de reproche. « Louis est à Paris depuis trois semaines, il connaît déjà bien du beau monde. — Demain, ajouta Louis, nous irons jusqu'en campagne avec mon carrosse. — T'entends ça, s'écria Emma, il a un carrosse ! » Et toute sa chair se tendait vers lui, sous l'effet d'une irrésistible attraction, s'imaginant déjà sur un chemin de forêt, le soleil de l'hiver éclaboussé sur leurs têtes par le toit complexe des branches, le bras fermement passe sous celui de Louis. Elle pencha son corps, dans la moiteur de l'auberge, sur Louis, vers ce rêve qu'elle croyait toucher du doigt.

IV

L'ARRIVISTE

Tandis que Gaspard peinait à payer son loyer au rythme effréné des passes, Emma cessa de se vendre. Elle se fit aussi de plus en plus rare les semaines qui suivirent sa rencontre avec Louis, préféra dormir à l'hôtel, négligea Gaspard qui ne cessait de frapper à la porte de sa chambre dans l'espoir de l'y trouver. La plupart du temps, il n'obtenait aucune réponse et regagnait la chambre et les garçons dont il s'était désolidarisé. En l'absence d'Emma, rien ne le reliait plus aux autres habitants, une scission s'était produite, une brèche qui sans cesse le tenait à distance, le laissait indifférent aux paroles, étranger aux autres et à lui-même. Lorsqu'il advenait que l'un d'entre eux se glissât contre lui, Gaspard subissait les caresses, absent. Son esprit divaguait tandis qu'il regardait le visage rougi du garçon, un coin de mur, l'angle d'un meuble. Il songeait à ce qu'Emma pouvait faire, aux gestes qu'elle esquissait à l'instant même, destinés, peut-être, au corps de Louis. Malgré la chaleur égoïste du garçon, Gaspard sentait resurgir le sentiment qui l'avait habité le soir où il avait attendu dans le couloir, et s'apprêtait à rencontrer Louis. Il prenait aussi conscience de la finitude des choses. De même que Lucas, Étienne ou Billod, Emma disparaissait sans raison aucune car l'existence n'en exigeait pas, donnait et reprenait au hasard, ne laissait rien qu'une hébétude, une solitude assourdissante. Gaspard disparaîtrait aussi. Cette idée, d'ordinaire vague supposition, devenait alors si concrète que son cœur se mettait à tambouriner dans son lit de chair, qu'il désirait soudain repousser le garçon, se lever, hurler. Que pouvait-il faire pour rompre ce quotidien, exister vraiment et non végéter telle une larve parmi d'autres ? Une marchande de chansons avait été retrouvée morte dans son lit, à quelques pas d'eux, trois semaines après son décès. Il avait fallu que l'odeur atteignît la rue pour que les voisins — qui d'abord avaient songé à un chat crevé dans l'une des gouttières — se questionnent : car, enfin, un chat, même mort, ne puait pas autant. La marchande avait été retrouvée drapée de vermine, comme d'une robe ondulante, d'une blancheur dodelinante et repue. Il en était ainsi à Paris : deux membres d'une même famille pouvaient vivre dans une même rue et ne jamais se rencontrer, deux voisins eussent été incapables de se reconnaître. Quant à la mort, elle ne suscitait qu'indifférence et désagrément. Gaspard se souvenait de la chambre dans laquelle il avait vécu, faubourg Saint-Antoine, du pendu contre lequel avait tempêté le logeur. Il se souvenait aussi des corps couverts de sel, qui gouttaient sur le sol du Châtelet. Gaspard comprenait qu'il était de ceux dont la mort ne provoquerait que l'ennui, de ceux dont personne ne viendrait chercher la dépouille, voués à distraire les voyeurs, les comtes dévoyés. La chambre, le colombage des murs, le poids du garçon, tout formait un carcan dont il ne pouvait se défaire. Il fallait se contenter de rester allongé, le souffle court. L'univers semblait trouver son équilibre sur son torse, reposer là son incommensurable gravité.

Durant les trois semaines que dura sa relation avec Louis, il arriva qu'Emma vînt chercher Gaspard pour proposer une sortie mais il refusait invariablement. Envieux, il se contentait de l'écouter parler des splendeurs du Louvre, d'approuver le choix des robes de satin aux couleurs excentriques, de s'extasier devant la rutilance des bijoux que Louis avait insisté pour lui offrir. Puisqu'il ne voulait pas la contrarier, il abondait en son sens et dut s'avouer qu'il continuait d'envier ce sentimentalisme qui la liait à Louis. Emma et Gaspard étaient allongés sur le grand lit. La lumière d'un printemps précoce inondait la chambre et le jour se prenait dans les cheveux d'Emma, les transformait en un courant à la surface duquel couraient de petites vagues. Chacune saisissait la lumière, l'emprisonnait puis la délivrait en un formidable kaléidoscope. Gaspard se laissait griser par sa présence. La chaleur jaune frôlait son visage, pétrifiait le temps dans la chambre, bannissait ce qui, au-delà des murs, constituait le reste d'un monde insaisissable. Il n'y avait que lui, Gaspard, et Emma, séparés l'un de l'autre par quelques centimètres de tissus, un plissement de robe, le cliquetis d'un collier de pierres échappé de sa main, glissant maintenant sur le satin. Sa voix était vive, ses propos futiles, mais qu'importait la teneur de ses paroles, Gaspard savait qu'ils étaient à nouveau réunis autour d'un bien-être rare.

« Tu sais, dit Emma avec brusquerie, j'me leurre pas. » Gaspard ne répondit pas, prit dans sa main le collier de perles et le fit rouler contre sa paume. Cela avait la consistance de la pierre, plus douce peut-être, et l'idée de leur valeur plaisait à Gaspard. « Les hôtels, les carrosses, les bijoux... Il se fait offrir tout un tas de choses, puis les revend. Il parle d'un grand crédit, il montre des lettres qui l'introduisent partout, propose des commissions pour l'étranger. Il a du bagou, mais j'veux pas qu'tu penses que j'suis une idiote. J'sais que j'suis qu'une putain et lui un imposteur. — Je ne l'ai jamais pensé », dit Gaspard. Il mentait. Emma se laissa tomber en arrière, s'étendit sur le dos. Le matelas grinça. Son profil se découpa, ciselé comme les pierres qui roulaient toujours dans la main de Gaspard. Le jour surgissait de ce visage comme un lever de soleil. Un astre allait apparaître d'un instant à l'autre derrière l'horizon du front, le pic du nez, la vallée des lèvres et le renflement du menton. Ce paysage charnu absorbait son regard dans des aspérités aux teintes de lys. « J'en ai déjà croisé beaucoup. C'est étrange comme plus rien ne me surprend, tu comprends ? Rien ne m'étonne, rien ne m'offusque. Pas même qu'on m'abuse. Les rues regorgent d'escrocs comme lui qui pensent tromper par des passions, des artifices. À les voir, on douterait de rien. Ils sont si prévenants, transpirent l'opulence, parlent la langue dorée, excellent dans le monde. Ils ont du flair et aiguisent la curiosité avec des anecdotes, ils cajolent toujours et juste ce qu'il faut. Ils ont le bon goût et le sens de la mesure, pillent et disparaissent en laissant crédits et banqueroutes. Louis dit que j'lui plais, j'aime un peu le croire. Peut-être bien qu'c'est vrai ? J'ai pas la tenue des dames, j'ai pas leur parler, alors j'me dis que j'ai sans doute quelque chose d'autre, que j'suis pas si ratée. » Gaspard tendit une main qu'il posa sur son bras. Il s'étonna que sa peau fût si douce et blanche. Elle semblait être le prolongement de son propre corps. « J'ai le sentiment d'être quelqu'un d'autre, alors qu'importe qu'il me mente puisque j'me mens aussi. Dès lors que, tous les deux, on oublie ce mensonge, il m'arrive d'avoir le sentiment que tout est vrai, qu'il suffit de le penser pour que rien ne change, que tout est voué à continuer. — Oui, dit Gaspard, cela n'a pas d'importance. » Il ressentait pour Emma une empathie profonde, s'apitoyait devant son corps si parfaitement proportionné et la découpe de son profil sur les carreaux de la chambre. Il ne lui avait jamais parlé d'Étienne et n'avait pas mentionné la duperie dont lui-même avait été victime. « Est-ce que j'suis ridicule ? » demanda-t-elle en tournant son visage. Il y avait dans son regard autre chose que l'attente d'un réconfort, dans sa question bien plus que la crainte d'être pitoyable. Elle le suppliait de dire qu'elle était encore humaine, même réduite à trouver dans les mensonges d'un homme, dans son mépris, une once de bonheur. « Bien sûr que non », répondit Gaspard. Elle sembla un peu rassurée, replongea son regard dans la contemplation du plafond. Il l'observa encore et songea aussi que Louis ne s'ennuyait pas de morale ou d'amour-propre, qu'il avait sans doute trouvé le détachement nécessaire pour exister dans le monde, se moquait des conséquences de ses actes. Il pouvait le haïr, comme il avait haï Étienne — il n'était plus certain de la rage qu'il nourrissait encore quelques jours auparavant ; fluctuante, elle se troquait contre un simple déni — mais Louis était aussi moins stupide que lui, ou qu'Emma. Si ce n'était à Paris, ce serait à Lyon, Toulouse, Bruxelles ou Londres qu'il continuerait de construire sa fortune et d'écraser sa vertu. Au moins ne serait-il pas voué, comme Gaspard ou Emma, à cette indifférence, à ce mépris dressé entre eux et le reste des hommes. « Bien sûr que non », répéta-t-il. Il lâcha le bras de porcelaine.

Il sut qu'elle ne s'était pas trompée lorsque, une semaine après leur discussion, il trouva Louis dans la chambre d'Emma. Il observait la rue au matin, depuis la fenêtre. Gaspard était entré car il avait trouvé la porte entrouverte. Il se tint interdit, à quelques pas de distance. Louis tenait dans sa main droite une perruque, sans doute retirée un instant plus tôt. Ses cheveux rebiquaient au hasard. Dans sa main gauche glissait le collier offert à Emma et la robe grossièrement pliée. Il s'aperçut que Gaspard les détaillait et dit : « Oh, je pars... » en guise d'explication, son départ justifiant à son esprit qu'il reprît ses dons. Un peu de poussière vint se prendre au velours de sa culotte, sur la ligne courbe de sa cuisse, il la chassa d'un geste désinvolte. « Où allez-vous ? » demanda Gaspard. Il ne savait que dire pour le retenir un peu, éprouvait une étrange émulation, en tête à tête avec cet homme. *À la différence d'Étienne*, pensa-t-il, *il ne fuit pas par ennui ou pour son seul plaisir, mais par nécessité.* Cet homme, forcé à l'exode pour sauver ses intérêts, devait connaître une solitude faisant écho à la sienne, bien que préférable. « La Lauzanne, en Suisse. Nous n'aurons pas eu le temps de faire connaissance, mais Emma dit de vous le plus grand bien. — Laissez-lui ça », dit Gaspard en désignant la robe et le collier par un geste de la main. L'autre les considéra puis haussa les épaules et s'avança vers le lit. « Soit », dit-il avant de les déposer au pied du lit. Puis il se tourna vers Gaspard et lui fit face : « Vous me trouvez cupide, n'est-ce pas ? Je veux dire... d'avoir songé à les emporter ? » La porte se rabattit derrière Gaspard et il esquissa un geste pour la retenir mais ne fit qu'en effleurer la tranche. Elle se referma avec un déclic. « C'est qu'elle était heureuse », répondit-il. Il baissa le regard, ne parvint pas à soutenir celui de Louis, gris et calme. « Elle aura tôt fait de les haïr », répondit l'homme. Il soupira, referma les boutons de sa veste, remonta son col. Contre toute attente, il se dirigea de nouveau vers la fenêtre. Tandis que Gaspard hésitait à disparaître dans le couloir, Louis parla : « Avez-vous connu Paris du temps des fosses vétérinaires ? — Non, dit Gaspard d'une voix trop grave. — Il y avait à l'époque des équarrisseurs, ces hommes dont le métier est d'abattre les chevaux, le bétail, ou de débarrasser les rues de leurs dépouilles. Ils travaillent avec les boyautiers, tous deux font commerce de la mort. Je me souviens d'avoir vu sur des champs entiers des monceaux de cadavres, des débris de chevaux et d'animaux dépecés, jetés là en capharnaüm de tripes, en montagnes de viande. La peau disputait la place des os émergeant de la masse, bête géante et assoupie, en braquemarts luisants et livides. Les tripes béaient au soleil, leurs couleurs foisonnaient au point d'en paraître artificielles. Cela semblait être de loin le tableau d'un champ fleuri à toute saison et valait les feux d'artifice qu'il est de mode de tirer aux Tuileries. Mais quelle odeur ! On dit que Paris pue, mais ce n'est en aucun cas comparable à ce qu'encensaient ces fosses. Des hordes de chiens s'y vautraient, à tel point déchaînés par l'abondance et les odeurs qu'ils se mordaient eux-mêmes, croyaient arracher un morceau de carcasse puis se traînaient, mourants mais repus, avant de succomber à leurs blessures, à l'ombre d'un squelette. L'été, les mouches vrombissaient, leurs carapaces luisaient comme des diamants sous le soleil de plomb. Les boyautiers qui parvenaient à pénétrer cette infection pour extirper des intestins, les vidaient sur place dans l'idée d'en faire des cordes d'instruments. Ils chassaient ces joyaux par essaims babyloniens, lestés par la sève, jusqu'à obscurcir le ciel et donner l'illusion qu'au beau milieu du jour, la nuit avait drapé le monde. Aujourd'hui, ces fosses ont été déplacées à plusieurs milles de Paris parce qu'elles infectaient les faubourgs et que l'on juge qu'il vaut mieux suffoquer en campagne. Les Parisiens ont oublié cette pestilence et se hâtent aux concerts, sans questionner l'origine des cordes de violoncelles, harpes et instruments dont les sons les extasient. Ce que je veux dire, c'est qu'il n'est rien que Paris n'épargne. Il n'est rien, pas la plus insignifiante des tripes dont on ne sache que faire, dont on ne puisse tirer profit. Il est curieux de songer combien de la chose la plus vile peut émerger la magnificence. Alors peut-être qu'à cet instant je vous semble méprisable, et je vous concède de l'être sans doute, mais en ce siècle le choix s'impose, il faut prendre son parti. Et je préfère les violes d'amour et les *stabat mater* au charme bigarré des carcasses. En bref, je préfère abuser que l'être. » Gaspard observa la coupe triangulaire de son dos, l'étroitesse de sa taille. Quelques secondes durant, dans le contre-jour, il parut possible que cette silhouette se tournât et qu'Étienne ou le père fussent devant lui. « Bien, voici ma voiture », dit Louis le visage toujours penché en contrebas vers la rue. Il se tourna et Gaspard observa qu'il affichait désormais un sourire tout à fait mondain, comme s'il s'apprêtait à saluer son hôte après un charmant dîner et signifiait par l'esquisse de ses lèvres l'excellence de sa compagnie. Comme Gaspard barrait le passage, ils restèrent un infime moment, qui leur parut à tous deux bien trop long, au milieu de la pièce.

Gaspard s'écarta d'un pas aussi difficile et hasardeux que s'il eût extrait ses pieds du plancher. « Adieu », dit Louis avant d'ouvrir la porte. Il sortit dans le couloir. L'ineptie de ce mot saisit Gaspard au ventre. Il y avait dans ce départ impersonnel — car que connaissait-il de Louis, aucun lien sinon Emma ne les unissait, leur rencontre et les quelques mots échangés avaient été forcés par la situation — une souffrance. Gaspard, comme s'il eût été Emma, désirait retenir Louis. Non, songea-t-il, même Emma ne l'aurait pas fait. Alors pourquoi lui, qui ne connaissait rien de cet homme, souffrait-il de le voir quitter la chambre, emporter une histoire et ne songer sans doute déjà plus à Gaspard, à l'heure où il s'asseyait dans un carrosse et donnait l'ordre au cocher de quitter Paris ? « Pourquoi ne m'a-t-il pas emmené ? » souffla Gaspard en direction du couloir. Il lui sembla que Louis, avant de quitter la pièce, avait fourré ses mains dans ses entrailles, saisi ses viscères et pris la fuite avec, vidant Gaspard de sa substance au fur et à mesure de son éloignement.

Lorsque Emma entra, Gaspard était allongé sur le lit depuis plusieurs heures, absorbé par ses pensées. « Il est parti », dit-elle. Elle referma la porte, essaya de dissimuler les trémolos de sa voix. « Je sais », répondit Gaspard. Il désigna les affaires laissées par Louis au pied du lit. Elle s'approcha, retira le châle couvrant ses épaules puis tendit une main. Du bout des doigts, elle effleura une perle du collier, fit crisser le satin de la robe. Comme Louis l'avait prédit, son visage ému la veille par la beauté de ces objets, avilis par le départ, les méprisait désormais et, d'un revers de main, elle les poussa du matelas. « Prends-les, vends-les, jette-les, mais sors-les de ma vue », soupira-t-elle avant de s'allonger à son tour. Ils restèrent sans mot dire puis elle demanda : « Tu l'as vu avant qu'il parte ? » Gaspard acquiesça. « Est-ce qu'il t'a dit quelque chose ? Il a laissé un message pour moi, quelque chose ? — Non, il n'a rien dit du tout », répondit Gaspard. Emma rit, son rire sonna faux : « Pas besoin, conclut-elle, on nous quitte chaque jour près de dix fois, vrai ? Les départs on connaît ça, nous autres. J'me fous qu'il soit parti. Mais qu'il ait laissé ça... Enfin, Gaspard, que croyait-il acheter ? » Il ne répondit pas mais éprouva un ressentiment à l'égard d'Emma, mêlé de culpabilité. Il avait insisté auprès de Louis pour qu'il n'emportât pas les cadeaux, et trouvait injuste la réaction d'Emma. Il n'avait eu d'autre dessein que d'offrir une consolation à ce départ. Puisqu'il ne se sentait pas la force d'une justification, il se leva et ramassa au sol la robe et le bijou. « Où vas-tu ? questionna Emma tandis qu'il s'apprêtait à passer la porte. — Vendre tout ça, répondit-il. — Garde l'argent. J'reprends du service, dit-elle, on va être de nouveau ensemble. » Elle dissimula la désolation de ses paroles. Gaspard opina, essaya d'y répondre, mais ne parvint qu'à fabriquer une grimace. Il prit la fuite.

Le mouvement de la rue le réconforta. « Gare ! Gare ! » cria un porteur de sel qui manqua le percuter. L'idée de s'éloigner d'Emma le soulagea et serra la robe sous son bras, glissa une main dans la poche de sa culotte pour s'assurer de la présence du collier de perles. L'air était tiède, humide sur sa peau, mais les feux brûlaient encore derrière le masque des façades et il flottait dans les rues un brouillard pareil à un voile de gaze qui eût séparé Gaspard de la réalité de Paris. Il marchait, à la fois présent dans la rue mais distancé d'elle, et ce qu'il percevait de la ville — le florilège de ses odeurs de boucheries, de cimetières, d'hôpitaux, d'excréments, de teintureries et de tanneries, des vapeurs de charbon, d'arsenic et de soufre dégorgées des ateliers rouges comme des enfers où l'on travaillait le cuivre et les métaux — était assez lointain pour paraître agréable. Gaspard pensa à l'argent qu'il tirerait de la vente du collier et de la robe, déduisit qu'il pourrait faire tailler un costume. Le noir allait avec tout et Gaspard avait vu des messieurs passer en ville, vêtus de sombre. Tous lui avaient fait impression. Cette idée le mit en liesse, laissa envisager la possibilité de quitter le quartier. « Aujourd'hui, c'est simplement possible », dit Gaspard. Il avait eu raison d'exiger de Louis qu'il laissât la robe et le collier, quoi qu'Emma pût en dire. Il vendit le collier et en tira une somme satisfaisante. L'argent sembla rayonner au fond de sa poche et, s'il n'en sentit pas la consistance, irradia sa cuisse, gonfla son corps d'assurance. Il tapota sa culotte du plat de la main, trois coups bienveillants, trois caresses qui s'assuraient de sa présence par crainte qu'il ne se volatilisât. Cet argent n'avait rien à voir avec celui des passes, il ne l'avait pas gagné au sacrifice de sa chair — l'idée qu'il fût acquis au sacrifice de celle d'Emma le traversa, mais il s'en détourna aussitôt — et il était donc galvanisant de songer à la perspective d'entrer chez un tailleur et de payer son costume avec fierté. Un atelier se dévoila à l'angle d'une rue. Il s'arrêta, hésita à entrer. Au travers de la vitrine il discerna des monceaux d'étoffes, deux ouvrières devant leurs établis, des étagères bancales. Attendre là, dans la rue, ne rien posséder encore, tandis que tout autour grouillaient la ville, les passants, le tohu-bohu des fiacres : l'imminence de son entrée dans l'atelier de couture devint source d'excitation. Le voile était à présent dissipé, Gaspard se sentait au contraire éveillé, bien ancré à la surface de la capitale. Les quelques pas le séparant de l'entrée lui donnaient la certitude qu'en les franchissant, il parviendrait à laisser derrière lui la maison de passe. Il investissait cette distance des espoirs que la rencontre de Louis et la vente du collier avaient autorisés à naître. Les centaines de milliers de vies autour devinrent insignifiantes. Tout le souffle de Paris se suspendit à la décision que prendrait Gaspard d'entrer dans l'atelier ou de continuer sa route. Le doute qui l'avait assailli plus tôt resurgit et il pensa à Emma. Gaspard n'avait qu'une idée confuse de ce qu'il ferait en sortant de l'atelier. Un costume n'était rien, il faudrait dès ce soir retourner à la maison ou bien trouver une chambre s'il restait un peu d'argent. N'était-il pas amoral d'utiliser ces économies, ne devait-il pas en refuser l'idée ? Ce costume l'affranchirait d'Emma. Il savait avec certitude qu'il laisserait le bordel derrière lui, laisserait aussi Emma. Emma qui lui avait donné l'argent, promettait leurs retrouvailles, attendait son retour et sa reconnaissance. Mais, se dit-il, ne lui avait-elle pas tourné le dos, quelques semaines plus tôt, lorsqu'elle avait rencontré Louis et que tout semblait préférable à sa compagnie ? N'était-il pas compréhensible qu'à son tour, jugeant cette nécessité, il s'éloignât ? Cette idée le conforta, aussi prit-il la décision d'entrer dans l'atelier et, dès qu'il fit le premier pas vers la porte, laissa-t-il dans la rue, telle une mue impalpable, le fondement de ses craintes.

Le couturier était un homme sec et affable. Une veine barrait son front et palpitait au gré de ses agitations. Il disposa devant lui plusieurs rouleaux d'étoffe et Gaspard vit du coin de l'œil que les regards furtifs des apprenties quittaient la houle des tissus gonflant sur leurs genoux pour flirter avec les lignes de son profil, avant de revenir en hâte à leur ouvrage. « J'hésite, dit Gaspard à l'attention du couturier. — Bien, répondit l'homme, mais avez-vous de quoi payer, mon garçon ? » Sans parvenir à se détourner du reflet des tissus, Gaspard tâta sa poche, extirpa l'argent, le posa sur l'établi puis, se souvenant de la robe, la déposa à côté, sous l'œil de l'artisan. « Hum, grogna-t-il en tâtant le textile, laissez-moi vous proposer quelque chose de plus *convenable.* » En un rien de temps, des tissus plus chatoyants encore remplacèrent les étoffes et frissonnèrent en couches rutilantes, en ondes glacées. Coton, soie, satin, velours, crêpes et dentelles, l'homme n'en finissait plus d'extraire du fond de sa boutique des rouleaux de couleurs et de motifs qui emplissaient Gaspard, au fur et à mesure que s'étalait leur opulence, d'une indécision égalée par son plaisir et son exaltation. À tout autre moment, l'atelier serait apparu comme une boutique sans distinction, mais, pour l'heure, les nuances des fibres métamorphosaient le lieu en un temple de magnificence et de splendeurs. Un frisson partait de sa nuque, courait le long de son dos jusqu'à la cambrure de ses reins. « Prenez votre temps », insista le couturier avant de disparaître dans sa réserve. Gaspard tendit une main vers les tissus. Les ouvrières chuchotaient, se moquaient de ce garçon mal fagoté. Leur conversation prit l'allure d'une berceuse et son attention se focalisa sur les mouvements du tissu, qui plissait, s'ourlait en vagues. Les reflets se prenaient aux plissures, semblaient être des fragments de soleil dans l'écume, à la brisure des lames. Les voix des couturières étaient le cri lointain des mouettes, le murmure des remous le long d'une jetée, la course des algues ballottées sur le sable, et Gaspard s'attendit à ce que ses doigts s'enfoncent comme au travers de la surface d'une flaque d'eau. Il laissa courir la paume de sa main, l'enfonça dans la douceur du velours, la fluidité du satin. Pouvait-il choisir parmi cette abondance ? Ses choix se limitaient d'ordinaire à des décisions concrètes. Face à cette diversité, il se sentit pris d'une lourdeur d'esprit. Il était indécis mais désirait aussi que l'instant se prolongeât, n'avoir longtemps que cet embarras frivole : choisir lequel de ces tissus éclipsant Étienne, Emma, la ville et le reste, composant le monde tout entier, lui conviendrait le mieux. Tandis qu'il associait les couleurs et les textiles, une idée évidente surgit : sitôt vêtu, Gaspard se rendrait chez les d'Annovres. Le risque qu'ils connussent la réalité et le terme de sa relation à Étienne était mince. Gaspard songea qu'il pouvait leur faire une visite de courtoisie. Il avait conscience de la relative bienséance de son idée. Il s'était rendu chez eux une seule fois, mais il trouverait à justifier son absence, comblerait la comtesse de cajoleries. Peut-être pourrait-il invoquer sa bienveillance, implorer qu'elle fît jouer en sa faveur quelque connaissance. Ce projet semblait absurde mais comblait Gaspard d'enthousiasme. « Je suis pressé, n'avez-vous rien à ma taille ? dit-il au couturier qui resurgissait. — J'ai bien peur que non, il faudra attendre quelques jours, répondit l'homme. — Je vous en offre le double, vous n'aurez qu'à faire patienter votre client », insista Gaspard. L'homme fit mine de réfléchir un instant : « J'ai peut-être quelque chose en réserve, il suffira de raccourcir la culotte et les manches. » Tandis qu'il regagnait l'arrière-boutique, Gaspard s'éloigna des étoffes, s'approcha de la vitrine et observa la rue où passaient des visages concentrés sur leur marche, leurs occupations, un objectif quelconque. *Y a-t-il un lieu plus anonyme que cette ville ?* pensa Gaspard. Le souvenir de la marchande de chansons passa dans la rue. L'idée de sa propre mort le terrifiait et, égoïstement, l'idée qu'une vie fût possible après lui. Puisque sa vie était aussi insignifiante que celle de la marchande de chansons, rien de son existence n'aurait d'impact sur le mouvement de la rue, sa fin ne ralentirait pas la marche de la ville. Il était aussi étrange de songer que cette vie, qui lui semblait nécessaire puisque c'est par elle qu'il percevait le monde, était en réalité, au regard de l'univers, un détail. Il incarnait pourtant l'essence même de l'existence mais, au-delà, sa fin ne serait même pas anecdotique. Il n'y aurait personne pour s'en émouvoir. Et quand bien même, elle ne tarderait pas à être un souvenir qui disparaîtrait aussi avec celui ou celle qui en aurait gardé une réminiscence empreinte de nostalgie. Puis, comme s'il s'élevait au-dessus de Paris, si haut que la terre devenait un point dans une éternité de ténèbres, impossible à concevoir sinon comme un vaste plan noir, Gaspard pensa que son existence, comme celle des marcheurs de l'autre côté de la vitrine, était à cette échelle un instant si bref qu'il ne pouvait en cerner le sens. L'idée de sa finitude, de l'inconsistance de sa vie, qui l'avait assailli un soir tandis qu'un garçon cherchait à obtenir de lui une esquisse de tendresse, surgissait dans l'atelier de couture et le drapait à nouveau. Il aurait aimé prendre cette altitude qu'il parvenait à concevoir, et se détacher de sa médiocrité, du vide de son existence. Gaspard rencontrait les limites de sa compréhension. Se moquer de la mort, comme Étienne l'avait conseillé. Pour vivre avec plus d'intensité ? Mais qu'était-ce ? Que fallait-il faire pour transformer cette succession de frustrations, de regrets, de rêves, de barrières et d'impossibles ? Gaspard secoua doucement la tête. Son reflet apparaissait sur la vitre et, au travers, d'autres visages passaient et repassaient, des faces vulgaires, anémiées ou suppliantes, mangées de couperose. Il se sentit accablé, bien loin de l'état d'euphorie qui était le sien quelques minutes plus tôt, quand l'étalage des tissus promettait un changement, une échappatoire. Il hésita même à prendre la fuite, lorsque le couturier reparut et vint plaquer une veste sur son torse. « Parfait ! » s'exclama-t-il. Il força Gaspard à sourire.

Lorsqu'il se fut changé et qu'il boutonnait sa veste sans conviction, le couturier lui présenta un miroir dans lequel son reflet apparut. Il s'observa avec stupéfaction. Dans la voiture d'Étienne, en route pour l'opéra, les vêtements offerts par Étienne le transcendaient. Il éprouva en s'observant un sentiment similaire. Pourtant, à la surface de cette prestance, quelque chose en lui était bouleversé. Gaspard ne se souvenait plus de s'être détaillé depuis des mois. Bien sûr, il avait croisé son reflet, mais les clients et les passes s'étaient insidieusement logés sous sa peau, jusqu'à rendre son visage insupportable de banalité. Désormais homme du monde, les bas de soie galbant son mollet, la culotte gonflant l'arrondi de sa cuisse, le justaucorps épousant son torse et la chemise débordant aux manches en plis beiges, le giton semblait avoir laissé place à... *un arriviste*, souffla une voix dans sa tête. Il ajusta le jabot blanc. C'était cela, parfaitement cela. À nouveau, les craintes et les doutes étaient balayés et il était possible de gagner toutes les faveurs si, à la manière de Louis, il utilisait son apparence. Était-il beau garçon ? Les couturières n'avaient cessé de le regarder. Ses traits, sa physionomie étaient changés. Son visage était émacié, le temps passé au bordel avait contribué à y peindre de la gravité, la marque de la désillusion. L'adolescent avait fait place à l'homme aguerri, au désenchantement. Avait-il jamais vu cette ride barrant son front, juste au-dessus de ses sourcils qu'il fronçait un peu pour se donner l'air soucieux ? Le tableau était convaincant, Gaspard n'en doutait plus. Le couturier et les ouvrières évoluaient autour de lui, apportaient les dernières retouches, approchaient son corps avec le respect qu'exigeait son allure. Il se redressa. Comment avait-il pu croire qu'il fût possible d'exister autrement ! C'était pourtant une évidence, il suffisait de le regarder. Puisqu'il resterait quelques sous, il ferait raser la barbe disgracieuse à ses joues. Il faudrait aussi d'autres souliers, plats et ornés de boucles, peut-être quelques fleurs ou chocolats pour la comtesse. Gaspard tenait à être à la hauteur. Le souvenir de ce repas, qui l'avait propulsé le temps d'une soirée dans le monde, restait vif à son esprit. Souvent il s'était plu à le raviver, à se remémorer chaque détail, chaque parole, pour s'assurer de l'avoir bien vécu et oublier un peu, le temps d'une rêverie, la tout autre réalité de son existence. Il se rappelait le faste des salons, l'abondance du repas, la prestance des convives, l'atmosphère feutrée à laquelle la cheminée, la lueur des candélabres et des lustres donnaient une teinte raffinée, laissait deviner une ambiance propice à la confidence, à la distinction des conversations. Gaspard avait été de ce repas et de ce cercle dans lequel on l'avait trouvé gentil. Il avait plu à Adeline d'Annovres, il en était certain, ainsi qu'à la comtesse qui l'avait estimé pour son lien avec Étienne plus que pour son bagou. « Un vrai prince », dit le couturier avant de s'éloigner un peu pour le contempler. Gaspard sourit, certain de voir dans son reflet un air d'éminence. Il enfila les gants de daim, et l'image d'Étienne dans l'entrée ombrageuse de l'atelier de Billod lui revint. « Oui, répéta-t-il, un vrai prince. »

Il fit livrer chez la comtesse un bouquet de fleurs et se présenta à sa porte en fin d'après-midi. Il demanda à être annoncé et on le fit pénétrer dans l'un des salons de l'entrée où elle le pria de patienter un moment. Sitôt que la porte se referma sur la robe fuyante de la domestique, comme il se retrouvait seul dans l'ordre précis d'un sofa, d'une étagère et le silence d'une armée de bibelots, son assurance s'effondra. Il semblait déjà qu'une heure s'était écoulée et que cette attente était bien trop longue pour n'être pas suspecte. Sans doute les d'Annovres ne parvenaient-ils pas à le remettre et s'étonnaient-ils de cette visite impromptue, ou bien s'outrageaient que l'on jugeât légitime de surgir chez eux après y avoir été convié par relation plus que par intérêt. Il essuya la sueur à son front et se dissuada de prendre la fuite, pensa qu'il signerait là un billet de non-retour. Adeline d'Annovres lui avait témoigné de l'intérêt et il souhaita qu'elle fût présente. *Je pourrais*, pensa-t-il, *prétexter une maladie, ou, mieux, un voyage.* Oui, un voyage, voilà qui exciterait au moins la curiosité. Mais, tandis qu'il essayait de songer à une destination, de construire quelque anecdote exotique, il s'aperçut qu'il était incapable de concevoir ce que pouvait être la vie hors des frontières de France. Sans cesse, son manque d'imagination le ramenait aux murs sales de la maison de passe, aux formes pleines du corps d'Emma contre lequel il s'était allongé puis avait songé qu'il ne valait pas mieux que d'être vendu pour les plaisirs d'autres hommes. Il guettait la porte avec inquiétude et la pièce était hostile. Rien ici ne semblait avoir bougé depuis des temps immémoriaux. Il était pourtant impossible de trouver dans la disposition des figurines de céramique et de cristal le moindre grain de poussière. Ce n'était qu'une pièce de passage, vouée à l'attente. Cette antichambre devait attiser la convoitise et le respect des visiteurs pour que l'on tînt à réunir là une telle cohorte de chevaux peints à la main, une bibliothèque sur laquelle les livres s'alignaient avec une précision factice. Au mur, une éclaircie déchirait en fond la reproduction d'une scène de chasse sous un ciel tumultueux de campagne. Au pied d'un cheval à la robe fluide, une meute de chiens se figeait dans sa course. Ce tableau n'évoquait rien à Gaspard, sinon la supposition de nobles occupations en campagne. Ce devait pourtant être un modèle de raffinement pour qu'on eût jugé nécessaire de le faire figurer dans cette pièce où il dévorait tout le mur. Il souleva en lui un ennui qui le força à détourner le regard. À l'image du tableau, l'agencement de la pièce apparaissait comme grossier. Gaspard craignait de ne pas être reçu, de faire mauvaise impression, mais cette surcharge d'un esthétisme outrancier alimentait son malaise. Il restait un peu abasourdi, tant il avait eu de sa visite chez les d'Annovres une vision sublimée. Comme s'il eût posé le regard sur quelque chose de confondant, d'un peu trivial, en scission avec l'idée qu'il s'était faite des d'Annovres, son estime se fissura et il lui sembla que ce tableau révélait une part d'intimité qui cristalliserait à son esprit et le forcerait à reconsidérer son estime sous un angle nouveau. Bien sûr, Gaspard avait conscience de la supériorité de l'hôtel des d'Annovres en comparaison de la maison de passe. Tout ici n'était que dorures, céramiques, bois sculpté, bien préférable au taudis dans lequel il avait vécu, mais il ne pouvait s'empêcher d'éprouver un sentiment insaisissable lui signifiant que cette décoration était surannée, le trait trop appuyé, alors qu'il avait gardé tout ce temps des d'Annovres un souvenir contemplatif. De ce sentiment naquit un mépris insistant sur lequel il fonda son assurance, se persuadant qu'il ne serait pas difficile de plaire à des gens qui affectionnaient de vivre dans un tel décor. Il trouverait bien, le moment venu, une excuse justifiant à la fois son silence et sa réapparition.

Son ventre restait noué. Il n'excluait pas l'idée qu'Étienne ait eu à justifier leur éloignement ou, pire, pût se trouver à l'instant même dans le salon des d'Annovres, conseillât à la comtesse de le faire mettre à la porte, dévoilât son imposture. Il n'eut pas le temps d'y penser plus, car la porte s'ouvrit sur la maîtresse de maison. Elle lui adressa un sourire poli. Il perçut un doute, un flottement dans son regard. Il eut la sensation d'être démasqué, fut sur le point de s'excuser et de partir sur-le-champ, mais il s'avança et baisa sa main. Cela suffit à dissiper les craintes de la comtesse. Elle resta à l'entrée de la pièce, barrant le passage de sa robe drapée, joignit les mains. Il subsistait dans sa tenue une réserve indiquant à Gaspard qu'elle se souvenait de lui avec incertitude et elle le questionnait dans l'idée de le remettre sans pour autant sembler trop étonnée. Il s'empressa de répondre, veilla à soigner au mieux son langage : « J'ai été, madame, dépêché en Bretagne où l'on m'a retenu depuis l'automne pour une affaire importante. Mais je n'ai rien oublié de notre soirée à l'opéra et du délicieux dîner auquel vous m'aviez convié le lendemain. Comme j'ai regagné Paris ce matin, et que je n'avais pas eu le temps de vous rendre la politesse, je vous ai fait livrer quelques fleurs et, passant par chez vous, me suis permis de venir vous présenter mes hommages. » Une lueur traversa son regard, elle mit un nom et un contexte sur son visage. Dans la ramure de ses relations, elle venait de lier Gaspard à Étienne, et s'autorisa un sourire sans une once de réserve : « Comme c'est gentil ! Comme je suis sotte ! J'avoue avoir eu un doute, mais un instant seulement, et vous m'enlevez là le plaisir que j'ai eu en croyant recevoir ces fleurs d'un soupirant tenu au secret ! » Elle rit, fit un geste de la main pour s'excuser de sa grivoiserie, comme si elle la rejetait dans le domaine des non-dits, et ajouta : « Nous allions servir le thé et vous êtes aujourd'hui ma seule visite. Je me suis trouvée fatiguée hier, j'ai averti qu'on ne me dérange pas. Non, ne vous faites plus de soucis, je vais mieux et votre venue me distraira, soyez gentil et joignez-vous à nous. » Il la suivit dans ce couloir qu'il avait emprunté avec Étienne. Dans la pénombre de la fin de journée, il était baigné de grisaille et semblait plus étroit que dans ses souvenirs où il s'était persuadé d'avoir mis du temps à le parcourir, qu'il serpentait même entre une multitude de pièces et de salons. Il jeta au passage un regard vers la porte de la salle manger, se souvint d'avoir surpris par l'entrebâillement les préparatifs du repas. Mais la porte de la salle à manger fut décevante, car elle se fendait dans sa mémoire de ce rayon de clarté chaude, de cet interstice de lumière débordant d'effluves, au travers duquel il avait observé la table et les mets, l'empressement des domestiques. Tout comme la pièce dans laquelle on l'avait fait attendre, le couloir et la porte, la comtesse d'Annovres paraissait plus petite que dans son souvenir. Ses traits n'avaient rien que de très banal, ses formes qui lui avaient paru généreuses étaient désormais boudinées, débordaient de sa robe et il percevait le renfoncement que le col faisait dans la chair, à la base du cou. *C'est,* se dit Gaspard, *que je suis à ce point différent de celui que j'étais en venant ici pour la première fois, que je n'ai pour ces gens que du dédain.* La comtesse semblait, tout comme son hôtel particulier, dérisoire mais aussi, d'une manière qu'il ne s'expliquait pas, responsable du fait qu'il eût vécu rejeté du monde, avili, déshumanisé. Elle ignorait ce qu'il avait enduré et Gaspard imaginait sans difficulté le quotidien et l'insouciance des d'Annovres, confinés dans leur intérieur avec pour seule préoccupation la composition de leurs dîners et le calendrier des salons tenus à Paris. Quelques heures plus tôt, c'était près d'Emma que Gaspard reposait, sur le sommier d'un lit infesté de punaises. Cette pensée le révoltait — non contre lui-même bien qu'il eût délaissé Emma, se fût emparé de son bien pour servir son désir d'ascension — mais contre les privilèges de cette famille, leur ignorance de ce qu'était sa vie puis, enfin, leurs accointances avec Étienne de V. par qui sa débâcle avait commencé.

Son attente au salon, les quelques pas dans le sillage de la comtesse suffirent à faire choir les d'Annovres du piédestal sur lequel Gaspard les avait placés. Il concevait désormais pour eux et ce confort une convoitise dénuée de tout scrupule. Laissant de côté son estime, Gaspard pénétra dans le grand salon d'un pas conquérant, tendit enfin les bras devant lui, en direction du comte qui somnolait sur un canapé lorsque son épouse s'écria : « Regardez qui nous rend visite ? N'est-ce pas gentil ? N'est-ce pas mignon ? Je sais maintenant d'où me viennent ces belles fleurs. Ah ! que ne m'en fait-on plus des attentions comme celle-là ! — Allons, répondit Gaspard, je suis certain que vos amis vous gâtent bien assez. » Elle fut ravie, ressuscita un instant la femme dont il avait gardé l'image. Puis, comme son époux se levait et venait à sa rencontre, Gaspard saisit sa main, la serra avec fermeté. Gaspard eut la certitude de lire, sous une forme de nonchalance apathique, une expression qui ne le trompait plus, comme si, déniaisé par son errance dans les bas-fonds de Paris, il parvenait à déchiffrer cet air, une manière dans le déploiement du regard du comte. Un déploiement qui avait embrassé, entre le moment où Gaspard était entré dans la pièce et celui où leurs mains se serraient, l'ensemble de son corps pour finalement se fixer sur son visage. Ce désir flottait comme un tulle sur ses traits, l'agitation perceptible d'une rétine qui ne parvenait pas à s'apaiser, désirait tout dévorer d'une traite. Il ne lui était pas étranger puisque c'était ce même désir qu'il avait supporté de voir posé sur lui par la multitude écœurante des clients. Aussi, en un instant, ne fit-il aucun doute pour Gaspard que le comte d'Annovres le convoitait sous le nez de son épouse, sans qu'elle se doutât de rien, comme Gaspard l'avait ignoré à leur première rencontre, non averti qu'il était de ce langage corporel et tacite qui permettait à deux êtres partageant la même faiblesse de se reconnaître. Le comte ne pensait rien laisser transparaître de sa singularité et de son attirance. Il vit, dans l'insistance de Gaspard, une aisance, l'affirmation d'un caractère, de l'impétuosité, sans se douter d'avoir été compris bien au-delà de l'intimité qu'une poignée de main autorise. Gaspard, conscient de la supériorité que lui conférait cette connaissance immédiate du comte, songea, pendant que tous trois gagnaient les canapés où la comtesse venait de les inviter à prendre place, qu'il devait être aisé de manipuler cet homme. Le rembourrage du canapé l'accueillit lorsqu'il s'installa. Avait-il connu une sensation plus agréable que le confort de ce sofa sur lequel il fut tenté de s'étendre ? Une domestique servit le thé et permit à chacun de s'observer au travers des mouvements de la théière, du liquide versé dans la porcelaine de leurs tasses. Soucieux de bien paraître, il se tint droit, le visage à peine incliné, s'inquiéta qu'une goutte fût versée sur le napperon, savoura les volutes de fumée qui serpentaient dans l'air, donnaient à l'atmosphère du salon un rien de griserie. « Avez-vous lu les nouvelles ? » demanda la comtesse. La servante se retira, l'espace entre eux se réduisit à quelque chose de plus intime Gaspard saisit sa tasse. Sa main tremblait un peu. Le comte l'avait-il remarqué ? Ses yeux ne cessaient d'aller et venir, Gaspard sentait cette analyse scrupuleuse le déshabillant sur le joli canapé. « J'arrive à peine. Le voyage a été long, je ne sais plus rien de ce qu'il se passe dans le monde », répondit Gaspard avant de porter la tasse à ses lèvres. Il avait parlé avec aplomb et ne mentait pas car que savait-il de la vie de Paris ou de la France, qu'entendait-il en politique, cette nébuleuse ? Le bordel l'avait extrait du monde. L'intonation de sa voix sonna bien, la comtesse répondit : « C'est là le propre des voyages, nous permettre de ne plus rien connaître de notre pays et d'en apprendre mieux des autres. Les ennuis qui se passent ailleurs apparaissent pour du folklore, nous divertissent, et l'on oublie ceux qui nous concernent ! » Elle parlait comme une exploratrice, alors que prendre un fiacre au pas de sa porte afin de se rendre dans quelque proche campagne devait paraître un périple. « C'est du moins ce qu'en disent les voyageurs, peut-être me contredirez-vous ? Moi, je n'aime rien de mieux que Paris et comme je le dis toujours : pourquoi chercher par monts et par vaux quand on trouve ici toute la diversité qu'il doit y avoir ailleurs ! » *Elle est ravie de se citer elle-même,* pensa Gaspard, *comme si elle détenait je ne sais quelle vérité universelle.* « Vous avez raison », dit-il avant de boire à nouveau, imitant les gestes du comte qui restait affalé sur un canapé. Du col de sa chemise dépassait une touffe de poils grisâtre, remontant dans le cou rouge. Gaspard ressentit, à la vue de ce détail, un dégoût impérieux pour cet homme un peu dégarni, un peu défait, un peu vieillot et qui ne cessait de chercher à deviner la fermeté de ses bras ou de ses cuisses sous ses habits. La gorge de la comtesse se teintait. Le thé était brûlant, avait un goût de feuilles mortes, de terre après la pluie, un goût de Quimper. « C'est, disait la comtesse, une honte. Ce Calas aurait assassiné son fils. Une famille de protestants, bien entendu. On l'a roué vif, puis étranglé et brûlé pour finir. Et tout ça à Toulouse, aux yeux de tous. On est bien barbares en province. » Elle souffla dans sa tasse. La bouche se ramassa en chas d'aiguille et souffla l'ambre du thé sur les rebords de faïence. « Êtes-vous protestant ? » demanda-t-elle d'un air hésitant entre la crainte d'avoir fait une bévue et la réprobation déjà claire qu'elle eût ressentie si Gaspard l'eût été. Il avait repéré sur un mur, en entrant au salon, une représentation de la Passion, aussi rit-il, comme si la comtesse doutait d'une évidence : « Je suis catholique. » Sa tasse tinta contre l'assiette tandis que la maîtresse de maison expulsait un soupir de complaisance. « J'ai, dit-elle, la violence en horreur, je ne ferais pas de mal à une bête. N'est-ce pas, Charles ? Dites-le-lui, racontez donc comme il vous a fallu sortir une araignée de ma chambre la semaine passée ! » L'anecdote la transportait comme s'il se fût agi d'un exploit dont l'évocation la ravissait au point qu'elle semblait le revivre, implorant son époux d'en faire le récit. Il se contenta de dire : « Je ne rendrais pas la chose plus drôle que vous ne le feriez », et la mollesse douloureuse de sa voix hurla à la comtesse de se taire. « Allez, dit-elle, passant à tout autre chose, exaspérée par la mauvaise volonté de son mari, il faut une justice pour punir les malfrats, les meurtriers, les pédérastes ou que sais-je ! Mais faire justice soi-même, pour affaire de religion, je dis non ! » Gaspard vit un sursaut dans le regard du comte qui se porta sur l'anse de la théière, le rose de ses joues, comme si la seule prononciation du mot *pédéraste* l'accusait. Sa femme s'érigeait en juge au milieu de son salon et le pointait du doigt. La pudibonderie de la comtesse, s'amusant des anecdotes licencieuses de la Cour, semblait trouver ses limites où commençait la vie secrète et charnelle de son mari, ce qui ne manqua pas de faire sourire Gaspard car il savait qu'elle eût été détruite par ce qu'il n'ignorait plus. « N'ai-je pas raison ? lança-t-elle tout haut, agacée qu'ils ne montrent pas plus d'engouement. — Probablement, Madame, répondit Gaspard, mais je doute que les sévices subis par ce citoyen aient d'autre objet que de satisfaire le peuple et qu'il n'y ait dans ces pratiques la moindre humanité. » Les paroles qu'Étienne avait prononcées lors de la pendaison au Châtelet lui revinrent, prirent un sens. Il eut la sensation que sa voix se troquait pour celle du comte de V. Le comte d'Annovres approuva d'un hochement timide du menton. « Allons, le sont-ils, eux, humains ? Ne faut-il pas être un animal pour tuer son propre fils ? » riposta l'épouse. Gaspard haussa les épaules, sentit que pousser plus loin la confrontation le desservirait : « Je suis sans lumières à ce sujet, Madame. » À l'instant même surgit de la fenêtre un rai de jour. Dans le ciel tumultueux, la séparation de deux nuages avait laissé paraître le soleil qui jeta dans la pièce une chaleur soudaine, une clarté crue, les força à plisser les yeux, et la comtesse oublia tout de leur conversation, bondit de son canapé et s'écria : « Voici une éclaircie, vite, portez-moi mon châle que nous profitions un peu du jardin ! » La domestique resurgit avec le châle de laine et drapa les épaules de sa maîtresse. Cette éclaircie n'était pour Gaspard ni plus ni moins qu'un rayon de soleil, mais les d'Annovres et, par habitude sans doute, leurs domestiques, se pressèrent aux fenêtres avec émulation. Pris de surprise, Gaspard crut d'abord que quelque chose de sensationnel lui avait échappé avant de comprendre que seule l'éclaircie tirait tout ce monde de sa torpeur pour le jeter, telle une troupe de badauds, devant les carreaux. Il fit mine de s'extasier, enfila la veste qu'on lui avait portée. Lorsque tout le monde fut vêtu pour affronter la tiédeur de ce mois de mars, on ouvrit les portes. L'air entra, les rideaux flottèrent dans la pièce comme des huniers. Ils descendirent en chœur les marches menant au jardin, sous les exclamations de la comtesse qui tendait le visage et le cou au ciel, jubilait sous la caresse du soleil.

Le jardin apparut à Gaspard, l'agencement de ses haies, le jasmin et les bruyères, la taille des glycines parcourant une tonnelle, le lierre de la façade, l'ordre des rosiers aux bourgeons timides. Ce jardin paraissait jaune derrière la finesse des rideaux, il était désormais gris et maussade aux yeux de Gaspard. Il parvenait à l'imaginer avec altitude comme une parcelle de vert-brun dans la ville. Il devait être pour les d'Annovres source d'émerveillement car ils s'émouvaient de la floraison d'un cerisier, de la ramure d'un pommier jetant à leurs visages une ombre austère. Gaspard les observa depuis l'escalier. Une répulsion le retint de se mêler à eux. Le sentiment qu'il avait eu dès son arrivée chez les d'Annovres se confirmait alors que le couple avançait parmi ses plantations. Il existait, pensait Gaspard, d'autres nobles mieux parvenus dans le monde. Étienne n'avait pris aucun risque lorsqu'il l'avait amené chez ces gens qui étaient certes riches, devaient avoir leur popularité, mais n'auraient pu le compromettre. La comtesse ne s'était-elle pas étonnée qu'on le connût à la Cour ? Or, Gaspard n'aspirait pas à cette médiocrité, n'avait rien à envier à cette maison, à l'image trompeuse de ce mari soutenant sa femme par le bras le long d'une allée. Gaspard voulait l'excellence. Mais, pensait-il, son ambition serait servie par sa patience. La patience, une qualité que les mois passés lui avaient inculquée, dans le même temps que son mépris des hommes. Balayant du regard la façade haute de la maison, il songea : *Ce qu'il faut ici, c'est se servir et piller.* C'était en somme bien assez pour débuter dans le monde que ce couple dédaignable ; une opportunité qui ne se refusait pas. Gaspard sourit tandis que, plus haut, les masses compactes et sombres des nuages se rejoignaient, étouffaient le rayon de soleil, forçaient la comtesse à s'exclamer que l'on risquait d'attraper froid et qu'il fallait regagner le coin du feu à toute hâte. Elle marcha au pas de course et tira son mari par la manche, elle vit ce sourire que Gaspard s'adressait, crut qu'il lui était destiné et lança : « Voyez comme nous nous sommes aventurés ! Mes doigts sont glacés. » Gaspard voulut gifler ces grosses joues, envoyer valser ce visage rubicond. Elle n'avait parcouru qu'une quinzaine de mètres. « Aurai-je l'occasion de revoir Mademoiselle votre fille ? » demanda-t-il avant de saisir la main tiède et moite qu'il mena vers la maison.

Adeline d'Annovres était en visite chez une cousine. Comme Gaspard s'apprêtait à partir, cette absence fut la cause que l'on exigeât de lui qu'il vînt dîner en fin de semaine. À l'instant où il jugea opportun de se retirer, une domestique vint chercher la comtesse que l'on demandait aux cuisines. Le cercle des habitués ne tarderait pas. On ne pria pas Gaspard de rester, ce qui l'agaça, mais il se convainquit à nouveau du temps nécessaire à son admission dans cette société et se consola que le comte proposât de le raccompagner à la porte. Après s'être exercé aux salutations d'usage, il suivit l'homme dans le couloir baigné de crépuscule. Était-il possible que ce corridor ait encore rétréci durant sa visite ? Les fleurs envoyées par Gaspard ornaient une commode, échouées au fond de l'ennui, et gonflaient l'espace entre les murs, tentaient d'en combler le vide. Le crâne du comte dépassait d'une perruque mise de travers. Sa calvitie luisait dans la pénombre avant que la peau sébacée ne laissât place à une couronne de cheveux qui couraient d'une oreille à l'autre par-derrière la tête. L'homme ne hâtait pas sa marche, peu pressé que Gaspard s'en allât. Il le forçait à ralentir, cherchait à rapprocher son corps du sien. Soudain, devant la commode, il stoppa net, la main levée pour signifier l'idée qu'il avait de redresser une des fleurs du bouquet dont la corolle pendait vers le sol. Gaspard le bouscula, pressa son torse contre son dos, son visage dans sa nuque. Tous deux bafouillèrent à mi-voix puis restèrent empêchés, feignirent l'embarras. Leurs vêtements se frôlèrent, leurs odeurs mêlèrent à la platitude olfactive du bouquet un miasme charnel, un zeste de musc, un soupçon de concupiscence qui transpiraient du comte. Il ne fit aucun doute qu'il avait cédé à l'impériosité de ce contact, convoité depuis l'entrée de Gaspard et dont l'alibi était l'inclinaison d'une fleur. Comme l'envie de gifler la comtesse avait saisi Gaspard une heure plus tôt, sur les marches menant au jardin, il étouffa le geste de repousser son époux avec violence. Dans l'obscurité du couloir où les formes n'étaient plus qu'esquissées, cette estampe d'homme prenait le visage de tous les clients. Une haleine sortait de sa bouche comme la fumée d'un encensoir, une odeur trop commune. Un désir affleurait sous l'épiderme, électrisait l'atmosphère, comme un soir d'été parcouru d'un souffle humide et chaud. « Je dois vous parler, Monsieur », murmura Gaspard pour être certain de n'être pas entendu. Les yeux du comte guettèrent la porte du salon. Il répondit à bout de souffle : « À vingt et une heures, rue de Richelieu, vous y verrez mon fiacre, au pied des barrières », puis, comme si rien n'avait été dit, il tendit une main cordiale.

V

L'ENNUI

Un homme nouveau marchait dans le jade crépusculaire de la ville. Cette ville qui, longtemps, avait été hostile à Gaspard, devenait, depuis les paroles du comte d'Annovres, une conquête facile, de ces amourettes lascives qui redorent l'orgueil et offrent un regain de prestance. Il marchait et elle semblait séduisante, pittoresque. Le matin où il avait quitté Emma était si loin à présent que rien n'eût paru plus absurde, indigne de lui, que de reprendre le chemin du bordel. Il marchait vers Montmartre et éprouvait le délice d'un changement, de faire corps avec Paris, d'être en elle, dans ses rues, au meilleur endroit. Ces détails qui le faisaient haïr la ville invoquaient sa sympathie. Il souriait à l'originalité de scènes d'ordinaire contemplées avec ennui : la boue des rues, une fillette au visage raviné tirant un chiot par la queue. *Comme c'est mignon,* pensait-il, et il donnait intérieurement à sa voix l'intonation de la comtesse, minaudait avec lui-même. « Comme c'est mignon », dit-il tout haut. Dans sa bouche, ces mots sonnaient juste. Gaspard leva la tête vers le ciel lacéré de bigarrures, ouvrit sa chemise et inspira l'air chargé de fumées. *Comme il est bon,* pensa-t-il, *d'être dans*

Paris ! Comme cette ville a du charme ! Ce charme était moins dû en réalité au folklore de la capitale qu'à cette sensation qu'éprouvait Gaspard d'avoir prise sur elle. De nouveaux horizons se dessinaient, avec plus de certitude. Ses ambitions devenaient accessibles, le chemin se traçait, débarrassé de tout obstacle. N'était-il pas crédible dans son habit de noblesse ? Il ne manquait plus que des blasons à son gilet. C'est d'ailleurs ce qu'il faudrait conquérir, bien qu'il ne sût par quel moyen. Le retour de Gaspard dans la société des d'Annovres ne manquerait pas de susciter les soupçons et il devrait tôt ou tard justifier de sa position puisqu'il ne songeait pas à fuir comme Louis, mais à mettre Paris à ses pieds. *Allons, allons,* pensait-il, *à quoi sert de s'inquiéter de si bonne heure, il faut me féliciter de cette victoire et mettre à profit le rendez-vous qui m'attend.* C'était enivrant, ce que la vie offrait de possibles et de surprises en une journée. Ce que les choses pouvaient être bouleversées en l'espace de quelques heures. Et, toujours marchant, Gaspard se reprochait un peu sa veulerie, avec tendresse et indulgence cependant, de n'avoir pas agi plus tôt, de n'avoir pas fui bien avant. Mais Emma, comme Étienne, avait annihilé ses désirs et son arrivisme au profit d'une relation exclusive par laquelle il s'était laissé ronger. Il la détestait un peu, à cet instant, de l'avoir bridé, elle était responsable d'une partie des maux dont il avait été victime. Après tout, n'était-ce pas elle qui l'avait saisi par la main ? N'avait-elle pas proposé de la rejoindre dans son lit, une nuit qui devait en annoncer tant d'autres, toutes plus infamantes ? Ses pas, rendus douloureux par le travail du cuir de ses souliers, claquaient sur le pavé et assenaient à son esprit des rancœurs contre Emma. *C'est un peu de sa faute,* pensait Gaspard. *C'est résolument de sa faute,* pensait-il au pas suivant. Plus il avançait vers Montmartre, plus il laissait derrière lui l'amitié, la compréhension qui l'avait lié à la putain. « J'ai été trompé, voilà tout », dit-il pour justifier ces mois d'abandon. Louis avait eu raison de fuir loin d'elle, et Gaspard de suivre cet exemple. *Faut-il donc qu'elle soit mauvaise,* songeait-il, nourrissant son ressentiment, puis : *les hommes ne sont bons qu'à décevoir.* C'était bien ce qu'il pensait puisque, au-delà d'Emma, de sa trahison supposée, Gaspard n'était jamais parvenu à se lier à un homme sans que, bientôt, cet ami disparût ou ne donnât prétexte à fuir. Il n'avait plus, envers le genre humain, la moindre compassion. Il fondait sur les hommes l'espoir d'être un jour parvenu, car c'était à ce jeu-là que s'échinait la race : monter, gravir, écraser, abattre, déposséder, s'emparer, régner. Et ceux des passants qu'il croisait apparaissaient minables, qu'ils fussent ouvriers, marchands ou soldats, ils étaient de ceux qui n'ambitionnaient rien, se contentaient d'être vaincus, prédisposés à l'être, avaient, de par leur condition et leur naissance, cessé de se battre dès leur venue au monde, comme leurs parents avant eux. *Les hommes ne sont que les barreaux de l'échelle, il faut y poser le pied pour s'élever,* se dit Gaspard. Il fut fier de sa métaphore. Lorsqu'il croisait un homme ou une femme en habits, il pensait : *En voilà un qui ferait un joli barreau. Voici une bonne marche sans doute. Sur celle-là, on peut poser le pied. Celui-ci ne vaut pas grand-chose, il ne tient pas assez bien,* s'amusait à deviner lequel de ces passants pourrait servir son désir d'ascension. La faim tiraillait son ventre, il n'avait rien avalé depuis le matin, ce matin à des siècles de lui. La tête lui tourna, l'odeur des potages emplit sa bouche de salive. Il faudrait s'arranger pour que le comte payât un repas et une nuit, il était inconcevable de subir l'humiliation d'une nuit de plus dans la crasse d'un bordel. À cette idée, il revit la cave de l'atelier, la chambre de la rue du Bout-du-Monde et, de suite, un frisson le parcourut, un spasme, comme si un insecte se glissait sous sa chemise et remontait le long de son échine.

Il lui restait un sou en poche. Lassé de marcher, il prit un fiacre qui le mena aux portes de la ville. Aux barrières étaient prélevés les impôts et les taxes, aussi voyait-on fleurir alentour toutes les fraudes. Il y avait encore à cette heure bon nombre de hâbleurs, de mouchards et d'affamés à l'affût d'un profit. *Quel drôle d'endroit que Montmartre pour un rendez-vous*, songea Gaspard une fois descendu. Il ne se souvenait pas de s'être aventuré aussi loin depuis son arrivée à Paris. La colline somnolait dans un linceul parme. L'air était ici plus respirable, malgré les miasmes des marécages en contrebas. La Seine enlaçait la butte de ses bras. Comme si cette odeur de vase était une mise en garde, une protestation de la ville, l'incertitude gagna Gaspard mais il s'obligea à détourner le regard du Fleuve pour se concentrer sur les formes des maisons bringuebalantes du bourg. Plus loin, la rusticité des égouts de Paris embaumait l'air. Cela lui évoqua le purin que le père déversait dans les champs et qui, dans la fraîcheur du soir, imbibait leurs peaux. L'éructation des cheminées, dressées sur les toits, grandissait dans le mauve. Il faisait frais désormais, le souffle de Gaspard gonflait dans l'air. Sur les versants de la colline les plantations de céréales baignaient dans un duvet blanchâtre. Plus haut, ce brouillard laissait des lambeaux aux formes arthritiques des pieds de vigne puis aux branches des arbres fruitiers. Il devina la coupe abrupte et pâle des carrières d'exploitation de gypse dont on tirait le plâtre utilisé dans Paris. De l'endroit où il se trouvait, elles semblaient être une morsure dans la colline. Montmartre était un fruit chu au sol, dans lequel on avait croqué à pleines dents, dévoilant une chair opaline. Sur le versant Nord se devinait le hameau de Clignancourt, au croisement du chemin des Bœufs et du chemin de la Procession-Saint-Denis. Puisqu'il était en avance, Gaspard s'attarda dans les rues de Montmartre, en réalité des chemins ruraux et cahoteux dont la course terminait dans les champs. *En voilà un qui ne veut pas prendre le risque d'être vu,* songea Gaspard à propos du comte d'Annovres. Ce qu'il devinait des habitants au travers des fenêtres huileuses était très villageois, vulgaire même. Dans l'obscurité, il s'inquiéta de salir ses souliers ou sa culotte mais, comme il croisait deux femmes rentrant du lavoir, leur linge sous le bras, et que toutes deux s'étonnaient de la présence d'un noble dans ces ruelles tortueuses, Gaspard sentit sa poitrine se serrer. Ne risquait-il pas d'être agressé ? Prenant le pas sur ses craintes, la rancœur envers le comte resurgit. Gaspard était en droit d'attendre autre chose, le comte pensait-il qu'il se contenterait d'une chambre d'hôte dans un bourg sinistre ? C'était se méprendre quant aux conditions qu'il comptait bien définir à leurs rendez-vous. Il repensait au couple d'Annovres, avançant dans l'allée du jardin, se soutenant l'un l'autre par le bras, se félicitant du travail de leurs jardiniers. « Quel homme pitoyable », siffla Gaspard tandis qu'il repassait les barrières sous la vigilance de la garde. Il regagna la rue Richelieu qui descendait vers le Palais-Royal et, à cette idée, sentit son cœur s'emballer avec frénésie, cette vague d'assurance et de certitude le submerger de nouveau. Il était si proche, c'était affaire de quelques pas, et cette proximité, qui pourtant ne garantissait rien, suffisait à rendre son projet plus tangible. Il frissonnait de froid, de faim, mais aussi d'espoir, et l'air de la nuit était délicieux. Les fiacres promenaient les noctambules, avançaient queue à queue dans un concert de martèlement des sabots et de cris des cochers. Gaspard observa la procession sans bouger, se demanda comment il était censé reconnaître la voiture du comte dans cette cohorte, mais sitôt qu'il se fut posé la question, un carrosse s'arrêta près de lui et l'on ouvrit la porte. Il monta, le conducteur reprit la marche. Le comte était là, plus gris et terne dans l'obscurité de l'habitacle. Son odeur semblait attachée aux rideaux opaques. La chaleur de son bras contre celui de Gaspard lui inspira la nausée. Un lainage couvrait ses jambes et il le souleva pour inviter Gaspard à le rejoindre, proposa de partager cette étuve où marinait la ferveur de sa chair. Gaspard accepta et se força à sourire, désormais rompu à ces contacts révulsant chaque parcelle de sa peau, asséchant sa gorge, creusant son ventre. « Voilà qui est mieux, l'air est frais », dit le vieil homme en tapotant sa cuisse. Sa main était parsemée de points bruns, ses doigts sinueux, ses ongles jaunes et striés. Sur son visage les rides tiraient vers le bas et il semblait qu'à tout moment cette face pût chuter, tomber mollement sur les genoux cachés par la couverture de laine. « Où allons-nous ? dit Gaspard sans chercher à dissimuler son impatience. — Es-tu pressé ? » demanda le comte. Ce tutoiement déplut à Gaspard, plus encore que la vieillesse de ce visage. « Il semble que vous le soyez plus que moi », répondit-il avant de tirer le rideau pour jeter un œil à la rue. Le comte rit : « J'ai, à deux pas des Jacobins, un appartement de garçon. — Vraiment ? » dit Gaspard. Avait-il sous-estimé cet homme ? « Le logeur est un homme de confiance », ajouta d'Annovres. Gaspard sourit puis saisit la main posée sur la couverture, eut la sensation d'empoigner une racine et la serra d'une pression qui disait : je suis à vous. Il perçut la lueur d'une sensualité dans l'œil bordé de jaune. « En ce cas, dit le jeune homme, je n'ai plus qu'à te suivre. »

La rue des Petits-Champs où se trouvait l'appartement de garçon du comte d'Annovres bordait l'enceinte du palais, non loin de la place des Victoires, des Douanes et de la Grande Poste. La proximité des Tuileries avait ému Gaspard. L'hôtel devant lequel stoppa le fiacre le fit tressaillir de satisfaction. Un gardien silencieux et pâle dans l'obscurité du hall salua le comte et lui remit les clés de l'appartement. Gaspard déduisit qu'il avait été prévenu de leur arrivée puisqu'un feu brûlait dans la cheminée d'un salon coquet et meublé sans excès. On comprenait à l'instant même, pénétrant en ce lieu, qu'il était aménagé selon les goûts du comte à l'opposé de l'hôtel des d'Annovres. La lueur des flammes léchait les murs quand ils avancèrent dans la pièce, retirèrent leurs vestes en silence, évaluèrent tous deux la pertinence de leurs gestes à venir. « Ce ne sont que quatre pièces », dit le comte. Il s'assit sur le canapé. « C'est parfait », répondit Gaspard. Puis, la gorge douloureuse, il marcha jusque devant l'âtre et s'installa près du comte. L'homme porta une main à sa joue, puis se pencha pour l'embrasser. Son haleine était aigre, sa salive avait le goût du tabac froid. Sans un mot, il déboutonna la chemise et le justaucorps de Gaspard, l'observa enfin torse nu. Il se déshabilla à son tour. La lumière libérée par le foyer jouait sur les plis de sa peau. Sous la courbe affalée du ventre, Gaspard perçut les veines bleutées. Le corps était grêle, ses épaules fuyaient dans la continuité du cou. Sur son torse, entre deux seins sombres, cette toison que Gaspard avait aperçue au col fleurissait comme un bosquet de ronces. Les lignes de ce corps laissaient à l'esprit du jeune homme cette sensation de fluidité, de liquéfaction qu'avait évoquée le visage du comte dans le fiacre. Cette peau semblait prête à s'effondrer au sol et cette chair, à laquelle le feu peinait à donner une couleur de vie, paraissait morte, dégageait une odeur fade. « Viens », dit le comte d'Annovres d'une voix soustendant son excitation. Gaspard le suivit dans une chambre que meublaient un lit et une commode. Il suivit ce dos aux rhomboïdes avachis, cet épiderme d'apparence malléable, comme de la glaise, qu'il brûlait de fuir. Il détestait cet homme de se croire digne de lui, de penser que Gaspard pût le suivre dans cette chambre en quête de plaisir, de croire en l'illusion d'une aventure consentie. Ils achevèrent de se déshabiller. Le comte dépêcha ses lèvres sur la peau de Gaspard, frissonnant de répugnance. Mis à nu, il n'avait plus rien du gentilhomme qu'il croyait être devenu en l'espace d'une journée, se trouvait de nouveau giton et prostitué, s'offrait en pâture aux appétits libidineux de cet homme qui n'était, lui aussi dévêtu, qu'un client de plus. *C'est étrange,* pensa-t-il sous les caresses du comte, *ce que la nudité met deux hommes sur un pied d'égalité, car que sommes-nous en cet instant sinon deux tas de chairs, deux tas de viande qui cherchent à n'en former plus qu'un ?* Sur l'ordre du comte, il s'allongea sur le lit où, tant de fois sans doute, ce dernier avait ramené des garçons de fortune. Par-delà l'épaule de l'homme, le feu de cheminée éclairait la pièce et cette lumière jetait sur leurs peaux des couleurs inappropriées, ocre de Brie, terre de Sienne, jaune de Naples, noir de pêche, là où Gaspard ne voulait voir que la fadeur et le blême. Ces teintes, à la manière des huiles travaillées sur une toile, donnaient une texture à leurs ébats, insufflait la vie dans une scène qu'il eût préférée figée, muette, déjà achevée. Le comte avait une consistance spongieuse entre ses mains, comme s'il eût été désossé, ses râles frôlaient les cheveux de Gaspard, le lobe de son oreille ou le creux de son cou. Sans quitter du regard les formes oscillant sur les murs et le battant de la porte, Gaspard songeait que le mal était nécessaire, le contact du comte d'Annovres un sacrifice à la bonne cause. *Ce n'est qu'un client de plus,* se répétait-il. Puis vint l'idée qu'il devait voir en ce poids sur son torse un instrument et non un homme. À l'heure où il ne pouvait réprimer la sensation d'être sali, c'était lui, Gaspard, qui abusait du comte puisque celui-ci ignorait tout de ses desseins. Alors, comme s'il observait la situation d'un angle nouveau, au dégoût vint se joindre le plus profond des mépris et, quittant son immobilisme, bien décidé à endosser son rôle, à obtenir ce qu'il souhaitait de cet être, il porta mains et caresses sur le corps affaissé.

Gaspard obtint ce soir-là de s'installer dans l'appartement dont la comtesse ignorait l'existence, et les semaines suivantes offrirent l'occasion d'entrer dans le cercle de leurs habitués. Longtemps cette journée, qui suffit à l'extraire de la fange de Paris, resta drapée de mystère. Puis le temps aidant, Gaspard finit par déprécier cette pâle copie de ce qu'il était devenu, cette version de lui, ce stade inférieur de son évolution. Lorsqu'il arrivait qu'il pensât aux causes qui l'avaient mené à investir tant dans sa relation à Étienne ou à se laisser aller à une vie de débauche près des abattoirs, son existence se dérobait à sa compréhension. Il s'accusait alors d'avoir été stupide et naïf, trop torpide pour avoir su saisir les moyens d'atteindre ses objectifs. Parfois, avec plus d'indulgence, il songeait : *Je suis un homme en devenir, il est normal que j'avance à tâtons.* Son train de vie ne lui donnait-il pas raison ? Il avait suffi de quelques jours pour que le comte s'entichât de lui et fît livrer à l'appartement, à toute heure de la journée, par un de ses laquais, des missives enflammées. Gaspard n'y répondait pas, ou sans passion, d'abord parce qu'il n'entendait rien à la poésie ou aux élans romantiques, puis plus tard lorsqu'il s'aperçut que la distance, imposée d'emblée par la répugnance, stimulait follement le comte. Jamais sûr de le posséder tout à fait, il redoublait de ferveur ou d'attentions, ce qui ne manqua pas de rappeler à Gaspard qu'Étienne avait établi son emprise par des procédés similaires. Il apprit ainsi à manipuler la mièvrerie du comte, cessa parfois de donner signe de vie durant plusieurs jours pour savourer le triomphe de le voir arriver dans tous ses états, échevelé et rouge comme un nez d'ivrogne puis se jeter à ses pieds pour les baiser, s'accabler de tous les torts. Cette sujétion du comte suffisait, croyait Gaspard, à le venger de ce que l'homme profitait de lui et il devint délectable de s'en servir comme d'un animal de compagnie, d'un pantin dont il actionnait les fils au besoin. Il ne tarda pas à exiger de l'argent pour s'offrir quelques costumes, avança à raison qu'il ne pouvait pas se présenter auprès de la comtesse toujours vêtu de la même manière sans susciter le doute. L'époux dévoué au ménagement de sa dame dépêcha dans la journée un couturier pour habiller son amant. Gaspard décida de meubler l'appartement à son goût, demanda qu'on le transporte dans les galeries de Paris, fit peindre son portrait par un petit maître, laissa partout des ardoises que le comte s'empressa de payer avant d'implorer de Gaspard vigilance et discrétion. Mais comme l'on s'attache à ce qui est à la fois insaisissable et néfaste, l'amour du comte allait grandissant, nourri des débordements du jeune homme pour lesquels il n'avait jamais assez d'indulgence. Deux fois par semaine, prétextant auprès de sa femme et de sa fille un dîner ou une affaire, le vieil homme se précipitait rue des Petits-Champs, le cœur battant comme seul bat le cœur des jeunes filles, ce qui, pour son âge, l'inquiétait parfois un peu, même s'il reconnaissait en son for intérieur que passer de vie à trépas dans ces instants d'affolement conférerait à ses délices une saveur de perfection. Il ignorait qu'il n'y avait pas, dans la semaine de Gaspard, de jours plus viscéralement intolérables que ces deux jours-là qui constituaient pour le comte un sens nouveau à son existence. Gaspard s'évertuait, les heures précédant ces sempiternelles visites, à se convaincre de leur nécessité, à se remémorer ce qu'il pensait être en droit de soutirer au comte. D'avance, il savait ces soirées sans surprise, succession de gestes usités, que répétait le vieillard avec fièvre, et reçus par Gaspard avec un harassement émétique. Chaque mot, chaque caresse exacerbait sa sensibilité, portait à la surface de son épiderme un frisson d'exécration. Cette manière qu'il avait, après l'amour, de poser son crâne sur son torse, de sorte que Gaspard pût observer la constellation de cet œuf sébacé qu'on eût cru pondu de frais par une caille monstrueuse, la multitude des taches de mélanine, puis de poser les cals de ses doigts sur son ventre lisse et de dire : « Ah que c'était bon ! Ah comme je t'aime ! » Puis, voyant ce haut-le-cœur qui grêlait la peau de Gaspard avant même que cette litanie ne fût prononcée une fois de plus, de s'exclamer . « Mais tu as froid, laisse-moi te couvrir », et de rabattre la maille blanche du drap, de sorte qu'il semblât disparaître en Gaspard, se fondre en lui. Enfin de dire, la voix un peu étouffée : « Comme je suis bien là-dessous, comme tu sens bon. » Gaspard ne pouvait alors s'empêcher de repenser à la mère — pourtant Quimper était plus loin désormais qu'à tout autre instant de son existence parisienne — et à l'histoire du nouveau-né albinos. Oui, il rêvait de se débarrasser de cette grossesse que l'arrondi sur son torse et son abdomen supposait, de tamiser plus encore la voix du comte en enfonçant tout ce drap au fond de sa gorge pour le laisser muet, le visage éclatant de marengo.

Ces rencontres furent aussi l'occasion pour Gaspard de perfectionner son savoir-vivre, d'exercer ses manières et d'enrichir son langage. Il se montra un élève doué et le comte n'eut de cesse de s'extasier : « C'est très bon, c'est parfait », de lui faire porter chaque jour des romans et des essais qu'il s'empressait de lire et dont il ne tardait pas à faire la critique ou l'éloge durant les repas. « Où as-tu appris à lire ? » demanda un soir le vieil homme. Gaspard haussa les épaules, ne mentionna rien de l'appartement du vieil instituteur qui, dans sa mémoire, avait la hauteur des cathédrales, l'odeur d'un tiroir et la luminosité d'un matin d'hiver. Il ne parla pas des livres que l'érudit gardait sous une épaisseur de poussière, ni des étagères vers lesquelles il se hissait, devant la curiosité attisée de Gaspard.

Il apprit de nouveaux mots, usa d'expressions à la mode, monta à cheval, s'afficha en bonne compagnie dans les concerts et les représentations où il fallait se montrer, finit enfin par plaire dans le monde qu'il fréquentait et à désirer les sphères dont on ne lui avait pas encore ouvert les portes. Étienne de V. ne paraissait plus chez les d'Annovres. Gaspard ne chercha pas à connaître les raisons d'une fâcherie dont il s'arrangea bien puisque l'idée d'être confronté à Étienne l'avait longtemps taraudé. La comtesse d'Annovres le pria de l'appeler Georgette. Ses doutes s'étaient atténués, il l'apprivoisa par ses manières. Beaucoup de jeunes gens venaient des campagnes, envoyés chez un oncle ou un cousin chargés d'assurer leur éducation. Ils frappaient, lettre de recommandation à la main, à la porte de ce lointain parent, les semelles encore couvertes de fumier, s'exclamaient aux dames qui leur marchaient par mégarde sur le pied : « Hé là, madame, vous m'estropiez », n'entendaient rien aux arts ni aux conventions mais se promenaient, quelques mois plus tard, avec l'assurance que leur conférait un service militaire, l'épée contre la cuisse et le menton haut perché, dans les rues de Paris. Aussi n'y avait-il rien que de très commun dans les hésitations de Gaspard dont elle prit le parti de rire. C'était pour elle, savait Gaspard, une forme de tolérance, une charité, que d'accueillir dans le cercle de ses habitués un jeune homme dont le nom n'annonçait rien de noble. Sa particule asseyait sa supériorité sur le garçon et il vit, dans la familiarité qu'elle lui manifestait, le voile d'une ironie. En réalité, la comtesse appréciait d'observer les progrès de ce poulain dans le monde, ne doutait pas un instant de l'identité du jockey, et se plaisait au contact de Gaspard puisqu'elle pouvait se permettre avec lui quelques débordements auxquels elle repensait plus tard comme à de petits péchés sans importance. Pouvait-on vraiment lui reprocher d'être trop amicale, un peu maternelle ? Peut-être Gaspard servait-il aussi une vengeance contre le comte de V. dont la désertion avait porté un coup au prestige de ses dîners. Le garçon était moins sulfureux, ne traînait pas ses souliers sur les marbres de la Cour, mais qu'importe, il était sans doute de ces relations *a priori* insignifiantes mais que l'on se félicite un jour d'avoir soignées. Puis il ne travaillait pas, il fallait donc qu'il eût quelque fortune. Ne se doutant pas qu'il s'agissait de la sienne, elle concluait : *À la campagne, même les nobles sont un peu frustes.* Ses costumes la confortaient dans cette idée. Aussi s'émerveillait-elle devant l'allure de Gaspard. Elle s'époumonait à ses anecdotes, vantait à qui voulait l'entendre le bien-fondé de sa présence dans sa maison. À la satisfaction de son époux, elle finissait à force d'éloquence par convaincre et susciter l'intérêt de ses habitués pour ce nouveau venu. Gaspard se montrait aussi soucieux de satisfaire la comtesse que de repaître son mari. Mais, de même qu'il ne supportait plus de sentir le regard du vieil homme se poser sur lui, la comtesse d'Annovres lui devint haïssable.

Adeline d'Annovres douta de sa crédibilité. Elle vit en Gaspard un intrigant de choix et ne fit plus allusion aux soupçons qu'elle avait manifestés un an plus tôt. Un jour qu'ils étaient réunis dans la véranda, jouant aux cartes pour tuer l'ennui d'un dimanche, Gaspard prit conscience d'une attraction naissante entre eux. Elle brodait un napperon, près de la verrière à laquelle elle tournait le dos. Le jour semblait la tenir dans ses bras. Jeté au-dehors sur les feuillages, il miroitait de milliers de touches incandescentes qui virevoltaient au gré de la brise, se reflétaient sur le verre, parsemaient les cheveux noués d'Adeline, la peau de son cou, le rose de sa joue. Bien qu'il ne cherchât pas à la voir, elle s'imposa à son regard comme s'il n'y avait rien d'autre dans cette pièce, où les allées et venues ne cessaient pas, que la brodeuse dont l'ouvrage plissait aux genoux. Était-ce l'effet de la lumière ou la satisfaction d'être là, la certitude d'avoir gagné sa place à cette partie de cartes par son courage et sa détermination, qui lui firent paraître Adeline d'Annovres belle dans sa robe aux reflets bleus ? Son visage penchait vers ses mains incisives et méticuleuses autour des fils de coton. Il n'éprouvait aucun désir, mais à l'amitié qui les liait s'ajouta un émoi esthétique qu'il avait parfois ressenti à l'écoute d'une partition, à la vue d'une toile. Comme si cette beauté ne devait être éphémère mais durer toujours, il abattait ses cartes et ne prêtait plus attention aux conversations que l'on tenait à la table, ne pouvait quitter du regard les gestes de la fille d'Annovres, pensait avec certitude que cette harmonie devait suffire à justifier l'amour, que cet éblouissement *était* l'amour, puisque celui-ci ne devait avoir d'autre résonance. L'insistance du regard de Gaspard l'alerta. Adeline leva les yeux vers eux, par instinct, situa avec précision la source de cette intuition qu'elle avait depuis un moment d'être épiée. Confrontant leurs regards, tous deux perçurent que, dans le lien tissé au travers des paroles lancées çà et là par la compagnie, quelque chose parlait, autre que ce respect qu'ils se témoignaient de coutume, ne s'adressant la parole que lorsqu'il le fallait et veillant à ne jamais rester seuls. Saisis peut-être par cette confession que chacun fit à l'autre à son insu, ils baissèrent la tête, firent mine de s'intéresser à leurs occupations. Puis, sans parvenir à maîtriser le désir de retrouver ce trouble dans le visage de l'autre, ils revinrent à ce regard, une fraction de seconde, avant de le fuir à nouveau, embarrassés du rouge à leurs joues. Ce jeu-là dura tout l'après-midi, Gaspard pensait : *Tiens, c'est étrange, je ne l'avais pas remarqué mais je lui plais sans doute un peu.* Puis, avec plus d'aplomb, il parlait fort, lançait quelque phrase bien pesée qui faisait rire l'assistance, songeait enfin : *C'est certain, je lui plais.* Il ne tirait de cette constatation aucune ardeur, juste un chatouillement, au creux de son ventre, suscité par l'assurance d'avoir conquis un territoire. Assis à côté de lui, le comte d'Annovres pressait sous la table sa cuisse contre la sienne. Plus loin, face à sa fille, la comtesse faisait mine de se reposer, tendait l'oreille à leur conversation et Gaspard pensait qu'il était bon de sentir combien son emprise s'était étendue sur cette famille en si peu de temps, lierre sur la surface lisse de leurs apparences. Aussi appuya-t-il ses regards vers Adeline par l'esquisse d'un sourire. Comme elle était belle ! Comme elle représentait, cette jeune fille, l'opposé du Fleuve ! Ses gestes signifiaient qu'il avançait sur la bonne voie, balisaient le chemin, éclairaient la route de nuit. Il ignorait ce que la variation de sa relation à Adeline signifiait, de même que la manière dont il l'exploiterait, mais elle ouvrait de nouvelles potentialités, concrétisait sa puissance et donnait à Gaspard le courage de supporter la cuisse maigrelette par laquelle, sous l'épaisseur du tissu, le père de la demoiselle se rappelait à lui.

À plusieurs reprises, les circonstances les obligèrent à se retrouver en tête à tête : une promenade où l'on marchait trop vite, une sortie au jardin dont on avait précipité le retour, une commission obligeant un tiers à quitter la pièce. Leurs échanges prirent dès lors une teinte particulière. Ils hésitaient, ne sachant lequel des deux parlerait en premier, puisqu'il n'y avait souvent rien à dire, puis parlaient ensemble, se coupaient la parole, bégayaient, s'excusaient de conserve. Il ne désirait pas sa chair, mais Gaspard prit conscience de l'éclosion d'une faim chez la jeune fille, et il se plut à attiser leur jeu de séduction. Il essaya à quelques reprises, lors des rendez-vous qu'il continuait d'avoir avec le comte, d'imaginer la fille à la place du père. Bien que la rugosité du corps du comte permît difficilement ce rapprochement, il parvenait à se figurer que c'était bien Adeline qui habitait cette enveloppe puis, par extension, à songer à son corps doux, à ses formes opulentes. Il n'éprouvait rien à cette idée. Ni plus ni moins d'agacement. Ni plus ni moins de consternation. Ni plus ni moins de colère, de désir de vengeance. D'une étrange façon, c'est l'une de ces fois où Gaspard s'exerçait à cette transposition, que lui vint l'idée d'apporter un renouveau à la monotonie de cette existence.

Car l'ennui vint s'abattre sur lui, aile duveteuse et chaude, jusqu'à l'étouffement. Lorsque, dans le salon des d'Annovres ou dans son appartement, Gaspard se laissait aller à somnoler, il lui était possible d'observer avec recul ce qui composait le paysage alentour et que le bercement d'une voix ou le craquement des bûches dans un feu de cheminée éloignait. Ces détails : une tapisserie, l'arrangement d'une perruque, une anecdote murmurée dans les replis d'une oreille, tout prenait une dimension obsolète.

Ce qui formait un tout coutumier et rassurant, se divisait en vétilles dont chacune transpirait l'ennui. Une vision ayant la simplicité de celle d'Adeline à contre-jour dans la véranda revêtait alors pour Gaspard une tout autre connotation. La tête bourdonnant de son alanguissement, il ne trouvait plus de charme au salon décoré selon ses goûts. Il n'éprouvait plus de sympathie pour les dîners se succédant chez les d'Annovres sans qu'il fût possible de les différencier, puisque tous étaient identiques. Dans ces instants, Gaspard ne se souvenait pas avoir envié cette position sociale. Quelque part dans les méandres de son esprit, il semblait même que sa vie dans les rues de Paris avait eu l'avantage d'être moins linéaire. Il n'avait pas de certitude, ses souvenirs se dérobaient sans cesse, il ne retenait de ses errances que de brefs instants — son corps près de celui d'Emma, par exemple — semblant contenir des semaines, des mois entiers. Il n'ignorait pas le désespoir qu'il avait éprouvé, mais celui-ci n'avait plus rien de tangible. Son esprit l'éludait pour laisser percer à la surface de sa conscience, lorsqu'il venait à songer à cette vie-là, des images dont il était incertain qu'elles lui appartinssent vraiment, mais qu'il préférait à cet abattement. Souvent il ressentait cette morsure de l'ennui. À tout instant, il déferlait comme une vague et le projetait dans les limbes de cette lassitude. *Comme je m'ennuie,* pensait-il. Les d'Annovres possédaient au salon une horloge qui sonnait l'heure et rythmait le temps distordu par le cliquetis des secondes. Cet objet s'érigeait avec fierté dans la pièce et devint le dénonciateur de cet ennui. Chaque mouvement d'aiguille, chaque roulis de mécanique devint infernal et il s'en éloignait dès que possible. Ce temps était sans consistance, se modelait au gré des humeurs. Le temps s'étirait avec l'indolence d'une couleuvre, s'allongeait à n'en plus finir. Gaspard pensait : *Depuis combien de temps sommes-nous là à ne rien faire ?* L'horloge répondait sans cesse : une éternité. Une éternité, c'était pourtant ce qu'il ne possédait pas. Si distordu fût-il, le temps s'égrenait et Gaspard vivait une succession de scènes qu'il ne parvenait à discerner que par de sordides détails : la veille, il était assis près de la fenêtre et parlait à Adeline. Ou était-ce le jour précédent ? On avait servi du champagne... À quelle occasion ? Cette morosité s'écrasait sur sa poitrine, comme si l'assemblée des d'Annovres était venue s'installer sur son torse, décidée à n'en plus bouger. Cette sensation d'oppression qui l'avait autrefois saisi lorsqu'il dormait auprès de Lucas, dans le silence de la cave, au contact des garçons et des clients, jaillissait de lui, car il avait la certitude de sentir cette force pousser comme du chiendent du creux de ses entrailles avant de gagner sa chair tout entière.

C'est ainsi que Gaspard décida de rendre visite à Emma. Les mois loin d'elle avaient estompé sa rancœur, mais aussi altéré ses souvenirs au point que la vente de la robe et des bijoux était désormais un détail. Il vivait dans l'abondance, ces quelques sous étaient peu de chose. Tandis qu'il marchait vers la rue du Bout-du-Monde, il n'éprouvait pas d'inquiétude, pas de honte à l'idée de revoir Emma. Au contraire, il se sentait fier et assuré car il paraîtrait là-bas sous un jour nouveau, éblouirait Emma par sa prestance et qu'elle l'admirerait pour avoir fui l'étau des rues. Gaspard prouverait par sa visite un attachement à Emma dont il ne se sentait pourtant pas réellement investi. Certes, elle avait été sa confidente et son amie dans un moment d'égarement, mais pouvait-il affirmer aujourd'hui qu'il avait eu pour elle une réelle affection ? Il en doutait. Il se sentait si étranger à ce garçon qu'il était alors, Emma semblait lointaine, son existence intangible. Il était aujourd'hui si différent, leurs valeurs n'avaient plus rien de commun. *Qu'est-ce qui a bien pu nous lier ?* pensait-il, toujours marchant. Un jeune aristocrate ne pouvait pas s'enticher d'une catin. *Tu marches vers Emma pour t'assurer d'être définitivement changé,* dit une voix dans un recoin de sa conscience. *Non,* se persuada Gaspard, *je marche vers Emma pour lui montrer que je ne l'ai pas oubliée, lui donner un peu d'espoir et de fierté.* Il ne se déplaçait plus qu'en fiacre, mais avait décidé de marcher car il ne voulait pas forcer le trait et faire stopper un carrosse à la porte du bordel. Il fallait avant tout faire preuve d'humilité. Emma ne devait pas souffrir de son infériorité. *C'est pourtant,* dit la voix, *tout ce qu'elle est, avec ou sans élément de comparaison. Quoi qu'il en soit,* songea Gaspard, *il est bon de marcher.* L'agitation des rues éveillait son esprit. Il avait conscience de détonner dans cette cohue grisâtre et les regards se levaient à son passage pour se poser sur lui. Il y répondait par l'indifférence, frottait sa veste avec lassitude lorsque le passage d'un fiacre venait déposer sur ses vêtements une pellicule de terre, puis hâtait le pas, comme pour s'extirper de la rue. En réalité, cette excursion semblait préférable à l'ennui qui le saisirait à nouveau dès qu'il passerait le seuil de son appartement ou de l'hôtel des d'Annovres. La journée était chaude, les odeurs que l'été verrait fleurir commençaient de saturer l'air. Les corps des hommes et des bêtes suaient sous le soleil haut perché, les échoppes et les devantures s'étalaient de nouveau, pêle-mêle dans les rues, et Gaspard ne put s'empêcher d'évoquer son arrivée à Paris lorsqu'il avait découvert le chaos de la capitale.

Aujourd'hui, il ne trouvait d'autre charme à ce tableau que celui de pouvoir le contempler de haut, avec curiosité, sans se sentir concerné. Cette idée le réconfortait quant à ses retrouvailles avec Emma. Il devinait qu'elle aussi serait restée la même, immuable, comme les rues de Paris.

Lorsqu'il arriva devant la porte de la maison de passe, Gaspard s'assura d'être bien coiffé par son postiche, lissa sa veste et le cuir de ses souliers. À l'instant où il s'apprêtait à franchir la porte, l'un des garçons avec lesquels il avait partagé sa chambre sortit dans la rue, précédé par un client. Il n'avait pas imaginé une seconde se retrouver face à l'un d'entre eux. Il s'écarta et, quand le garçon fut dans la rue, leurs regards se croisèrent avant que Gaspard ne détournât le sien, agacé d'être mis en déroute. Le garçon sembla le reconnaître et son visage troqua sa curiosité contre un étonnement teinté de mépris. « Je viens voir Emma », dit Gaspard sans lui laisser le temps de parler. L'autre pouffa puis cracha par terre. Il vit que le garçon le dédaignait : « Il était temps, elle s'ra plus là bien longtemps. » Puis il partit sans geste ni salut. Gaspard l'observa s'éloigner, hésita à suivre son exemple. Emma envisageait-elle de quitter la ville à son tour ? Peut-être devait-il alors la laisser fuir, sans faire obstacle à son départ. Il allait céder à cette idée lorsque, saisi d'une impulsion, il jugea qu'il ne pouvait avoir fait ce chemin pour rien. Revoir Emma, c'était avoir l'assurance d'un non-retour, ainsi venait-il vers elle pour l'utiliser, à la manière dont il avait appris à user des êtres. Il en eut une conscience claire, sur le palier de la porte, tandis que le jour dégringolait d'un toit et battait sa tempe droite. Le garçon disparaissait au

coin de la rue. Comment s'appelait-il ? Avaient-ils échangé des caresses ? Qu'importait qu'il fût de retour pour revoir Emma, par plaisir, ou pour asseoir sur elle une supériorité qui le convaincrait d'avoir fait les bons choix ; Gaspard n'éprouvait aucune culpabilité, juste la nécessité de jeter la lumière sur ce doute que l'ennui avait fait naître. *Si je suis parvenu à me dissocier d'Emma, tout est encore possible,* pensa Gaspard, et il franchit la porte. La maison était presque silencieuse. Un chat miaulait quelque part. Il resta un moment sans bouger, suivit du regard les courbes des murs, l'aberration de cet édifice dans lequel tout sinuait sous la crasse et l'humidité. Comme il était inepte de songer qu'il ait pu vivre là ! Il en éprouva une honte furieuse et referma la porte derrière lui pour ne plus être tenté par l'idée de fuir. Il emprunta l'escalier, chacun de ses pas demanda un effort considérable. Arrivé à l'étage, Gaspard marcha jusqu'à la chambre d'Emma, frôla des doigts le torchis du mur. La porte était fermée et il souhaita qu'elle fût déjà partie sans en avoir informé le garçon. Il frappa tout de même, n'obtint pas de réponse. Gaspard soupira de soulagement, tira une paire de gants de sa poche et entreprit de les enfiler avant de regagner la rue. Les battements effrénés de son cœur ralentirent. *Que tu es stupide,* se dit-il, *que craignais-tu ?* Une voix lui répondit dans son dos, et il ne put s'empêcher de sursauter : « Qui va là ? » Il ne reconnut pas la femme qui se tenait derrière. Elle l'observait avec méfiance, et il salua d'un hochement de tête : « Je suis un ami d'Emma, je viens la visiter, mais il semble qu'elle soit déjà partie.
— Emma prend plus d'clients depuis longtemps, débarrasse-moi le plancher », ajouta l'autre. Il distinguait mal son visage, mais elle était rondouillarde, son front et son

nez luisaient dans la pénombre. « Vous vous méprenez », dit Gaspard. Puis il ajouta : « J'ai vécu ici. » Il devina que la femme le détaillait des pieds à la tête. « Peut-être savez-vous où je peux la trouver ? » demanda Gaspard par politesse car il désirait maintenant partir. La femme hésita un moment puis s'avança et le poussa contre le mur avant de tirer une clé de sa poche qu'elle inséra dans la serrure : « J'm'occupe de ça », dit-elle à l'intention de Gaspard. Elle entrebâilla la porte, s'écarta et lui fit signe d'entrer. « Préviens-moi quand t'auras fini, faut qu'elle s'repose. La chambre d'à côté », ajouta-t-elle. Elle disparut. Gaspard hésita, incertain d'avoir saisi le sens des paroles de la femme. Enfin, il tendit une main vers la poignée et entra. Une odeur insoutenable le força à porter une main à son nez. Sur le lit se tenait Emma. Il ne la reconnut pas immédiatement. C'est à la chevelure rousse, étalée sur le drap, qu'il comprit ce qu'il voyait. Il esquissa un geste de recul. La femme qui était Emma était si maigre que chacun de ses os semblait prêt à percer la peau. Un murmure s'élevait d'entre ses lèvres. La chemise de nuit tachée d'urine dévoilait la longueur étique des jambes dont l'épiderme gainait l'imperfection des tibias et des fémurs. Le tissu ne parvenait pas à camoufler le renfoncement des chairs sur les os du bassin et les cuisses étaient si creusées que les jambes s'arquaient et s'écartaient l'une de l'autre. La cage thoracique surplombait le gouffre du ventre et les seins laissaient place à des sacs de peau qui pendaient sur chaque flanc. Le cou se tendait en arrière, les tendons et les veines mis en exergue en dessous du visage décharné. Les joues moulaient l'aspérité d'une dentition que les lèvres laissaient apparaître. Emma bougeait encore, respirait, haletait, aspirait l'air avec souffrance. Ses yeux enfoncés jusque dans le crâne se révulsaient à chaque bouffée d'air tandis que la gorge se bombait. Ses tempes paraissaient évidées et Gaspard discernait le renflement des veines qui s'enfonçaient dans la chevelure. Les bras n'étaient plus qu'une succession d'os saillants que couvrait une membrane à la blancheur calleuse. Proche de l'évanouissement, Gaspard s'avança vers le lit. Les mains semblaient chercher dans le drap une prise contre la mort qui, déjà, avait fait sien ce corps. Comment était-il possible que cette chair dont il se souvenait des rondeurs fût allongée là, métamorphosée sur le lit ? Ce lit sur lequel il s'était lié à Emma. Ses souvenirs, méprisés durant des mois, resurgirent. Il se rappela Emma, une Emma qui n'avait rien à voir avec cette mourante, la terreur l'étreignit. Elle oscilla du visage, ses yeux se tournèrent vers lui, fruits secs au fond d'une orbite brune. Les globes observèrent Gaspard, puis la bouche essaya de parler, chuchota une parole inaudible. La langue couverte de mucosités s'immisça entre les dents, essaya de lubrifier les crevasses des lèvres, puis disparut à nouveau. Gaspard observa avec stupéfaction l'expression de douleur qui émanait d'Emma, ce désir de parler affleurant sous la peau. Cherchait-elle à révéler une vérité ? Souffrait-elle de ne pouvoir partager un secret ? Voulait-elle l'accabler ? Gaspard avança encore, tremblant de tous ses membres, se pencha au-dessus d'elle, tendit avec maladresse une oreille vers ses lèvres. Emma balbutia, souffla, expira. Son haleine caressa la joue de Gaspard, ses narines, il inspira et sentit cette odeur de mort. Ce n'était plus une essence ou une fragrance mais un parfum épais, violent, écœurant, celui d'un corps qui se décompose de l'intérieur et laisse échapper dans un souffle un peu de sa pourriture.

Gaspard se recula : « Je ne comprends pas, Emma. » Sa voix se déchira. Elle se courba, émit une plainte puis retomba sur les draps. La chemise de nuit remonta sur ses cuisses, dévoila les poils de son pubis contrastant avec la pâleur de son corps. Gaspard cru défaillir devant l'ignominie de cette nudité. Ce corps contre lequel il s'était pressé, nu lui aussi, désormais aride, puant et difforme. Emma ne se préoccupait plus de son regard sur elle, du drap qui la découvrait. Il tendit une main pour le rabattre d'un geste qu'il eût préféré tendre. La main d'Emma le chercha, voulut le saisir sans qu'il pût se résoudre à lui abandonner son poignet. Gagné par la culpabilité et la honte, Gaspard s'effondra au bord du lit. Emma gémit encore, ses mains tirèrent avec désespoir sur la chemise souillée, se portèrent à son visage, effleurèrent la saillie des os, la sécheresse des lèvres. Il émanait d'elle une beauté étrangère à celle que dégageait autrefois Emma, mais indéniable : la souffrance de chaque geste, la tension de chaque muscle semblaient transcender une vérité que tous les marbres grecs ne pouvaient égaler. Gaspard se sentait happé par Emma. Elle l'émouvait, le révoltait, l'éblouissait par une beauté qu'il ne pouvait soupçonner de trouver dans l'extrémité même de l'abjection. « Pardonne-moi », souffla-t-il vers Emma, sans savoir de quoi il cherchait à s'absoudre. Il se souvenait d'avoir promis de venir la voir danser un jour, et cette réminiscence était à ce point déplacée qu'il voulut tendre de nouveau la main et saisir celle d'Emma, mais la femme qui l'avait accueilli entra et, le trouvant près du lit, s'avança vers la fenêtre, tira les rideaux et ouvrit la porte. L'air balaya la pièce, la lumière mordit la peau d'Emma, donna à son apparence une dimension éthérée. « Ça pue la charogne ici, dit-elle.

— Qu'a-t-elle ? demanda Gaspard. — Ça, j'en sais foutre rien, j'ai pas l'sou pour faire venir un docteur ; elle aussi, l'a bouffé toutes ses économies. Pis c'est trop tard d'toute manière », dit la femme. Elle s'avança vers Emma, posa une main à son épaule et l'autre sur son bassin avant de tirer vers elle ce corps aussi léger que la dépouille d'un oiseau. La mourante bascula sur le côté, poussa un cri rauque, dévoila son dos par la chemise de nuit fendue. Tumeurs et abcès couvraient la peau violacée, les escarres laissaient apparaître les os de la colonne vertébrale et les côtes, les chairs noirâtres béaient, s'écoulaient sur le drap. « Lâchez-la », ordonna Gaspard qui s'était relevé tant les gémissements d'Emma le révulsaient. La femme la reposa sans ménagement, prit un linge dans une bassine de fonte et épongea le front maigre. « Elle s'ra bientôt crevée », dit-elle au visage désormais éteint. De nouveau, Gaspard voulut faire un geste, un seul geste vers Emma, de tendresse et de bienveillance, un geste prouvant qu'il ne l'avait pas oubliée et qui effacerait les motivations de sa visite au profit d'une affection véritable. Mais ses mains restèrent inertes le long de ses cuisses, sa bouche légèrement entrouverte. Il recula vers la porte, lança un dernier regard à ce qu'il restait d'Emma, puis prit la fuite.

QUATRIÈME PARTIE

Le Fleuve

I

DÎNEUR EN VILLE

Jean Lépine, fossoyeur de métier, tire à lui les draps, tourne le dos à sa femme. Il l'a besognée sans prendre la peine de retirer ses bas, comme de coutume lorsque l'envie est si forte qu'il la culbute dès son retour des Innocents. Le tissu, au pied du lit, a une couleur de fange. Il faut, avant qu'ils se couchent, décoller le drap du matelas. Jean Lépine gratte sa jambe, chasse une punaise. Du regard, il fixe la bougie qui s'éteint. La flamme éclaire la chambre crasseuse. Dans un coin, sur des paillasses, ses rejetons ont attendu que les plaintes de la mère se taisent avant de s'assoupir. Le père se souvient à peine de leurs faces pétries de tares. Il sait tout au plus qu'il a deux fils et une fille, ce qui est déjà trop à nourrir. Désormais, il se retire et jouit dans les draps, sur le ventre flasque ou dans le cul mou de sa femme. Il a la lointaine certitude que jouir est l'unique plaisir de l'existence et se demande pourquoi des fardeaux identiques à ceux qui sommeillent dans le silence de la chambre blâment aussitôt cette bénédiction. Il gaspille parfois son salaire pour aller aux filles puisqu'il n'y a rien à craindre à engrosser celles-là, sinon mourir de la vérole. Comme cette idée le laisse impassible, que Jean Lépine se moque de vivre ou de mourir et ne s'occupe que de foutre, la femme et ses marmots jeûnent plus souvent qu'ils ne devraient. La bougie s'éteint et la mèche rougeoie. La fumée sinue dans l'obscurité puis disparaît. Lépine ne pense à rien. Il observe la chambre, son esprit dépouillé de tout espoir, de toute désillusion. Il ne manifeste aucune faculté d'analyse. Les choses sont ce qu'elles sont. Elles parviennent telles quelles à la conscience de Jean Lépine, sans susciter de raisonnement. Il faudrait que cet homme rende grâce à sa génitrice, ou aux aléas de la consanguinité, car cette perception du monde, sa profonde et indubitable niaiserie lui permettent déjà de s'endormir malgré la boue sur ses bas, l'assaut des punaises, la chair rossarde de sa femme contre sa peau. Il dormira bientôt d'un sommeil sans rêves. Chose exceptionnelle, un souvenir s'esquisse sous les paupières de Jean Lépine. La réminiscence d'un visage dans l'un des charniers du cimetière. Celui d'une femme dont il a, l'après-midi même, recouvert la dépouille de chaux. Déjà entraîné vers des rivages léthargiques, le fossoyeur rejette le souvenir d'Emma. Il a pourtant tapoté le sol du plat de sa pelle. Il a dissimulé la tranche d'une main cireuse. Là-bas, on ne peut plus mettre un coup de bêche sans déterrer un corps. Il a craché par terre, au sommet de ce qu'il perçoit comme un amoncellement infini. Il sait qu'il y a chaque jour sous ses pieds plus de chair que de terre. Des centaines de milliers de corps y sont enterrés. Les fosses de dix mètres de profondeur béent en plein air et débordent. Chiens et porcs viennent y trouver leur pitance. Le niveau du sol s'est surélevé de plus de deux mètres. Il a reniflé, essuyé son nez. Il ne sent plus rien de l'odeur qui l'imprègne. Alentour rôdent putains, voleurs, nécrophiles, écrivains publics, anatomistes, camelots, escrocs et badauds. Aux fenêtres des bâtisses attenantes, bancales sur la terre meuble, et par-dessus les murs, on balance au charnier des pots de pisse et des détritus. Jean Lépine a piétiné le corps d'Emma avec indifférence, puis s'est éloigné. Il est fossoyeur de métier et rien ne justifie qu'il ne dorme pas du sommeil du juste.

Emma repose dans le ventre de Paris, entre les dépouilles plus anciennes et plus viles d'une nonne morte en couches et d'un bouilleur de cru dont les tumeurs ne sont plus que pierres parmi les pierres. Dans quelques années, elle rejoindra les catacombes de Paris d'où l'on extrait déjà le gypse, déplacée avec sept siècles d'ossements, qui nécessiteront trois années, douze mille voitures de jour, trois mille cinq cents charrettes de nuit, plusieurs milliers de carrioles. Pour l'heure, parmi la foule des cadavres, ses membres brisés par la chute dans la fosse se mélangent à d'autres. La terre gorgée d'insectes pénètre la bouche, se glisse sous les paupières, bombe les orbites. Dans ce foutoir, Emma débute malgré elle une existence nouvelle. Ses bras rejetés en arrière, rongés par la chaux et par le sol, embrassent d'autres bras, d'autres corps. Ces sursauts de vie ont foulé Paris de leurs pas, sans jamais échanger un mot ou un geste. Ils se laissent aller à une étreinte impudique, collent leurs épidermes mauves, emboîtent l'ivoire de leurs crânes. Le ventre d'Emma répand une liqueur fertile, sa chair se confond avec la terre et la chair des autres. Il n'existe, dans cet amalgame, aucune frontière entre la ville et les hommes. La multitude des vers se presse et se délecte de ce que la chaux a épargné. À la surface, il est possible de voir la terre frémir, semblable à une étendue d'eau parcourue par l'onde. Paris se nourrit du charnier et la peau de son ventre roule avec une satisfaction repue.

Dans le ciel d'une fin de journée, des pollens portés par le vent roulent vers la ville. Les fenêtres laissent pénétrer l'air tiède dans le confinement des taudis. La chaleur reprend sa tyrannie sur les hommes, répand les sueurs le long des dos, assèche les humeurs. Les pieds et les sabots foulent les rues, libérés des boues et des neiges. Ils soulèvent la poussière que l'on avait oubliée, cette ombre se dresse au-delà des toits. Étendue sur Paris, elle gagne les cieux et les colore de nuances tourbeuses. Déjà elle tapisse les nez, drape les bronches, masque les visages. Des mouchures brunes jonchent le sol, se mêlent aux urines et aux déchets, chacun cherche à déposer un fardeau organique à tout coin de rue. Les hommes profitent du répit mais scrutent déjà le ciel pour deviner, plus loin que la grisaille, l'été qu'annonce le dépouillement du ciel. Tous ou presque ignorent la mort de la prostituée et ceux qui s'en souviennent s'en souviennent déjà moins. Les hommes gagnent les cabarets des bords de Seine. Les femmes traînent leurs ribambelles d'enfants parasites, soulèvent d'une main leurs jupons. L'humanité est en branle. Elle vit dans l'ignorance de la mort d'Emma, désormais partie de la ville elle-même. Elle marche et grouille dans les boyaux de la capitale, se laisse ballotter au gré des existences misérables. Toutes ignorent qu'elles ne feront bientôt qu'une entité, une semence dans la mort : un immense, un gargantuesque, un fertile terreau pour Paris.

La mort d'Emma raviva chez Gaspard son désir d'ascension. Le jour de leur dernière rencontre, il dévala les escaliers et plongea dans la rue. Le soleil jeté à son visage le fit tituber sur quelques mètres et il manqua percuter un arracheur de dents. Chaque détail était accentué par la démesure de la perception que Gaspard avait de la rue : la cambrure des murs, les fenêtres muettes, creusées là-haut sous les toits, les cris d'un marchand de beurre, d'un rémouleur ou la rengaine d'un orgue de Barbarie. Après être resté contre un mur, étourdi par la clameur de la capitale, sans que sa puanteur parvînt à chasser celle de la finitude d'Emma, il courut au travers des rues, guidé par la nécessité de mettre entre lui et cette mort la plus grande distance. Lorsqu'il s'arrêta aux barrières de la ville, il avait abandonné dans sa course sa sensibilité et rien de ce qui l'entourait n'avait de prise sur lui. Il restait détaché de tout, posé dans la ville comme sur une maquette de carton-pâte. « Je n'ai pas su prendre sa main, je n'ai même pas su prendre sa main », répétait-il. La vérité de ces mots acheva ses forces. Il essuya la sueur de son visage. Au creux de ses mains, sa peau parut aussi inerte qu'un masque de cuir. Autour, des formes indistinctes le bousculaient aux épaules, mais aucune d'elles ne s'arrêta à ce noble dépenaillé par la fuite et même le soleil but l'eau de son front avec indifférence, sa lumière posée sur lui tel un joug.

Les jours qui suivirent son retour à l'appartement du comte d'Annovres furent hantés par la silhouette d'Emma sous le drap. Cette mort pouvait à son tour le happer, elle portait l'idée d'une chute, rappelait sans cesse un aspect du monde et de son existence qu'il avait cru possible d'éclipser. Le Fleuve resurgit dans ses rêves. Ce Fleuve s'incarnait en la personne d'Emma, créait un être à mi-chemin entre la chair et l'eau, cherchant à l'enlacer. Le temps s'étendit à nouveau dans la moiteur de la chambre. Dans le lit aux draps propres, Gaspard observait le couloir, l'agencement des pièces, ignorait les coups assenés à sa porte par quelque porteur ou par le comte. Seul flottait devant lui, sur la blancheur du plâtre, le visage émacié d'Emma ; ce suaire mouvait au gré de ses divagations, face à lui, Gaspard expiait en gémissements. Lorsqu'il fallut s'extirper du lit, regagner la rue et que le quotidien des salons reprit peu à peu le dessus sur cette culpabilité, le souvenir de la mort d'Emma s'estompa bien qu'il laissât comme un sédiment, la détermination de parvenir dans le monde. Mais aussi la certitude d'avoir été animalisé par cette mort, de s'être éloigné ce jour-là, lorsqu'il avait refusé la main tendue, de ce que doit être un homme. La charité, la clémence, la compassion, l'altruisme ou la bienveillance achevèrent de devenir à ses yeux des notions impénétrables. Il fallait arriver, et vite.

Quelques semaines plus tard, alors qu'il observait son reflet dans un miroir, il parvint à s'accommoder de cette mort. Puisque Emma avait disparu, rien ne rappellerait plus à Gaspard son passé, sinon des souvenirs qu'il apprendrait à faire taire. Personne ne le surprendrait un jour, au coin d'une rue, pour le mettre face à ce pan de vie qu'il voulait oublier tout à fait. Il décida de voir dans la mort d'Emma un signe favorable à sa conquête : il était libre de toute entrave. Il demanda au comte d'Annovres d'être introduit dans d'autres cercles. L'homme y vit, à juste titre, l'ambition de son amant et s'empressa de combler ses attentes, trop énamouré pour voir dans ces manœuvres les prémices d'une émancipation. Gaspard fréquenta d'abord ceux qu'il avait rencontrés chez les d'Annovres et devint dans le mois un habitué des Lecat, Saurel, Lindon et Merlot. Sa semaine nécessita une organisation nouvelle. Il fallait être partout à la fois et plus un soir il ne se trouvait à l'appartement. Le comte d'Annovres assista à cet envol, hésitant entre satisfaction et inquiétude. Leurs rencontres continuèrent de s'espacer. Aux demandes du vieillard, Gaspard protestait des obligations auxquelles il ne pouvait décemment pas se dérober. « Et moi ? Lorsque je laissais femme et enfant pour venir ? » se défendait le comte. Gaspard le toisait et son mépris était une flèche dans le vieux cœur : « J'ai la vie devant moi. Satisfais-toi de la partager encore. Qui voudrait de toi ? Même ta femme te fuit. » D'Annovres se taisait, cherchait à conserver ce qu'il restait de Gaspard. Mais, tandis que le garçon se tenait de profil, observait la rue depuis la fenêtre, le comte voyait l'ordre imperturbable de ses traits. Il ne cillait pas lorsqu'il parlait. Ses mots ne vibraient d'aucune émotion. Gaspard était insondable, modelait ses humeurs au gré des circonstances. Dans ce qu'il subsista de leur intimité, il ne prit plus la peine de masquer la haine inspirée par le comte, le dégoût de son corps. Le vieillard se taisait, terrassé par la mainmise de l'amant sur ses sentiments. Cette superbe, contre laquelle il se heurtait sans cesse, était préférable à la perte de l'amant. Il ferma donc les yeux sur la relation naissante entre Gaspard et le baron Raynaud, bien qu'il ne fût pas dupe, connaissant depuis longtemps les préférences de ce vieux garçon avec lequel il s'était parfois laissé aller à plus qu'une franche camaraderie.

Au début de l'été, un dîner chez les Saurel offrit l'opportunité de leur rencontre. L'événement réunissait chaque année les personnalités que la chaleur de Paris n'était pas parvenue à faire fuir. Les d'Annovres mentionnèrent longtemps à l'avance les sommités que l'on devait y trouver et attisèrent la convoitise de Gaspard. La jalousie de la comtesse ne laissa planer aucun doute sur la nécessité d'y participer. Elle se félicita d'y être conviée, affirma qu'il serait bientôt naturel qu'elle accueillît à son tour ces connaissances dont elle ferait des habitués de ses salons. Ce repas avait vocation de foire mondaine et la comtesse se réjouissait à l'avance des relations qu'elle y nouerait.

Ils étaient installés au jardin lorsque Gaspard la remercia d'avoir œuvré pour qu'il fût de la soirée. Elle gloussa de plaisir avant d'affirmer : « C'est que l'on tient à votre présence, voilà tout ! » Elle tourna son visage vers le bleu du ciel et il se plissa comme le soleil battait son front et sa tempe. Gaspard observa avec stupéfaction ce profil. Il la trouva grossière et pédante, assurée d'avoir une influence sur son avancement. Il devina qu'elle mentait et avait manœuvré à son avantage. Mais, tandis qu'il se suspectait de devoir éprouver de la gratitude envers la comtesse, il ressentit de la rancœur. Ce serait bientôt à cette femme, engoncée dans son corset, une mouche sur le haut de son sein, d'implorer sa bienveillance. La comtesse se rappela que le jour risquait de rougir son teint et rabattit le voilage de son chapeau. « Merci », murmura Gaspard à contrecœur. Elle tapota sa main. Au travers du gant de soie, il sentit la paume poisseuse de condescendance. Cette rancœur s'effaça lorsqu'il songea qu'il n'aurait que faire de ses recommandations. Elle viendrait implorer ses faveurs et peu importeraient alors les services rendus et connus d'eux seuls. Il aurait toute liberté de se détourner d'elle, de venger ainsi la facilité de ses égards, sa manière de le rappeler sans cesse, par chacun de ses gestes d'affection, à sa véritable condition.

Cette idée se mua en certitude lorsque Gaspard pénétra dans la salle de réception des Saurel. Les fenêtres s'ouvraient sur les jardins, laissaient aller et venir les convives dans l'atmosphère grisante des vapeurs d'alcool, du raffinement des huiles. Le plancher reflétait l'incandescence des lustres, comme saisis dans le bois aux teintes de nuit. Parfois, une brise se glissait par les portes et les pendants des plafonniers agitaient leurs myriades de tintements. Quelques visages se levaient vers cette pluie de verre dont le chant soulageait un instant la moiteur des corps. Gaspard ajusta sa perruque, remercia d'un hochement de tête le domestique qui l'avait introduit puis répondit aux salutations de la maîtresse de maison. Il se souvint de son entrée chez les d'Annovres, de la fascination qu'il avait éprouvée lorsque le salon s'était dévoilé à ses yeux. Il se vit suivre Étienne vers la porte d'où s'évadait le son feutré des voix. Adeline lui adressa un sourire de l'autre bout de la pièce. Un courant d'air rabattait un ruban mauve sur sa joue. Gaspard s'inclina, avança à la rencontre de connaissances, soigna sa tenue et son zèle. L'image d'Étienne ne le quittait plus, planait à la surface de son esprit, estompait chaque visage. Il était légitime de douter que le comte de V. eût existé. Gaspard se souvenait-il avec certitude de ce visage, ou composait-il des traits au hasard, assemblant les bribes de cette chair désirée et fourbe ? Ne devait-il pas à Étienne, par un lien de cause à effet, d'être accepté dans cette société ? Gaspard se persuada qu'il avait œuvré à sa destruction, puis se débarrassa de cette évocation pour profiter des opportunités que devait offrir la soirée. Cependant, la dernière phrase du comte de V. teinta ses pas d'une âpre maussaderie. Ce conseil n'était-il pas la pierre fondatrice de sa chute comme de son ascension ?

Par-delà les portes, il vit les jardins où brûlaient des flambeaux, entre les arbres et le clapotement des fontaines. Gaspard parcourut la salle du regard, chercha à se défaire du malaise qui commençait d'enserrer son torse. À la manière dont il avait éprouvé le poids d'un regard sur son corps en pénétrant chez les d'Annovres, il remarqua qu'un homme en particulier l'observait. Une assemblée de femmes l'entourait, éventait ses visages aux charmes poudrés, laissait le vieillard insensible. Plusieurs mètres séparaient Gaspard du cercle mais l'insistance de ce regard ne fit aucun doute. Rompu à ces œillades, Gaspard sentit son estomac se contracter et son ventre se creuser. Il éprouva le dégoût de lui-même mêlé à l'excitation de la chasse. Par chance, Adeline s'approcha et saisit la présence de Gaspard comme prétexte pour s'excuser un instant auprès de sa mère. La comtesse d'Annovres, dans sa plus belle parure, une robe beige brodée de fils d'or, obligeait la foule, par l'ampleur de son panier, à rester à distance. Cette vision paraissait exultante, Gaspard étrangla un rire rageur avant qu'Adeline ne s'adressât à lui. « Eh bien, aviez-vous disparu ? » *Est-elle désirable ?* se questionna Gaspard. Il dut reconnaître qu'il aimait l'idée de la posséder, bien qu'il n'eût que faire d'elle, sinon se persuader qu'elle lui était acquise. « J'ai été éloigné quelques jours, mais me voici. » Elle hocha la tête et n'osa rien demander. Il voulut son air mystérieux puis réprima l'envie de la serrer contre lui pour éprouver la fermeté de ces seins. Jamais elle n'avait cessé de considérer sa présence comme légitime. Pour cette particularité, il appréciait Adeline mais la trouvait dans le même temps indigne de cette forme d'affection qu'il lui portait.

Plus loin, le vieil homme sortait au jardin, suivi de son cortège. « ... car nous partons bientôt, disait Adeline, et maman m'a parlé de vous inviter à nous suivre. Bien sûr, c'est à elle de vous le dire et non à moi, vous ferez donc mine de n'en rien savoir. » L'idée de quitter Paris, de subir la présence du comte d'Annovres le répugnait. Une domestique passa, plateau à la main, proposa une coupe de champagne. Gaspard se servit et but une gorgée avant de répondre : « J'en serais ravi, mais je ne puis vous assurer de rien. Allons prendre l'air, voulez-vous ? Acceptez mon bras, je vous prie. » Elle rougit, jeta un œil à sa mère qui l'encouragea d'une inclinaison du menton, puis enserra le coude du bout des doigts. Intrigué par le regard du gentilhomme, Gaspard ne prêtait plus attention aux paroles d'Adeline.

Le baron Raynaud détourna son regard avec indifférence et le porta vers le garçon qui sortait sur la terrasse. La lueur des flambeaux montait dans l'air chaud. Raynaud songeait qu'il était déjà tard pour un homme n'ayant que faire de ces soirées. Il observait les formes des branches projetées sur la devanture de la maison, les silhouettes étendues jusqu'aux étages, pareilles à des Goliath d'ombre, puis prêtait une oreille distraite aux propos de Mlle Langlade. Elle agitait son éventail avec sévérité et soulevait de son cou une odeur de sueur, de poudre et de patchouli. Des sérotines déchiraient l'air. Par fantaisie, les tables avaient été sorties et, tout autour, les domestiques allaient et venaient, disposaient des liqueurs et des feuilletés dont les miettes se trouvaient déjà dans les corsages, sur les peaux moites, aux courbes des moustaches.

Cet ennui découvert par Gaspard, ce désarroi de ne rien faire, de n'avoir à dédier son existence qu'à des futilités, le baron Raynaud y songeait à l'instant où ses yeux parcouraient les formes de la façade. C'était là une cause de son grand âge, l'origine de la décadence de son corps. On vieillissait dans la noblesse et la bourgeoisie par ennui, car il n'y avait rien d'autre à faire. Sa vivacité d'antan avait fui, sa robustesse s'était évaporée, trop lentement pour qu'il s'en fût aperçu, mais avec zèle. Sa peau avait été ferme. C'était à présent un parchemin, une râpe fragile et écœurante. Cet épiderme cachait sa contenance avec difficulté et, sur son ventre ou sur ses jambes, les veines, les artères exhibaient leur course, ravalées par le harassement de la chair. Son corps s'était modifié, ses formes se figeaient plus sûrement en angles saillants. Son odeur le réveillait au milieu de la nuit, lorsqu'un rêve le laissait en sueur dans ses draps : une odeur douceâtre et révoltante. Ses poumons le faisaient souffrir, il semblait à chaque effort que ces organes étaient broyés pour en extraire un suc. La présence des femmes et des hommes n'était plus due aux attraits qu'on lui enviait une éternité plus tôt. Mais, s'il était fatigué, n'avait-il pas encore des désirs, le vestige de son ambition, de son goût de la conquête ? Son âme restait en opposition à cette chair bientôt morte. Il souriait, ne parvenait pas à se concevoir comme cet homme au terme d'une existence qu'il n'avait pas le souvenir d'avoir vécue. Mlle Langlade crut que le sourire répondait au récit qu'elle venait de faire dans l'indifférence générale. Elle rougit avant de donner à nouveau du poignet.

Un musicien voulut montrer son talent dans l'un des salons, on appela d'une fenêtre et la foule remonta les marches. D'autres, plus aguerris ou moins mélomanes, restèrent sous la voûte des arbres masquant la nuit. Les buissons déversaient dans l'air un pollen qui rétractait les bronches du baron Raynaud. Sa respiration était sifflante. Deux dames en paniers échangeaient des politesses car toutes deux ne pouvaient prendre l'escalier de conserve. *Faut-il être commun pour aimer les femmes*, pensa le baron avant d'éponger son front à l'aide d'un mouchoir. Au sol se pressaient des marmots, modèles réduits de marquises au visage de craie, la taille travaillée par la gangue des corsets ; ducs en queue-de-pie et culotte beige. Leurs perruques, leurs souliers vernis bondissaient dans l'ombre, luisaient de manière inattendue, disparaissaient enfin derrière un buisson. Une gouvernante les réprimanda. Ils capitulèrent, déjà vieux et ternes ; tout en eux était le fruit d'un façonnement implacable que justifiait l'amour des leurs

Le baron détourna le regard de ces caricatures bardées de satins. Le jeune homme aperçu plus tôt sortit sur la terrasse, la fille du comte d'Annovres à son bras. Il l'avait connue enfant et pensa que le temps était bien fourbe pour qu'elle fût déjà femme. Tous deux descendirent les marches. Il apprécia la fierté du garçon qui portait le menton haut, gardait une main sur le pommeau de sa canne. Sous la veste de brocart, le jabot et la chemise bouffaient au col et aux manches. Le garçon ne portait pas l'épée mais il y avait dans sa tenue une noblesse qui lui fit s'exclamer : « Voilà un fort joli couple. » Le cercle tourna les yeux et Mme Saurel dit à son oreille : « Il m'a été présenté comme un ami du comte de V. Depuis, je n'ai jamais revu ces deux-là ensemble, mais ce garçon est devenu un habitué de la société des d'Annovres. Je ne sais de qui, du père ou de la fille, il est le plus proche. Voilà, ne m'en demandez pas plus ! » On pouffa, on se scandalisa, juste ce qu'il fallait. Le baron se tourna vers elle tandis que son regard croisait celui de Gaspard. Il se pencha à son tour, saisit la rondeur disgracieuse de son épaule, puis dit avec paternalisme : « Mais je n'ai, ma chère, rien demandé du tout. »

Oui, pensa Gaspard, *cet homme ne m'a pas quitté du regard.* Dès lors qu'il était sorti sur la terrasse puis avait descendu l'escalier avec Adeline. Il l'observait maintenant, avec discrétion, sans cesser de converser. Gaspard inclina le visage, esquissa un sourire. « N'est-ce pas aimable de profiter un peu de la nuit ? demanda Adeline. — Votre compagnie m'est plus agréable encore », dit-il avant de veiller à ce que leurs mains s'effleurent. Il la sentit frémir puis se rétracter avec émotion. La mort d'Emma l'avait libéré de sa retenue et il s'autorisait à attiser l'ambiguïté de leur relation. Il finissait par trouver Adeline aussi sotte que sa mère, mais d'une gentillesse gratuite et il était facile, avec elle, de sonder son pouvoir de séduction, d'évaluer l'ascendant qu'il continuait d'avoir sur les d'Annovres. Il ignorait toujours de quelle manière elle devait servir ses projets, mais il pouvait la questionner à sa guise, sans jamais susciter son inquiétude. Avait-elle admis de ne jamais connaître ses origines et ses motivations ? Avait-elle oublié ses doutes ? Elle se comportait à son égard avec une innocence qui fit oublier à Gaspard la perspicacité dont elle avait d'abord fait preuve. « Qui est cet homme ? » demanda-t-il. Adeline plissa les yeux pour mieux distinguer le visage qu'il désignait. « Le baron Raynaud, répondit-elle. — Est-il riche ? » insista Gaspard. Sa spontanéité, dénuée de toute suspicion, plut à Gaspard : « Assurément. Vieux garçon, riche, et l'on dit sa santé fragile. Voyez ce qu'il faut pour être entouré de femmes. » Ils restèrent silencieux un instant, avant que la comtesse d'Annovres n'interpellât sa fille depuis l'un des salons, exigeant qu'elle vînt jouer une pièce au clavecin. La jeune fille sourit, les yeux perdus dans le vague. Elle posa son verre et s'éloigna vers les marches.

Gaspard se promena au hasard. Par endroits, des groupes se formaient et conversaient. Gaspard s'assura que le baron ne le quittait pas du regard, et continua de déambuler. Ses yeux se posaient sur la diversité des tissus, des nœuds et des rubans qui composaient l'habillement des femmes. Il y avait une euphorie dans cette obscurité où l'on percevait les visages sous un jour inédit, puisque les flammes leur donnaient une couleur de chair. *C'est étrange,* se dit Gaspard, *que je sois ici, parmi eux.* Ces réunions improvisées, tandis que des salons venait une phrase de Couperin, jouée par Adeline, étaient aussi familières qu'hostiles. On lui serra la main, il s'inclina quelquefois, échangea des politesses. Sans que rien le dissuadât de se joindre à une conversation, il resta esseulé, vogua sur l'herbe noire, mis à distance. Les branches marbraient les fronts et les joues. À tout instant, l'alcool métamorphosait les visages. Hommes et femmes se mouvaient avec aisance parmi les ombres, se précipitaient avec rage d'un cercle à l'autre, ne craignaient plus de se toucher. « Ils ne me reconnaissent pas encore tout à fait », chuchota Gaspard. Était-il inconsistant pour ces gens ? La colère commença de sourdre à nouveau dans son ventre. N'avait-il pas fait assez de sacrifices pour mériter d'être enfin considéré comme l'un des leurs ? Il avait renoncé à son intégrité, s'était mû en un personnage qui, souvent, échappait à son entendement. *C'est toi qui persistes à te sentir illégitime*, songea-t-il. Il avait promis de se venger d'Étienne, et désirait désormais obtenir réparation du monde. Dépossédé de son être, Gaspard voulait s'affranchir de ceux qui avaient orchestré sa transfiguration. Le siècle devait être châtié pour qu'il obtînt juste vengeance. L'époque, la ville et le Fleuve. Tous les convives évoluaient vers la maison, liés à ces éléments indissociables de son existence, de son assise dans le monde. À ce titre, c'est de cet ensemble qu'il devait profiter, puisque tous, à leur manière, avaient pétri sa chair, façonné l'homme qu'il était en passe de devenir.

On sonna pour annoncer le repas et quelques cris de satisfaction s'élevèrent dans la nuit. Gaspard se tint en retrait tandis que les convives regagnaient les salons, excités à l'idée de découvrir les mets qui seraient servis et se devaient d'être aussi recherchés que ce prélude au jardin. Il lança un regard, appuyé par plus d'assurance, au baron Raynaud qui ralentit son pas, s'excusa auprès de l'infatigable Mlle Langlade, le rejoignit enfin. Gaspard gonfla le torse et sourit.

II

LE BRIS ET LA CHAIR

Lorsque les soirées annoncèrent l'été étourdissant, Gaspard préféra la marche aux trajets en fiacre. Il rejoignait la route de Versailles, dont il avait autrefois entendu parler et qu'il avait juré d'emprunter un jour en Parisien parvenu. Il longeait le Fleuve à la tombée du jour. Au soir, les flots scintillaient des couleurs d'un ciel impressionniste. Gaspard restait méfiant, n'oubliait rien de ce que la ville avait mobilisé de fourberie pour prendre le dessus sur lui, mais il ne se sentait plus distancié de Paris. *Peut-être,* songeait-il, *me suis-je enfin laissé remplir par elle ?* Que subsistait-il du garçon de la rue Saint-Denis dont une année le séparait ? Quelques vestiges. Il était aujourd'hui à l'image de la capitale. « Ou presque », répondait Gaspard à cette idée, lorsqu'elle lui venait, car il avait conscience de n'être pas encore accompli. Il longeait ces soirs-là l'essaim des moulins à vent dont les lames fendaient le crépuscule sur une étendue de vert tendre. Il ne pouvait quitter des yeux ces pachydermes ailés qui élevaient leurs élytres de bois dans le roulis de leurs entrailles. Au-delà des barrières, après avoir dépassé l'octroi, des lanternes flottaient au-dessus du sol où elles posaient leur teinte orange. Les jardins se devinaient, bruissaient dans la nuit, et les maisons allumaient leurs fenêtres où se pressaient des silhouettes. Sur les perrons baignés d'abîme, les nourrices rappelaient les enfants en serrant un châle sur leurs épaules. Le baron Raynaud occupait l'une de ces bâtisses que Gaspard percevait comme une succession de pièces sans fin. Rien, à la vue de ces façades somnolentes dans l'opulence, ne pouvait évoquer la ville à laquelle Gaspard tournait le dos. Il imaginait alors posséder l'une de ces demeures, donnait des recommandations à chacune de ses gens, jugeait laquelle de ses connaissances il serait bon d'avoir à sa table. Tandis qu'il avançait vers la maison Raynaud, il savait aussi que son retour, au soir, dans l'appartement de la rue des Petits-Champs, serait une souffrance car il y verrait l'illustration d'une condition méprisable de giton. Le comte d'Annovres le confinait à cette situation. Il en devint plus haïssable à ses yeux et c'est par esprit de revanche, par désarroi plus que par ambition que Gaspard séduisit Raynaud.

Tandis que le mois de juillet asseyait sa chaleur sur la ville, cette relation entreprit de le dévorer. Il éprouvait à l'idée de s'offrir à Raynaud une répugnance tout aussi violente que celle qui enserrait sa poitrine lorsqu'il attendait le comte dans l'appartement. Il savait combien chacun des gestes portés sur sa peau serait une empreinte dans sa chair. Toutes ces mains l'avaient modelé. Était-il un vulgaire pain d'argile ? Dans quelle mesure décidait-il de sa métamorphose ? Il voulait se croire maître de cette évolution, mais ne pouvait s'empêcher d'être tiré au hasard vers ce qu'il croyait être une élévation de lui-même. Gaspard ne pouvait se résoudre à l'idée de devenir la créature des hommes dont il avait croisé le chemin, embrassé les corps, comme la composition d'une partie de chacun d'entre eux. C'est pourquoi, malgré la confiance et la liberté placées par Raynaud dans leur relation — il savait l'ambition du garçon et s'accommodait d'en être un rouage —, il n'inspira à Gaspard aucune espèce de connivence. À la manière dont il s'était joué du comte, il masqua son amertume et sa répulsion sous une fausse affection. Comme il continuait de se rendre chez les d'Annovres, la comtesse le réprimandait de son infidélité. Son époux s'éteignait dans un silence froissé. « N'as-tu donc pas de cœur ? » souffla-t-il à son oreille comme ils quittaient le salon pour le dîner. Gaspard l'avait dépassé sans un regard et le comte le retenait par le bras. Ce contact, qu'il avait cru acquis, l'éventra. Gaspard s'arrêta, dans ses traits fondit une Némésis : « Je n'entends rien aux énigmes », répondit-il avant de dégager son bras d'un geste brusque. Il sortit et laissa d'Annovres seul dans la pièce.

Quand le mois toucha à sa fin, Gaspard se satisfit d'obtenir une crédibilité. Il délaissait l'appartement pour les chambres et les baldaquins de la maison Raynaud. Au matin, Mathieu, un garçon du baron, l'habillait. Il voyageait en carrosse, rideaux rabattus pour n'être pas reconnu, fuyait à l'anglaise, apprit l'intrigue puis s'en lassa. De ces plaisirs matériels, Gaspard voulait faire une valeur sûre. Il ne fallait pas qu'on l'en dépossédât et il ne pouvait se satisfaire de contempler cette abondance : il fallait qu'elle lui appartînt. Les personnalités qu'il s'était appropriées lui paraissaient être les pions d'un jeu complexe qu'il savait devoir déplacer avec astuce sans qu'il parvînt pourtant à décider une stratégie. Devrait-il quitter le comte auquel il restait lié par la rue des Petits-Champs ? Depuis la rencontre de Raynaud commençaient de graviter alentour des personnalités. Il dénigrait plus encore les d'Annovres. La noblesse parisienne lui ouvrait les bras.

Mais c'est encore par une porte dérobée qu'il entrait et sortait du boudoir du baron, de façon que jamais on ne pût suspecter leur affinité. C'est aussi par une porte de bruyères, au fond du parc, à l'abri des regards, qu'il quittait la maison, au cœur de la nuit. Revêtu par ces ténèbres, il n'était plus qu'un vagabond de l'ombre et se glissait dans un fiacre. Tandis que la voiture avançait au pas et regagnait la ville, Gaspard préférait ne plus voir défiler les silhouettes des maisons. Le trot des chevaux et la solitude de la cabine l'encourageaient à fermer les yeux, à se laisser gagner par l'amertume. Il redoutait ces instants de solitude dans lesquels il devenait étranger à lui-même : tout ce qui était issu de son corps lui échappait. *Est-ce mon corps ou mon esprit ?* Qui était cet homme regagnant l'appartement d'un autre, une vie usurpée, un mensonge ? Existait-il vraiment, lui, le tartuffe, ou avait-il fini par troquer son âme pour un abysse ? Tandis que la voiture longeait la Seine, il ordonnait que l'on s'arrêtât. L'air manquait, sa gorge se bardait d'aiguilles, ses poings enfonçaient des ongles courts dans la blancheur de ses paumes. Il ouvrait la portière, descendait de voiture, s'avançait jusqu'à deviner l'indolence des eaux. Il les contemplait depuis la rive. Son esprit restait aussi froid et sinueux que les flots saisissant des parcelles de lune, en éparpillant le portrait. S'il était parvenu à flotter au-dessus du Fleuve, songeait Gaspard, il aurait perçu dans ces éclats, le reflet de son véritable visage.

Au commencement du mois d'août, une vieille dévote, la présidente de Cerfeuil, possédant une demeure près de Chartres, supplia le baron Raynaud de ne pas demeurer seul à Paris et offrit d'apprêter un carrosse. Gaspard avait décliné l'offre des d'Annovres, eux-mêmes partis au début du mois pour leurs terres du Berry. Il considéra l'opportunité d'atteindre d'autres cercles. Il insista auprès du baron avec une ardeur telle que le vieil homme, dont l'attachement allait croissant, céda et fit partir une missive annonçant leur arrivée sous couvert de ne pouvoir voyager sans assistance. On s'empressa de répondre que la compagnie n'attendait qu'eux. Gaspard exulta. Quitter la ville devait le sauver, il s'en persuada. Il fallait s'éloigner de Paris, laisser derrière sa faim insatiable. Puis, sans qu'il ne pût définir ce sentiment, sous l'exaltation du départ, il éprouva la certitude que ce séjour délivrerait un message, la réponse à son attente, l'issue ou la justification à son naufrage. Peu importait désormais qu'il fût perdu, il voulait que sa perte eût un sens, fût le prix d'une réussite explosive, sulfureuse. « Mon drame est de n'avoir pas de ma vie une vision entière qui me la ferait comprendre », avait-il dit un soir au baron qui tenait encore son sexe d'une main. Le vieil homme avait ri, avec une sincérité moqueuse.

À l'aube, un carrosse fut apprêté. Le baron craignait tant pour ses poumons qu'il posa sur lui plusieurs couvertures le protégeant contre l'humidité de l'aurore. Il semblait fragile, sur sa banquette. Son visage émergeait de lainages et de fourrures. *Ridicule*, pensa Gaspard avant de passer une main sur celles de Raynaud. La voiture se mit en marche et le baron gémit à chaque cahotement, maudit son amant de l'entraîner dans ce voyage au cours duquel il risquait peut-être sa vie. « L'air est doux », dit Gaspard. Il remonta les couvertures, cacha le visage à sa vue. « Ne vous souciez de rien et dormez un peu. » L'homme ronflait avant qu'ils n'eussent quitté la ville. Gaspard souleva le rideau d'un doigt, appuya son front contre le carreau pour observer le paysage baigné de garance. Les champs s'étendaient à perte de vue, fondaient au loin dans l'aurore, parsemés de hameaux gris. Les tournesols penchaient encore la tête, les arbres se découpaient sur le ciel en ombres statiques. Au-dessus du sol flottaient par endroits les nappes d'un brouillard que les premiers rayons dissiperaient. Gaspard ne put s'empêcher de penser à Quimper et éprouva une angoisse féroce, comme si le fiacre était en route vers la Bretagne et n'arrêtât pas sa course avant d'atteindre son but, de le renvoyer à cette terre originelle. Mais, à l'image du minerai de fer extrait du sol puis forgé, il n'avait plus rien de commun avec cette campagne. Il était impensable de rendre à Quimper sa matérialité, de songer qu'elle pût exister, que Gaspard y eût un jour déambulé comme il l'avait fait dans les rues de Paris. Il jeta un œil au baron Raynaud. À peine éclairés par le jour, sa perruque était de cuivre, son visage de cire. Ses sourcils bataillaient, ses lèvres tremblaient sans cesse, la peau plissait sous ses yeux : tout conférait au visage un aspect factice. La tête émergeait d'un amas de couvertures, se dissociait du corps, boule flétrie et pomponnée, dodelinait au rythme des cahots. Gaspard sentit sa bouche s'assécher et déglutit avec difficulté. Il se replongea dans la contemplation des prés et des troupeaux épars au pelage de rosée. Il somnola, les paupières mi-closes. Seul un rougeoiement lui parvenait de l'extérieur. Comme la nature tout autour, leur destination et le carrosse s'estompèrent pour laisser Gaspard suspendu dans cet éblouissement.

Quimper, rouge : l'aube est froide. Elle colore la pièce, l'affairement du père. Gaspard fourre de foin ses bas, ses sabots ; des engelures marbrent ses pieds, soulèvent ses ongles. L'âtre pue le charbon, un filet de fumée s'en évade encore. Sur les braises chauffe un plat de fonte, quelques abats de porc flottent sur une nappe d'huile, une eau aux relents de navet. Le père et le fils s'habillent en silence, n'échangent pas un regard. Sur sa chaise d'osier, la mère parle de fables, de monstruosités. Parfois, le fils l'écoute et elle aime voir l'impression qu'ont sur lui les contes. Son esprit est assez vierge encore pour croire que l'infamie existe ailleurs que dans le quotidien. Le père ouvre la porte. Gaspard le suit, aussitôt rejoint par les chiens au pelage souillon. Ses pieds s'enfoncent dans une boue dont il peine à arracher ses sabots. Les pluies ont gorgé la terre. Soulevée dans leur déchaînement, l'odeur des porcs, de la fiente incrustée jusqu'aux strates minérales, s'élève et compose le monde. Le sol vomit son limon sur les mollets froids et durs du garçon.

L'épuisement du baron les contraignit à une pause. Ils attendirent la fraîcheur du crépuscule. La nuit avait l'épaisseur de la poix lorsqu'ils parvinrent dans ce hameau près de Chartres où la présidente possédait ses terres. Au bout d'un chemin bordé d'ormes dont les branches obscurcissaient plus encore les ténèbres, un portail dressait sa carcasse de fonte. Gaspard n'avait cessé de feindre le sommeil tout le long du trajet pour fuir la conversation de Raynaud. Il ouvrit la fenêtre et inspira l'air du dehors.

Cela sentait les sous-bois et l'humus. N'importe quelle odeur eût été préférable au confinement de la cabine que l'haleine aigrelette du baron infestait. « Enfin, j'ai cru que nous ne parviendrions jamais. Vous ne m'y reprendrez pas », bougonna Raynaud avant de saisir le menton de Gaspard pour le secouer avec tendresse. Une quinte de toux interrompit son geste, et Gaspard se dégagea. Une torche dansa à leur rencontre, au-delà des grilles. Les voix du cocher et d'un domestique leur parvinrent. Il fallait abreuver les chevaux. Dans l'étroitesse de l'habitacle, les genoux du baron avaient entrechoqué les siens tout le long du voyage. À la douleur infligée à ses jambes par l'immobilité, Gaspard sentait culminer le désir de descendre de voiture, de prendre la fuite, d'inspirer l'air de la nuit et de chasser la présence du vieillard, palpable sur sa peau. Le grincement des grilles retentit et la voiture se mit en marche. Derrière le rideau, éclairé d'une lune maladive, le jardin dévoila fontaines et bosquets. L'allée brillait de cette clarté laiteuse, et quand le fiacre s'arrêta, Gaspard s'empressa de mettre un pied à terre. Palefreniers et valets surgirent, entreprirent de dénouer les attaches des malles et de dételer.

Une femme, qu'il devina être la présidente, parut dans l'encadrement du vestibule et attendit, les mains jointes sur son châle, que Raynaud se fût extrait du carrosse et s'avançât vers elle. Gaspard se tint en retrait, observa cette femme sur laquelle il fondait déjà de secrets espoirs et qui devait, malgré elle, le servir bien plus que par son hospitalité. Raynaud se pencha vers une main ravinée. La présidente s'était habillée à la hâte, bien que la chemise de nuit et le châle ne cédassent rien à la décence que Gaspard était en droit d'attendre d'une femme de son rang. Elle échangea quelques mots avec Raynaud, sans porter son regard vers Gaspard. Pourtant, il y eut, dans sa façon de hocher la tête au récit que Raynaud fit du voyage, un sourire sur les lèvres, une maîtrise des expressions, au travers desquels elle détailla ce garçon dont la présence semblait être nécessaire au bien-être du baron. Bien qu'il ne pût définir si l'idée de son avancement guidait ce sentiment, Gaspard éprouva de l'affection pour ces traits, l'ordre de ces rides. Ce visage pouvait avoir mille ans, il y transparaissait une sagesse désabusée, une joie un peu lasse au travers de laquelle on devinait le plaisir de la compagnie, du rempart à la solitude. Elle était longue et seche comme une vie d'ascèse. Raynaud affirmait que sa philanthropie justifiait parfois qu'on lui reprochât une compagnie moins honnête qu'elle-même ne l'était. Mais, si elle ne s'en vantait jamais, la présidente de Cerfeuil finançait grassement quelques hospices de Paris et la notoriété de ces élans de charité suffisait à faire taire ses détracteurs. Lorsque Raynaud présenta son compagnon de route, elle se montra plus attentionnée qu'il ne l'espérait, se soucia de son épuisement, puis ordonna qu'on les conduisît à leur chambre. « Vous me donnerez demain les nouvelles de Paris », dit-elle. Ils étaient désormais dans le hall ou les chandeliers peinaient à éclairer les hauts plafonds. Des bouquets de lys déversaient leur essence et l'air embaumait autant qu'un mausolée. Il y avait aussi cette odeur de confinement propre aux vieilles demeures, ce suintement de la pierre, cette omniprésence d'un passé tangible et tenace. Comme le baron le pressait vers l'escalier, désireux de se coucher, Gaspard se sentit étourdi par l'odeur, les formes imprécises du hall, l'esquisse des visages et la voix de la présidente. Pénétrer dans ce château, c'était abandonner ce qu'il avait été et dont une part subsistait aux confins de sa conscience. L'insistance du vieillard dans son dos le poussait vers un précipice. Il se retint à la rampe, reprit son souffle. « Pressez-vous d'aller reprendre des forces. Bonne nuit », dit la présidente avec une bienveillance repue avant de disparaître dans une traînée de femmes de chambre.

Ils suivirent la servante à l'étage puis le long d'un couloir lie de vin. Gaspard essaya de discerner ce que le halo de la lampe dévoilait à leur passage, mais les teintes d'ocre, d'ambre et de cuivre, les toiles nébuleuses, les ancêtres figés dans l'huile se fondaient en un même tourment. Le baron et la soubrette occupaient le couloir avec despotisme, cernaient Gaspard, le contraignaient d'avancer au pas, évaporaient l'euphorie qu'il avait éprouvée à l'idée d'un séjour en campagne. Lorsqu'il se trouva devant sa chambre, Gaspard ne bougea plus. Raynaud disparut dans la pièce attenante, et la servante demanda : « Monsieur désire-t-il autre chose ? » La fenêtre derrière elle blêmissait son teint d'opale. Son accent était gouailleur, il éprouva envers elle un ressentiment immédiat. Gaspard secoua la tête, balbutia un remerciement et pénétra dans la pièce. La chambre était aussi vaste que l'appartement du comte d'Annovres. L'odeur de la nuit subsistait encore, sans parvenir à masquer l'humidité des murs. Des chandeliers creusaient dans la pénombre des anneaux de feu. Un baquet d'eau fumait sur une coiffeuse.

Gaspard fit un pas. Son malaise allait croissant. Par précaution, un feu avait été allumé dans la cheminée et les braises chuchotaient. Comme il manquait d'air, Gaspard traversa la pièce et ouvrit l'une des fenêtres. La nuit s'engouffra et les rideaux gonflèrent dans l'espace vide et noir. L'air lécha son visage, pénétra ses poumons, bomba sa poitrine. Ses yeux coulèrent, il essuya ses joues. Parvenir dans cette chambre, n'était-ce pas voir la concrétisation de ses désirs ? N'y avait-il pas dans ce luxe une preuve de ce qui, désormais, ne pouvait lui être repris ? La conscience de Gaspard flottait au-dessus d'un corps émétique ; la nuit abattit sur lui sa lucidité. Une porte donnait sur la chambre du baron et l'homme frappa. Gaspard tressaillit puis s'immobilisa à la manière d'une proie. Il refusa de bouger, de quitter du regard le parc dont il percevait par-delà la fenêtre les formes silencieuses. Une odeur de résine lui parvint d'une proche forêt. Le baron frappa avec plus d'insistance, la poignée s'abaissa à plusieurs reprises. Gaspard ne cilla pas. Par chance, la clé était tournée. Il n'éprouvait pas d'émotion. Son pouls restait apathique, ses membres cotonneux, son esprit en latence. Chaque marque de désir, provenant du baron ou d'un autre homme, le plongeait dans l'indolence. Il resta longtemps dans l'air du soir, avant d'être assuré que le vieillard eût regagné sa couche. Il faudrait, au matin, justifier de n'avoir pas répondu à ses attentes. À cette idée, Gaspard déglutit pour dissiper l'amertume répandue dans sa bouche. Puis il tira les rideaux aux ondulations de suaire. Les braises dans le feu s'étaient éteintes. Était-il resté immobile si longtemps ? Ces absences dans lesquelles le plongeaient la relation charnelle à l'autre, la crainte de ce rapport, l'aliénaient et il s'étonnait alors de la distorsion du temps. Il ne restait qu'une poignée d'heures avant le réveil, mais l'épuisement du voyage avait amorcé le déferlement de son désarroi.

Gaspard ouvrit les malles, se déshabilla, laissa glisser sur sa peau le coton d'une chemise de nuit. Il s'avança vers la coiffeuse, s'assit devant le baquet d'eau et retira son pos tiche. Il fit face à son reflet que jaunissait la lueur des bougies. La sueur ternissait ses cheveux, les plaquait sur son crâne. Sous les yeux rubescents, les joues se creusaient autour d'une bouche informe. Il observait un étranger ; ce visage portait dans sa physionomie la laideur de son existence. Chaque parcelle de peau, chaque tassement adipeux, chaque pore dénonçaient les mensonges, les sacrifices, les reniements auxquels Gaspard avait eu recours pour parvenir à cette chambre. Avec colère, il entreprit de frotter son visage pour débarrasser l'épiderme de son fard. À mesure qu'apparaissait la peau rougie par la friction du lin, le visage se dévoila, le masque s'effondra. Le tourment de Gaspard se mua en une émotion qu'il ne parvint pas à réfréner. Ce sentiment familier était le dégoût de sa chair, de son être. Mis à distance de l'être abouti, ce qu'il subsistait du Gaspard originel s'observait jusqu'à l'écœurement, se désignait comme une aberration. Une monstruosité.

Il reposa le gant de lin dans la bassine. L'eau se troubla. Gaspard observa encore sa peau, l'inflammation de ses lèvres. La colère, la répulsion n'avaient cessé de croître, tétanisaient ses membres, résonnaient dans son crâne. Les muscles de ses mâchoires tendaient la peau de ses joues. Ses yeux se posèrent sur la coiffeuse. Au pied du miroir, un bris de la taille d'un ongle reposait sur le bois de palissandre et d'acajou. Un chandelier reflétait dans l'éclat un scintillement vermillon. Parce que son corps lui échappait, Gaspard souhaita le voir détruit et le morceau de miroir imposa l'évidence : il devait infliger une punition à sa chair. Il fallait une contrepartie à sa présence chez la présidente de Cerfeuil ; extraire de cette viande la présence des autres hommes, déraciner leur empreinte, exorciser la furie couvant sous sa peau. Ses mains tremblaient d'impatience, sa bouche était aride et son front suait. Gaspard souleva la chemise de nuit, dévoila son sexe et son abdomen. Il observa la flaccidité de son pénis, la teinte violine du gland que le prépuce découvrait à demi, le jais du pubis, la frontière de la peau blanche et lisse de son ventre. Il saisit l'éclat du miroir entre le pouce et l'index, approcha l'angle le plus aigu de l'épiderme. De l'autre main, il plissa la chemise de nuit et la coinça entre ses dents. Bien que la zone de contact fût infime, le miroir imprima un frisson qui grêla sa peau et courut dans sa nuque, au sommet de son crâne. Ses yeux se rivèrent sur son abdomen, sa respiration s'accéléra. Derrière le mur, Raynaud dormait. Quelque part, au-delà des cloisons, d'autres convives rêvaient dans l'attente oisive du jour. Aucun ne pensait à lui, Gaspard. Aucun ne songeait à ce morceau de verre contre sa peau, à l'albâtre de son ventre. *Ce que contient ce ventre,* pensa Gaspard, *est foncièrement mauvais.* « Dangereux », souffla-t-il entre ses lèvres. Tout était venu de là, de cet abdomen désirable et trompeur, ses faiblesses comme ses désirs, chacune de ses concessions. Il portait, sous cette peau, le faix de son parcours et de son ascension. N'était-ce pas là que s'étaient échouées les jouissances de tous les hommes qui avaient servi à Gaspard ? Ne portait-il pas, ce ventre, toute l'ignominie de sa personne, la contrepartie de ses balbutiements dans le monde ? Gaspard inspira, mordit le tissu, pressa la brisure du miroir contre sa peau, au-dessous de son nombril. Il sentit une douleur aiguë et la pointe disparut avec une facilité déconcertante dans la blancheur de la peau. Le sang gonfla avec effronterie contre la lame de verre puis s'écoula, traînée grenat sur l'épiderme, dans la toison de son sexe. Gaspard, dont la main restait immobile, sonda la douleur et la jugea avec mépris. Il fallait une souffrance qui serait adéquate, rétablirait l'équilibre, l'absoudrait de ses fautes, le délivrerait de l'emprise des hommes, le punirait avec impartialité.

Avec lenteur et précision, il bougea le bras dont la main tenait le bris et entama sa chair plus avant. L'étau de ses mâchoires se referma sur la chemise, ses yeux se révulsèrent. Gaspard étouffa un cri dans l'assourdissement de la chambre. La coupure s'étendit d'un flanc à l'autre avec la netteté d'une chirurgie. Les lèvres de la plaie béaient, laissaient fleurir les strates inférieures des tissus, la couche de graisse que baignait une humeur généreuse. À chacune de ses inspirations, l'entaille s'ouvrait telle une bouche, un sourire dégorgeant une lymphe écarlate. Gaspard posa l'éclat de miroir. Il observa l'atteinte faite à son corps. Cette meurtrissure bavait sur son sexe et sur ses cuisses. Abasourdi, il se soucia tout juste de la profondeur de la plaie, trouva un tissu dans l'un des tiroirs de la coiffeuse et tamponna son ventre. Son assurance laissa place à la confusion. L'ensemble de ses membres tremblait, agité de spasmes. Le tissu but grossièrement le sang et il resta assis, une main pressée contre son ventre pour maintenir la gaze de fortune et stopper l'hémorragie. Gaspard bascula la tête en arrière, ferma les paupières pour éclipser de sa vue la grisaille de la chambre. Ses muscles se convulsèrent avec violence et le laissèrent sans forces, sa conscience auréolée d'une tristesse poignante. Il se moquait de la plaie qui commençait à sécher, de sa chair opiniâtre travaillant déjà à sa reconstruction, du froid sur sa peau, du harassement. L'épanchement de la blessure effaça la souffrance, annihila la haine

Quimper, brun : le père dit que le verrat a fui avant le lever du jour. Il ne peut être loin. Les chiens sauront le retrouver. Gaspard acquiesce. Il connaît l'animal, une montagne de chair bise qui n'a jamais vu le jour. Le monstre engrosse chaque année des dizaines de truies, sa descendance s'égare dans les détours de la consanguinité. Ils marchent vers la porcherie, leurs pieds s'enfoncent dans le purin, s'en retirent à grands bruits de succion. Le père le devance et Gaspard lève les yeux, observe le dos immense qui se meut sans grâce. L'odeur des porcs leur parvient, les cris, l'excitation du troupeau, le piétinement dans la fange et le bruit des groins avides fouillant le bran. Le ciel est traversé d'ecchymoses. Le vent engourdit leurs visages, la cuirasse de leurs doigts. Le père tire à eux la porte de l'étable. Le bois, couvert d'une mousse bilieuse, s'éventre. Les truies aveuglées par le jour cherchent à fuir, hurlent et se pressent les unes contre les autres, entrechoquent leurs chairs, mélangent le lisier dont leurs flancs sont couverts. Le père désigne du doigt l'enclos dévasté du verrat. Son évasion, la perspective de l'échappatoire imposent le respect de Gaspard. Il se souvient du goût du purin et de l'ombre dantesque du père à contre-jour.

À la manière dont certaines espèces pratiquent l'autotomie, la plaie fut pour Gaspard la condition à sa survie. Il finit par se redresser, puis se leva tout à fait, sans relâcher le tissu sur son ventre. Il se tint debout, oscilla, saisit le bris de miroir, désormais couvert d'une croûte noirâtre, l'essuya contre la chemise de nuit. Gaspard le glissa avec attention dans l'une des poches de sa veste. La plaie cessa de couler. Il nettoya le sang englué dans ses poils, sur ses cuisses. « C'est superficiel », dit-il, comme un constat désintéressé. L'eau du baquet devint rose, d'un rose précieux, révoltant. Il éprouva un haut-le-cœur pour cette sève extirpée de son ventre, pus écoulé de l'abcès. Il saisit le récipient, le vida par la fenêtre avec colère. Gaspard lança un regard à la pièce, pour s'assurer de n'avoir pas laissé trace. Son acte était énigmatique et honteux. Il gagna le lit, se glissa sous le drap et prit soin de ne pas le remonter. L'idée qu'on le trouvât au matin dans des draps souillés traversa son esprit, il rabattit sa chemise de nuit avant d'être happé par le sommeil.

III

CHASSE À COURRE

Son impatience l'éveilla avant qu'il ne fît jour. Gaspard observa les nervures de l'aube s'épanouir au plafond. La fatigue l'écrasait, mais il ne parvint pas à retrouver le sommeil. L'idée des convives dont il s'apprêtait à faire la connaissance l'excitait. Il voulut se tourner de côté ; un tiraillement à son flanc raviva l'incision. Ne l'avait-il pourtant pas rêvée ? La sensation, un désagrément, le poussa à retirer le drap. De sombres pétales s'évasaient sur le tissu de la chemise. Le souvenir de son geste se précisa, mais ces souillures le contrarièrent. Le lien ne lui sembla pas évident : lui avait-on donné une chemise sale sans qu'il s'en fût aperçu ? Il ne souleva pas le vêtement, son geste se suspendit à la crainte d'une confrontation à la blessure. La voir serait la preuve irréfutable de cette mutilation. Il se rallongea sur le dos et chercha en vain l'échappatoire du sommeil. La nuit resurgit par bribes, rythmée par le poing du baron abattu sans discontinuer sur la porte de la chambre.

Sur ordre de Raynaud, Mathieu les avait devancés. Lorsqu'il vint, Gaspard lui ordonna de trouver un bandage en toute discrétion, puis de le laisser un instant. Seul dans la chambre, il pansa son ventre, refusa d'y porter un regard. « Que tout soit lavé avant le soir », ordonna-t-il, tendant à Mathieu la chemise de nuit et le tissu qui fit office de gaze. Le garçon acquiesça et s'éclipsa lorsque Gaspard refusa son aide. Il termina de se préparer. La bande rendait sa respiration difficile, pressait son abdomen. Il ouvrit les fenêtres, soudain persuadé de sentir l'odeur ferreuse d'une plaie. Il était temps, désormais, de se lancer à l'assaut du monde.

Ce monde fut conforme à ce qu'il avait désiré avec ferveur. Il fit la connaissance du duc de Valny et partagea ses vues sur l'art, s'enthousiasma avec son épouse — une grosse femme si dévote que ses transports lassaient parfois la présidente elle-même — des bienfaits de la piété, s'inventa une âme charitable, s'enflamma pour les causes perdues. Il l'accompagna un matin dans un orphelinat, eut la larme à l'œil devant les petits bâtards et le dévouement des religieuses. Puisqu'il laissait une somme coquette, Mme de Valny le remercia dans le carrosse, sur le chemin du retour, des sanglots dans la voix et ses mains serrées entre les siennes. Sitôt arrivée, elle courut confier l'anecdote à la présidente qui le caressait puisqu'il était jeune et donc fragile, lui rappelait un neveu qu'elle avait beaucoup aimé et perdu en Prusse. Sa sœur, Mme de Clairois, n'aimait rien plus que marcher des heures durant et Gaspard l'accompagna, l'aida à constituer un herbier, chercha avec elle dans les encyclopédies le nom des plantes et porta, lorsqu'ils haletaient, ses petits chiens qu'elle jurait cardiaques. M. d'Uzens, enfin, avait pour passion les chevaux. Gaspard se prêta volontiers à ses conseils et apprentissages. Ils firent tous deux de longues promenades dans les bois, parlèrent politique et se défièrent à la course pour rejoindre les écuries.

Les journées avaient une lenteur monacale mais, là où le quotidien des d'Annovres lui avait fait haïr le comte et les siens, il lui sembla d'abord que le luxe transcendait chaque instant avec une minutie d'orfèvre. Il veilla à montrer à l'endroit de Raynaud un attachement filial et cette amitié de l'élève pour le maître émut les femmes. Quand la présidente le questionna sur leur relation, il s'emporta dans un dithyrambe qui la troubla. La jeunesse a besoin d'un esprit fort, de l'exemple, affirmait Gaspard. Il avait trouvé en Raynaud son pygmalion. « N'avez-vous donc plus vos parents ? » s'était inquiétée la présidente. Le regard de Gaspard se perdait dans le vague et une tristesse soudaine chamboulait l'expression de son visage. La dame s'empressa de s'excuser, pensa aviver une douleur. Gaspard la rassura d'un sourire résigné : « Considérez que votre ami est à l'image d'un père et qu'il m'a sauvé la vie. Tout comme vous m'apportez, madame, l'affection d'une mère. » La présidente écrivit le soir quelques lettres dans lesquelles elle se réjouit d'avoir accueilli cet enfant à la sensibilité exacerbée et de l'aider à panser ses blessures.

En réalité, c'est au jeu du chat et de la souris que le baron Raynaud et Gaspard se prêtèrent. Le vieil homme désirait son amant, et l'amant n'avait de cesse de fuir. Il fallait en tout instant déjouer l'adresse du baron qui cherchait à se retrouver seul avec lui. Les occupations des uns et des autres offraient à Gaspard la possibilité de rester toujours en compagnie ou de fuir le château. Le voyage et le grand air avaient fatigué Raynaud et, lors des promenades, il ne pouvait s'aventurer plus loin que les grilles. Lorsque Gaspard s'inquiétait de sa santé, les yeux du vieillard suppliaient de lui d'autres attentions. Raynaud s'excusa, prétexta qu'il devait s'aliter mais demanda qu'on lui rendît visite, sans quoi il mourrait d'ennui. La compagnie se succéda à son chevet, mais Gaspard se déroba sous mille prétextes. « Raynaud se plaint de ne vous avoir pas vu hier et souhaite que vous le visitiez », dit la présidente lors d'un repas. Gaspard essuya ses lèvres et balaya la table avec affliction : « J'ai, par mon histoire, la plus grande peine à voir un ami souffrir. Cette détresse, même bénigne, m'angoisse tant que je puis me retrouver moi-même plus malade encore. Je ferai cependant un effort. Croyez bien que je lui ai écrit. » Pensant remuer encore le couteau dans la plaie du souvenir, la présidente le remercia avec chaleur. « Ce n'est qu'une toux, répliqua de Valny, laissons donc la jeunesse loin des désagréments du grand âge, Raynaud sera sur pied demain. » De fait, le baron se lassa de ses convalescences qui l'isolaient et n'attiraient pas Gaspard dans son antre. Il resurgit au matin et sermonna le jeune homme.

Il n'était cependant pas anormal que le baron s'épuisât. Chaque nuit, il frappait à la porte avec le même acharnement, grattait le bois, abaissait la poignée, implorait qu'on lui ouvrît, gémissait puis jurait. Gaspard, la tête enfouie sous les oreillers, refusait de répondre. Sur ordre du baron, Mathieu entreprit Gaspard tandis qu'il l'aidait à se déshabiller : « Mon maître souhaite que vous lui ouvriez ce soir. — Ton maître, répondit Gaspard, devrait savoir quelle est la place d'un valet. — Je ne fais qu'obéir, Monsieur », se défendit Mathieu. Gaspard soupira : « En ce cas, rapporte que la nuit je dors et n'ai que faire des intrigues. »

Le matin qui suivit, le baron adressa une missive

Comme de coutume, la compagnie se retrouvait au salon pour l'ouverture du courrier. Chacun lisait ici sa correspondance dans un silence contemplatif. Un cortège d'expressions se composait pour faire languir l'assistance. On poussait enfin quelques exclamations, on commentait et l'on citait, ou l'on refermait l'enveloppe en silence — cette attitude dévoilait plus qu'une autre l'impression du destinataire ou la gravité du contenu —, puis on regagnait les chambres pour s'attabler et répondre. Ce matin-là, Gaspard parcourut les feuilles sans ciller, saisit quelques mots au passage : *enfin satisfait... avoir ce que vous désiriez... me mépriser... peu vous importe... je vous supplie... que je vous dénonce*, referma la lettre. « Vous semblez contrarié », dit Mme de Clairois qui lui faisait face. Gaspard haussa les épaules. Le baron mordillait ses lèvres, l'observait avec inquiétude. « Le courrier m'ennuie quelquefois, répondit Gaspard, on y lit rien de nouveau ou qu'un autre n'ait déjà écrit », répondit Gaspard. Mme de Valny s'exclama : « Eh bien ! Changez de correspondant ! — J'y songe. Vos conseils sont précieux », confia Gaspard. Il se leva et quitta la pièce, ne répondit pas avant le soir puis justifia qu'il était trop risqué qu'ils se rejoignissent, fût-ce de nuit. Il n'avait aucune confiance en les domestiques et les rumeurs s'embrasaient ici comme une traînée de poudre. Le baron s'apaisa un peu mais exigea de Mathieu qu'il dérobât la clé de la porte reliant les deux chambres. Il parvint donc à entrer, plus de deux semaines après leur arrivée chez la présidente, et trouva Gaspard dans son lit. L'attente avait à ce point attisé ses désirs qu'il s'y précipita. « Pourquoi me détestes-tu ? Qu'ai-je fait pour mériter ton mépris ? » demanda-t-il en se glissant entre les draps. Gaspard le repoussa d'abord, puis songea qu'il ne fallait pas compromettre sa présence chez la présidente. Rien n'était suffisamment acquis pour qu'il prît un tel risque. Il se laissa embrasser et l'odeur de cette chair dont les jours précédents avaient effacé le souvenir le drapa. Il s'étonna de la mièvrerie du baron, de cette soumission dont le comte d'Annovres avait fait preuve avant lui, attisant ainsi la haine de Gaspard. « M'aimes-tu ? » susurrait Raynaud entre deux râles. Face au silence de l'amant, il s'entêtait : « Allons, parle, m'aimes-tu ? M'aimes-tu ? »

Gaspard pourrait-il échapper à l'emprise d'un souteneur ? Sa condition ne laissait pas envisager d'issue à la direction prise par son existence. Le baron était parvenu à ses fins, Gaspard se soumit et se laissa asservir chaque nuit. Dès lors, la vie au château qu'il avait d'abord perçue comme un renouveau, l'amorce d'un changement, devint une supercherie. La plaie à son ventre cicatrisa en quelques jours. Ce n'était en réalité qu'une éraflure, mais elle revint souvent à l'esprit de Gaspard comme un présage et une délivrance. Elle l'avait averti du leurre que serait le séjour à Chartres et soulagé du fardeau qui l'avait exclu de son propre corps. Levé à l'aube un matin, Gaspard s'habilla et prit par désarroi le chemin des écuries. Il marcha, hébété, le long des couloirs vides puis des allées des jardins. Dans la chaleur animale des stalles, un palefrenier torse nu frottait un hongre en sifflant. Gaspard ne fit pas de bruit et observa l'adolescent. Une main tenait le poitrail, l'autre une poignée de fourrage. L'homme et l'animal avaient travaillé au manège, la sueur sillonnait les flancs de la bête et le dos du garçon. Le foin soulevait le poil, buvait la transpiration, les épaules du palefrenier mouvaient leur musculature au rythme des cercles qu'il dessinait sur la croupe. Parfois, il crachait au sol, tapotait le ventre veineux de la bête, s'appuyait de tout son poids contre l'épaule d'une jambe, soulevait un pied, brossait un fanon, curait un fer. Gaspard observa le dessin de ses côtes, le renflement de ses biceps, l'arrondi musculeux de ses fesses sous la culotte. L'écurie sentait le foin, l'avoine et l'orge, la graisse et le cuir. La vue du palefrenier souleva son désir car ce corps était jeune et sa beauté contrastait avec la chair du baron. Les gestes avaient une préciosité, une évidence : il sut que le garçon s'offrirait à lui, que cette virilité se confronterait à la sienne. Il sentit l'appel d'un désir : tout dans ce corps réclamait de se repaître, de rencontrer un semblable. *Depuis quand,* songea Gaspard, *ne me suis-je pas emparé d'un corps à mon image ?* Rien, sinon cette idée qui s'imposa à lui, ne le gorgeait autant de désir et, plus qu'un désir, d'une nécessité, d'un érotisme pour lequel il se mettait en scène. Ce corps imberbe pouvait être le sien. Cette sueur aurait sur sa langue la même salinité. Il douta un instant et crut se contempler, frappa sa joue pour raviver sa conscience et attira l'attention du garçon. Le palefrenier le salua puis saisit une chemise de coton qu'il voulut endosser. « Pardon, monsieur, c'est qu'il est tôt et je suis seul d'ordinaire. » Gaspard l'arrêta d'un geste : « Je me plaisais à te regarder, finis donc ce que tu as à faire et sans manières. » Il s'adossa au mur, puis pensa, comme le garçon se remettait au travail : *Me posséderai-je de nouveau si je conquiers ce corps ?* Il désirait voir jouir le palefrenier, observer l'orgasme épanouir ses pupilles et déferler dans ses chairs. Le garçon était rustre et n'ignorait rien des attentes de Gaspard. Il termina de brosser le cheval, noua sa longe et se fit entreprenant. Son corps glissa sous ses mains, dur et fier, pressé d'exulter. Il baissa sa culotte et se laissa prendre, le visage vautré contre une meule de foin, les mains fermement serrées sur le fer d'un râtelier. L'humidité de son dos s'étendit sur le torse de Gaspard. Il avait relevé sa chemise, la tenait entre ses dents. La marque de l'entaille frottait la cambrure des reins du garçon tandis que son vit empalait la chair blanche et hardie de ses fesses. Gaspard cherchait un écho dans les oscillations de son bassin, la succion de ce corps autour de son sexe, le ballottement de ses testicules contre ceux du garçon. Celui-ci gémissait, une veine gonflait à son front, ses lèvres se retroussaient sur le rose de ses gencives et les dents enserraient parfois sa langue. Il tendait la croupe, presque par défi, pour que Gaspard le prît plus encore, pour qu'il s'enfonçât en lui avec violence jusqu'à la garde. Gaspard frappait, avec rage, saisissait un bras, une épaule, une fesse dans lesquels il imprimait la marque de ses doigts, pinçait la chair pour qu'elle fût livide puis laissait le sang affluer de nouveau et colorer l'empreinte. Les gémissements du garçon, la manifestation de ce plaisir violent ne délivraient pourtant pas son propre corps. La perception physique de cette pénétration se limitait à son sexe, refusait de libérer sa conscience aiguë de la scène. Le palefrenier était l'unique réceptacle à ce plaisir. Il finit par jouir et son foutre répandit sur le foin une traînée de nacre comme il mordait sa lèvre inférieure, y imprimant la marque de deux incisives. Il jura, souffla telle une bête après l'effort, tandis que Gaspard ne cessait d'aller et venir en lui, inapte à atteindre sa propre jouissance. Face au désintérêt soudain du garçon qui restait tel un corps mort contre la stalle, repu de sa jouissance, indifférent au partage de son plaisir, la colère souleva Gaspard et il le gifla sans cesser de le prendre. L'autre se débattit, Gaspard tint bon et enserra son cou du bras gauche. Il fallait qu'il jouisse sous peine de perdre le défi de ce corps et du sien. Il serra, non pour étrangler le palefrenier, mais pour confondre leurs êtres, mélanger leurs chairs, éprouver ne fût-ce qu'une once de sensation. Le garçon chercha l'air, décocha un coup de coude qui vint se planter dans les côtes de Gaspard. Ils titubèrent, grossièrement emboîtés, puis tombèrent au sol et roulèrent dans la paille. Il parvint enfin à se libérer et se releva avec empressement, une main portée à son cou, recula en direction de la porte. Gaspard resta au sol, culotte sur les chevilles, chemise relevée, son sexe battant encore contre son ventre. Les deux hommes s'observèrent en silence, pesèrent tous deux le secret qui les liait désormais, puis Gaspard fit un geste d'apaisement de la main, se leva avec difficulté. Le garçon ne bougeait plus, le regardait avec stupéfaction. Sa gorge se marbrait. Il se rhabillèrent sans dire un mot puis Gaspard, le ventre douloureux, sortit.

La journée qui suivit fut une errance sans fin à laquelle Gaspard participa sans avoir la certitude d'en être. Les hommes organisèrent une chasse à courre et insistèrent pour qu'il les accompagnât puisque le baron était trop faible et ne grossirait pas les rangs. Il opina avec indifférence puisque la perspective d'un jour suivant s'étiolait dans d'autres limbes. La présidente s'enthousiasma beaucoup et ordonna aux cuisines que l'on prévoie du gibier. Gaspard somnola dans l'un des salons, au milieu des cartes étendues par d'Uzens et de Valny. Ils mentionnèrent un nouveau convive que l'on attendait pour le soir mais Gaspard n'y prêta pas plus d'attention. Dans sa dérive, le corps du palefrenier se confondait à celui du baron, en un entrelacement de peaux juvéniles et d'épidermes flétris. La présidente de Cerfeuil s'inquiéta de son état et il prétexta une fatigue passagère. On lui enjoignit de regagner sa chambre et de se reposer. Gaspard obtempéra.

Seul, il rabattit les rideaux. Les rayons opiniâtres tiraient dans l'air des fils de lumière où voguait pesamment la poussière des tapisseries. L'une des stries barrait son visage, courait sur son corps. Il se déshabilla et observa la marque sur sa peau croisant le vestige d'incision. Gaspard frotta ses mains, caressa son torse, son sexe poisseux, serra les poings et frappa ses cuisses. Que pouvait-il faire pour gagner à nouveau ce territoire ? N'avait-il pas manqué d'étrangler un homme ? Peu importait la vie d'un palefrenier, Gaspard se préoccupait du désespoir de n'avoir rien ressenti. Le comte, le baron, les clients : sans cesse, il y retournait, sans cesse leur tyrannie rappelait qu'il ne leur échapperait plus, quoi qu'il fît pour se libérer. Sa chair était une prison sûre dont s'évader semblait impossible. Il trouva le bris de miroir à l'endroit où il l'avait caché. Le geste s'imposa à lui.

« Monsieur désire-t-il chasser ? » dit Mathieu. Gaspard s'éveilla. Le valet de Raynaud se tenait au pied du lit. « La fanfare du réveil a été donnée », dit le garçon. Le sommeil se dissipa, Gaspard s'étira et lança un regard vers les fenêtres. L'aube se levait à peine. La chambre sentait le frais et l'aurore, le charbon éteint dans l'âtre. Il acquiesça. « Je vous apporte de l'eau. » Le garçon quitta la chambre et referma la porte sans bruit. Lorsqu'il revint, Gaspard observait les jardins dans le jour naissant. Il devinait à peine la couleur des massifs, mais l'agencement des haies, le dédale des buissons, le gravier teinté de zinzolin, les naïades de marbre juchées sur des fontaines : l'ensemble de ce tableau au petit matin le fascinait et il détaillait, satisfait, l'étendue du domaine de la présidente de Cerfeuil. Plus loin, les chiens excités par la perspective de la chasse aboyaient. Mathieu remplit le baquet qui, la veille, accueillait à nouveau le sang écoulé de la plaie. Gaspard éprouva une sensation de honte si brève qu'il ne sut l'identifier. Le garçon de Raynaud posa le nécessaire de rasage sur la coiffeuse, puis attendit en silence que le maître interrompît sa contemplation. « Mathieu, dit enfin Gaspard en venant s'asseoir près de lui. Sais-tu qui participera à la chasse ? » Le garçon renversa la tête de Gaspard et humidifia ses joues. « Tous les messieurs, sauf le baron qui est fatigué ce matin encore. » Il n'avait en effet pas rejoint Gaspard durant la nuit. « Ne faut-il pas qu'il voie enfin un médecin ? » demanda-t-il. La réponse l'intéressait si peu qu'il ajouta : « J'ai cru comprendre hier qu'un nouveau convive se joindrait à nous. » Mathieu haussa les épaules, étala une mousse compacte sur ses joues. « C'est un gentilhomme que j'connais point. » Gaspard soupira. « Ne pourrais-tu pas te renseigner ? — C'est que, se justifia Mathieu, Monsieur aura tôt fait sa connaissance. » La lame du rasoir crissait sur la peau de son cou. Gaspard observa le reflet du garçon dans le miroir. *Il est si commun,* pensa-t-il. *Avec ses joues replètes, ses yeux porcins.* Gaspard n'ignorait pas qu'il était un coureur de jupons, un séducteur de basse-cour, sans autre ambition que son propre plaisir. Il pensa au palefrenier et s'inquiéta un instant que les deux garçons se fussent confiés. « En voilà une excuse ! Quelle impression ferais-je, selon toi, si j'ignore même son nom ? » Le garçon resta silencieux, appliqué dans ses gestes. « Bien sûr, continua Gaspard, tu n'entends rien à tout cela. Les gens de ton rang se moquent des conventions. Mais on attend d'eux qu'ils fassent au moins ce pour quoi on les nourrit. » Une fraction de seconde, le regard de Mathieu se leva et croisa celui de Gaspard dans le miroir. Dans cet instant, Gaspard crut saisir la pensée du garçon. *Il me méprise,* pensa-t-il, scandalisé. *Il me considère comme un arriviste ! Lui qui ne pense qu'à foutre avec des cuisinières, il se prend pour quelqu'un ! Il me juge !* Les mouvements du rasoir semblaient résonner dans la chambre. Gaspard suspecta le garçon de songer à l'égorger tout à coup, pour se venger de cette humiliation, ou pour asseoir sa supériorité. Il répugnait à s'occuper de Gaspard, même sous l'ordre de Raynaud. On achetait cependant son silence et sa dévotion par bien des privilèges. « Penses-tu être quelqu'un ? » questionna Gaspard avec rage. Le mouvement sur sa joue s'immobilisa. Mathieu, dont il pensait percevoir la malveillance, fut décontenancé par la question. Soudain blême, il balbutia : « Non, Monsieur, je... » Gaspard s'approcha du miroir pour observer la finition du rasage. « Ici », dit-il en désignant quelques poils à son cou avant de se rasseoir. Mathieu s'attela de nouveau à la tâche. Gaspard se satisfit de l'avoir désarçonné. Il ne pouvait tolérer que ce garçon fît preuve d'une telle assurance. D'ailleurs, que devait-il raconter aux autres gens de la maison ? Raynaud croyait-il vraiment que cet ignare gardait le silence ? Quels ragots et quelles moqueries risquaient de parvenir à l'oreille de la présidente ou d'un autre convive, de compromettre ses desseins et d'insinuer le doute dans les relations qu'il avait mis tant de persévérance à nouer ? Gaspard ne pouvait ignorer le danger que représentait Mathieu. Le garçon devait être réduit au silence. « Mathieu, dit Gaspard, tu n'ignores pas qu'il serait aisé pour moi de te faire renvoyer. » Le valet s'immobilisa. Gaspard arracha de ses mains une serviette, essuya son visage, contempla la puissance et l'affirmation de son reflet. Comme il n'obtenait pas de réponse, il se leva. Leurs visages se touchèrent presque. Que l'un d'eux esquissât un mouvement de tête et leurs lèvres s'effleureraient. « Il me suffit de claquer des doigts pour te renvoyer dans les rues de Paris, ou dans la campagne dont tu es parvenu à t'extraire. Allons, réponds-moi, mon garçon. » Mathieu serrait les mâchoires. Ses lèvres étaient exsangues, son visage s'empourprait, sa carotide bandait sous la peau de son cou. « Oui, Monsieur », finit-il par répondre. Gaspard feignit une bienveillance et tapota la joue enfiévrée. « Bien » conclut-il. Il retira sa chemise de nuit et la posa sur le lit. « Qu'attends-tu pour m'habiller ? » dit-il lorsqu'il fut nu. Le regard de Mathieu se posa avec effarement sur son ventre et Gaspard se souvint de la blessure. Un moment, il en avait oublié l'existence, comme si la plaie était la conséquence d'un égarement et avait disparu avec la nuit. Il baissa les yeux et la vit, inscrite dans sa chair, l'observa à son tour avec stupéfaction.

La coupure n'était pas aussi profonde que dans son souvenir. Elle suivait le tracé de la précédente et, le saignement tari, avait laissé une croûte en travers de l'abdomen. Il y avait cependant dans ce trait une application trop consciencieuse pour laisser supposer que la blessure fût involontaire. Gaspard embrassa du regard le contraste de la squame sur sa peau ; le fait que Mathieu vît la plaie le révulsa. Même Raynaud en ignorait l'existence ; Gaspard l'avait habilement cachée. La perplexité du garçon de chambre dont les yeux ne quittaient plus sa nudité devint intolérable. Qui était-il pour l'observer ainsi, juger son corps avec aplomb ? « Que regardes-tu ? » Mathieu se souvenait-il de la chemise de nuit aux marques brunes, du bandage exigé par Gaspard ? « Rien, Monsieur. Monsieur veut-il que je demande un docteur ? » Sans la nommer, cette allusion à la blessure exaspéra Gaspard. Une violence abrupte le traversa de part en part. Il tapa du poing sur la coiffeuse, siffla entre ses dents : « Quitte cette pièce ! » Mathieu n'hésita pas et sortit précipitamment de la chambre. Il rabattit la porte derrière lui, laissa Gaspard dans les bigarrures de l'aurore.

Il s'assit au bord du lit et chercha à s'apaiser. Le garçon se tairait, les menaces feraient leur effet. Gaspard se rassura : Mathieu ne gagnerait rien à se confier auprès de Raynaud. Quant à son ventre, il aurait pu s'infliger cette blessure à tout instant et par mégarde. N'était-ce pas, d'ailleurs, la réalité des faits ? Un instant d'inattention, un mauvais geste, rien, en somme, qui ne fût arrivé à un autre. Gaspard caressait son ventre, sa paume épousait l'arrondi de son flanc. La caresse apaisait le picotement de la plaie, confirmait sa présence. Elle n'était pas le fruit de son imagination et s'était révélée aux yeux d'un autre. La coupure lui appartenait, relevait de son intimité. Gaspard se sentit sali par l'intrusion de Mathieu. Il songea à demander à Raynaud de s'en séparer, prétexter un vol ou une impolitesse. Le baron y était attaché mais le convaincre serait facile. *Entre l'amour d'un homme et la fidélité d'un chien, le choix sera aisé,* pensa-t-il. La parole de Gaspard avait gagné en crédibilité, l'engouement du baron laissait espérer qu'il pût désormais s'autoriser quelques caprices. Gaspard décida d'oublier cette contrariété puis s'habilla pour la chasse. Dans sa colère, il avait désigné la porte avec précipitation et la plaie suintait à nouveau. Il banda sa taille sur plusieurs épaisseurs. Les convives de la présidente le distrairaient de ses tracas. *Oui,* pensa Gaspard, *la journée s'annonce prometteuse.*

Gaspard contempla son allure en tenue de chasse, un présent du comte d'Annovres. Il correspondait avec Adeline et la comtesse, mais n'avait pas reçu de missive du vieil homme ; il soupçonnait qu'il se morfondait en son absence, souffrait le martyre à l'idée de ses conquêtes. Il ne déplaisait pas à Gaspard de supposer la souffrance du comte. Raynaud avait pris la relève et il ne trouvait pas de différence d'un homme à l'autre. Tous deux avaient comme intérêt leur fortune et leur faiblesse pour sa chair. Seul le profit différait. Si, comme en cet instant, lui venait l'idée que l'un des deux se trouvât dans une réalité de laquelle Gaspard était absent, et de surcroît qu'il souffrît, le jeune arriviste éprouvait la satisfaction d'être en partie vengé. En présence du baron, il oubliait l'existence du comte ; dans les occasions, plus rares désormais, où il tenait compagnie au comte, Raynaud était une supposition. Gaspard se trouva l'air séducteur et téméraire. Il passa de nouveau une main sur son ventre, sentit la plaie sous la pression de ses doigts, le picotement de la peau régénérée, puis quitta la chambre.

La course des gens de maison animait les couloirs plus tôt que d'ordinaire et l'on portait vers les chambres des baquets d'eau fumante. Les mains calleuses et les bras charnus des domestiques l'enchantèrent. Il faisait frais, dans les corridors, le jour perçait à peine et l'on marchait chandeliers en main. Le malaise de la veille s'évapora et parut dérisoire : pourquoi s'inquiéter des plaisirs auxquels son corps se refusait ? Il avait pris le parti d'en user comme d'un instrument et devait accepter qu'à force de pratique, la lassitude survînt. Dans l'une de ses vies, dont la réminiscence le ramenait à l'atelier de Billod, il avait aimé un homme et les plaisirs de la chair avaient pris sens. À présent, Gaspard ne devait rien céder à son ambition, pas la moindre faiblesse. La veille, avec ce palefrenier, il s'était montré faible et stupide. Les sentiments l'avaient emporté sur l'implacabilité de la raison. Gaspard secoua la tête, s'approcha des fenêtres et lança un regard en direction des écuries. Les événements apparaissaient avec clarté. Il devait se ressaisir. Dehors, les ifs se détachaient dans l'aurore rousse. Il lui sembla distinguer, dans l'un des bassins, le reflet des carpes que Mme de Clairois aimait à nourrir pour le plaisir de voir les bouches crever la surface de l'eau et engouffrer la mie de pain qu'elle lançait. Le plaisir de ces distractions inutiles le bercerait ce matin encore. Gaspard descendit l'escalier. Le hall luisait et s'ouvrait sur le parc. L'air le revigora. Tout était à la mesure de son humeur. Le monde était vaste et rayonnait. La demeure s'étendait sur deux ailes ; du couloir qui prolongeait sa droite lui parvinrent les voix gaillardes des hommes. Les préparatifs de la chasse exaltaient aussi la meute des chiens dont les jappements montaient des chenils, en contrebas des terres. Hommes et bêtes se préparaient à la traque ; Gaspard goûtait l'effervescence de son premier matin de chasse à courre. Le cor de chasse retentit à nouveau. La veille, se souvint-il, de Valny et d'Uzens constituaient la vénerie. Fallait-il que Gaspard fût détaché de la scène pour n'avoir pas prêté attention aux noms des hommes qui se joindraient à eux ! Il vérifia encore son costume, puis marcha en direction des voix mâles. La rigueur et la fraîcheur de l'aube, la fièvre des hommes et des chiens teintaient ses pas de virilité. Gaspard ne pensait plus à la blessure, ni à Mathieu ni à Raynaud. Seule importait la perspective de se mêler aux chasseurs, de recouvrer l'odeur des chevaux et des sous-bois. Enfant, il avait accompagné le père à la chasse, mais il ne craignait plus d'être ramené à Quimper. Tout s'opposait à la crasse de la ferme, à la mère dévorée de purin et de misère. Les yeux levés vers les croisées d'ogives, Gaspard se sentait l'âme prédatrice et c'est avec conviction qu'il pénétra dans le salon où l'attendaient les convives de la présidente de Cerfeuil. Souverain et tranquille, il entra.

Le comte Étienne de V. discutait au milieu des autres hommes. Il se tourna avec nonchalance, une tasse à la main, sourire aux lèvres. M. d'Uzens s'avança spontanément : « Voilà notre jeune ami ! » Gaspard resta figé et blême, se retint d'une main au chambranle de la porte. Il douta d'abord que ce fût Étienne, songea que son imagination lui jouait un tour et qu'il confondait un homme, dont la physionomie eût été proche, avec le comte de V. Le temps écoulé depuis la séparation, lorsque Étienne avait laissé libre cours à son mépris dans la puanteur de la cave, paraissait une éternité. Peut-être ses traits, dans la mémoire de Gaspard, s'étaient-ils estompés et l'induisaient-ils en erreur, le laissaient-ils penser qu'Étienne de V. était bel et bien présent au château de la présidente de Cerfeuil ?

Une hésitation troubla le regard de l'homme qu'il supposait être Étienne et Gaspard se rendit à l'évidence. La texture et le goût de ses lèvres surgirent d'un recoin d'inconscience. Il n'y avait pas de doute, pas d'échappatoire à cette réalité : le comte de V. lui faisait face. Cette matérialité suspendit le temps, laissa Gaspard et les autres hommes comme figés dans une résine. Comment Étienne pouvait-il être en ce lieu ? Par quel mystère sa présence, la violence de cette irruption étaient-elles légitimes ? Rien ne devait faire obstacle à l'ascension de Gaspard, et la confiance qu'il avait acquise, déjà mise en danger par Mathieu, s'effondra. Dans la cohérence des scènes composant son existence, Étienne apparaissait telle une aberration et ce bouleversement remit en question le chemin parcouru, du perron de l'atelier au château de la présidente. Dans les bas-fonds de Paris, il s'était détruit puis avait préparé sa transfiguration. Plus que Raynaud et d'Annovres, Étienne, par un regard, le ramenait à sa condition de crève-la-faim et de giton. Mis à nu, Gaspard s'offrit au jugement de tous, terrassé par un vertige. Étienne désignait l'imposteur qu'il n'avait cessé d'incarner, fût-ce lorsqu'il s'était convaincu d'être gentilhomme. Le baron Raynaud connaissait ses ambitions, mais un seul homme, Étienne de V., savait l'ampleur de la mystification, les fondements d'une supercherie qu'il avait orchestrée. Son retour dénonçait Gaspard. Aucun des autres hommes ne sembla se soucier de la présence d'Étienne ni de la stupéfaction de Gaspard. La rancune, l'humiliation resurgirent. Le comte de V. était l'origine de sa chute, le responsable des nuits de désespoir dans la cave de l'atelier, de l'errance dans les rues, de la rencontre d'Emma et du calvaire des clients. La haine rageait dans son bas-ventre. Les hommes parurent enfin se soucier de sa présence, de son visage défait. Gaspard lut une suspicion : Étienne n'avait-il pas révélé le garçon de ferme, la putain, avant qu'il n'entrât au salon ? Dans un instant, Gaspard serait décrié, blâmé, sali davantage. Paris se rappela à lui, sa crasse et son appétit, son Fleuve drainant un passé, rongeant la peau et l'âme. Il se souvint de Lucas, du bois flotté, de la chambre au faubourg Saint-Antoine, de la sueur des hommes essoufflés contre son flanc, rue du Bout-du-Monde. Gaspard avait acquis la conviction d'avoir surpassé, à force d'ambition, ces mondes que la présence d'Étienne éveilla. Le comte était le terreau de sa déchéance, méritait sa haine. Il eût été légitime de fuir ou de chercher à tuer, puisqu'il fallait soustraire Étienne à son regard, nier qu'il fût en vie, qu'il eût seulement existé. La course de son sang couvait cependant une invraisemblance : le désir du comte bouillonnait, reprenait son joug sur Gaspard. Non l'âpre désir de possession, mais la nécessité de se précipiter vers Étienne pour s'abîmer en lui, disparaître, déposer son âme entre ses mains dans l'espoir d'un jugement, d'une condamnation.

Il subsistait quelque chose de familier, songea le comte Étienne de V comme Gaspard se tenait face à lui, mais la différence tenait au bouleversement du corps et du visage. Il ne le reconnut d'abord pas, tant la physionomie était étrangère, mise en exergue par la tenue de chasse. Gaspard occupait l'espace avec assurance, élançait dans la pièce son corps, l'émaciation de son visage. *Ce visage,* pensa Étienne, *gagne en beauté et en sévérité ; ce visage est épuré de sa rusticité.* De fait, le front s'obstinait, deux rides marquaient la peau, les yeux gardaient l'imbrication savante de bleu et de vert et les joues dessinaient la saillie de la mâchoire. Étienne devina son épiderme blanc et lisse, songea qu'une beauté sombre se dégageait du garçon et donnait à sa silhouette l'allure funeste d'une épave.

Il s'émut enfin de reconnaître Gaspard, l'enfant lancé dans le monde, dont il veillait l'avancement, soignait l'apprentissage et qui, désormais, lui revenait. À l'instant où le comte de V. l'espérait, Gaspard le satisfit doublement : la commande était livrée à temps, le rendez-vous tenu à heure exacte et la conformité était jouissive. Comme il l'avait supposé, l'apprenti perruquier était à l'image de la pierre qui, polie et ciselée, révèle le joyau. L'élève surpassait les attentes du maître. Le comte Étienne de V. avait le goût du jeu : la mise était faible mais le gain de taille. Pour dissiper le silence qui s'appesantit sur le salon le temps que tous deux se fussent reconnus, il s'avança pour saluer le fruit de son indéfectible patience.

Quimper, gris : « Marchons vers le Fleuve », dit le père. L'animal a fui au travers des bois qui séparent la ferme de l'Eier. Ils marchent à la lisière, prennent appui sur des bâtons. Gaspard en a durci l'extrémité dans les braises de la cheminée. Il suppose que la mère marmonne encore en leur absence. La marche est difficile, la boue couvre leurs sabots. La forêt étend ses ombres grises sur la plaine. L'orée est poisseuse, les lichens embaument l'air, le sol éructe une pourriture végétale. Gaspard sent aussi la transpiration du père. Cette humeur — lourde et aigrelette, il la connaît bien — porte son cœur à ses lèvres. Il connaît aussi cette impression, la certitude d'avoir l'organe dans la gorge, comme expulsé de sa gangue de chair, arraché à son berceau de côtes puis rejeté sous sa glotte, coupant net sa respiration. Il pourrait le cracher, ce cœur, sur un coussin de mousse noire. La cime des pins avale le ciel, les plonge dans une nuit organique. La peau des pieds de Gaspard frotte et se retrousse contre le bois des sabots. Il prend appui sur les troncs pour se soulager un peu, éprouve leur viscosité au creux de ses mains. Le père le somme d'avancer plus vite. Il déplace entre les ronces sa carcasse malhabile, renifle, se mouche, étale ses glaires dans les ronces, s'essuie d'un revers de main. La morve luit et englue ses poils. Il s'arrête : à ses pieds, les empreintes du porc. Plus loin, des excréments maculent une racine. Gaspard avance, scrute la profondeur des bois. Le père et le fils sont à l'affût. On les croirait complices dans la chasse si l'on ignorait les tragédies qui les séparent. Ils entendent au loin un grondement, la puissante couvée des flots. Le geniteur grogne de satisfaction, lève une main, l'abat sur l'épaule du fils, le pousse de l'avant.

Ils gagnèrent les écuries. Étienne marcha devant, n'accorda pas un regard à Gaspard et conversa avec d'Uzens, tapota sa cuisse du bout d'une cravache. La crainte de Gaspard s'évanouit. Étienne ne révéla rien et se réjouit avec flegme du hasard et des circonstances qui les réunissaient chez la présidente de Cerfeuil. Gaspard hésita cependant : choisissant de se taire à l'instant de leurs présentations, le comte par son silence, ne plaçait-il pas Gaspard dans le monde ? Il n'avait pas nié le connaître et lui accordait la reconnaissance d'un lien. Étienne ne craignait-il pas que Gaspard l'entraînât dans sa chute, ne cherchât à dénoncer son emprise ? Il ne sut comment réagir et se prêta au jeu du comte de V. Il marchait à la suite des autres hommes, sans parvenir à se défaire de la confusion qui tendait un trouble entre lui et le monde, le soustrayait à sa compréhension. Gaspard avait conscience de son épuisement, de l'endolorissement de son ventre et de l'insensibilité de sa plaie. D'un geste, il passait la main sur son bandage mais n'éprouvait pas la caresse. Son abdomen restait étranger aux pressions qu'il exerçait du bout de ses doigts. Sa chair se dérobait, comme morte et flexible. Cette perte de sensation, l'étrangeté de ce corps, Gaspard en accusa Étienne. *D'une manière ou d'une autre, il en est l'orchestrateur,* pensait-il dans son égarement. Il n'entendait rien à ce retour, avait renoncé à revoir le comte après avoir nourri l'espoir d'une vindicte, s'y être attaché durant son errance comme à la promesse d'une intégrité, au rachat de sa décence. *La noblesse est un monde petit et sournois,* pensa encore Gaspard. La marche d'Étienne attisait le feu de sa colère quand ils approchèrent des écuries. Les chevaux étaient sellés et attendaient au-dehors. L'odeur de leurs haleines chargées d'avoine, des fourrages et des cuirs leur parvint et Gaspard se souvint du palefrenier. L'idée de ce corps lascif, le souvenir du goût d'un sexe trapu lui donnèrent la nausée. Il promena un œil hagard vers les garçons d'écurie, mais ne se souvint d'aucun trait qui permît de distinguer des autres palefreniers l'adolescent dont Gaspard avait, le jour d'avant, possédé le corps. Il se laissa entraîner vers les aboiements de la meute, dépourvu de toute volonté.

Ils réunirent la vénerie à l'orée d'un bois et attendirent le retour du valet de chiens et de son limier. Un chevreuil avait passé la nuit à proximité, au milieu de chênes et de cornouillers. La terre était grattée, les arbres marqués par le frottement des bois. Le rut commençait, expliqua d'Uzens à qui voulut l'entendre, l'animal répandait la sécrétion de ses glandes frontales et marquait le territoire. Le limier excita la meute et l'on s'apprêta à lâcher les chiens. Gaspard écouta le valet de chiens, les consignes du duc de Valny, mais aucune ne parvint à l'atteindre. Il participait à la chasse comme il avait observé la reproduction d'une scène sur la tapisserie du salon de la comtesse d'Annovres, hermétique. Il s'était fondu dans le tissu, était ce cavalier qu'il avait alors méprisé. Une langueur l'isolait du reste de la vénerie ; la prestance d'Étienne éclipsait le paysage. Il caressa l'encolure de son cheval, se pencha avec décontraction vers les moirures de la crinière, s'adressa aux hommes sur un ton enjoué, sollicita enfin par un regard l'opinion de Gaspard. Celui-ci hocha la tête sans comprendre ses paroles sibyllines.

Les trompes de chasse annoncèrent que l'on courrait le chevreuil ; d'Uzens répartit la vénerie. C'était une partie de chasse sans prétention et quelques valets grossissaient les rangs. Les chiens furent lâchés, s'engouffrèrent dans les sous-bois. Les cavaliers se mirent en marche et Gaspard essaya de tenir la cadence que le rythme du cheval imposait. Devant, Étienne se concentrait sur la chasse et rien ne semblait lui rappeler la présence de Gaspard, pourtant au bord de l'évanouissement. Chaque pas martelait son corps, révulsait son estomac. Les cors indiquaient au loin les mouvements du chevreuil ; les sons résonnaient à ses oreilles, diminuaient son équilibre et il se retint au pommeau de la selle pour ne pas chuter lorsque sa monture enjamba un tronc. La voie du chevreuil était fugitive, l'animal savait être pris en chasse et ménageait ses forces, donnait le change sur pied chaque fois qu'il le pouvait et forlongeait la meute. La traque devint une succession de relancers. Les chevaux devaient rester au plus près du gibier et suaient abondamment. Surplombant la progression de la vénerie, le ciel était épuré de tout nuage. Le soleil frappait les têtes au travers des branches et cette lumière embrassait le visage et le front de Gaspard, se dispersait sur les feuillages, les lichens et les fougères, scintillait en myriades d'éclats. Gaspard tremblait, des frissons parcouraient son échine. La sueur saturait ses vêtements, coulait dans son dos, sur son torse, chacun de ses membres, barbouillait son visage, coulait à la commissure de ses lèvres et laissait sur sa langue une saveur amère. L'effort et les mouvements de la chevauchée éveillèrent la plaie. Les lèvres se rouvrirent sous le bandage et accueillirent la sueur, suintèrent à nouveau, teintèrent la gaze de fortune, tiraillèrent son ventre. La douleur irradia ses viscères, embrasa son corps puis s'éleva autour de Gaspard et du cheval, défigura les bois. Il percevait un éblouissement sans détail, une blancheur dévastant le monde. *Faut-il,* pensa Gaspard par bribes, *que le retour d'Étienne éveille la barbarie de cette nature ?* Loin de la capitale, son essence semblait pourtant sourdre sous l'abrutissement du soleil, masquée par l'odeur des mousses et des sous-bois. Les cors guidaient la vénerie et les hommes progressaient dans la végétation rase sans qu'aucun d'entre eux portât attention à Gaspard. Il essayait de ne pas quitter le comte Étienne de V. du regard, mais son trouble allait croissant et le suspendait au-dessus de la réalité de la partie de chasse. L'incandescence des couleurs, la fugacité des silhouettes, les sons indistincts poussaient Gaspard à douter de s'être éveillé au matin, d'avoir retrouvé Étienne. N'était-il pas plongé dans un songe ? Ce retour ne signifiait rien, pas plus que la présence de cet amant illégitime qui le forçait à prendre la mesure de sa médiocrité. Le comte le renvoyait à son inconsistance. Le néant qu'incarnait autrefois la matière réelle et fantasmatique de la

Seine le happait à nouveau. La partie de chasse se poursuivit sous un soleil de plomb, à l'orée d'un bois puis d'une prairie en jachère. Gaspard plissa les yeux et distingua la fuite du gibier, la course effrénée de la meute. Le chevreuil, un éclair fauve, s'élançait dans l'ébranlement de la terre et des cieux. Le galop des chevaux projetait aux visages des hommes l'aridité du sol, pulvérisait les hautes herbes calcinées. Les trompes annoncèrent l'approche d'un cours d'eau. Gaspard ferma les yeux à demi, ses dernières forces le quittaient. Ses jambes ballottaient sur les flancs du cheval, son assiette se fit instable, ses mains s'égaraient autour des rênes qu'il ne parvenait plus à enserrer. L'illogisme du retour d'Étienne altérait la matérialité du monde, exigeait de Gaspard qu'il trouvât un sens à l'altération de son corps et de son intégrité.

Les hommes descendirent de cheval. Gaspard glissa au sol. Les aboiements des chiens emplissaient l'air, saturé déjà par le vol des pollens et l'odeur des chevaux. Il frotta ses yeux, essuya la poisse à son front pour reprendre pied avec le tumulte de la vénerie. Les hommes se pressèrent devant ; Gaspard se retint à un étrier pour ne pas tomber. Il se courba vers le sol pour soulager son ventre mais la plaie continuait de palpiter, de précipiter sa confusion. La rivière était face à eux. La jubilation des hommes couvrait le débit du courant. Gaspard tituba vers la rive, leva une main pour demander de l'aide. Il vit le chevreuil, avancé jusqu'au poitrail dans l'eau éclatante. Le soleil se jetait dans la rage des flots et Gaspard esquissa un pas de recul, masqua ses yeux. La meute hurlait, brûlait de se lancer à l'eau et de poursuivre la proie. Les aboiements couvraient les voix. La moiteur des rives saisit Gaspard à la poitrine et souleva son cœur. Il glissa et se retint à l'épaule du cheval. La monture le repoussa d'une ruade ; il fit quelques pas, enfonça ses pieds dans la vase, voulut empoigner d'immenses roseaux. Étienne et d'Uzens le devancèrent et saisirent le gibier à pleines mains. Gaspard trébucha, s'effondra à genoux. De Valny le retint et un valet se précipita pour le soutenir à son tour. Un chien sauta allègrement à son visage, lapa sa joue et son œil. Le contact des mains autour de ses bras, la salive du beagle sur sa peau lui semblèrent fictifs. Il observait la scène avec recul. Étienne enserrait maintenant l'encolure du chevreuil, pressait sa tête sous l'eau tandis que d'Uzens et le valet de chiens maintenaient le corps tendu de désespoir, enfonçaient leurs doigts dans le pelage brun, maintenaient les bois. Lorsque la bête parvenait à émerger, ses râles se mêlaient à la furie des voix, aux gerbes d'écume que les chasseurs projetaient au ciel. Gaspard éprouva, avec une acuité bousculant les limites de son corps, le jaillissement d'un torrent qui le submergea tout à fait. Comme si, de sa bouche ouverte, s'apprêtait à jaillir un geyser fuligineux. Ce vomissement cesserait lorsque son corps, vidé de ce suc, épuré de ce venin, serait une peau sur la rive, une mue désertée. Il avait observé, au bord des cours d'eau, les exuvies de libellules. L'image de ces larves carnassières, dont la laideur le stupéfiait, s'imposa à lui. Il vit sous ses paupières closes la déchirure d'un thorax, l'envol d'une créature gracile. L'apparition d'Étienne avait amorcé cette dérive, et la noyade du chevreuil, profondément liée à Quimper, la concrétisait. La mise à mort lui rappelait combien Quimper pétrissait sa chair. Cette terre que Gaspard reniait n'avait cessé de l'habiter, de composer son être. Paris n'y avait rien changé, aucun avilissement ne masquait cette vérité : elle se dressait avec despotisme et réclamait ses droits. Gaspard ne pourrait faire l'économie d'affronter la Bretagne. Face à lui, le chevreuil gonfla ses poumons d'eau, s'agita d'un spasme. Le comte Étienne de V. et les autres hommes ruisselaient, le soleil luisait sur leurs faces extatiques. Gaspard s'effondra.

Quimper, blanc : la forêt cesse abruptement. Gaspard plisse les yeux, le soleil déchire deux nuages et l'aveugle. Devant eux gronde l'Eier furibond. Les pluies l'ont arraché de son lit, les flots déracinent les arbres des rives. L'un d'eux barre le courant, écharde dans une chair translucide. Les branches retiennent le cadavre du porc. Dans sa fuite, il s'est risqué à traverser l'Eier. Sa chair ballotte contre le tronc, l'eau s'abat avec force sur son échine. Le père hurle à Gaspard quelques mots, mais le torrent couvre sa voix. Il comprend qu'à défaut de ramener la bête, il faut sauver la viande. Plusieurs centaines de kilos de viande. Le fils crie au père qu'ils n'y parviendront pas à deux. Il faut d'autres hommes, ou un cheval. Le père ne veut rien entendre, il entre dans l'eau. Gaspard le suit, leurs pieds glissent dans la boue, le sédiment que le Fleuve régurgite sur leurs jambes. Ils perdent la sensation de leurs membres. Gaspard veut retenir le père par le bras, le saisit d'une main. C'est trop risqué, ils n'y parviendront pas. Le père rejette sa main. La colère le transfigure. Seule importe la chair morte que les branches éventrent. Le courant bouillonne entre leurs cuisses, la pression sur leurs jambes les oblige à se cramponner au tronc de l'arbre pour avancer. L'eau vengeresse gagne leur taille, le père progresse et Gaspard regarde en aval la précipitation des eaux changées en boue. Le Fleuve abat sur eux un déluge face auquel ils ne pourront résister longtemps. Le géniteur atteint la carcasse du porc. Sa chair s'est ouverte les tripes se déroulent et dévalent le courant. Le sang dessine de longs serpents en amont, la viande s'offre aux pulsations de l'eau. Une branche épaisse se précipite vers eux, Gaspard observe sa course. Elle disparaît puis resurgit au gré des flots. Il devrait alerter le père dont la progression continue, mais l'entendrait-il ? Le fils reste immobile. La branche parvient à eux, percute violemment le père, tournoie puis poursuit son chemin, disparaît au loin. Étourdi par le choc, le père s'est effondré. Son front est ouvert, son visage barbouillé. Les flots le submergent un instant, puis il reparaît, lance vers le fils un hoquet de stupéfaction. Il essaie de se redresser, le courant l'entraîne sous le tronc, enlace les branches et les algues autour de ses jambes, dévore sa taille et son ventre. Le déluge couvre les cris du géniteur et l'étourdit. Gaspard regarde le visage sur lequel la colère a fait place à la terreur. La joue du père s'écrase avec indécence contre la chair pâle, les longues soies du porc.

IV

L'ÉDUCATION SELON ÉTIENNE DE V.

Il s'éveilla dans la chambre. La partie de chasse était un cauchemar douloureux et jaune. Raynaud était au pied du lit. Gaspard vit sa mine froissée, sa bouche molle, puis ses yeux trouvèrent les vêtements qu'il avait portés le matin avec tant de fierté. Ce détail lui ôta tout espoir d'avoir rêvé la chasse à courre et le retour d'Étienne. Personne ne s'était préoccupé du tas de nippes boueuses. Gaspard ne signifia pas au baron qu'il s'était éveillé. Son crâne le faisait souffrir, il ne voulait pas précipiter le vieillard à son chevet. Raynaud, il le devinait, prendrait sa main, soufflerait à son visage une haleine chargée d'attente et d'inquiétude. Aussi referma-t-il les paupières, chercha-t-il à rassembler ses souvenirs, à reprendre ses esprits. *Quimper a fait surface,* constata Gaspard avec désillusion. L'après-midi était avancé et la lumière tombait de biais sur le lit, embrassait un triangle de drap puis s'écoulait sur le plancher. On l'avait transporté jusque-là ; il ne gardait pas de souvenir du retour au château. Il devina être en chemise de nuit. On l'avait déshabillé. Avait-on jugé nécessaire d'appeler un médecin ou Gaspard n'était-il pas assez estimable pour bénéficier de soins ? D'Uzens l'avait soutenu aux aisselles avant qu'il ne s'effondrât dans le cours d'eau. Les hommes s'étaient-ils questionnés sur la nécessité de le tirer de la boue ? Était-il apparu légitime à Étienne de le sauver ? Gaspard doutait du prix de sa survie. Il eût été facile de le laisser se noyer, d'enfoncer plus encore son visage contre les racines des roseaux, les lentilles d'eau sur sa peau comme une moisissure. Il prit conscience de la douleur à son ventre. Cette plaie semblait posséder une vie propre, s'éveiller ou s'éteindre sans raison, jouer avec ses nerfs une symphonie dissonante. Par instants, un frisson révulsait ses muscles, érigeait ses poils comme autant de lames. Le drap collait à la moiteur de ses jambes ; il émanait de Gaspard une odeur de sueur maladive. Il la sentait, à chaque inspiration, remonter de ses chairs, de ses aisselles, évoquer le confinement, la macération de son corps dans la cave de l'atelier de Justin Billod. Elle rappelait aussi l'odeur d'Emma sur son lit d'agonie. Fallait-il que sa chair lui échappât sans qu'il y pût rien ? Gaspard ne suait pas, il suintait. Sa plaie bavait et son épiderme entier paraissait sécréter un pus qui ne tarderait pas à dessiner de larges auréoles sur le tissu. Le drap garderait l'empreinte d'une essence que le corps de Gaspard ne pouvait contenir plus longtemps. Il devint nécessaire qu'il se levât pour s'assurer de n'être pas déjà mort.

Le baron saisit sa main et tamponna son front à l'aide d'un linge humide. Cet empressement révéla à Gaspard combien Raynaud s'était attaché à lui. Il outrepassait ses prérogatives de protecteur, désirait autre chose que l'arriviste, que le corps dont il avait d'abord profité. Gaspard s'agaça de ces attentions, exécra la présence du baron mais n'eut pas la force de protester. « C'est une infection qu'une insolation aggrave. La partie de chasse en votre état n'était pas raisonnable », expliqua Raynaud. Une quinte de toux grasse le secoua et Gaspard essaya de se relever mais le vieil homme pressa son épaule d'une main réprobatrice. « Le médecin conseille le repos et la saignée. » L'amant retomba sur le matelas, pantelant. Aucun bruit ne filtrait hors de la chambre. Gaspard désirait voir Étienne, être assuré de sa présence mais il semblait que le château fût vide. Les murs le séquestraient en la présence de Raynaud. Le retour du comte de V. éveillait la nécessité de sa présence et bouleversait l'équation d'un monde que Gaspard avait cru enfin immuable. Il brûlait de se lever, de quitter la chambre et d'arpenter les couloirs à la recherche d'Étienne de V. La main de Raynaud, au bout d'un bras frêle dont Gaspard connaissait la mollesse des chairs, le tremblement des muscles, appuyait sur son épaule avec une force telle qu'elle le clouait au lit, interdisait sa fuite. Il dut s'abandonner à l'étreinte, à l'humidité des draps, tolérer un sommeil dans lequel subsisteraient les impressions de la partie de chasse ; et peut-être, dans un rêve ébloui, la mise à mort du gibier, les gouttes d'eau constellant le visage d'Étienne. La sollicitude et le tracas rongeaient l'expression de Raynaud. « La plaie à votre ventre, dit-il avec une forme de gêne, a été pansée. Comment diable est-ce arrivé ? » L'entaille, comprit Gaspard, avait été offerte à la vue de tous, sans doute exposée au jugement d'Étienne. Sous la fièvre et la confusion, la colère et l'humiliation auxquelles l'altercation avec Mathieu l'avait contraint reparurent et martelèrent ses tempes. « Je l'ignore », balbutia Gaspard avant de glisser une main sous le drap et de toucher le bandage sous lequel la plaie frémissait, semblait croître. « La chute, sans doute », conclut Raynaud, mais Gaspard perçut au son de sa voix qu'il n'en croyait rien et savait le diagnostic du médecin. « Vous vous êtes effondré dans la rivière », ajouta le baron, et il tapota avec ferveur la sueur de son front. Ils restèrent silencieux. *Est-ce la crainte de me perdre que je lis dans ses yeux ?* pensa Gaspard devant le visage de Raynaud. *Craint-il la probabilité de ma disparition ou s'inquiète-t-il de sonder son attachement pour un giton ?* Il détesta le baron, releva la main et écarta le bras qui enserrait toujours son épaule tandis que l'autre s'affairait à son front. La force du coup qui lui fut porté déstabilisa Raynaud. Il se redressa et recula jusqu'à tomber dans sa chaise. Sa main tenait encore le tissu. Dans la bassine de porcelaine, l'eau clapotait sur les rebords. Le baron tremblait plus que d'ordinaire, son bras retomba sur un genou à l'instant ou Gaspard rabattait le sien sur le drap. Comment pouvait-il croire que Gaspard désirait cette compassion, ces gestes d'une tendresse monstrueuse, l'affliction de ses mimiques ? Gaspard ferma résolument les yeux, ne bougea plus dans l'attente que Raynaud quittât la chambre. Le baron ne pouvait se substituer à la présence et aux gestes de tendresse que Gaspard espérait d'Étienne de V. Il ignorait où le comte se trouvait, les raisons pour lesquelles il ne le veillait pas. Méritait-il encore son indifférence ? Gaspard n'était-il pas en droit d'exiger enfin des réponses ? Le soleil déclinait sur les jardins et la chaleur gagna les jambes de Gaspard. Une torpeur l'envahit. Au travers de ses paupières, la chambre devint une abstraction lumi neuse et inquiétante. « Où es-tu ? » murmurait Gaspard, serrant le drap de ses mains moites

Raynaud ne reparut pas. Lorsque Gaspard s'éveilla à la nuit, Mathieu dormait sur l'un des fauteuils. Les habits de chasse avaient disparu. Un feu éclairait les tapisseries et la pierre des murs. Gaspard avait dormi d'un sommeil opaque, rien ne laissait penser qu'Étienne l'eût veillé. Un engourdissement saisit ses membres, la faim creusa son estomac. Il hésita à éveiller Mathieu, puis grimaça à l'idée qu'un domestique le veillât plutôt que l'un des convives de la présidente. Malgré la nausée, il désirait étirer ses muscles, quitter le lit et la chambre. Gaspard s'assit et se soulagea dans le seau d'aisances d'une urine trouble qui s'écoula de lui. La sensation d'étrangeté persistait dès lors que Gaspard cherchait à saisir la contenance de ses chairs. Il souleva sa chemise de nuit, observa avec circonspection le pansement sur son ventre. Il s'assura que Mathieu dormait toujours puis dénoua la bande. L'abdomen apparut, la plaie se devina sous la maille d'un tulle. L'entaille avait été consciencieusement nettoyée et n'était qu'un trait sur l'épiderme. Gaspard observa la fente vultueuse, la chair concupiscente, se rassura de sa présence. Il se l'était infligée. Il doutait du geste, mais la plaie était une preuve de la souveraineté qu'il possédait encore sur ce corps, du moins sa surface. « Que cache la plaie ? » dit Gaspard. Son regard se logea au fond de l'entaille où les tuméfactions de l'épiderme laissaient place à des teintes blondes et nacrées, aux amas de chair morte, aux dépôts écailleux. Gaspard eut pour ces sous-couches une aversion immédiate. Une certitude s'imposa : plus profond dans les cavités de ce ventre logeaient les pires immondices, l'essence de sa corruption. La plaie, cette fenêtre, s'ouvrait sur l'obscénité et le désarmait. Car, si Gaspard avait eu l'instinct de pratiquer l'entaille, que devait-il faire à présent ?

Les chairs devaient-elles se refermer et camoufler ce magma, cette abomination ? Sa gorge se serra, il reposa le tulle et noua la bande avant de se glisser dans le drap, gagné par l'épouvante d'un corps contre lequel se heurtait son impuissance.

Si la plaie ne nécessitait pas de suture, l'infection aggrava la fièvre et Gaspard dut rester alité deux semaines durant. L'onirisme alternait avec la confusion éveillée. À son chevet, les convives de la présidente se succédèrent, mais ni Raynaud ni le comte de V. ne parurent plus. Le médecin vint au matin et déconseilla le rapatriement à Paris. Trois fois par jour, une servante portait une décoction amère qu'elle forçait Gaspard à avaler. Il s'y refusa une fois, certain de se sentir mieux, mais dut céder aux réprimandes de la présidente de Cerfeuil. Comme l'avait prescrit le médecin, il endura la saignée. Gaspard se souvint d'avoir vu, lorsqu'il travaillait à la Seine, les loueuses de sangsues immerger leurs jambes dans le Fleuve dans l'attente que les vers s'y collent. Elles les louaient ensuite aux pharmaciens de Paris. Gaspard les avait vues remonter des rives, au soir. Au fil du temps, les morsures des sangsues balafraient leur peau et les ivrognes de bord de Seine les insultaient à leur passage, les nommaient petites véroles. Gaspard et Lucas retiraient aussi de leurs chairs ces hirudinées, dont certaines une fois détendues avaient la longueur d'un avant-bras. Mais les vers préféraient aux profondeurs du Fleuve les cailloux du bord de Seine dans l'attente d'une proie.

On fit remplir un fond de baignoire. Un pharmacien vint ; Gaspard s'étendit sur la blancheur de l'émail. La fraicheur de l'eau soulageait sa fièvre et il fixait le plâtre des plafonds tandis que l'homme et son apprenti saisissaient à la pince les sangsues dans leurs bocaux puis les plaçaient à son thorax et à son abdomen. La salive des vers rendait indolore leur morsure. Bientôt, ils flottaient avec indolence, tortillaient de plaisir leurs corps informes, se nourrissaient du sang de Gaspard, gonflaient sous la surface et caressaient sa peau. Plus que du procédé, le dégoût qu'éprouvait Gaspard naissait de l'idée que ces animaux se nourrissent de son impureté. Leur épiderme noirâtre ne dévoilait rien du sang dont ils se repaissaient. *N'est-ce pas,* songeait Gaspard en observant dans l'eau leurs torsions, *que ce suc dont ils s'abreuvent est l'essence de ma noirceur ?* Il souhaitait alors que les sangsues le vident, puis hurlait l'instant suivant, victime d'une hallucination : les corps gras et monstrueux des vers ensevelissaient et digéraient son corps.

De la vie du château, Gaspard ne sut rien ou presque durant plus de dix jours. Les convives cherchèrent à le ménager et ne se soucièrent que de son rétablissement. Aux questions qu'il posa sur Étienne, on répondit vaguement : oui, il était au château et l'avait veillé durant son sommeil. Gaspard ne se soucia guère de l'absence de Raynaud auquel il ne pensait d'ailleurs plus. Puis la présidente se fit à son tour moins présente. Mme de Valny assura que les événements lui causaient du souci, le médecin exigeait qu'elle se reposât. Ce séjour en campagne était, dit-elle, un désastre, jamais elle n'en avait connu de plus déprimant et elle languissait de regagner Paris Lorsque la fièvre tomba, Gaspard put recevoir décemment des visites. La présidente de Cerfeuil vint ; il couvrit ses mains de baisers, déborda de reconnaissance. « Me pardonnerez-vous mes imprudences et l'inquiétude que je vous ai causée ? » Il éprouvait pour la dévote une affection redoublée. La présidente lui rendait ce qu'il n'avait eu de cesse de désirer secrètement, la présence d'Étienne. Il l'invita à s'asseoir près de lui. « Ne vous souciez pas de moi. Le docteur vous dit sorti d'affaire, voilà ce qui nous importe, assura-t-elle. — Je sais combien tout cela vous a éprouvée. — Ce n'est qu'un peu de fatigue. Tout semble aller de travers ! Un malheur ne survient jamais seul et c'est au tour du baron Raynaud d'être alité depuis une semaine. » Gaspard se souvint d'avoir repoussé le vieillard au premier soir de sa convalescence. Il ne s'était pas préoccupé ensuite de son absence et fit mine de s'inquiéter : « Sont-ce ses poumons ? Va-t-il mieux ? » La présidente soupira et écrasa une larme : « Je ne peux vous le dire. Le diagnostic est réservé, le voyage l'a fatigué et nous aurions dû nous en soucier plus tôt. L'inquiétude causée par votre état n'y est sans doute pas étrangère, vous connaissez l'amitié qu'il vous porte. » Gaspard acquiesça et tendit une main pour saisir celle de la présidente. Elle fondit en larmes : « Comme je m'en veux ! J'ai tant insisté pour nous réunir, je l'ai contraint de nous rejoindre. — Ne vous reprochez rien, dit Gaspard, il se rétablira, j'en suis persuadé. — Comme je m'en veux, comme je m'en veux, répéta la présidente, j'ai dépêché auprès de vous le meilleur médecin de la région, un homme d'exception. Je prie tout le jour pour vos rémissions. Voilà trop de malheurs pour une vieille dame comme moi. — Je me sens mieux, affirma Gaspard, reposez-vous, je vous en prie. J'irai au chevet du baron. » La présidente de Cerfeuil porta une main sur l'icône ornant sa gorge. Elle opina puis se leva, parut à Gaspard centenaire et fragile dans la lumière du matin. Elle se dirigeait vers la porte lorsque Gaspard n'y tint plus et demanda : « Madame, pourriez-vous demander au comte de V. de me visiter ce matin ? » La présidente se retourna. La préoccupation chiffonnait son visage : « Mais il est parti. Ne vous l'a-t-on pas dit ? Le comte a regagné Paris il y a trois jours. » Gaspard crut défaillir. « N'a-t-il pas laissé de message à mon intention ? » Emma avait prononcé ces mêmes mots après le départ de Louis et Gaspard avait menti. La chambre tanguait sous ses pieds, la présidente sembla pressée de disparaître, frêle dans l'encadrement de la porte. Elle secoua la tête : « J'avoue être dépassée et ne plus rien savoir de la vie de ma propre maison. Dieu merci, Mme de Valny et ma sœur m'épaulent... Le comte de V. avait annoncé son départ, mais vous conviendrez qu'au vu de la situation, sa présence eût été appréciable. Je préfère croire qu'il ne pouvait se dérober à ses obligations. Cet homme n'est jamais où on l'attend. » La voix de la présidente devint une murmure aux oreilles de Gaspard et il ne s'aperçut pas de son départ. Comme surgis des murs, les gens de maison s'affairaient autour de lui, changeaient les draps, ravivaient le feu. Étienne fuyait de nouveau malgré la gravité de son état. Le comte de V. obligeait Gaspard à endurer cet abandon, dont il avait souffert par le passé. Ce départ constituait la racine de son être nouveau. Pourtant, il avait semblé possible à Gaspard de comprendre la raison de ce mal et, peut-être, de pardonner à Étienne. Projeté par-delà le temps, il retrouva le désespoir de l'atelier. Gaspard avait cru qu'un vestige d'affection motivait le retour d'Étienne ; mais il s'agissait d'un hasard et le silence du comte n'était pas un appel au pardon. L'indifférence le motivait, un mépris qu'il n'avait jamais cessé de lui porter.

Quimper rattrapa Gaspard, ranima une flamme tarie et dangereuse, sa dépendance au comte de V., ce poison en suspens. À nouveau, Étienne le terrassa. L'amour et la haine de Gaspard se dressèrent dans la chambre, firent *tabula rasa* de sa faculté à maîtriser un corps et un esprit. Rien de reconnu ni de fiable ne subsistait en lui. Le départ d'Étienne fut un coup de grâce et paracheva son œuvre, sans que Gaspard en eût la moindre conscience.

Il frappa à la porte du baron Raynaud. Mathieu ouvrit sur la chambre. Les rideaux tamisaient l'atmosphère. L'odeur de camphre, des cataplasmes de moutarde, d'un corps sec et froid le saisit. « Laisse-nous seuls », ordonna Gaspard sans un regard pour le domestique. Mathieu s'inclina puis quitta la chambre. Raynaud reposait dans son lit. D'épais coussins surélevaient son torse ; draps et couvertures étaient relevés sous sa gorge. Son front pâle disparaissait sous un bonnet de nuit bien qu'il fît dans la pièce une chaleur saisissante. Gaspard devina que l'on avait répandu des huiles sur les oreillers. Il resta à l'entrée de la chambre, observa la forme ensevelie du baron. Le vieillard le vit enfin et tapota le matelas du plat de la main pour l'inviter à s'asseoir. Un sourire balafrait son visage, inerte l'instant d'avant. Il chevrota : « Venez donc là, mon petit, mon enfant. Ah, vous voilà rétabli, n'est-ce pas la seule chose qui importe ? Allons, ne soyez pas timide, venez près de moi. » Gaspard continua d'observer la silhouette au milieu du lit. Les édredons semblaient sur le point d'avaler le baron. D'ordinaire bourru et peu loquace, il s'adressait à Gaspard avec douceur, l'implorait d'une façon qui lui parut indécente. *Pourquoi,* songea-t-il, *la mort et l'amour donnent-ils aux hommes cette grandiloquence ?*

Faut-il que ces états les poussent hors d'eux pour les obliger à faire étalage de ce sentimentalisme qui indispose les bien-portants et ceux que les passions indiffèrent ? Le parquet grinça sous les pas qu'il fit vers le lit. Il se tint à la droite du baron et refusa de prendre la main tendue. Il surplomba le vieillard de sa hauteur, refusa d'abaisser vers lui son visage, accorda un regard de biais, impénétrable. La respiration de Raynaud sifflait, franchissait un amas de glaires, l'inflammation de son larynx. Une quinte de toux le secoua, tendit son cou, injecta ses yeux. Il porta un mouchoir à ses lèvres, cracha un glaviot et se reposa sur les oreillers, à bout de souffle, des larmes aux joues. Sa voix crissa : « Ah oui, ah oui, voilà comme je vous aime, près de moi. Comme cela est bon, votre présence à mes côtés. Ainsi, je vais me rétablir. Donnez-moi le verre d'eau, voulez-vous ? » Gaspard saisit le verre avec indifférence, le laissa glisser dans la main du baron. Un peu de liquide s'écoula sur son torse, aussitôt absorbé par la chemise de nuit. Il porta le verre à ses lèvres, but avidement. Ses joues tressautèrent à chaque gorgée. Une barbe grisâtre les couvrait. Comme il le regardait épancher sa soif, Gaspard le trouva pitoyable et s'étonna de s'être laissé aller à la facilité d'en faire un amant. Certes, le baron le servait, mais n'aurait-il pu s'en passer ? Son assurance n'aurait-elle pas suffi à le faire admettre dans le monde ? Raynaud abusait de sa faiblesse. Bien sûr, pensa aussi Gaspard, il l'avait d'une manière ou d'une autre mené à Étienne, bien qu'il n'éprouvât aucune reconnaissance. « C'est gentil, voilà qui est bien », dit Raynaud. Il rendit le verre et étouffa un rot liquide. « Ne vous faites donc pas de soucis. Quelques jours de repos, voilà ce que dit le docteur. Cela suffira. » *Il y a*, pensa Gaspard, *quelque chose de burlesque à se convaincre que cet homme puisse survivre. Pour combien de temps encore ?* Il lui semblait observer un cadavre et Gaspard regardait le baron avec curiosité. « Faites apprêter une voiture, nous regagnons Paris demain à l'aube », dit-il. Le baron s'indigna : « Vous n'y pensez pas ! Dans mon état, c'est une folie ! » Mais Gaspard était impassible et la suffocation de Raynaud l'exaspéra : « Vous avez survécu à l'aller, vous survivrez au retour. Il y a là-bas des médecins plus compétents que ces rebouteux de campagne tout juste bons à mettre bas des génisses. » Le baron voulut se redresser un peu, sa tête émergea dans la lueur d'un candélabre avec une pâleur de cierge. « Je ne peux bouger de ce lit, malheureux ! La présidente refusera de nous laisser partir, j'ai d'ailleurs un traitement à suivre, voyez ! » Il défit les boutons de sa chemise, dévoila un torse maigre. La marque des vésicatoires boursouflait la peau. « Vous ferez venir la présidente dès mon départ, puis vous annoncerez votre décision de quitter Chartres. Vous êtes en état de supporter le voyage, et des dispositions seront prises auprès de spécialistes de la capitale. » La voix de Gaspard fut sans appel. « Ah ! Parbleu, vous voulez me tuer, pauvre fou ! » Il prit la main de Gaspard et la porta à sa joue, la frotta contre sa barbe avec ferveur et désespoir, les yeux bouffis de larmes, la bouche tombante. « Je fais cela pour votre bien, répondit l'amant avant de retirer sa main de celle du baron. — Est-ce bien certain ? Dites-vous vrai ? Oh, jurez-moi de dire la vérité. » Gaspard se pencha et entreprit de border le vieil homme. Son visage exprimait à la fois l'élégance et le détachement. « M'accusez-vous d'être criminel ? » demanda-t-il avec sévérité. Il se moquait de la santé de Raynaud et de l'incidence qu'aurait sur elle le retour à Paris. Il importait de rejoindre la capitale et de se mettre à la recherche d'Étienne. Si, pour cela, le baron désirait entendre toutes les promesses du monde, feindre l'inquiétude, Gaspard userait de la ruse. Raynaud secouait la tête. « Préférez-vous rester seul ? Je prendrai alors la voiture demain, sous un autre prétexte mais nous n'aurions pas l'assurance de nous revoir. Vous n'ignorez pas la gravité de votre état. Tout le monde ici vous donne pour mort dans les prochains jours. Croyez-moi, c'est Paris qu'il faut choisir. » Le spectre de la mort flotta sur le visage du baron, il sembla pareil à un enfant, rabougri dans ses langes : « Savez-vous quelque chose ? Pourquoi ne me dit-on rien ? » Gaspard haussa les épaules ; la conversation l'ennuyait, il avait hâte de quitter la chambre : « Sans doute cherche-t-on à vous ménager, qu'en sais-je ? Je partirai demain, libre à vous de me suivre. » Saisi par la terreur de mourir seul et loin de Paris, le baron ne se questionna plus sur la véracité de son diagnostic, saisit Gaspard par la taille et voulut le serrer contre lui mais le garçon recula vers la porte : « Reposez-vous. Je vais ordonner que l'on prépare les malles. N'oubliez pas : c'est là votre désir, et non le mien. » Le baron acquiesça puis s'enfonça dans ses couvertures avec un soupir de soumission.

Il eût été possible à Gaspard de regagner Paris seul, mais il craignait de laisser Raynaud loin de lui trop longtemps. Les événements survenus à Chartres pouvaient légitimement soulever la curiosité de la présidente et de ses convives. Dans les affres de son agonie, le baron ne risquait-il pas de chercher à se venger de Gaspard ? L'éloignement pouvait le déchoir de son monopole sur le vieux cœur. Il avait pris trop de risques, devait désormais se montrer prudent. Le baron montra beaucoup d'entêtement à défendre son retour à Paris. Il parvint si bien à effrayer la présidente que la vieille dévote pensa bientôt qu'il était préférable qu'il mourût en ville plutôt qu'en campagne et, plus précisément, dans l'une de ses chambres. MM. de Valny et d'Uzens proposèrent de les escorter ; Gaspard assura se sentir mieux. Cela était vrai, ce retour anticipé lui donna des forces et il organisa les préparatifs sans plus se soucier de la plaie à son ventre ni de la migraine lancinant à son crâne. Le jour suivant, aux aurores, on se pressa aux portes de la voiture et les au revoir eurent une saveur d'adieu. Les malheurs du séjour avaient resserré les liens ; on promit d'écrire, on se jura beaucoup d'amitié. Lorsque le carrosse prit la route, Gaspard observa une dernière fois le jardin de la présidente, la bâtisse découpée dans le ciel mauve. Une incertitude survint : n'aurait-il pas dû rester et ne plus se soucier d'Étienne ? Ne compromettait-il pas, par ce départ, son avenir ? Le baron Raynaud tenait sa main avec fermeté, comme si ce contact eût suffi à le sauver de la mort. Ses yeux couvaient le jeune amant d'une confiance retrouvée.

Le retour à Paris aggrava l'affection en une bronchite purulente. Trois jours durant, les spécialistes de la capitale se relayèrent au chevet de Raynaud. Le tout-Paris se succéda aux salons tandis que, dans l'une des chambres de l'étage, le baron expectorait un mucus sanglant et intarissable. Avec générosité, ses bronches déversaient cette glu par flots dans les bassines que les femmes de chambre posaient au bord du lit, près de la tête anémiée.

L'agonie du baron Raynaud fut pour Gaspard une aubaine : elle lui permit de fuir le chevet du malade auprès duquel sa présence ininterrompue eût éveillé les soupçons. La trivialité de l'appartement du comte d'Annovres lui sauta aux yeux, mais il éprouva le plaisir d'être seul de nouveau, de se soustraire aux regards des autres et d'exorciser librement son corps. Le bris de miroir devint l'outil de cette purification, amorcée par Gaspard durant son séjour à Chartres. Au soir, il se déshabillait puis étendait sur le lit un drap constellé sur lequel il s'allongeait. Le contact du verre le rassurait. Gaspard y voyait l'amorce d'une allégeance, un remède à sa profonde étrangeté. L'outil plongeait dans sa peau puis entamait sa chair. Une aisance déconcertante lui permettait de reprendre possession de ce corps qu'habitait alors la douleur. Le sang glissait le long de son abdomen, fleurissait sur le drap. Durant l'agonie de Raynaud, Gaspard s'infligea de courtes incisions, puis il laissa courir la lame sur la longueur. Il importait avant tout que le ventre fût parcouru, qu'il ne subsistât rien de cette peau immaculée. Parfois, il retirait un morceau d'épiderme. Mais les tissus dévoilaient sans cesse une banalité : le jaune de la couche adipeuse, le rouge des muscles, la course des veinules qui vomissaient leur suc écarlate. Sans cesse, le spectacle de son ventre en charpie rappelait à sa mémoire les tumultes du Fleuve, les flots charriant dans leur noirceur les souillures de Paris. Il fallait, pensait Gaspard, creuser en profondeur pour atteindre cette essence, cette impureté, ce courant tapi dans son ventre, au fond de son être. Il ne pouvait excuser la superficialité de son geste. Son estomac se soulevait lorsqu'il sondait la portée de ce désir et il posait précipitamment sur le drap le bris de miroir.

Raynaud mourut. L'infection l'emporta en une semaine sans qu'aucun remède parvînt à amoindrir ses souffrances. Mathieu vint frapper à la porte de Gaspard, rue des Petits-Champs, au milieu d'une nuit chaude. Il ne chercha pas à masquer le dédain de sa voix, la contrainte qui le menait à lui. Mathieu, savait Gaspard, avait cherché à convaincre son maître de rester à Chartres. L'homme était à l'agonie et demandait qu'on le vînt chercher dans les plus brefs délais. Un fiacre éclairé au flambeau attendait dans la rue ; Gaspard s'habilla et prit place. Il avait envisagé la mort du baron comme un détail, seul Étienne le préoccupait. Mais, tandis que la voiture roulait vers les barrières de Paris, il dut considérer les conséquences de cette disparition. Raynaud avait prétendu désirer son retour et Gaspard avait désapprouvé ce choix dans la société de la présidente de Cerfeuil. On ne pourrait le soupçonner d'être responsable de l'aggravation de son état. N'avait-il cependant pas précipité leur retour sans en peser les conséquences ? Son audace et son empressement ne risquaient-ils pas de lui porter tort ? Son assise dans le monde permettrait-elle d'y avancer après la mort du baron ? Gaspard se préoccupa d'un nouveau souteneur. *Qu'importe,* pensa-t-il, *Raynaud serait mort, que ce soit à Chartres ou à Paris. Le voyage aura hâté la chose, belle affaire ! N'a-t-on d'ailleurs pas idée de vivre si vieux ? Je lui aurai permis d'être utile à l'heure ou l'on est tout juste négligeable. Il me réclame au milieu de la nuit, à l'heure du glas, n'est-ce pas la preuve de sa reconnaissance ? Le monde appréciera l'amitié qu'il me porte à sa juste valeur.* Les cahots des pavés avivaient ses blessures et Gaspard gardait une main sur son ventre. Par la lucarne, il distingua les flambeaux de la garde. Les fenêtres, gueules béantes, exhibaient parfois l'assoupissement de corps suant dans les taudis, des peaux grises et luisantes. Il parvint à sentir, de l'intérieur du fiacre, ces odeurs grégaires, l'haleine de la ville, un relent de ses profondeurs, une pestilence. Gaspard rabattit le rideau, préféra la pénombre au spectacle de Paris. Il méprisait la ville, les vies parasites au-dehors. Rien ne justifiait leurs existences ; toutes insultaient Gaspard et il jura de ne jamais plus s'abaisser à les côtoyer. Voici, songeait-il, l'enseignement à tirer du retour d'Étienne : cette confrontation au passé l'assurait de n'avoir plus rien de commun avec cette fange, tout ce que la ville sécrétait de vies excrémentielles. Gaspard s'élevait au-delà de Paris, sublimait son existence. Étienne et Raynaud ne remettraient pas en question son envol. Il serra les poings et les mâchoires. Il défendrait cet être qu'il était devenu, ce monstre de cupidité, cette rançon à ses sacrifices. « Dépêchons, dépêchons, ordonna-t-il au cocher, nous n'avons pas encore passé l'octroi ! » Gaspard se rassit, l'œil féroce. Il roulait en direction de la route de Versailles, ignorant qu'à l'instant même, Raynaud mourait en un râle, répandait les essences de son corps dans la douceur des draps. Le comte Étienne de V., assis près de lui, se leva et apposa sa main sur les yeux du baron, rabattit les paupières. Il resta longtemps sans bouger, contempla la dépouille déjà grise de Raynaud avec satisfaction.

Lorsque Gaspard pénétra dans la chambre, l'odeur des décoctions le saisit, bien qu'elle cachât à grand mal celle de l'agonie du baron. Étienne s'avança vers lui et les plaies à son ventre se tendirent, irradièrent son abdomen. Il n'avait pas cherché le comte dans les rues de Paris ; en cela, le retour de Chartres avait été vain. Gaspard ne pouvait arpenter de nouveau les artères de la capitale. Il avait attendu, éperdu par ses mutilations, qu'Étienne surgît puisque Gaspard n'avait pas eu la force de provoquer leur rencontre. Le comte de V. se trouvait dans la chambre de Raynaud avec la même aisance qu'au château de la présidente de Cerfeuil. Rien, pourtant, ne permit à Gaspard d'interpréter sa présence, et il se figea de stupeur. Il se tut et Étienne s'écarta, dévoila à son regard le corps de Raynaud. La maigreur transfigurait le baron. Sa mâchoire inférieure tombait et la bouche s'ouvrait sur une langue écumante. Gaspard parvint à avancer, dépassa Étienne et posa ses mains sur le pied du lit. « Je n'entends rien à votre présence », dit-il. Le comte de V. ne répondit pas et vint à sa gauche, baissa le regard vers le cadavre du baron. « Vous n'avez rien à faire ici, affirma Gaspard d'une voix où tremblait l'humiliation. — Vraiment, dit Étienne, le crois-tu ? » Gaspard restait interdit, serrait les dents, tendait les muscles de sa mâchoire et de son cou. Le comte continua : « Le beau travail... Certes un peu précipité, mais le résultat est là et n'est pas négligeable. — Taisez-vous », ordonna Gaspard. Il n'éprouvait pourtant rien de la colère qui, dans le fiacre, le guidait encore, nourrissait la haine contre Étienne. Un vide familier subsistait en lui, une hébétude que le comte savait faire naître, une indécision, une confusion torpide. « Taisez-vous », répéta Gaspard, soumis déjà à l'emprise d'Étienne de V. « Point de modestie, il faut savoir reconnaître ses trophées. Rends-toi à l'évidence, félicite-toi d'être venu à bout de cet homme Il est des plaisirs plus coûteux à certains âges de la vie, Raynaud l'aura appris à ses dépens. » Lorsque Étienne de V le saisit aux épaules, Gaspard n'esquissa pas un geste de refus, se laissa happer par ses mains larges, se soumit au souffle sur son visage. « Tu as satisfait chacune de mes attentes. Comme j'ai pu douter de tes aptitudes, lors de notre rencontre à l'atelier ! Comme ton potentiel me semblait incertain ! » Gaspard observait le visage euphorique du comte, cherchait une signification à ses paroles. Il essaya faiblement de se défaire de l'étreinte, mais Étienne ne remarqua rien : « Te souviens-tu de tes supplications ? Tu voulais devenir noble, être mon semblable, à l'image du siècle. — Vous m'avez détruit, souffla Gaspard. — Pour mieux te construire. Je te parlais alors d'un être complet, qui côtoie les extrêmes, connaît le monde et renonce à lui-même. — Vous délirez. — Allons, répondit Étienne avec reproche, nous avons trop peu de temps pour feindre l'ignorance. Je n'ai fait qu'indiquer une voie que tu as suivie. J'ai senti chez toi ce potentiel incroyable. Tu n'étais qu'une terre en friche, tu n'étais rien, te souviens-tu ? Et te voilà méconnaissable, plus que nous l'avions espéré, à l'image du siècle, oui. Il a jeté sur toi ses lumières, ses ombres, et tu as tout embrassé pour parvenir dans le monde. Ne vois-tu rien de cette conscience que tu possèdes ? Comprends-tu cette clairvoyance dépourvue de tout remords, de toute contrainte ? Te voici affranchi de toute morale, libertin. » Les mots d'Étienne égaraient Gaspard, dévoilaient une vérité, un sens à son errance, le projet insoupçonné d'un homme qu'il avait aimé par-delà la raison. Un sentiment d'étrangeté le gagna : « Je suis détruit, je suis perdu, confia-t-il. — Tu es réalisé, voici l'aboutissement du chemin. À chaque pas, j'ai veillé ton ascension, des bordels de Paris au château de la présidente de Cerfeuil, rien ne m'a échappé. Je me suis effacé de la société des d'Annovres pour attiser en toi le désir de la conquête. Plus un instant je n'ai douté de toi, ma récompense, mon œuvre. » La chambre disparut pour offrir une vision de la cave, leurs corps encore moites, harassés de désir. « Il n'y avait d'autre moyen. Ce chemin n'appartenait qu'à toi, il était nécessaire que tu sois libre de le suivre ou d'y renoncer. Il te revenait d'en choisir les directions et d'en définir le sens. Que pouvais-je faire d'autre que de veiller au grain, attendre dans l'ombre, avec patience et bienveillance ? Je ne suis jamais que le tuteur de ta croissance, le garant de ton éducation. Je suis de retour désormais. As-tu jamais douté que je serais au bout de la route ? » Gaspard sonda le néant de ses émotions, la désertion de ses certitudes. Comme si le geste était une évidence, Étienne l'enlaça et il ne put s'y soustraire, se laissa aller contre la poitrine du comte. L'odeur, intacte à sa mémoire, l'enveloppa et il se laissa gagner par la chaleur d'un corps vénéré et maudit. Il éprouva sa peau, le battement d'une artère contre sa joue. Étienne de V. l'étreignait avec fermeté, une main nichée dans ses cheveux, à l'arrière de son crâne, l'autre campée à la chute de ses reins. Le regard de Gaspard ne quittait pas la dépouille de Raynaud, les ombres que dessinaient dans sa bouche les chandeliers. Il était la création d'Étienne, l'élève asservi. Le temps passé aux côtés d'Emma et l'avilissement auquel le condamnaient les clients étaient placés sous la vigilance du comte. Plus qu'il ne l'avait douté, Gaspard était l'objet d'Étienne, un terrain propice et malléable. Il se souvenait d'avoir supplié Étienne dans un fiacre près de la rue de la Parcheminerie, désiré qu'il fît de lui son semblable. Le comte n'avait-il pas raison ? Ne l'avait-il pas mené à réaliser ses désirs, quel qu'en fût le prix ? N'y avait-il pas, plus que l'influence d'Étienne, une prédisposition, un désir inassouvi de reconnaissance ? Puis, enfin, Quimper.

Jamais le comte de V. n'avait laissé paraître d'émotion. Il se dérobait à la compréhension de Gaspard, à son attachement, veillait à ce que chaque instant de connivence devînt une humiliation. Pour la première fois, il manifestait un émoi dont Gaspard ne doutait pas. Il y avait dans cette étreinte une force inespérée, une rage ; le contact de leurs corps n'obéissait plus à la superficialité du désir. Étienne, par ce geste, témoignait une gratitude, avouait se retrouver en lui, comblé par leur différence et ce que Gaspard avait acquis de désillusion, d'inhumanité. Rue du Bout-du-Monde, il s'était promis d'obtenir d'Étienne une réparation, d'exiger le prix de sa corruption. Mais que pouvait-il souhaiter de plus que cette étreinte ? Les mots du comte de V. lui ôtèrent toute volonté de justice, l'obligèrent à s'abandonner. « Les dispositions testamentaires sont en ta faveur, dit Étienne à son oreille. Demain, tout ce qui nous entoure t'appartiendra et tu seras l'une des fortunes de Paris. La nouvelle embrasera les rumeurs, ta réputation est sur le point de naître. Ce qu'il faut désormais, c'est parfaire ta légitimité. »

V

QUIMPER

À l'aube, Gaspard choisit de rejoindre Paris à pied. Il marcha dans le parme, au travers d'une brume éthérée. Les herbes inondaient de céladon une nuit paresseuse et ses souliers crissaient sur le sol. Il inspirait l'air, l'odeur de la rosée, des champs humides. Cet air gonflait sa poitrine, mettait en branle les méandres de son corps, vivifiait son sang et nourrissait la tension de ses muscles. Gaspard éprouvait sa chair dans l'extase d'une marche au petit matin, la stimulation de ses sens alertes. Pourtant mis à distance de cette sensibilité, il observait avec détachement la beauté alentour, le calme serein, l'esquisse de la ville. La perspective de l'héritage était une aubaine inespérée ; il pardonnait à Étienne, tout en marchant vers Paris, la destruction vers laquelle il l'avait précipité. Son égoïsme l'avait aveuglé, pour qu'il eût douté de la bienveillance du comte, de la grandeur de leurs ambitions. *Pouvais-je souhaiter plus fulgurante ascension ?* se questionna Gaspard. Visionnaire, Étienne avait su voir au-delà de son arrivisme, dévoiler en lui de nouveaux idéaux, parfaire un homme, éveiller une conscience. Chacun de ses pas opiniâtres portait Gaspard et parvint à le convaincre. Il eut la conviction d'avoir acquis une suprématie, d'observer les détails de la nature alentour avec autorité. Sa souveraineté sublimait l'empreinte des hommes, les bâtisses assoupies. Gaspard possédait un privilège qu'on ne lui retirerait plus. Mille possibles le soulevaient, le poussaient vers Paris, vers une ultime conquête.

L'enterrement eut lieu à Saint-Étienne-du-Mont de la Piété ; la foule déborda des portes de l'église. On inhuma Raynaud dans le cimetière attenant et Gaspard fut, à ces funérailles, l'objet de tous les regards et de toutes les convoitises. Il observa la descente du baron dans le sol de Paris sous un ciel monochrome, soulagé qu'il disparût enfin. Étienne n'assista pas aux funérailles et Gaspard se satisfit de cette absence : cet instant devait être le sien.

Les d'Annovres avaient regagné Paris. Avant la mort de Raynaud, Gaspard fréquentait leur salon par désarroi. Il leur manifesta un mépris tout juste masqué et n'eut de cesse de s'éloigner, allant jusqu'à refuser leur invitation à séjourner dans le Berry. Cette transformation altérait son caractère et ses traits, elle stupéfiait la comtesse. « Est-il devenu suffisant, ce garçon ! s'écria-t-elle tandis qu'elle retirait un soir ses bijoux avec férocité. Et vous qui ne dites rien. Ce qu'il faut, c'est lui rappeler ce dont il nous est redevable. Je n'attends rien, sinon de la reconnaissance. Ne l'ai-je pas introduit chez les Saurel ? Faut-il qu'il soit plus ingrat que je ne le pensais pour croire qu'on eût songé à lui sans mon appui ? Eh bien quoi ? Aujourd'hui, la moindre politesse lui écorche les lèvres. » Le comte se taisait. Gaspard lui échappait, il ne connaissait plus le garçon fréquentant autrefois leur cercle et qu'il ne cessait pourtant d'aimer follement. Non, il n'était pas parvenu à acheter son affection, l'implacabilité de son regard et la sévérité de son visage parlaient pour lui. Sa physionomie s'était d'ailleurs affinée, la fragilité et la douceur laissaient place à la rudesse, à l'âpre austérité. Une guerre s'était tenue en Gaspard, concluait le comte d'Annovres. Il n'ignorait pas le sacrifice de leur relation au profit du baron Raynaud et accablait cet ancien amant, absolvait Gaspard des souffrances que son éloignement infligeait. La mort de Raynaud le revigora, le comte y vit un augure, il caressait l'idée folle d'un renouveau.

Une missive lui annonça la mort survenue au milieu de la nuit. Gaspard lui demandait de le rejoindre au plus tôt, rue des Petits-Champs. D'Annovres prit un fiacre et retrouva dans la course l'enthousiasme d'autrefois. Son espoir s'évanouit pourtant lorsqu'il referma derrière lui la porte de l'appartement. Il trouva un homme transfiguré. Gaspard le toisa. Son bras s'étendait sur le dossier du canapé, avec désinvolture. Un malaise saisit le comte. Lorsque l'amant désigna de l'index l'un des fauteuils, le vieillard s'avança et s'assit. Ils se toisèrent en silence. « J'épouserai Adeline », dit Gaspard. La stupéfaction chamboula les traits du comte et il s'affaissa dans son fauteuil. Gaspard se leva et fit quelques pas dans la pièce. « Je suis le légataire universel de Raynaud. Comprends-tu ? Je n'étais pas destiné à — il désigna la chambre d'un geste large — cette médiocrité. » La voix du comte fut un croassement : « C'est insensé, dit-il comme rien ne venait à son esprit. — Ce qu'il me faut, continua Gaspard, c'est une légitimité, un clan. Vous avez dans le monde une réputation terne et j'offrirai à ta fille un parti, une prestance à votre lignée. » Un puits sans fond déchira le sol sous le comte. Gaspard l'abusait, encerclait sa proie.

« Jamais ! » hurla-t-il d'une voix éraillée, ridicule. Il tremblait, assis sur son fauteuil, empoignait les accoudoirs, ses lèvres tiraient vers le menton, ses yeux ne se fixaient nulle part. « Moi vivant, jamais ! M'entends-tu, jamais ! » cria-t-il de nouveau. Avec vélocité, Gaspard se rua sur le comte et le saisit au col. Il le tira du fauteuil, le souleva et planta ses yeux dans le regard épouvanté du vieil homme. D'Annovres chercha à se débattre, empoigna les bras, frappa les épaules, mais Gaspard affermit sa prise et le visage se congestionna. « Je n'attends de toi aucun accord. — Mon épouse, répondit le comte à bout de souffle, s'y opposera. — Je me moque bien de son avis, répliqua Gaspard, et tu ne lui laisseras pas de choix. Veux-tu qu'elle apprenne l'existence de cet appartement ? La réalité de notre relation ? Veux-tu qu'elle découvre tes affaires près de ce lit dans lequel tu as sué tant de nuits ? Les preuves t'accableraient et te détruiraient. — Tu tomberais avec moi ! » Le comte pleurait maintenant, en sanglots étouffés, en couinements porcins. Gaspard défit d'une main les boutons de sa chemise, dévoila son ventre meurtri et bleu. « Vois, je ne m'en soucie guère. Je n'ai que faire de la mort comme des lois. Je veux ta fille et je l'obtiendrai quoi qu'il m'en coûte, ou nous tomberons ensemble. Me suis-je fais comprendre ? » Le comte d'Annovres opina et retomba brutalement dans son fauteuil. Médusé, il porta une main à sa gorge. Gaspard retrouva son calme, puis dit : « N'est-il pas désagréable, cher comte, de n'avoir aucune alternative ? »

Quimper, noir : la possibilité s'offre à lui. Rien ne l'oblige à répondre à l'appel du père, à la main qu'il tend pour ne pas disparaître sous le tronc. Cette hypothèse est lumineuse. Il pleut de nouveau et la crue monte avec précision. Il faudra peu de temps, évalue Gaspard, pour que le visage du père soit submergé. Il hurle et bat le tronc de ses paumes épaisses. Parfois, un filet d'eau noire se glisse entre ses lèvres et l'oblige à recracher. L'Eier s'engouffre en lui. Il est troublant de songer que le géniteur accueille ainsi le Fleuve dans ses entrailles. Gaspard l'a toujours perçu comme un bloc, une surface âpre à la contenance mystérieuse. *Ce ne sera pas moi*, pense-t-il, *mais le Fleuve.* Il observe alentour. Les premières fermes sont loin, seule la plaine ravinée par les pluies, battue par le vent, s'offre à son regard. Lentement, il recule le long de l'arbre qui écrase le père. Il regagne la rive. Le géniteur l'observe d'abord avec effarement, en silence, puis ses cris redoublent. Ils ne s'adressent plus à Gaspard, invoquent une aide qui ne viendra pas. Le fils est sur la terre ferme, la chemise colle à son torse, le courant a emporté ses sabots. Il grelotte et regarde confusément le Fleuve gonfler, le père pousse de petits cris aigus car sa voix se brise, si bien que Gaspard pourrait croire à la résurrection du porc. Les cheveux bruns du géniteur disparaissent par moments, ses mains enlacent la dépouille du verrat en une embrassade obscène. Le Fleuve, sait Gaspard, lavera les traces, emportera le corps. Rien ne subsistera de la crue, sinon le désordre et l'absence. Le père aura disparu, voyagera parmi les eaux, emportera dans sa dérive la porcherie, son ombre à contre-jour, le goût du lisier mêlé de sang, le ciel mauve des journées de labour. Les bras jaillissent des eaux, se tendent violemment puis tombent, inertes, engloutis, disparus. Gaspard recule. Il quittera Quimper. Il gagnera Paris. Il oubliera le père que le Fleuve enlace et muselle, puis la mère dont on trouvera dans le mois le corps sec face à une cheminée froide. Son visage sera brun, le trou noir de sa bouche ne contera plus rien. Une flaque de pisse gèlera à ses pieds. Dehors, les carcasses des porcs joncheront le sol de glace, quelques truies survivront, repues de la chair de leurs porcelets. Pour l'heure, Gaspard s'enfonce dans les bois.

Épuisé par la noce, ivre mort, Gaspard se laissa choir sur le lit. Adeline resta debout à ses pieds, séraphique dans sa robe de mousseline. Elle porta sur lui un regard plein de reconnaissance bien qu'il ne lui manifestât aucun égard. Jamais elle n'avait ignoré ses origines mais s'était interdit de le questionner sur un passé qu'il avait fui. L'arrivisme de Gaspard n'avait pas trompé Adeline d'Annovres. Elle avait assisté à ses premiers pas dans le monde, puis à la manipulation de ses parents. Enfant, elle avait découvert l'affection particulière que son père portait aux hommes. À l'âge de huit ans, elle surprit le comte dans l'un de ses boudoirs, en compagnie d un garçon de course. Adeline avait assisté à l'intrigue qui liait le comte à Gaspard. Elle ignorait les termes de leur arrangement, mais se moquait que son père fût utilisé à ses dépens ; jamais Adeline d'Annovres n'avait éprouvé pour aucun de ses parents l'amour filial, le lien du sang. Sa mère, femme superficielle, avait pour obsession de consacrer sa vie à l'organisation de parties mondaines et fit naître en elle le mépris des conventions. Quant à son père, sa banalité et sa soumission au despotisme de la comtesse l'avaient tôt versée au désintérêt. Ce que sa mère détestait chez le comte, savait Adeline, c'est qu'il ne la fît pas jouir. *N'est-ce pas un poncif ?* pensait-elle devant les faces contrites et prudes des femmes de leur cercle. La vertu et la morale faisaient office de consolation. Les amours pédérastes de son père lui importaient peu et elle méprisait la satisfaction qu'elle lisait sur le visage de sa mère, lorsque celle-ci nouait les lacets de son corset, écrasait ses seins, opprimait son souffle. Adeline d'Annovres détestait la noblesse et avait choisi de ne jamais succomber à ses facilités. Mais elle était femme, et l'étau de cette condition limitait son horizon. Gaspard était apparu comme une échappatoire. Elle avait sondé la rudesse de ses manières, son accent traînant, l'épaisseur de sa peau, avait deviné que jamais il n'éprouverait pour elle de désir. Il incarnait la négation du monde, se jouait de lui et imposait une de ces réputations iconoclastes dont jouissent les imposteurs et les ambitieux. Que son amour fût impossible, Adeline s'en accommoda. Jamais une femme ne le ravirait, et les autres hommes ne connaissaient rien aux sentiments. Le parfum du scandale attisait sa ferveur. Si elle devina ne pouvoir se l'attacher par une ardeur qui fût à l'égal de la sienne, Adeline voulut gagner sa confiance et sa tendresse, lui apprendre à voir en elle une partenaire fidèle. En contrepartie, Gaspard la comblerait de sa présence, l'arracherait à l'ennui auquel son nom la prédisposait. Elle existerait dans le monde en femme affranchie. Lors de la cérémonie, la dévastation des visages de ses parents avait signé sa victoire. Dans la chambre, elle observa la lune glissée par la fenêtre sur le corps de son mari. Le visage bleuâtre gonfla son cœur de gratitude. Il ronflait avec indifférence, laissant Adeline savourer son désenchantement. Elle se déshabilla avec précaution. Avait-il pris le temps de la trouver belle ? Avait-il songé qu'elle pût être désirable aux yeux d'un autre ? Elle noua ses cheveux et se glissa dans les draps.

L'ivresse définissait au monde de nouveaux contours Gaspard sentit Adeline s'étendre autour de lui et pensa à Emma. Une répulsion le traversa et il se força à dissiper la crainte de la trouver près de lui. Emma était morte, sa corruption avait eu raison d'elle, rien n'autorisait qu'elle se manifestât encore à son esprit. Adeline ne bougeait pas ; Gaspard sentait l'odeur de sa peau, de ses aisselles. Elle ne le touchait pas et cette distance entre eux était, dans le vertige de Gaspard, une immensité. Son esprit divagua vers Étienne, vers sa poignée de main sur le perron de l'église. À son bras, Adeline portait dans sa traîne des volutes d'encens. Le soleil frappait leurs visages, baignait les acclamations de la foule. Gaspard avait porté une main à son front afin de distinguer le visage du comte Étienne de V. La présence d'Adeline dans ce lit portait atteinte à son intimité, à l'intégrité de son corps. Ce corps appartenait à Étienne, bien que jamais plus Gaspard ne le dévoilerait à nouveau. Ce corps abject et déchu le stupéfiait, le poussait à se vêtir à la hâte. Il n'infligerait pas au comte l'ignominie de ce ventre, de ces mutilations. La cicatrisation n'était plus évidente, la douleur le possédait en permanence. Il maudissait cette chair, sa déliquescence en marche. Chaque pas de Gaspard dans le monde le laissait tutoyer son ambition et transformait la perception de son corps. Il se répugnait, haïssait l'angle de ses os sous ses muscles, la mollesse de sa peau, la répartition de ses chairs. Lorsqu'un regard s'alanguissait sur lui, son estomac se retournait : personne ne devait manifester d'attrait pour sa difformité. Sans cesse, la peur de voir surgir la noirceur de son ventre, la macule de Quimper, le hantait. L'alcool annihilait ses défenses, laissait déferler l'aversion de son corps et de la présence d'Adeline. « Touche-moi », dit-il soudain. L'épouse tressaillit, posa une main sur son torse, mais ce contact porté par le désir était encore un hommage à son corps et Gaspard défit avec fureur la boutonnière de sa chemise, déchira le tissu du justaucorps, enserra le poignet d'Adeline. La main se raidit, chercha à fuir l'étreinte, mais il la pressa vers son ventre. « Pose tes mains sur moi ! » répéta désespérément Gaspard. Adeline voulut s'éloigner, repoussa le torse de Gaspard, mais les muscles avaient la dureté du roc et la contraignirent à déplier les doigts, à épouser le ventre de la paume de sa main. Elle eut la sensation de presser un amas spongieux et informe. Gaspard frissonna de douleur, Adeline baissa le regard. La lueur de la chambre lui suffit à discerner le ventre, étendue de tuméfactions, de lacérations purulentes. Certaines plaies étaient bandées grossièrement, bourrées de gazes aux teintes noirâtres et elle ne parvint pas à distinguer où l'épiderme laissait place au tissu. Elle hurla, chercha à retirer sa main. « Caresse-moi, n'est-ce pas ce que tu désirais », gémit Gaspard avant de relâcher sa prise. Elle chuta au sol, se traîna pour soustraire le ventre de sa vue. « Je te dégoûte, n'est-ce pas ? Je te rebute maintenant ? » La douleur imprimait à sa voix un tremblement et Adeline perçut un bruit étrange, un sanglot que couvrit le froissement des draps. « Mon Dieu, haleta-t-elle, que t'ont-ils fait ? »

« C'est une journée magnifique », dit Adeline. Tout le monde approuva. Un soleil éclatant pénétrait le premier jour de l'automne. Ils marchaient au jardin des Tuileries, Gaspard et Étienne devant, Adeline et Odette de Vigny derrière, sous le tamis prévenant de leurs ombrelles. Le beau temps précipitait hors des maisons une foule de gens apprêtés. Ils se saluaient d'une inclinaison de la tête, s'arrêtaient pour converser à l'ombre d'un arbre, dans le bruissement affable d'une fontaine. Ils observaient la vie de la cité, croisaient quelques coquettes, un abbé galant, un écrivain à la mode. Des enfants à la chair pleine surgissaient à l'unisson entre les jambes des adultes, leurs rires s'élevaient à l'assaut de la chaleur du parc et ils se bousculaient dans l'émerveillement du jeu. Les feuilles tombaient des hautes branches et traçaient une course rouge et jaune dans le ciel, glissaient au gré d'une brise et rejoignaient au sol un tapis de teintes cramoisies. La course des enfants les agitait encore. Un vent faible caressait les visages, soulevait à peine les voilages. Le soleil invitait à la marche et à la réflexion, la plénitude du jour donnait à chacun le sentiment d'être infiniment vivant. Gaspard obligeait le groupe à marcher au pas. Il avançait avec vigilance, courbait son corps. Chacune de ses enjambées lui arrachait un souffle meurtri. Adeline proposa de s'asseoir pour qu'il reprît haleine. Gaspard refusa, voulut marcher encore. Étienne sonda la nervosité d'Adeline ; ses mains ne cessaient d'entrecroiser leurs doigts, se délassaient et se frottaient au tissu de sa robe. Des nuées d'oiseaux animaient les arbres, leurs piaillements se mêlaient à l'enjouement des conversations, aux rires des enfants. Quelques peintres croquaient avec affairement le défilé des honnêtes gens. « Comme nous sommes bien ! » s'enthousiasma Odette de Vigny. Par un effet de miroitement, le voile à son visage brillait, comme incrusté de pierres aux couleurs changeantes. ‹ Saviez-vous, dit Étienne, que le palais a été construit sous l'impulsion de Catherine de Médicis et qu'à cet endroit se trouvaient des fabriques de tuiles ? — Vraiment ? » questionna Adeline. Étienne approuva : « Il flottait ici une poussière si dense et si rouge qu'elle colorait le soleil. Catherine de Médicis n'a pourtant jamais habité son ouvrage. Un astrologue aurait prédit sa mort près de Saint-Germain-l'Auxerrois. » Gaspard regarda le pavillon de Masson, la galerie des Machines, rêvassa le long de l'aile Nord et du pavillon de l'Horloge. La façade du palais, le pavillon surmonté d'un dôme majestueux : rien ne le dominait, cette beauté de parvenait pas à l'émouvoir. « Marchons vers le Fleuve », dit-il comme ils quittaient le parc près de la butte Saint-Roch. Il ne désirait pas revoir le quartier. La douleur à son ventre distordait la perception de ses mains et de ses pieds ; la souffrance conditionnait la ville, la fièvre émoussait son équilibre. Ils rejoignırent la place du Carrousel. Les dames s'extasièrent comme de coutume sur la beauté des bâtiments, la luxuriance du palais. Adeline et Gaspard attiraient les regards, les marques empressées de respect ou le simple dédain. Étienne souriait, continuait de marcher près d'eux et Gaspard sentait son odeur. Elle n'attisait plus son désir, mais une confusion rassurante, le bercement de son appartenance au comte

Ils marchèrent vers le palais du Louvre. Gaspard se redressa, désireux de paraître assuré. On parlait, à son passage, de son mariage, de l'influence d'Étienne, de la santé préoccupante des d'Annovres. Gaspard savait jouir des calomnies et des vérités, rançons de sa réussite. Il méprisait les envieux, méprisait tout Paris et ne s'en cachait pas, sa fortune justifiait tous les excès. « La Cour donne un bal le dernier jeudi du mois, en serez-vous ? questionna Odette. — Sans doute », répondit Adeline. Ils longeaient la rue du Petit-Bourbon. L'odeur de la Seine et le cri des mouettes montaient vers eux L'idée d'une descente vers le Fleuve animait Gaspard d'une satisfaction sereine et il marcha avec aplomb, obligea soudain le groupe à forcer l'allure. Il avait une revanche à prendre sur la ville et sur le Fleuve. Ils débouchèrent sur le quai du Louvre et la Seine apparut. Son vacarme les étourdit d'abord. Les eaux noires scintillaient, les mâts crevaient des fumées opaques. Sur les berges grouillait la vermine de Paris, immuable et terne. Gaspard campa ses mains sur un mur de pierre, toisa les rives avec arrogance et indulgence, les écrasa de sa magnificence. Mlle de Vigny esquissa une moue de lassitude et se désintéressa aussitôt de la laideur du paysage. « Seigneur, dit-elle, je suis épuisée. — Marchons vers le Pont-Neuf », répondit Gaspard

Ils traversèrent la masse des visages grossiers, des silhouettes et des haillons. Adeline et Odette se pressaient derrière Étienne, et Gaspard marchait au milieu du pont. La Seine grondait au-dessous avec indolence. Il lui sembla la piétiner. Elle s'écoulait, soumise, et ses remous ne menaçaient plus Gaspard. Le Fleuve lui était acquis. Il songea à sa maîtrise de la ville, et la Seine abonda dans son sens, le cajola de ses ondulations suaves et nauséabondes. Il avança vers la statue d'Henri IV à la pointe de l'île de la Cité, divisant les eaux. Il observait le paysage de Paris, de la plaie vive du Fleuve éventrant la ville quand un homme vint s'interposer entre eux. Adeline et Mlle de Vigny reculèrent avec effroi, Étienne avança d'un pas. La laideur de l'inconnu les stupéfia. Une squame épaisse rongeait le visage, cloquait et distendait la peau. L'homme cachait sa laideur sous une capuche de jute et implora l'aumône, courba le dos, s'inclina vers le sol. Il s'élevait de ses loques une puanteur infernale, pareille à l'haleine de Paris, au mélange des exhalaisons que Gaspard avait autrefois côtoyées : la sueur des clients, le parfum des cimetières, les fosses d'aisances. À travers l'homme, la ville expulsait un souffle à son visage. Deux soldats passaient de l'autre côté du pont, Étienne leur fit un signe de la main. Le mendiant les vit approcher et voulut prendre la fuite. Il releva le visage, croisa le regard de Gaspard et tous deux se figèrent, reconnurent en l'autre un être, la réincarnation d'une chair familière. Les yeux du manant cherchaient sur le visage poudré un signe de reconnaissance et Gaspard sentit son esprit basculer, la fièvre distendre le temps et le projeter dans l'obscurité d'une chambre, faubourg Saint-Antoine. Il se souvint de l'indéfectible amitié de Lucas, qu'il s'était convaincu de punir justement par son départ. Gaspard se souvint de sa nudité dans la pénombre, des mains sur sa peau, de la rugosité des plaques par lesquelles le Fleuve rongeait l'épiderme. La Seine avait eu raison de Lucas. Lorsque les soldats les rejoignirent, Étienne les tint à distance d'un geste de la main. Autour d'eux se massait une foule de badauds, et Lucas prit conscience de n'avoir pas détalé assez vite. Il dépendait désormais de Gaspard qu'il prît la fuite, un seul geste eût suffi à renvoyer la garde. Cette idée fut un soulagement, il éprouva pour Gaspard une reconnaissance, oublia le départ de ce compagnon qui l'avait laissé désemparé, cet abandon — il se souvint du sentiment de vide obscur et douloureux —, et retrouva la confiance qu'il avait placée en lui. Gaspard songea aussi qu'il était aisé de sauver Lucas. Devait-il pour autant se compromettre devant le peuple, Adeline et Odette, donner l'image d'un homme charitable et faible ? Il hésita un instant, puis s'aperçut que Lucas regardait son ventre. Il baissa les yeux et vit, sur la soie beige de son pan de veste, fleurir une corolle rouge. Gaspard porta une main sur le tissu, la pulpe de ses doigts se teinta de sang. Il rabattit prestement le pan de sa veste. Les badauds pensèrent à un coup de couteau, un murmure parcourut la foule, les hommes de la garde saisirent Lucas par le bras. « Vous a-t-il blessé, monsieur ? » demanda l'un d'eux. Gaspard secoua la tête : « Non, ce n'est rien, voyez, il n'a pas d'arme. — Connaissez-vous ce gueux ? » questionna l'autre. Gaspard décida que rien ne devait s'interposer entre lui et Paris, gâcher la perfection de cette journée d'automne. Lucas ne pouvait poser impunément le regard sur son ventre et deviner sa plaie. D'ailleurs, n'était-il pas responsable de ce saignement subit ? Gaspard s'était détourné d'Emma, qu'importait qu'il se détournât de lui ? « Emportez ce traîne-misère », dit-il enfin. Les soldats acquiescèrent, entraînèrent Lucas à travers la foule. Gaspard se tourna à nouveau vers le Fleuve. Enfin, il le dominait. Étienne et Adeline se tenaient près de lui. Le miroitement des eaux l'éblouit, la fièvre en fit foisonner les éclats. De la ville s'éleva le chaos sans nom, l'inextinguible clameur, l'indissociable fragrance. Étendant ses ramures, le chancre de ses plaies ondoyait dans ses chairs comme un nimbe funeste. Culminant en son ventre, son hégémonie sur Paris paracheva sa corruption.

Gaspard s'éveilla une nuit. La sueur inondait son front, son ventre irradiait comme un vaste soleil. Il dut, pour se lever, basculer sur le côté, puis se tenir à l'armature du lit. La chambre baignait dans le silence. Il s'assit, lutta pour reprendre son souffle et combattre la nausée. *Quimper me détruit, Quimper vient à bout de moi,* pensa Gaspard. L'infection à son ventre était la preuve que ce passé resurgissait. Mis à nu, il gangrenait son corps. Gaspard échouait, ne parvenait pas à l'extraire de lui. Cette écharde dans ses chairs, dans ses entrailles, refusait d'être délogée, corrompait son être. Il pensa qu'il aurait dû accepter cette composante de son existence, renoncer à s'absoudre de sa chute dans le ventre de Paris. L'essence tumultueuse qui hantait l'esprit de Gaspard n'avait cessé de gagner en puissance. Elle était désormais indissociable de son être, il ne pourrait tenter de l'arracher sans se détruire. Peu importaient les conséquences de ce geste, il était essentiel à Gaspard. C'est pourquoi il se leva avec une grimace et s'avança vers la commode. De l'un des tiroirs, il retira le bris de miroir, l'observa avec l'allégeance, sans cesse renouvelée, de le savoir inchangé et présent. Il retourna au lit après avoir eu soin d'allumer un chandelier. La lumière goutta sur les boursouflures, les tumescences de son ventre. Les plaies ne cicatrisaient plus. Elles béaient parmi d'autres cicatrices, des caillots de sang, ouvraient leurs gueules violines, vomissaient un pus épais et brun, une puanteur d'escarre. Il tâta par endroits, choisit une parcelle saine. L'entaille fut profonde, d'une précision acquise par l'exercice. Gaspard bascula son visage dans l'oreiller, mordit le tissu. Il pompa le dégorgement hématique à l'aide du drap. Le coton se gorgea de rouge, laissa progresser dans les mailles une mer coralline. Enfin, la source se tarit. Absent, affaibli, Gaspard retira le drap, observa la coupure. Il posa de chaque côté de la plaie un index, puis tira sur les bords et les écarta. Quelques filets veules s'en échappèrent. Gaspard se pencha vers son ventre, si courbé que son dos, sa nuque irradièrent. À la lueur du chandelier, il scruta avec attention, avec émotion, avec espoir, le fond de l'entaille. Plus profond que la peau, sous l'épaisse carnation, il distingua avec effroi la bigarade du péritoine, ce sac obscène contenant l'ensemble de ses viscères. Jamais il n'avait songé, creusant toujours vers le centre de son corps, à cet ultime rempart entre le monde et cette turpitude aux couleurs révoltantes. Devait-il inciser, délivrer ce qui se terrait au-dessous, dût-il y succomber dans l'heure ? La fièvre le fit frissonner, porta la bile à sa gorge. Il laissa les lèvres de la plaie se rabattre, pressa le drap au-dessus, retomba de tout son long sur la couche. Ses yeux hallucinés sillonnèrent avec frénésie le plafond sur lequel le chandelier dessinait des veinures topaze. Plus bas que le péritoine, Gaspard avait la certitude d'avoir perçu le frétillement d'un essaim funèbre, d'une densité noirâtre. La progression silencieuse d'une étendue face à laquelle il lui fallait s'incliner. La masse souveraine de ses fressures.

ÉPILOGUE

Manosque, le 7 juillet 1762

Chère Madame,

Ces quelques lignes vous distrairont de l'ennui qui a guidé votre main lorsque vous m'avez écrit hier la lettre que j'ai reçue ce matin. Que se passe-t-il à Orléans ? Rien, à n'en pas douter. Allez, je vous pardonne car je sais que seul le chagrin parle, qu'il se meut souvent en colère et veut faire justice lui-même, fût-ce une justice aveugle.

Vous m'accablez de tous les maux. Ainsi, je vous aurais fait perdre à la fois un père et un époux. Allons, Madame, que pouvais-je aux excès de l'un comme aux appétits de l'autre ? Vous me surestimez, moi qui fus le spectateur malheureux de ce drame. Rendez plutôt grâce à votre mari qui, parti de rien, vous a rendue plus riche que votre naissance ne le laissait espérer.

Sachez que je trouve regrettable votre décision de vous retirer du monde. N'est-ce pas totalement démodé, tout juste bon pour les héroïnes de nos romans ? Si jeune, déjà veuve et si riche, c'est un gâchis. Vous savez l'affection toute particulière que je portais à votre mari ; elle me lie désormais à vous. Je ne doute pas que vous compreniez mon inquiétude

Il me faut maintenant cacheter cette lettre et vous l'envoyer ; par-delà les frontières le courrier devient incertain et je serais navré qu'elle ne vous parvienne pas. Ce n'est certes qu'un réconfort, mais l'ascèse apprend, paraît-il, à apprécier la valeur de l'amitié sincère et dévouée.

Vous le comprenez, je pars. Le désir de voyage chez moi est impérieux, il me faut y succomber dans l'heure. Me voici en route pour la Toscane. L'air de la Provence a des vertus que l'on mésestime lorsqu'on ne connaît que les fumées de Paris. Il me vivifie l'esprit et panse mes blessures. Quoi ? Doutiez-vous que la disparition de notre ami m'ait profondément peiné ? Je ne suis pas le monstre que vous croyez. J'ai fait des erreurs et je les reconnais volontiers : ce qui devait être une réussite fut un fiasco. Simplement, je suis de ceux qui se relèvent de tout, même de leurs échecs.

Ne dit-on pas qu'il faut remonter à cheval sitôt que l'on en tombe ? C'est pourquoi je suis en excellente compagnie. Cet ami, que j'ai rencontré ici même, à Manosque, m'évoque souvent celui que j'ai perdu. Il en possède l'ambition et le manque absolu de caractère. En bon prince, je le mène vers les délices de Rome et de Venise.

J'ai, à ce propos, sur ma table un livre de Rousseau, qui forme le projet d'un traité sur l'art d'éduquer les hommes. Son livre s'ouvre ainsi :

Tout est bien sortant des mains de l'Auteur des choses, tout dégénère entre les mains de l'homme. Il force une terre à nourrir les productions d'une autre, un arbre à porter les fruits d'un autre ; il mêle et confond les climats, les éléments, les saisons ; il mutile son chien, son cheval, son esclave ; il bouleverse tout, il défigure tout, il aime la difformité, les monstres ; il ne veut rien tel que l'a fait la nature, pas même l'homme ; il le faut dresser pour lui, comme un cheval de manège ; il le faut contourner à sa mode, comme un arbre de son jardin.

Sans cela, tout irait plus mal encore, et notre espèce ne veut pas être façonnée à demi. Dans l'état où sont désormais les choses, un homme abandonné dès sa naissance à lui-même parmi les autres serait le plus défiguré de tous. Les préjugés, l'autorité, la nécessité, l'exemple, toutes les institutions sociales, dans lesquelles nous nous trouvons submergés, étoufferaient en lui la nature, et ne mettraient rien à la place. Elle y serait comme un arbrisseau que le hasard fait naître au milieu d'un chemin, et que les passants font bientôt périr, en le heurtant de toutes parts et le pliant de toutes parts.

Je n'ai rien du philosophe, je suis artisan plus que penseur. Mais il y a, vous en conviendrez, du bon sens dans ces lignes.

Ne pensez pourtant pas que je ne tire aucune leçon du passé. Je sais désormais que les siècles vont trop vite pour façonner un homme à leur image. Il faut, comme eux, être en perpétuel changement. La France, ce phénix, prend feu et renaîtra bientôt de ses cendres.

On me presse de finir, notre voiture est apprêtée. Priez, Madame, puisque c'est là votre choix, tous les dieux, les vivants et les morts de ce monde. Moi, je choisis de vivre.

Vôtre,

ÉTIENNE DE V.

Composition Graphic Hainaut.
Impression CPI Bussière
à Saint-Amand (Cher), le 6 mars 2009.
Dépôt légal : mars 2009.
1er dépôt légal dans la collection : mai 2008.
Numéro d'imprimeur : 090790/4.
ISBN 978-2-07-011984-4./Imprimé en France

168826